U0091072

古典文學研究輯刊

二　編

曾永義 主編

第9冊

東坡詩文思想之研究（中）

李慕如 著

國家圖書館出版品預行編目資料

東坡詩文思想之研究（中）／李慕如　著－初版－新北市：
花木蘭文化出版社，2011〔民 100〕
目 8+304 面；19×26 公分
（古典文學研究輯刊　二編；第 9 冊）
ISBN：978-986-254-496-9（精裝）
1.（宋）蘇軾 2. 傳記 3. 學術思想 4. 宋代文學
820.8　　　　100000959

古典文學研究輯刊
二　編　第 九 冊　　ISBN：978-986-254-496-9

東坡詩文思想之研究（中）

作　　者　李慕如
主　　編　曾永義
總 編 輯　杜潔祥
出　　版　花木蘭文化出版社
發 行 所　花木蘭文化出版社
發 行 人　高小娟
聯絡地址　新北市永和區中正路五九五號七樓之三
　　　　　電話：02-2923-1455／傳眞：02-2923-1452
網　　址　http://www.huamulan.tw 信箱 sut81518@ms59.hinet.net
印　　刷　普羅文化出版廣告事業
初　　版　2011 年 3 月
定　　價　二編 30 冊（精裝）新台幣 48,000 元　版權所有・請勿翻印

東坡詩文思想之研究（中）

李慕如　著

目次

上冊

中　冊

下 冊

第五章　東坡詩文中之文學思想

欲探東坡文學思想，必先解讀東坡詩文七千餘篇（文四七三三、詩二八二九、詞三四四），而後體悟其思想所在。蓋詩文易感人者爲「情」，而其「理」、其「意」，則必進而玩味，始可得之。

本文除前言、後結，分爲五節——

第二節　探溯東坡文學思想之源。

第三節　由寓道於文、辭達於意、自然成文、文尚新變、形神相依、風格多元，以析論其文學思想內涵。

第四節　則由詩、文、詞中之立意、謀篇之技法、風貌，以析論其文學思想之實踐。

第五節　則由分期以言東坡文學思想與創作相關。

第六節　由當世、後世以言其文學思想之影響，或於東坡爲文之深層「意思」，行文基石，得其一二。

第一節　導　論

群星燦爛之北宋文壇，因「三蘇」而益發異彩繽紛。蓋三蘇不惟文學成就桴鼓相應，思想文風亦具有共同性，且各自成家。明人論古文，以蘇氏「一門三傑」爲唐宋八大家之代表。詞作則與辛棄疾並稱「蘇辛」。而詩壇上，東坡與黃庭堅並稱「蘇黃」，形成宋調之典型。黃庭堅自言不及東坡詩之「如大國楚，吞五湖三江。」

東坡爲文，自成一家，又爲「文中龍」（王若虛語）、「詩之神」（袁宏道語），其文「才落筆，四海已皆傳誦。」（《郡齋讀書志》）。則東坡詩文，必有過人之思想內涵。

其文學思想以「自然成文」爲主軸。如由詩文成篇歷程言，兼及於成竹在胸、立意辭達、行文技巧與夫意境風格。而其新變思想，則見之於豪放之外，則東坡文學思想可一一得自其七千餘篇文字中之佐證，取樣甚難，或舉一漏萬，在所難免。

至其兼長詩文詞賦諸作，思想實踐中「以文爲詩」、「以詩爲詞」等爲文理念，影響甚巨，必探源尋流，始可貫通。

蓋東坡文學思想內涵甚豐，且多創意。溯其源則與時風、家學相涉；論其流，則爲「蘇門四學士」之黃庭堅、秦觀、晁補之、張耒，皆承東坡一體而發揮之，甚而遠則影響及於明、清。

東坡文之傑出，除出自其先天才性與後天生活體驗外，更由前承古人傳統精華，而別有新創。蘇轍〈亡兄子瞻端明墓誌銘〉述東坡詩文淵源與發展情況最爲概括。其言曰：

> 公之於文，得之於天。……初好賈誼、陸贄書，論古今治亂，不爲空言。既而讀《莊子》，喟然歎息曰：「吾昔有見於中，口未能言。今見《莊子》，得吾心矣。」乃出〈中庸論〉，其言微妙，皆古人所未喻。……既而謫居於黃，杜門深居，馳騁翰墨，其文一變，如川之方至，……後讀釋氏書，深悟實相，參諸孔、老，博辯無礙，浩然不見其涯也。……至其遇事所爲詩騷銘記書檄論撰，率皆過人。……公詩本似李、杜，晚喜陶淵明，追和之者幾遍。

則東坡思想得自父、弟，又深受莊書縱橫恣肆之風影響。其後得自賈誼、陸贄，有面對現實之勇氣與政論之文，故李塗《文章精義》中云：「子瞻〈萬言書〉，是步趨賈誼〈治安策〉。」東坡〈乞校正陸贄奏議上進劄子〉（文三／1012）亦言陸贄作品「開卷了然，聚古今之精英，實治亂之龜鑑。」自言有所承襲。

黃州後，東坡致力「讀書」、「馳騁翰墨」，不惟飽覽群書，經、史、子、集，乃至佛經道藏，無一不涉，是以爲文精純，即「其文一變，如川之方至」。

東坡究直接承受其父蘇洵（老泉）之影響爲何？以下試析論之：

1、「有為而作」與「每每狂言」

老泉承唐白居易「文章合爲時而著，歌詩合爲事而作」（〈與元九書〉），蘇洵論文學，揭櫫「有爲而作」。如其〈六國論〉則分析六國敗亡在「賂秦而力虧」，又於〈審敵〉中尖銳指陳此爲「覆溺之道」，「夫賄益多，則賦斂不得不重；賦斂重，則民不得不殘。」故東坡〈鳧繹先生詩集敘〉（文一／313）引述其父蘇洵於顏太初（號鳧繹）之作曰：「先生之詩文，皆有爲而作，精悍確苦，言必中當世之過，鑿鑿乎如五穀必可以療飢；斷斷乎如藥石必可以伐病。」又評斥宋代之因循不振，揭示「遠方之民，窮困已甚」（見〈上皇帝書〉）。宣稱「陳勝、吳廣，秦民之湯、武也」（《衡論上・遠慮》）。又求物利合理性曰：「利在則義存，利亡則義喪。」〈利者義之和論〉）。〔註1〕又〈上皇帝書〉中云：「天下無事，臣每每狂言，以迂闊爲世笑。然臣以爲必將有時而不迂闊也。」此老泉重「言必中當世之過」憂患意識、慷慨意氣也。

2、「風行水上渙，此亦天下之至文也」

老泉〈仲兄字文甫說〉以「風水相遭」爲喻，言文之自然而成。而「風行水上渙」語，本《易・渙》象辭。孔穎達《正義》云：「風行水上，激動波濤，散釋之象。」老泉文中於風行水上之狀寫，劉大櫆評爲「可與《莊子》言風比美」（見《古文辭類纂》引），言天下之至文，貴在作者受外物沖激後，文思潮湧，爲文氣象萬千。即老泉〈上歐陽內翰第一書〉中自述：「胸中之言日益多，不能自制，試出而書之。」又〈太玄論上〉亦云：「言無有善惡也，苟有得乎吾心而言也，則其辭不索而獲。」此自然成文之意，正得自《莊子・天道》「樸素而天下莫能與之爭美」。柳宗元〈天爵論〉：「莊周言天曰自然。」而韓愈〈答李翊書〉亦曾云：「氣，水也；言，浮物也」又〈送孟東野序〉：「物不得其平則鳴」。正與老泉所言「風水相遭」同重「物我相涉」、「自成玉璞」之意。而東坡爲文屢言重自然，正與此相涉。

3、評歷代文論之取向

老泉與韓、柳爲文取向，同在兼收並舉，融會眾美，且以「正」、「奇」出之。如老泉之自述爲文取向，於其〈上田樞密書〉中云：

> 數年來退居山野，……得以大肆其力於文章。詩人之優柔，騷人之清深，孟、韓之溫淳，遷、固之雄剛，孫、吳之簡切，投之所嚮，無不如意。常以爲董生得聖人之經，其失也流而爲迂；鼂錯得聖人之權，其失也流而爲詐；有二子才而不流者，其惟賈生乎？

〔註1〕《朱子語類輯略》以蘇文害道，甚於佛老，「如《易》所謂『利者，義之和』，卻解爲義無利則不和，故必以利濟義，然後合於人情。若如此，非惟失聖言之本指，又且陷溺其心。」

唐代韓愈〈進學解〉、柳宗元〈答韋中立論師道書〉等，均曾自述其文學淵源，如《尚書》、《詩經》、《春秋》、《左傳》、《孟子》、《莊子》、《離騷》、《史記》等。如以韓、柳與蘇洵之說相互比照。則老泉於眾家之取有：

老泉〈詩論〉兼取《詩經》與《離騷》，而將詩歌辭賦創作經驗移植於散文。且不同於〈毛詩序〉、《史記．屈原傳》、劉安《離騷傳》所謂重溫柔敦厚、好色不淫，而突出人之好色、憤怨之情、欲，以求君上得合理舒發，社會方得平和。

老泉〈史論〉推重《史記》、《漢書》之四美在：事以實之、詞以章之、道以通之，法以檢之。而言「意達」之法亦有四：「隱而章」（塑正面人物時，隱去不善者）、「直而寬」（直錄惡人之罪亦併寫其善行）、「簡而明」、「微而切」則指手法簡潔而精確，意蘊眞切可鑑。且以《史》、《漢》兼具「事」、「詞」與「道」、「法」之勝；而《春秋》則不免欠缺於「事」、「詞」。東坡承之，兼取眾長，且以「史」論事。

4、法「文」之準則

重子史——言為文創作並非取自儒典，而明道宗經。如：

〈上田樞密書〉首以「詩」與「騷」對舉，又以《孟子》與韓愈之文並舉。且於〈上歐陽內翰第一書〉中並列孟子文之「語約意盡」、昌黎文之如「長江大河」、歐陽修之文「紆餘委備」。且由此分陰陽，為後人（如清姚鼐等）以陰陽剛柔論文先聲。

突出《孫》、《吳》兵法、賈誼政論以至縱橫家說辭：

老泉於〈上韓樞密書〉中自稱長於兵事，自比賈誼。而其關心現實，見其〈幾策〉、〈權書〉、〈衡論〉諸篇，洵具《孫》、《吳》、《賈》等子書風概。故東坡〈與王庠書〉（文四／1422）承之曰：「儒者之病，多空文而少實用。賈誼、陸贄之學殆不傳於世。」

老泉不滿揚雄。其〈太玄總例引〉云：「蓋雄者，好奇而務深，故辭多誇大，而可觀者鮮。」此為東坡斥揚雄「以艱深文其淺易」之先聲。

清章學誠《校讎通義》以蘇洵屬「兵家」、蘇軾屬「縱橫家」，蓋蘇氏父子均喜談兵而深有得於縱橫之學。細繹兵家與縱橫家之同處，在「詞說」——縱橫家敷張跌宕之辭，正同兵家權謀之恢奇恣肆。此正《校讎通義》云：「縱橫者，詞說之總名也。蘇、張諸家，可互見於兵書。」亦「九流之學」雖各有其本原，「乃其出而用世，必兼縱橫所以文其質。」

老泉又於〈諫論上〉、韓非〈說難〉之後，總結「古代游說之士」諫說之五法——理諭之、勢禁之、利誘之、激怒之、隱諷之。則已突破《孔子家語》所云忠臣之諫君五義——誦諫、戇諫、直諫、降諫、諷諫之奇策異智。

老泉之重縱橫，除時勢上（宋與遼、夏鼎峙）欲效游士救昏驕怠懦之君外，又其（韓、柳、歐、曾）古文家之爲文，皆本源經史，借重儒道，故欲新人耳目，必另闢蹊徑以傾動朝野。故清張伯行《唐宋八大家文鈔・三蘇文引》云：「擇三蘇文之醇正者錄之」，乃因：「老蘇父子自史中《戰國策》得之，故皆自小處起議論。」

近代章太炎晚歲論古今作者，「獨推明允爲豪傑之文」（見葉玉麟《三蘇文・緒言》），可謂卓識。東坡爲文之恣肆捭闔，除法《莊子》外，正得之於縱橫也。

第二節　東坡文學思想之溯源

一、得自傳承

東坡詩文之承傳，除老泉之直接，乃得自其家之父祖。東坡先世數代居於眉州眉山（今屬四川），數代未見貴顯。祖父序少時「不好讀書」，晚年爲詩，「上自朝廷、郡邑之事，下至鄉閭、子孫、畋漁、治生之意，皆見於詩；觀其詩雖不工，然有以見其表裏洞達。」（見蘇洵〈族譜後錄・下篇〉）。

相傳蘇洵二十五歲（或作二十七歲）始發奮讀書，經十餘年廣泛鑽研經史百家著作、古今成敗之理，遂「下筆頃刻千言，其縱橫上下出入馳驟，必造於深而後止」（見歐陽修〈故霸州主簿蘇君墓誌銘〉）。仁宗嘉祐元年（1056），老泉率二子蘇軾、蘇轍至汴京，謁翰林學士歐陽修等。經其推譽，一時聲名大震，士林爭傳。唯老泉〈與梅聖俞書〉、〈答雷太簡書〉，皆言不願受科考羈勒，故除與陳州項城（今屬河南）縣令姚闢同修禮書《太常因革禮》，且有《嘉祐集》行世外，未曾任官。論著如〈幾策〉、〈權書〉、〈衡論〉、〈上皇帝書〉等，縱論古今，於東坡或具相當影響。此外，東坡文學思想與創作，亦得自與子由之詩文相和，子由〈歷代論〉即云：「子瞻，吾師友也。」

二、來自本性

東坡詩文中常運「野」字，潛意識中尚豪逸渾樸。

如「湖上野芙蓉，含思愁脈脈。娟然如靜女，不肯傍阡陌。」（〈九日，湖上尋周、李二君，不見，君亦見尋於湖上，以詩見寄，明日，乃次其韻〉詩二／509）

此言「野芙蓉」（又名拒霜花）之傲然，於眾花凋零後，猶獨自芬芳，正與東坡獨立危行、高馳不顧之內在特質相繫。

東坡又自喻己身爲「野人」，著「野服」，具野性。即：

野人疏狂逐釣舟（〈再和〉詩二／321）。

市人行盡野人行（〈東坡〉詩四／1183）。

黃冠野服山家客（〈贈寫眞何充秀才〉詩二／587）。

又東坡〈與楊濟甫書〉（文四／1808）言初入仕途，樂賞「高槐古柳，一似山居，頗使野性」，已明言其惡「爾虞我詐之官場惡習」。故於密州即對言「野性」與「塵容」。而於〈游廬山次韻章傳道〉（詩二／619）詩中云：「塵容已似服轅駒，野性猶同縱壑魚。」言東坡歷經宦海浮沉，外貌雖爲塵容俗吏，內心則似縱巒大壑之巨魚。

熙寧初，文同至汴京西城訪東坡，於〈往年寄子平（子瞻）〉中言東坡靜寂無話，則「對坐兩寂寞」，不虛應禮數。然而欣喜時，則「書窗畫壁恣掀倒，脫帽褫帶隨縱橫」，時或酒酣耳熱，則高聲吟誦「蕩突不管鄰人驚」，洵難合儒家之法禁。

實則東坡自年少十歲，程母即教以范滂事，常思書劍以報國。然積極入世未成，即思入道家之返樸歸眞。東坡〈與劉宜翁使君書〉（文四／1415）中即自稱：「某齠齓好道」，即以道補儒，然東坡歷經宦海浮沉，卻未能如陶潛之完全歸隱、王維遁入空門、似李白虔誠煉丹。嘉祐七年後始有「何時歸耕江上田」（〈二十七日，自陽平至斜谷，宿於南山中蟠龍寺〉詩一／175）、「三年無日不思歸」（〈華陰寄子由〉詩一／224）等作。然東坡實不願受塵世束縛，而求心靈之嘯傲園林。故李澤厚《美的歷程》言東坡一生未眞正退隱。惟詩文中透出較沉重空漠，一言以道之，乃個性及時空所使然。

神宗時，東坡之「不合時宜」，則見之與王安石爲君爲民之爭。而元祐時，東坡仕宦高峰，所謂：「枕上溪山猶可見，門前冠蓋已相望」（〈奉和陳賢良〉詩四／1390）。時東坡與司馬光又爲民與吏而爭，如東坡〈辨試館職策問劄子〉、〈行差役不便劄子〉，皆言「免役」（司馬光主之）得益在聖上；而「差役」（王安石力主）得益在貪吏猾胥。去二者之弊則利歸之民。

然東坡「任性而動」，又有所謂「洛蜀黨爭」。乃因司馬光逝後，朝中賜以「明堂大享」殊榮，群臣賀後，由東坡率往祭奠司馬光。程頤以孔子曰：「哭則不歌」，東坡則反駁曰：孔子未言「歌後不哭」，若泥拘此禮而不變通乃可「枉死市」（白白斬死於市）之叔孫通所制禮（見《宋治跡統類》引）。又直斥程頤如「燠糟鄙俚」（指爲汴京城外鄉野）之叔孫通（見《孫公談圃》所引），則東坡不失赤子，隨心所發，自與嚴正程子不合，由是引出「洛蜀黨爭」，東坡於〈杭州召還乞郡狀〉（文三／911）中即云：「臣素疾程頤之奸，未嘗以色詞。」東坡之任性而動，好自然而發，正其本性使然也。

三、政壇失意

東坡之由大自然中解悟，乃因仕途失意，一生九遷。試觀其思想與王安石正不同。安石爲皇權；東坡爲百姓。如青苗法之行，固可抑制豪門高利，增加朝廷稅入，然卻倍增農民負擔（如每半年收利二分，一年即有四分重斂）。又保甲法雖可加強國防，然「民憂無銀買弓矢兼戍邊，有截指斷腕以避丁者」（鄧元錫《幽史》），故王安石之兄弟王安國，亦於神宗前評安石：「知人不明，聚斂太急。」（見王文誥《蘇詩總案》）又東坡思想深受先秦儒家影響，故重「民」。

如於《蘇氏易傳》卷八釋「聖人之大室曰位」云：「位之存亡寄乎民」，故於熙寧三、四年中，東坡與王安石變法思想逐漸激化後，遂請求外放，且以詩文指摘時弊、抨擊新法，且或指向神宗。如「化工只欲呈新巧，不放閑花得少休。」（〈和述古冬日牡丹〉詩二／525）又「故將新巧發陰機，從今造物尤難料。」（〈癸丑春分後雪〉詩二／440），能與「化工」「造物」相提並論，非聖上爲誰？親友即告戒東坡云：「北客若來休問話，西湖雖好莫吟詩。」（見《石林詩話》文與可〈送行詩〉）然東坡個性狂直，常沖口而爲詩文。故於〈和劉貢父〉詩中即云：「門前惡語誰傳去，醉後狂歌自不知。」又云：「我本西湖一釣舟，意嫌高屋冷颼颼。羨師此室才方丈，一炷清香盡日留。」（〈書雙竹湛師房二首・其一〉詩二／524）。

此言東坡仕宦失意，欲返江湖，難以忍受仕宦高屋之禁錮，佛室方丈之地，方可暫得平靜。

又如熙寧五年〈是日宿水陸寺，寄北山清順僧二首・其一〉（詩二／390）云：「年來漸識幽居味，思與高人對榻論。」

元豐二年赴湖州途中，作〈舟中夜起〉（詩三／942）：「夜深人物不相管，我獨形影相嬉娛。」即具忘卻塵世，陶醉自然之想。此皆由政壇險惡，詩文之發，正欲由社會關懷而轉向江湖敘寫。

四、融貫衆家

東坡文除得自《戰國策》縱橫捭闔、《莊子》汪洋恣肆，尤得自佛經薰陶。如北宋惠洪已指出蘇文「自非從般若中來，其何以臻此！」（〈跋東坡怡池錄〉）。

又宋初田錫云：「微風動水，了無定文；太虛浮雲，莫有常態，則文章之有生氣也，不亦宜哉！」（《咸平集》卷二〈貽宋小著書〉）。

蘇洵〈仲兄字文甫說〉亦謂：「『風行水上渙』，此亦天下之至文也。」乃東坡以雲、水喻文之先導。

故袁枚概括云：「蘇長公通禪理，故其文蕩。」〈與友人論文書〉。

蘇軾自稱「《楞嚴》在床頭，妙偈時仰讀。」（〈次韻子由浴罷〉詩七／2302）。

李塗《文章精義》指出蘇文來源之一爲《楞嚴經》，並指出「子瞻文字到窮處，便濟之以此一著，所以千萬人過他關不得。」

袁桷《清容居士集》卷四十六〈書東坡涼熱偈〉云：「釋氏之書，皆自梁隋諸臣翻譯，故語質而文窘。至若《楞嚴》，由房融筆授，始覺暢朗。公（蘇軾）文如萬斛泉，風至水湧，……則房融文體一規近之。」

錢謙益《初學集》卷八十三〈讀蘇長公文〉則指出蘇文學《華嚴經》：

> 吾讀子瞻〈司馬溫公行狀〉、〈富鄭公神道碑〉之類，平鋪直敘，如萬斛水銀，隨地湧出，以爲古今未有此體，茫然莫得其涯涘也。晚讀《華嚴經》，稱性而談，浩如煙海，無所不有，無所不盡，乃喟然嘆曰：「子瞻之文，其有得於此乎？」

東坡文之妙悟圓通，乃得自禪門莊說、諧說、顯說、密說等。

五、自我體悟

東坡由追求自由、飛躍於大自然，所吻合之平淡自然，常反映至其詩文。又東坡卅八年之仕宦生涯，自貶黃州爲一大轉折，此時仕途理想幻滅，自覺與朝廷「肝膽非一家」（〈次韻正輔同游白水山〉）。「我今身世兩相違，東流白日西流水」（〈寓居合江樓〉詩六／2071）。東坡厭棄宦海生涯，故云：「浮名浩利，虛苦勞神。」（〈行香子〉）。「收斂平生心」（〈入開元寺〉）。「鶴骨霜髯心已灰」（〈贈嶺上老人〉詩七／2424）。「窮猿已投林，疲馬初解鞍」（〈和陶歸園田居六首〉詩七／2103）。「今日嶺上行，身世永相忘。仙人拊我頂，結髮授長生。」（〈過大庾嶺〉詩六／2056）。悟「此間有什麼歇不得處」（〈記游松風亭〉文五／2271）。又於〈信筆自書〉中言貶儋州之無奈，然環繞大自然，忽悟蟻能附芥浮於水，而得一己「方軌八達之路」。

又於在惠州，〈和陶移居〉（詩七／2191）中，既得恬適之江山福地，「葺我無邪齋，思我無所思」。又〈三月廿九日〉（詩七／2226）「樹暗草深人靜處，卷帘欹枕臥看山。」且於儋州投合黎人，〈新居〉（詩七／2312）云：「結茅在茲地，翳翳村巷永，城東兩黎子，室邇人自遠，呼我釣其池，人魚兩忘返。」（〈和始春懷古田舍二首・其一〉）「遇雨，從農家借竹笠戴之，著履而行。婦人兒童相隨爭笑。」（〈被酒獨行〉）後「東坡笠屐圖」因之風行天下。

王國維以屈原、陶潛、杜甫、東坡爲中國四大詩人。屈原、杜甫代表儒家「致君堯舜」之忠愛，東坡則結合儒道，視純歸隱淵明，更高一層。此乃東坡響往自然，追求平淡所使然。

第三節　東坡文學思想之內涵

一、寓道於文

（一）有道有藝——技道兩進

1、概　說

由「文以達意」言——能將「了然於心」之認知，過渡反映至「了然於口手」之辭達，東坡概括二者爲「道」之認識與「技」（藝）之反映。溯六朝陸機即已言及認識論之「知」與反映論之「能」，故於《文賦・序》中云：「非知之難也，能之難也。」以「認知」不易於「表達」。〔註 2〕

又《文心雕龍・神思》亦云：「方其搦翰，氣倍辭前，暨乎篇成，半折心始，何則？意翻空而易奇，言徵實而難巧也。是以意授於思，言授於意，密則無際，疏則千里。」則以「既成之作」，每異於原本之構思，乃因「意虛」

〔註 2〕《歷代詩話》引明徐楨卿《談藝錄》，則不同陸氏言曰：「陸生之論文，曰非知之難，行之難也。夫既知行之難，又安得云知之非難哉！」藝文，七十二年，頁 49。

而「言實」，且「言不盡意」，故佳製必賴道藝之能合一。東坡進申此意，於〈書李伯時山莊圖後〉謂：「有道有藝」、「道技兩進」，兼及二者，蓋「有道而不藝，則物雖形於心，不形於手」，而「有道」雖掌握「神與萬物交」之創作規律，然無技藝以表，則心雖識其所以然，而手則難將「形於心」之客體和盤托出。東坡又進於〈跋秦少游書〉（文五／2194）中言「少游近日草書，便有東晉風味，作詩增奇麗。乃知此人不可使閑，遂兼百技矣。技進而道不進，則不可，少游乃技道兩進也。」則「技道兩進」，方能心手相應。

2、何謂「道」？

東坡「技道兩進」之「道」，乃指「事物之內在規律」，其內涵不同「文以載道」之「道」，亦超出儒家「道統」之拘限。

東坡之前，於「道」之認識，輒止於言「道統」，即韓愈〈原道〉所言「文武周公傳之孔子，孔子傳之孟軻」之道，且以發揚古道為己任，柳宗元力主「文以明道」，即將「古文」視為揚聖道之工具，此一以孔、孟、韓愈所言之「道統」說，即為儒家文教治化、刑政禮樂、三綱五常之思想主軸，且據之以撻伐異教邪說。

然「道統」一詞，虛無難明，俗儒常盲目附會聖道，而不知所以然。故東坡於省思後，再行詮釋「道」，即於〈中庸論〉上（文一／60），以其「鄙滯而不通」至「汗漫而不可考」遂使後儒「相欺以為高，相習以為深」，由是聖道則日遠矣。

東坡又於〈潮州韓文公廟碑〉（文二／508）中曾稱美韓愈「文起八代之衰」，能復興儒道。然又於〈韓愈論〉（文一／113）中言：「韓愈之於聖人之道，蓋亦知好其名矣，而未能樂其實」、「其論至於理而不精，支離蕩佚」，則東坡已突破歷來道學家、古文家、儒家道統之拘限（所謂「文以載道」、「文以明道」、重道輕文等思想），就藝術創作實際規律，重新詮釋「道」。即於〈日喻〉（文五／1980）中言由實踐中「致」道。即：「蘇子曰：道可致而不可求。……南方多沒人，日與水居也。七歲而能涉、十歲而能浮、十五而能浮沒矣。夫沒者，豈苟然哉，必將有得於水之道者。日與水居，則十五而得其道。」

此一涵義之「道」，東坡或稱之為「理」（〈答虔倅俞括一首〉文四／1793）、「常理」（〈淨因院畫記〉文二／367）、「自然之理」（〈上曾丞相書〉文四／1378）、「自然之數」（〈書吳道子畫後〉文五／2210）。「道」既為客觀事物內在規律，必經長期實踐方可致（掌握）道。即上引東坡〈日喻〉以游泳為喻，言「日與水居」之少年，由實踐而致道，非由間接傳授以致道。是以敏澤《中國美學思想史》卷二〈有關蘇軾論道與論藝及審美關係中的主客觀〉，顏中其先生《蘇軾論文藝》前言中，皆就此申言，故東坡所謂「道」視古文運動者歷來虛張之道統說，更具「實踐性」。

東坡堅持此一致道方式，又於〈送錢塘僧思聰師歸孤山敘〉（文一／325）中云：「古之學道，無自虛空入者。」「聰若得道，琴與書皆與有力，詩其尤也。」「學道」得自「有力」，即如「輪扁斫輪，痀僂承蜩」，皆可以發其智巧。細繹東坡重由「實踐」致道，乃承自《莊子》。如〈養生主〉、〈達生〉、〈天道〉諸篇中所言，皆其類也。如〈養生主〉中庖丁之所以解牛在：「臣所好者，道也，進乎技矣。」「以神遇而不以目視，官知止而神欲行，依乎天理，批大郤，導大窾，因其固然」，庖丁技巧之熟練，在能合於自然之道。而其言「官知止而神欲行」、「依乎天理」亦即東坡所強調之「神與萬物交」、「天機之所合」，故東坡所重之「道」，正乃莊子玄言下，所言事物自然規律。〔註3〕

又〈達生〉篇中，莊子又藉呂梁蹈水一事，以明「蹈水有道乎」及「從水之道而不爲私」，此所謂之「道」正暗合〈日喻〉、〈養生主〉所言之道，即同指客觀事物之內在規律，必經長期生活歷練、師習而成，是以東坡所體悟之「道」，絕非僅止於儒家倫理道德綱常耳。

東坡爲文，論點雖屬文人「多識」之論，不如思想家之深入細膩，然亦多有哲理存焉。與宋代偏重道統文學之理學家不同。

據周密《癸辛雜識》言西崑體盛行時，非華文不能干祿；而宋時（如徐霖等）競尚性理，以非《四書》《通書》等不足以釣致科名。羅大經《鶴林玉露》亦引眞西山言於東山先生楊伯子，以時人所作詩文一編爲「本心不正，脈理皆邪」，甚而以詩文爲「邪魔外道」。

又如《中國文學發達史》頁589〈宋代的社會環境與文學發展〉中，引程頤偶聽得人讀晏幾道詞「夢魂慣得無拘束，又踏楊花過謝橋」，忙搖手曰：「鬼語鬼語。」是以文至宋代，理學家唯重聖道、經學，而直斥文學無用。

溯韓、歐論文，雖時以「志乎古道」與「道至而文亦至」爲言，至周敦頤《通書．文辭》始倡「文以載道」說，言「虛車」「徒飾」，如所載者爲「道」，仍爲有用之車，而反對「不知務道德而第以文辭爲能者」之「藝」。

〔註3〕參見曾棗莊《三蘇文藝思想》，頁265，東坡〈書李伯時山莊圖後〉一文題解。

程頤雖有「文章三層次」說（見〈二程遺書〉十八），〔註 4〕然以「道」爲主，文爲次，言華美之車，未足以載道，細繹其「輕文重道」之論點有五：

（1）以德爲本、文爲末

「道者，文之本也。」（〈公是先生弟子記〉）又重「學文而及道」，聖人有德即有言「退之卻學了」（《二程遺書》十八），則於理學家言，六朝犂風，西崑豔體，固不足觀，即昌黎之學文，亦爲「倒學」。

（2）視文學爲「閑言語」

程子於〈答朱長文書〉以聖人之言可以明理，而「後之人」所言，乃「無用之贅言」。程子又於《二程遺書》中復舉子美之詩「穿花蝴蝶深深見，點水蜻蜓款款飛」爲「閑言語」。

（3）視文學爲「異端」

程子又於《二程遺書》中以學者不趨道之三弊爲溺於文章、牽於訓詁、惑於異端，則文章與異端並舉，學文好文，自爲害道。

（4）作家爲「俳優」

程子又以「作文害道」，蓋爲文者乃「專務章句、悅人耳目」之俳優，足以令人「玩物喪志」（《二程遺書》十八）

（5）楊時〈送吳子正序〉甚而將司馬遷、司馬相如、韓愈、柳宗元等及名家之作視爲「詭於聖人」，「未能倡明道學，窺聖人閫奧。」則二程以「文能害道」，作品但爲「閑言語」、「異端」，爲文則「玩物喪志」，作者則爲「詭於聖人」之「俳優」，則「德本文末」之言，頗爲易見。

朱子亦長於論文，其〈清邃閣論詩〉，即具獨到之卓見。

《朱子語類》卷 139 云：「文皆是從道中流出，豈有文反能貫道之理？」此與周敦頤的「載道說」，二程「倒學說」，乃一脈相承，以道爲本，文爲末。又於《朱文公文集》卷七十〈讀唐志〉中系統評歷代文學，謂戰國之言辨「不能一出於道」。

迄於隋唐數百年間，唯韓愈之作，仍「未免裂道與文以爲兩物」，「又未免於倒懸而逆置之也。」甚而於《朱子語類》卷 139 中又直道——

〔註 4〕應世之文（「語麗辭贍」者）、名世之文（「識高志遠、議論卓絕」者）、傳世之文（「編之乎詩書而不愧，措之乎天地而不疑」，能貫通古今、能傳之後世之文）。民國六十八年程兆熊亦有〈中國文話文論與詩學〉一文，即發揮此說。（又參見《中國散文辭典》，頁 490。）

歐陽修〈本論〉「大段拙」。〈六一居士傳〉：「分明是自納敗闕。」又東坡〈昌化峻靈王廟碑〉中言以寶玉鎮山「不成議論」。則朱子不惟攻擊「俳優」作家，至韓愈、歐陽修、蘇東坡亦一概罵倒。

至朱子再傳弟子真德秀作《文章正宗》，於序中直道此作「以明義理、切世用為主」，不選錄他作，乃由「道統」論點以斥梁《昭明文選》、姚鉉《文粹》。顧炎武《日知錄》云：

> 六代浮華，固當刊落，必使徐庾不得為人，陳隋不得為代，毋乃太甚，豈非執理之過乎？

則直道理學家道統論之過偏。

東坡兼重文、道，自不同於韓、柳、程、朱諸人。以下將進言其「有道有藝」。

3、有道有藝

東坡於〈文與可畫篔簹谷偃竹記〉（文二／356）又力主「有道有藝」。蓋「有道」指能掌握事物之內在規律，使合於自然之道（如同醉中不以鼻飲酒、夢中不以腳趾拾物），然僅有道，仍不能「形於心」、「應於手」，乃至書之紙。必以精熟技巧（「有藝」）方可達「神與萬物交，智與百工通」。而技巧「操之不熟」乃「不學之過也」，求道藝合一、心手相應，其必由「學」乎。

至如何「由學以求道」？東坡於〈與謝民師推官書〉（文四／1679）中云：「求物之妙，如繫風捕影，能使是物了然於心者，蓋千萬人而不一遇也，而況有使了然於口與手乎。」唯有經長期學習與生活實踐，方能由學以求道，於「胸中豁然以明」（蘇洵〈上歐陽內翰第一書〉），而後「得之心而書之紙」（蘇洵〈上田樞密書〉）。

東坡又進言百工技藝皆必由實踐學習以得。如〈日喻〉（文五／1980）所謂「百工居肆，以成其事，君子學以致其道」。又〈眾妙堂記〉（文二／361），中東坡又以工人灑水、除草技藝之精以言，所謂：

> 二人者，手若風雨，而步中規矩，蓋渙然霧除，霍然雲散。余驚嘆曰：「妙盍至此乎！庖丁之理解，郢人之鼻斲，信矣。」二人者，釋技而上曰：「子未覩真妙，庖郢非其人也。是技與道相半，習與空相會，非無挾而徑造也。」

工人之技巧熟練，乃因「習」（具體實踐）、「空」（抽象道理）二者之相會相融，故技道相半，方能至於「庖丁解牛」、「輪扁斲輪」、「痀僂承蜩」之化境。

東坡又於〈書吳道子畫後〉（文五／2210），言創作之道，並無終南捷徑，必經長期領會與磨練，所謂「君子之於學，百工之於技，自三代歷漢至唐而備矣」，然非「達者告之」即可一蹴而幾。學習不惟可以「致道」，亦可以「相忘」。東坡又於〈虔州崇慶禪院新經藏記〉（文二／390）云：「口必至於忘聲而後能言，手必至於忘筆而後能書……。」故《金剛經》曰：「一切聖賢皆以無爲法而差別，以是爲技；則技凝神，以是爲道，則道凝聖。」人能忘聲、忘筆，則能狀萬物之變。是言由道而進乎技，又由技之凝神，而通乎道，在周而復始之循環中，「技道兩進」方能心手相應，以臻盡物之變、以達創作之化境。

東坡又於〈思無邪齋銘〉（文二／574）中言「以無所得故而得」。東坡自言由認識至反映、由內容至形式，即由心而了然口、手，唯重長期實踐，故言：「吾何自得道？其惟有思而無所思乎」，要自「得」或「思」之「有」，通向「無所得」、「無所思」之「無」，必經由學習，方能至「振筆直遂」神遇之境。

而此一「道藝」相融，「無有」相通之化境，正似與可畫竹之「見竹不見人」、「其身與竹化」；吳道子之畫人物所以「得自然之數，不差毫末」、《莊子》言「游刃餘地，運斤成風」皆此例證也。

（二）有為而作——濟世之奏議

東坡以創作宜立足現實，合於世用。故其〈墨寶堂記〉（文二／357）言世人之共嗜，由「美飲食、好聲色」而「彈琴奕碁、蓄古法畫圖書」等文藝追求，再進運「言語文章」（三不朽之「立言」）、「功名」利祿（三不朽之「立功」）以德澤於民，方能留芳千古，然必由實踐行之，即「若行施之空言，而不見於行事，此不得已者之所爲也。」

而讀書寫作，乃以文字語言見知於世，又必以「濟世益民」爲目的。即〈答李端叔書〉（文四／1432）之云：「論利害，說得失。」此乃爲補世救弊而作，雖「亦以此取疾於人，得失相補，不如不作之安也。以此常欲焚棄筆硯，爲瘖默人；而習氣宿業，未能盡去。」（〈答劉沔都曹書〉文四／1429），則東坡爲文，乃以「補世救弊」爲首。

1、有為而作之必然——此以「立言」具必然性。

東坡以創作宜立足現實，表現人生，故言「有道有藝」。而所謂「道」，則有利於社會現實，又能出以華采動人之「言」。東坡即於〈答喬舍人啓〉中即言：「文章以華采爲末，而以體用爲本。」如何貴本賤末、取先棄後？則以合道有爲之作爲先。

又於〈題柳子厚詩〉（文五／2109）中云：「詩須要有爲而作，用事當以故爲新，以俗爲雅。好奇務新，乃詩之病。」〈鳧繹先生詩集敘〉（文一／313）中云：「先生之詩文，皆有爲而作，精悍確苦，言必中當世之過，鑿鑿乎如五穀必可以療飢，斷斷乎如藥石必可以伐病。其遊談以爲高，枝詞以爲觀美者，先生無一言焉。」此言於「評顏太初詩集」，即道詩文之體在「有爲」而作，正似藥石可以療饑伐病。

2、斥空言

何以近代之文多空泛？東坡於〈策總敘〉（文一／225）中謂三代戰國之文，意誠可用，而漢代以後則多「汎濫於辭章，不適於用。」至宋代直以「空言以取天下之士。」蓋宋之貢舉大抵沿襲唐制，唯進士已由試詩詞而兼取策論。東坡於嘉祐二年試禮部已然。至東坡晚歲（紹聖年間）謫嶺南時，作〈與王庠書〉（文四／1422）仍以策論爲空言，而獨稱美陸贄、賈誼。云：「儒者之病，多空文而少實用，賈誼、陸贄之學，殆不傳於世。……應舉者志於得而已，今程試文字，千人一律，考官亦厭之，未必得也。」則東坡屢稱美奏議之實用而唾棄空文。又〈答虔倅俞括奉議書〉（文四／1793）云「今觀所示議論，自東漢以下十篇，皆欲酌古以馭今，有意於濟世之實用，……此正平生所望於朋友與凡學道之君子也。」然東坡集中亦禮贊空言者，吾人深繹，則知此空言非彼空文。〈六一居士集敘〉（文一／315）云：

> 文章之得喪，何與於天。而禹之功與天地並，孔子、孟子以空言配之，不已誇乎！自《春秋》作，而亂臣賊子懼，孟子之言行，而楊、墨之道廢，天下以爲固然而不知其功。

此所謂「空言」者，乃指孔子（《春秋》）孟子（《孟子》）。〔註5〕

3、好陸賈

子由〈東坡墓誌銘〉云：「公之於文，得之於天。少與轍皆師先君。初好

〔註5〕《春秋》唯斷於《禮》，是以天下之亂臣、賊子懼。此言「能有益世道人心，至大且鉅，豈可以空文視之。至孟子之言亦若是。」〈孟軻論〉：「孟子可謂深於《詩》（見王道之易）而長於《春秋》（知王政之難）者矣……此其中必有所守，而後世或未之見也。」（文一／97）而孟子承孔子之道，距楊墨之說，又何曾爲空言也？又〈春秋定天下之邪正論〉云：「春秋者，禮義之大宗也。」（文一／38）

賈誼、陸贄書，論古今治亂，不爲空言。」老泉重諸子之匡時救弊，東坡承之而取賈、陸之奏議以求經世致用。

東坡亦曾於元祐八年五月七日與呂希等七人，進〈乞校正陸贄奏議上進箚子〉（文三／1012），稱美陸贄等人策論曰：「贄之論，開卷了然，聚古今之精英，實治亂之龜鑑。」

時東坡爲端明殿學士兼翰林侍讀學士禮部尙書，其與同僚欲以陸贄自期，屢進忠藎之言，而企盼哲宗效法德宗，以陸贄爲內相，取其濟世之文，不意陸反遭遠謫海外。後東坡仍於〈答虔倅俞括奉議書〉云：「文人之盛，莫如近世，然私所欽慕者，獨宣公一人，家有宣公奏議善本。頃侍講讀，繕寫奉御。」（文二／619）此乃以陸贄等作，具濟世之實用價値，且又能：「酌古以馭今，有意於濟世之實用，而不志於耳目之觀美。」又以都下醫工，「頗藝而窮」爲例，言治病之藥在療疾，而非務適口耳，則爲文目的卻在針砭時事。

又權德輿將陸氏制誥奏議，裝訂成冊，命名曰《陸宣公翰苑集》。其〈序〉云：「關於時政，昭昭然與金石不朽者，惟制誥奏議乎！」又曾國藩〈聖哲畫像記〉亦推美陸贄奏議之神，在能「事多疑之主，馭難馴之將」。蓋其時乃安史亂後，河北諸節度使，據地擁兵以抗朝命，德宗頗思抑方鎭以振中樞。幸內有陸贄；外有李晟、馬燧，同心協力，始得收復西京。

又東坡除贊美陸宣公奏議而外，又重賈誼〈治安策〉，乃因賈誼鑑於當時外有匈奴侵邊，內有諸侯僭越，故策中力主「眾建諸侯而小其力」，於是齊分爲六，淮南分爲三，然吳楚之勢尙強。景帝乃用晁錯之言，削減諸侯王土地；武帝又用主父偃之策，下推恩之令，皆是承賈誼之策，而卒底於成。此乃由賈氏利於中央一統之韜略。故東坡〈田表聖奏議敘〉（文一／317）中謂田表聖之〈奏議〉能有不測之憂；而賈誼之〈治安策〉能「建言使諸侯王子孫各以次受分地」，皆東坡唾棄空文之無用，贊美奏議之實用。

東坡受宣公奏議之啓發，在其重民意。即東坡於〈御試制科〉（《經進東坡文集事略》頁 325），言欲進退天下之士，必「思百姓之可畏」，此即本於《陸宣公翰苑集》〈論斐延齡奸蠹〉一首，其文云：「夫君天下者，必以天下之心爲心，而不私其心。以天下之耳目爲耳目，而不私其心。」溯陸宣公之思想源自儒家民本思想。如《舊唐書・陸贄傳》稱其人「頗勤儒學」。《新唐書・陸贄傳》謂其文「皆本仁義」，可以爲證，東坡亦復如此。然君民之間，策略之溝通，則非借助奏議。故徐復觀以政治理想付諸實現，必諍臣努力以韜略夾輔。〔註 6〕則眞正影響於東坡思想，則爲賈氏。

儒家之民本與禮治思想。賈誼《新書・大政上篇》:「聞之於政也，民無不爲本也。國以爲本，君以爲本，吏以爲本。故國以民爲安危，君以民爲威侮，吏以民爲貴賤，此之謂民無不爲本也。」又賈誼《新書・禮篇》云:「禮者，所以固國家、定社稷，使君無失其民者也。」則已將禮之理念制度化，以便於約束君臣父子兄弟等人際關係，進而欲國君重民。

故東坡治國理念，即在德澤於民之實學。又東坡〈墨妙亭記〉(文二／354)將治人、養身並論云：

> 物之有成必有壞，譬如人之有生必有死，而國之有興必有亡也。雖知其然，而君子之養身也，凡可以久生而緩死者無不用。其治國也，凡可以存存而救亡者無不爲。

此承自孔孟仁政德治。孔子以「仁」爲基本理論，但爲純德性之意。孟子以爲仁者必爲天下所歸，所謂「仁者無敵」、「不嗜殺人者能一之」等等，已言仁政之落實。而〈大學・首章〉言三綱領八條目，言修己治人，正爲儒家思想特色，東坡之言治道，亦理念上有所期待於國君者。蓋東坡早年受知於歐陽修，韓、歐文章行誼所影響。故而剛直敢言，又以文章道義，振導天下，求重爲文之經世致用。

(三) 為文在濟世

「言必中當世之過」——東坡創作重「意」。

1、作文之要，在有「意」而言

東坡長於創作，亦善於論文，其詩文(尤其序跋、書簡中)常具文藝創作思想。以下試析言之：

東坡以「作文之要」在「有意而言」如：

〈策總敘〉(文一／225)中云：

> 臣聞有意而言，意盡而言止者，天下之至言也。蓋有以一言而興邦者，有三日言而不輟者。

此言天下之至言在「有意而言，意盡而言止者。」據葛立方《韻語陽秋》卷三言，東坡曾告不遠千里至儋耳，向之請益之葛延之，作文之要在以「意」

〔註 6〕徐復觀《學術與政治之間》頁 102：「專制時代的權原在皇帝，政治的意見，應該向皇帝開陳。民主時代的權原在人民，政治意見則應該向社會申訴。所以專制時代的諍臣，即民主時代的政論家。」

攝存於天下事之經、子、史。

細繹東坡之重言「有意而言」，乃針對北宋不良文風而發。如〈謝歐陽內翰書〉（文四／1423）中，東坡直斥「浮巧輕媚」、「迂奇怪僻」之時文，「用意過當」之「新弊」，而力主復古。

東坡以爲文之「意」安在？即「救時」、「濟世」之言，亦即「有爲而作」之言。如〈答虔倅俞括書〉（文四／1793）所謂能「酌古御今」，有意乎「濟世實用」之言。〈六一居士集敘〉（文一／315）中所謂能「通經學古」、「救時行道」、「犯顏納諫」之言。亦〈答喬舍人啓〉（文四／1363）中所謂「以體用爲本」、「華采爲末」之言。

東坡身處北宋積貧積弱之時，不滿迂奇怪僻文風，是以求爲文合於現實。如觀其文，則知其救弊之心。如：

自幼即「奮厲有當世志」（子由〈東坡先生墓志銘〉）。又自稱「早歲便懷齊物志，微官敢有濟時心」（〈和柳子玉過陳絕糧〉）。又於歷任地方官時興水利、飭軍紀、免賦稅等，皆「爲君父惜民」（元祐七年六月十六日〈再論積欠六事四事劄子〉文三／970）。

又東坡以「某平生無快意事，惟作文章」（何薳《春渚紀聞》卷六引），則東坡以世間樂事，端在「有意而言」，即所言皆能「救時」、「濟世」。

東坡又於〈題柳子厚詩〉（文五／2109）中，言爲文之「意」在「有爲」而作。其意在詩文既能反映作者之眞實感受，與對社會人生之積極意義。此乃東坡承老泉而發。所謂「眞實感受」，乃是於森羅萬象中，能激出心胸之實感而自然流露者。如〈南行前集序〉（文一／323）云：

> 夫昔之爲文者，非能爲之爲工，乃不能不爲之爲工也。山川之有雲霧，草木之有華實，充滿勃鬱，而見於外。夫雖欲無有，其可得耶？自少聞家君之論文，以爲古之聖人有所不能自已而作者；故軾與弟轍爲文至多，而未嘗敢有作文之意。

而東坡〈乞郡劄子〉（文三／827）中自稱：「臣屢論事，未蒙施行，乃復作爲詩文，寓物託諷，庶幾流傳上達。」又遭貶嶺南所作〈次子由詩相慶〉亦云：「《春秋》古史乃家法，詩筆《離騷》亦時用。但令文史還照世，糞土腐餘安足論！」

東坡欲承太史公所揭示「仲尼厄而作《春秋》，屈原放逐乃賦《離騷》」（〈報任安書〉）之「發憤著書」傳統，以史筆詩歌褒貶是非、抒發騷情，振奮社會。

是以黃庭堅〈答洪駒父書〉云：「東坡文章妙天下，其短處在好罵，慎勿襲其軌也。」陳師道《後山詩話》亦云：「蘇詩始學劉禹錫，故多怨刺，學不可不慎也。」文意重怨刺，乃求「有用」也。

2、言必中當世之過

作文如何方可以「救時」、「濟世」？東坡承白居易〈與元微之書〉云：「爲時而著，爲事而作」。故進於〈鳧繹先生詩集敘〉中引老泉之評魯人鳧繹先生詩文十餘篇云：

> 先生之詩文，皆有爲而作，精悍確苦，言必中當世之過，鑿鑿乎如五穀必可療飢，斷斷乎如葯石必可以伐病，其游談以爲高，枝詞以爲觀美者，先生無一言焉。

則「言必中當世之過」皆有爲而作。然能「有爲」，必基於精確洞察力與使命感，方有激情、眞理之實作。如《史記・屈原傳》言《離騷》之作乃：「信而見疑，忠而被謗」，積怨而生，是以感人。又司馬遷之發憤著書，既於《史記・太史公自序》中云：「意有所鬱結，不得通其道」。又於〈報任安書〉中云：「恨私心有所不盡，鄙沒世而文采不表於後」，則於激情下，常有不朽之作。此即王充《論衡・超奇》所謂「精誠由中，故其文語感動人深。」

東坡既承老泉言天下之至文在「風行水上渙」（《嘉祐集》卷十四〈仲兄字文甫說〉），又於〈南行前集敘〉中言爲文在有激而抒與有感而發，故曰：「非能爲之爲工，乃不能不爲之爲工也。」則「不能自已」、「不能不爲」之文，自能救時濟世。試觀〈吳中田婦嘆〉（詩二／404）、〈荔枝嘆〉（詩七／2126）、〈山村五絕〉（詩二／437）諸作，即能體驗東坡反映現實，體現愛民之作。

（四）不以一身禍福，易其憂國之心

東坡一生，無論窮達，皆爲文以言「當世之過」，故常受排擠於新舊黨之間，甚而有受迫害之「嶮毒」。其中舊黨尤甚於新黨（〈乞郡劄子〉）。又子由〈亡兄子瞻端明墓誌銘〉言：「公（指蘇軾）既補外，見事有不便於民者」，「緣詩人之義，託事以諷，庶幾有補於國」，已承詩歌上諷諭傳統。而陸游亦概括以言：「公（東坡）不以一身禍福，易其憂國之心，千載之下，生氣凜然。」（《放翁題跋》卷四〈跋東坡帖〉）。而東坡之反對新法，其基本出發點爲「竊懷憂國憂民之意」。故曾自稱：「好僭議朝政」乃「受性於天」（〈辨賈易彈奏待罪劄子〉文三／935），即表現鮮明憂國之思。又東坡〈御試制科策〉（文一

／289）云：「夫天下者，非君有也，天下使君主之耳。」〈上初接位論治道·道德〉（文一／132）即重君主必「捨己而從眾」、「夫眾未有不公，而人君者，天下公議之主也」。此一觀念視諸萌芽於先秦「民本思想」而多超越，而於秦漢後專制，尤屬石破天驚，與唐柳宗元〈貞符〉「受命於生人」等說，同爲唐、宋時期新興思想之一。

東坡既於〈潮州韓文公廟碑〉（文二／508）中稱美韓愈能「浩然而獨存者。」又於〈樂全先生文集敘〉（文一／314）中言孔融之「慨然有烈丈夫之風」、孔明具「開物成務之姿，綜練名實之意」、能「以天下之重自任」。又言張安道（樂全先生）之「毀譽不動，得喪若一」，且能「以道事君」。則東坡嚮往爲具「浩然之氣」、「烈丈夫之風」之忠臣也。

東坡具做人之原則與操守，見於〈田表聖奏議敘〉（文一／317）中即云：「古之君子，必憂治世，而危明主。」又〈晁錯論〉（文一／107）中又云：「唯仁人君子、豪傑之士，爲能出身爲天下犯大難，以求成大功。」東坡之處盛世而作「危言」，非隨人偃倒之士。又如

〈叔孫通不能致二生〉（文一／196）中言「（大臣）如與時上下，隨人俯仰，雖或適用於一時，又何足稱爲大臣？」

又〈張九齡不肯用張守珪牛仙客〉（文一／197）云：「若名節一衰，忠言不聞，亂亡隨之，捷如影響。」而亦鄙視「持祿保妻子」之膽怯者。

東坡於〈杭州召還乞郡狀〉（文三／911）中言，王安石變法，曾「上疏六千餘言，極論新法不便」，未能「少加附會」，則「進用可必」。東坡由民間得知部分新法視舊法爲佳，而不與司馬光力爭「當世之過」。即曾於〈與楊元素〉（文四／1649）中云：「昔之君子，惟荊（指王安石）是師，今之君子，惟溫（指司馬光）是隨。所隨不同，其爲隨一也。」則見其俯仰之度。

東坡於當世之務揣摩，端以「憂國」爲重。故劉安世《元城語錄》即云：「東坡立朝大節極可觀，才意邁峻，惟己之是信，在元豐，則不容於元豐，……在元祐，則與老先生（指司馬光）議論亦有不合處，非隨時上下人也。」

又東坡好直言。故於〈田表聖奏議敘〉（文一／317）中云：「田公古之遺直也，其盡言不諱。」

東坡〈祭歐陽文忠公文〉（文五／1937）中，又言從歐公「文與道俱」教訓，至死不易。

又於〈答陳師仲書〉（文四／1428）中言「意所樂則爲之，何暇計議窮達？」

蓋創作畏窮求達，必然隨時上下，見利而遷。

東坡又於〈思堂記〉（文二／363）中直道其遇事則發曰：「言發於心而沖余口，吐之則逆人，茹之則逆余，以為寧逆人也，故卒吐之。」

則皆東坡為憂國而直道，不計一身禍福也。

（五）論儒者之病——多空文而少實用

東坡既主「言必中當世之過」，又常自悔少作。如：〈與王庠書〉（文四／1422）云：

> 某少時好議論古人，既老，涉世更變，往往悔其言之過，故樂以此告君也。儒者之病，多空文而少實用，賈誼、陸贄之學，殆不傳於世。

又〈答李端叔書〉（文四／1432）云：

> 軾少年時，讀書作文，專為應舉而已。既及進士第，貪得不已，又舉制策，其實何所有。而其科號為直言極諫，故每紛然誦說古今，考論是非，以應其名耳。……妄論利害，攙說得失，此正制科人習氣。

〈與滕達道書〉（文四／1475）中亦曾悔當初對新法之偏失曰：

> 吾儕新法之初，輒守偏見，至有異同之論。雖此心耿耿，歸於憂國，而所言差謬，少有中理者。

東坡力主「言必中當世之過」，是以悔其少作之「空文」、「妄論」、「少理」。如何方能不悔？東坡又於〈答張嘉父〉（文四／1562）中云：

> 凡人為文，至老，多有所悔，僕嘗悔其少作矣。若著成一家之言，則不容有所悔。當且博觀而約取，如富人之築大第，儲其材用，既足而後成之，然後為得也。

則欲成一家之言，必「博觀約取」、「足而後成」，則東坡自始即重實用之文，且重成文之方，可謂實事求是者也。至東坡又惡斥虛偽頌聲及奉承之諛辭。如：

〈次韻孔文仲推官見贈〉（詩二／384）云：「賢明日登用，清廟歌緝熙。胡不學長卿，預作〈封禪詞〉？」

〈書林逋詩後〉（詩四／1343）云：「平生高節已難繼，將死微言猶可錄。自言不作〈封禪書〉，更看悲吟〈白頭曲〉。」（自注：「逋臨終詩云：『茂陵異日求遺草，猶喜初無〈封禪書〉。』」）

〈書柳公權聯句〉（文五／2106）云：

> 楚襄王登臺，有風颯然而至。王曰：「快哉此風！寡人與庶人共之者耶？」宋玉譏之曰：「此獨大王之雄風耳，庶人安得而有之！」不知

者以爲諂也，知之者以爲諷也。唐文宗詩曰：「人皆苦炎熱，我愛夏日長。」柳公權續之曰：「薰風自南來，殿閣生微涼。」惜乎，時無宋玉在其傍也。

東坡即奮筆爲唐文宗、柳公權之聯句作補充道：「一爲居所移，苦樂永相忘。願言均此施，清陰分四方。」並在詩後加跋語曰：「宋玉對楚王：『此獨大王之雄風也，庶人安得而共之？』譏楚王知己而不知人也。柳公權小子，與文宗聯句，有美而無箴，故爲足成其篇云。」則詩句與跋語皆同贊宋玉〈風賦〉諷刺之義，且又憤慨以斥虛應無聊之作。

二、辭達於「意」

（一）何謂「辭達」？

東坡重文之能達意，與道學家之「重道輕文」、「文能害意」不同。即陳善《捫蝨新話》卷五所謂議論派不同於經術派。

東坡之重「辭達」乃遠承孔子，而近接老泉、陸機、歐陽修而有所推進。如東坡首於〈答王庠書〉：「所示著述文字，皆有古作者風力，大略能道意所欲言者。孔子曰：『辭，達而已矣』。辭至於達，止矣，不可以有加矣。」（文四／1422）

何謂「達」？方孝孺《遜志齋集・與舒君書》云：

夫所謂達者，如決江河而注之海，不勞餘力，順流直趨，終焉萬里，……心至於極而後止，此其所以爲達也，而豈易哉！

此言「達」之能「順流直趨」，洵非易事。

又潘德輿《養一齋詩話》則評東坡之言「辭達」爲「第取氣之滔滔流行，能暢其意而已。」乃以東坡所謂之「達」，乃內「意」外「文」相稱之「達」。則作者具內在意象，自能暢發於外文。

（二）何以重「辭達」？

1、為文當以「立意」為先

老泉〈與孫叔靜書〉中云：「凡論但意立而理明，不必覓事應付」，言意既立，則勿須再作推考援引，理已足明。所謂：

爲文若能立意，則古今所有翕然並起，皆赴吾目。（《梁溪漫志》卷四）

東坡承之，晚歲即求葛立方示作文之法。葛則應之云：

> 儋州雖數百家之聚，州人之所需，取之市而足。然不可徒得也，必有一物以攝之，然後爲己用。所謂一物者，錢是也，作文亦然。天下之事，散在經、子、史中，不可徒使，必得一物以攝之，然後爲己用。所謂一物者，意是也。不得錢不可以取物，不得意不可以明事。此作文之要也。（葛立方《韻語陽秋》卷三）。

此言作文之要，在以「意」攝之，即可得。然「意」之形成，並非憑空臆設，乃是建立於「通萬物之理」之中。故東坡又於〈上曾丞相書〉（文四／1378）中云：「凡學之難者，難於無私。無私之難者，難於通萬物之理」、「故幽居默處而觀萬物之變，盡其自然之理而斷之於中。」如能默觀而得自然之理，心有所悟，方有「意」之立，而後有「意」達之創作。

爲文以「立意」爲先，東坡又屢言之。如：

〈與李方叔書〉（文四／1420）：「前所示兵鑒，則讀之終篇，莫知所謂意者。足下未甚有得於中，而張其外者。」

東坡又云：「某平生無快意事，惟作文章，意之所到，則筆力曲折，無不盡意。」（何薳《春渚紀聞》卷六引）。皆言意在筆先。

2、「意」之達在「適」

陸機〈文賦〉：「恒患意不稱物，文不逮意。」文之「稱物」、「逮意」在其能「適意」。「意」之能妥適，自易明事抒情。東坡重爲文之「意」，即賦予詩文獨立生命。而其「適意」之理念，屢發於文。

如：狀與可畫竹乃「意有所不適而無所遣之，故一發於墨竹。」（〈跋文與可墨竹〉文五／2209）。

又重「文以達吾心，畫以適吾意。」（〈書朱象先畫後〉文五／2211）

「適意無異逍遙遊」（〈石蒼舒醉墨堂〉詩一／2209）

「文章以華采爲末，而以體用爲本。」（〈答喬舍人啓〉文四／1363）

「務令文字華實相副，期於適用乃佳。」（〈答虔倅俞括奉議書〉文四／1793）等。

東坡求意之「適」在達其用。蓋爲文在求反映萬象之理、萬人之情，自異於任意將「道」神格化，而相欺相習之「世之儒者」（〈進策・策略〉文一／226）。亦「文以達意」者，自高於「文以載道」、「文以明道」者。蓋文能「適意」，詩文自有獨立生命。

3、「辭至於能達，則文不可勝用矣」

東坡兼重作者思想認識，與藝術形式再現之「辭達」，不惟與道學家之「重道輕文」、「文能害道」等觀點截然對立，又能申言歐陽修「道勝者文不難而自至」（〈與吳充秀才書〉文四／1737）。由於東坡兼通詩文書畫，故其「辭達」說亦可融貫於各形創作之形象思維與塑造。如：

> 或曰：「龍眠居士作〈山莊圖〉，使後來入山者，信足而行，自得道路，如見所夢，如悟前世；見山中泉石草木，不問而知其名；遇山中漁樵隱逸，不名而識其人。此豈強記不忘者乎？」曰：「非也。畫日者常疑餅，非忘日也，醉中不以鼻飲，夢中不以趾捉，天機之所合，不強而自記也。居士之在山也，不留於一物，故其神與萬物交，其智與百工通。雖然，有道有藝。有道而不藝，則物雖形於心，不形於手。」（〈書李伯時山莊圖後〉文五／2211）

此言李公麟（字伯時，號「龍眠居士」）以白描風景人物見長，〈山莊圖〉之神清逼肖，乃因其能反覆觀察，縈迴腦際，加以集中概括，而能「天機自合」，意達於畫。

如何「辭達」？

「辭達」一詞，出於《論語・衛靈公》：「辭達而已矣。」言「辭」之明暢達意，在「質」。而《論語集解》引孔安國說：「凡事莫過於實，辭達則足矣，不煩文豔之辭。」司馬光〈答孔文仲司戶書〉所言亦類也。至如何方可達意？葉燮《原詩・內篇》即明分爲「理達」「事達」「情達」三者。即：

> 惟理、事、情三語，無處不然。三者得，則胸中通達無阻，出而敷爲辭，則夫子所云辭達。達者通也，通乎理，通乎事，通乎情之謂。而必泥乎法，則反有所不通矣。辭且不通，法更於何有乎？

（三）「辭達」之內涵

至細繹之，則有「理、事、情」三者，以下試分述之：

1、理　達

《藝概》以爲文之要，在「事理能窮盡通達」。

何謂「理」？東坡何以「尚理」重議？又如何求詩文之「理達」？故於〈答俞括書〉（文四／1793）中云：「物固有是理。」又〈上曾丞相書〉（文四／1378）云：「觀萬物之變，盡其自然之理」。則「理」自爲物象之客觀規律。東坡既由大自然山石竹木、水波煙雲中得其自然之理；又由人生目睹實事中體悟常理。

嚴羽《滄浪詩話・詩辨》中云：「詩有理趣，非關理也。」言唐詩本質在「情」；而宋詩重「理趣」。影響所及，明人則以「理」爲文之專利，與「詩」何涉？從而否定宋詩。李夢陽《空同集》即云：「若專作理語，何不作文，而詩爲耶？」「宋人遺茲矣，故曰詩。」

溯宋人之「尙理」，其來有自：

政治上——宋代人口四千餘萬（視唐代六千萬少三分之一）。故宋開墾之領土，僅及漢明帝二分之一、隋煬帝四分之一、唐明皇三之一。而宋代徵稅則比唐重七倍。故東坡〈魚蠻子〉（詩四／1124）詩中云：「人間行路難，踏地出賦租。」富貧差距日大。而契丹、西夏入侵，遂使「歲出金繒數十百萬，以資強虜。」（〈策略〉）。

軍事上——宋太祖自「杯酒釋兵權」後，力主養兵，民自不鋌而走險成「叛兵」。仁宗直轄禁軍八十二萬，地方軍二百萬，視宋初養兵增加四倍。

任官上——除冗兵外，宋代「冗官」甚多。（如十次不中進士，亦視同進士，六十歲未中者，亦名「敬老進士」）。唐時一次惟中三十人、宋代則一次中一千五百人（視唐代多出十倍。進士多，任官亦多。二百州，即有州刺史數千，全國十二鎮即有八十餘節度使，甚而有一官四俸祿者。一縣長供地七頃、宰相職田四十頃、僕人七十餘。）冗官冗兵稅重，使宋代危機四伏。爲「長治久安」，先有范仲淹「慶曆新政」、李覯「富國」、「強兵」、「安民」主張。由是言志、傳情、表意之宋詩，常寓有詩人哲理之思考，宋詩「尙理」自屬必然。又自詩之本質言，哲理詩除因應時代之需，亦密合於詩之本質——情、理、意象、議論。

唐詩之動人在「情」；六朝玄言詩、宋朝道學詩之「淡乎寡味」在缺「情」。東坡「哲理詩」則以「動人之情」爲本質，結合具體意象、抽象議論之表達方式，而深化哲理，故出自能別具一格，即所謂「出新意於法度之中」。其特徵爲：情中寓理——東坡如何說理？其方式約有：

（1）率意以言理

東坡說理，常衝口而出，直抒胸臆，除出自本性，亦多見於年少氣盛之時。如：「好詩衝口誰能擇，俗子疑人未遣聞。」（〈重寄孫侔〉詩三／995）。「言發於心而衝於口，吐之則逆人，茹之則逆予，以謂寧逆人也，故卒吐之。」（〈思堂記〉文一／363）。衝口直道多出自中心誠意，而迎合趨附，則多言不由衷，自非「辭達」。又「今之讀書取官者，皆屈折拳曲以合規繩，曾不得自伸其喙。」（〈送水丘秀才敘〉文一／327）。

此正代表東坡早期「辭達」之認知。即〈策總敘〉所謂：「有意而言，意盡而言止者，天下之至言也。」東坡又接言「戰國之際」之語文，所以「卓然可用」，乃得於「其意之所謂誠然者」。而自漢以降，務爲射策決科之學，「皆泛濫於辭章，不適於用」，晁錯、董仲舒、公孫弘「之流」，亦不免「言有浮於其意，而意有不盡於其言」，由是以言其〈進策〉等文，皆似春雲卷舒，秋水縈迴，「率其意之所欲言者」，「庶幾有益於當世」者也。

溯自《莊子》中〈秋水〉、〈天道〉等篇，已揭示「言」、「意」、「物」三者之相關。晉陸機〈文賦〉亦言：「恒患意不稱物，文不逮意」，東坡進由直「言」以表「意」，遂開展「道」、「文」之相涉。

（2）具象以寓理

熙寧五年，王安石變法正盛，其姻親謝景溫即以東坡窮治無所得，而抑其外任杭州通判。東坡自道「眼看時事力難任」（〈初到杭州寄子由二絕〉詩二／314）。「敢向清時怨不容」（〈和劉道原見寄〉詩二／331）。即作和詩云：「黑雲翻墨未遮山，白雨跳珠亂入船。卷地風來忽吹散，望湖樓下水如天。」（〈六月二十七日望湖樓醉五絕・其一〉詩二／339）。以黑雲、白雨、風三具象，以言雨前風雨之凶猛，雨後水面平靜，而表出其內心之受政治風寒之終將過去。正似〈送蔡冠卿知饒州〉（詩一／252）：「世事徐觀去夢寐，人生不信長坎坷。」則東坡受此衝擊，思想已由儒之積極，漸入佛道之超脫。

又東坡晚歲作〈六月二十日夜渡海〉（詩七／2366）一首，以「參橫斗轉欲三更，苦雨終風也解晴，九死南荒吾不恨，茲游奇絕冠平生。」概括自然之由黑暗而光明，亦會通人生之風雨終將澄清，皆由具體意象，以表抽象哲理。

（3）議論以說理

詩雖能以「意象」傳情達理，然「意象」常不確定，故必佐以議論。如由憂患中體認之禪理，尤較爲深刻。如：

〈六月二十日夜渡海〉（詩七／2366）中，如無「九死南荒吾不恨」之議論，則難明「參橫斗轉欲三更」所寓之理。又〈贈錢道人〉（詩三／946）之「當時一快意，事過有餘非。」〈安國寺浴〉（詩四／1034）：「心因萬緣空，身安一床足。」〈南華寺〉（詩六／2060）：「我本修行人」，乃東坡重新體認自我，塵世之坎坷，皆爲「中間一念失」，全詩化用《壇經》中六祖慧能事，故尤能深入揭示東坡內心世界。

又據《冷齋夜話》載，東坡復官歸自海南監玉局觀，作偈〈戲答〉僧曰：「卻著衲衣歸玉局，自疑身是五通仙」，意指東坡自嶺南歸來，身雖著人所「棄而不顧」之「衲衣」，卻已是「五通仙」（通天眼、天耳、他心、百命、如意），似已道出空門中，眞得脫離纏於苦海。

2、事　達

葉燮《原詩・內篇》：「言此事必深知其事，到得事理曲盡，則其文確鑿不可磨滅。」此言「文以達意」，能得「意」，自可「明事」。記事最工者。如：唐韓愈〈畫記〉、宋文同〈捕魚圖記〉、明魏學洢〈核舟記〉、清薛福成〈觀巴黎油畫記〉等，不惟能盡事物之妙，且能脈絡清晰，令人嗟嘆。

除事理「實達」外，亦有「虛達」者。如韓愈〈殿中少監馬君墓誌銘〉是爲「馬君」馬繼祖而作。然而馬繼祖以門功授官轉祿，並無錚錚事跡可記，則可另闢蹊徑，敘述其與馬氏祖孫三代之交往，感慨成文。全紙文不用事，無一句實寫，卻「包諸所有」，空靈結實，事無盡遺。

東坡於此類詩中，以見證人身份，客觀講述親睹經歷之事。如：

〈劉丑斯詩〉（詩六／2003），寫丑廝乞兒勇敢機智之抗暴。乞兒年僅十一、二歲，貧苦無告，與奄奄一息之老父棲身破窯，相依爲命。晝則操瓢行乞，冒雪拾柴；夜則與老父共頂破被禦寒。不料竟爲暴徒二搶走棉被，致其父親受寒而逝，丑廝悲憤求援，終而於他人協助中，懲處暴徒。此一題材與柳宗元〈童區寄傳〉頗爲相近。

〈和陶歸園田居〉〈其四〉（詩七／2105），寫惠州果林種園老者，篇幅短而精練。即：

> 老人八十餘，不識城市娛。造物偶遺漏，同儕盡丘墟。平生不渡江，水北有幽居。手插荔支子，合抱三百株。莫言陳家紫，甘冷恐不如。君來坐樹下，飽食攜其餘，歸舍遺兒子，懷抱不可虛。有酒持我飲，不問錢有無。

東坡由老人之高壽、勤勞，不履城市，精於園林寫入。次又講述其熱情待客，無市儈之勢利，亦不恥東坡「流放」，其淳厚率眞經由對白而得其形象。又使東坡飽嘗荔枝，且思於茅庵中幼子蘇過。是以老人形象經東坡觀察提煉，質樸而眞切。正似李漁《李笠翁曲話》，言作者之敘事：「說何人，肖何人，說某事，切某事」，「說張三要像張三，難通融於李四。」

又〈虔州呂倚承事年八十三，讀書作詩不已，好收古今帖，貧甚，至食不足〉（詩七／2449）中云：

> 揚雄老無子，馮衍終不遇，不識孔方兄，但有靈照女。家藏古今帖，墨色照箱筥。飢來據空案，一字不堪煮。枯腸五千卷，磊落相撐柱，吟爲蜩蛩聲，時有島可句。

寫江西贛縣八十三歲嗜書忘貧之碑帖收藏家，其珍愛文物「枯腸五千卷」、「一字不堪煮」之高潔，唯一女守侍，東坡涉筆已概括生活點滴。

〈和陶擬古・其九〉（詩七／2260）寫一幽居深山之黎族老人。其人「形槁神獨完」、「負薪入城市」已寫其人形體軥瘦，自食其力。「翛然獨往來」、「家在孤雲端」，又言其不關勢利，自由來去。「遺我古貝布，海風今歲寒」言其人厚道，竟慨贈棉布，以禦寒冷海風。

〈種德亭〉（詩三／822）寫錢塘處士王復。「德與佳木長」言其宅舍清幽，勤於花木。「元化（華陀之字）善養性，倉公多禁方」則喻其精於醫術，「所活不可數」、「木老德亦熟」，既呼應前文，又重言其醫德醫術之兼具。此正東坡寫人兼重形神之處，即其〈書韓幹二馬〉（詩七／2389）中言畫家之畫馬不獨畫馬，能畫二馬腹中事，既寫外貌，又及內心。

3、情　達

如范仲淹〈岳陽樓記〉借景以抒「覽物之情」、丘遲〈與陳伯之書〉托「江南草長」之物，以鄉情動陳伯之、吳均〈與宋元思書〉以富春江之景，寄「倦塵俗之情」、陶宋景〈答謝中書〉以高峰清麗以狀傾慕對方「出芙蓉」之情等，皆由「情」以達理。言爲心聲，抒發情意，首重人情之眞實合理，儒家以禮抑情，以義抑利，宋理學進由「在天理，滅人欲」「餓死事小，失節事大」（程頤）言。據《宋史紀事本末》卷 45 言洛蜀黨爭原因之一，乃東坡甚惡程頤之不近人情，即：「頤在經筵，多用古禮，蘇軾謂其不近人情，每加玩侮。」是以東坡爲文，甚惡出言不情。

東坡作詩一本眞情，如〈南行前集敘〉（文一／323）即云：

> 山川之秀美，風俗之樸陋，賢人君子之遺跡，與凡耳目之所接者，雜然有觸於中而發於詠歎！

即以詩之作，「有觸於中」則自發眞情。東坡之塡詞亦然。晁補之、陳師道即以東坡「小詞似詩」，遂評其「不及於情」。即《苕溪漁隱叢話・前集》卷五一引《後山詩話》云：「晁無咎云：『眉山公之詞短於情，蓋不更此境也。』」金王若虛《滹南詩話》已駁之曰：「是直以公爲不及於情也。嗚呼！風韻如東坡而謂不及於情，可乎？」

除作詩文重「情眞」以達，東坡亦據此以評詩，如：東坡於〈書李簡夫詩集後〉（文五／2148）曾言：「孔子不取微生高，孟子不取於仲陵子，惡其不情也。」〈和陶飲酒二十首・其七〉（詩七／1881）云：「有士常痛飲，飢寒見眞情。」〈其十二〉云：「惟有醉時空，空洞了無疑。」陶詩即以情眞，見賞於東坡。又〈讀孟郊詩二首・其二〉（詩三／296）：「詩從肺腑出，出輒愁肺腑。」孟郊詩亦以情眞動人，東坡故稱美之。

東坡出言情眞，又見於〈思堂記〉（文二／363）中云：「言發於心，而衝於口，吐之則逆人（不合人意）；茹之則逆余（不合己意），以爲寧逆人也，故卒吐之。」東坡直言朝政之弊，乃出於肺腑，忠愛之情也。

東坡既重以眞情入詩，故不喜刻鏤造作。如〈和陶飲酒二十首・其三〉（詩六／1881）云：「道喪士失己，出語輒不情，江左風流人，醉中亦求名。」不滿於謝安。又熙寧五年，東坡於杭州監試，作〈監試呈諸試官〉（詩二／366）云：「千金碎金璧，百衲收寸錦。調和椒桂釅，咀嚼沙礫碜。廣眉成半額，學步歸踔踸。」此諷元祐初文格之衰變，人多鉤章棘句，趨於奇僻。「千金」二句引自《莊子・山木》及皇甫詩，言時文似碎璧寸錦，寖失情眞。而「調和」二句，引自〈上林賦〉及鮑照樂府，言文之粗鄙，難以入口。而「廣眉」二句，又引自《後漢書・馬廖傳》、《莊子・秋水》，言人但學廣眉、邯鄲步，遂失原貌故行，則宋初文壇，已寖失渾淳情眞。

東坡既以「情」入詩文，以下試舉其一二言之：

東坡自熙寧四年〈議學校貢舉狀〉（文二／723），神宗意悅。及上〈諫買浙燈狀〉（文二／618）又蒙施行，時欲披露腹心，捐棄肝腦以報之。烏臺詩案後，神宗亦無意深責，貶黃州，乃冀他日復用。元豐六年六月，南豐卒於臨川，傳東坡與曾鞏同日遷化，神宗竟輟飯而起，屢嘆人才易失，卒不忍終棄。故元豐八年三月，東坡遽聞神宗崩逝，乃作〈神宗皇帝挽詞三首〉（詩四／1336），歷陳神宗執政十九年之勵精圖治，黎庶傾仰：「病馬空嘶櫪，枯葵已泫霜」二句言蒙恩已深，日後當歸夢以泣。《許彥周詩話》即評云：「非深悲至痛，不能道此語。」而《蘇文忠公詩編註集成總案》有「寄王鞏書」條，下引東坡〈與王定國書〉即言東坡於先帝升遐後，言歷坐廢幾死，「先帝獨哀之，而今而後，誰出我於溝瀆者？」言皆發自眞情。

又〈王中甫哀辭〉（詩四／1280）：「堪笑東坡痴鈍老，區區猶記刻舟痕。」據《宋史・選舉志》、《蘇文忠公詩編注集成》卷二謂，東坡除噓唏同年登科王中甫外，猶難忘情先帝——仁宗親策獎掖之殊榮。

而〈予以事繫御史臺獄，遺子由〉（詩三／998）：「夢繞雲山心似鹿，魂驚湯火命如雞。眼中犀角眞吾子，身後牛衣愧老妻。」即表達對妻小懷想之情。又〈壬寅重九懷子由〉（詩一／151）：「憶弟淚如雲不散，望鄉心與雁南飛。」乃東坡嘉祐七年，鳳翔任思家憶弟之作。則人多見東坡才氣，少悟東坡深情。今人王保珍《東坡詞研究》（開明）即列舉東坡詞用「多情」處十八。如

〈沁園春〉：「情如連環，恨如流水，甚時是休」〈蝶戀花〉：「枝上柳綿吹又少」、「多情卻被無情惱」，寫情何等纏綿深摯！

清王士禎《花草蒙拾》謂東坡此首，即緣情綺靡之柳永「未必能過。孰謂坡但解作〈大江東去〉耶？」至〈念奴嬌〉於「大江東去」後言公瑾、小喬之情，忽有「多情應笑我」神來之筆，亦重情之自白。

又王保珍《東坡詞研究》亦列出東坡詞有「我」之寫達七十八首，佔其詞四分之一，足見東坡寫情出自肺腑。如〈臨江仙・四大從來都偏滿〉：「故該爲我發新詩」言送錢塘江潮事，人言「四大皆空」；東坡〈風水洞〉詞遍言「四大遍滿」，由此已見一己具慧眼卓識。

又〈永遇樂・明月如霜〉：「異時對，黃樓夜景，爲余浩嘆。」已示東坡豪氣干雲，自信兀傲。

以上，則無論理達、事達、情達，皆爲議論文、敘事文、抒情文之所必具。「譬之一木一草，其能發生者，理也；其既發生，則事也；既發生之後，夭喬滋植，情狀萬千，咸有自得之趣，則情也。」「凡形形色色，音聲狀貌，舉不能越此。」（葉燮《原詩・內篇》）雖各有側重，其理則一，變化萬千，終將不離。

4、適　意

適意爲文求意之達，除合於情、事、理外，又必求意之「適」與「餘味」。

老泉尚爲文溢出，於〈上歐陽內翰第一書〉中言「時既久，胸中之言日益多，不能自制，試出而書之。」〈上張侍郎第一書〉亦言爲文「引筆書紙，日數千言，坌然溢出。」

東坡〈南行前集敘〉承之而言：「非能爲之爲工，乃不能不爲之爲工也。」

則爲文貴在「不吐不快」「坌然溢出」。故而作文貴在「適意」。即「某平生無快意事，惟作文章，意之所到，則筆力曲折，無不盡意，自謂世間樂事無逾此者。」（蘇軾對劉景文語，見何薳《春渚紀聞》卷六）寫字作畫，尤爲快意，「自言其中有至樂，適意無異逍遙遊。」（〈石蒼舒醉墨堂〉詩一／235）。即言外之意。

東坡論詩文書畫，皆重言外之意，題外之旨，弦外之音。如

書法上——東坡〈書黄子思詩集後〉（文五／2124）稱美「鍾（繇）、王（羲之）之迹蕭散簡遠，妙在筆畫之外。」

繪畫上——東坡〈王維吳道子畫〉（詩一／108）中稱美「摩詰（王維）得之於象外，」

論詩上——〈評韓柳詩〉（文五／2109）稱美司空圖《詩品》「美在鹹酸之外」。推美陶潛詩在質而實綺，疏而實腴。柳子厚詩「似淡而實美」、「外枯而中膏」。

三、自然成文

東坡爲文與評文，皆尚「自然」，如其：〈上梅直講書〉（文四／1385）即言反對求深務奇之時文，而欲宗「詞語甚樸，無所藻飾」之兩漢文。

〈答謝民師書〉（文四／1418）云：「大略如行雲流水，初無定質，但常行於所當行，常止於所不可不止，文理自然，姿態橫生。」言雲、水兩物，皆具有流動性與多變性，而以「自然本色」爲依歸。

東坡〈中山松醪賦〉（文一／12）云：「遂從此而入海，渺翻天之雲濤」，即以雲濤狀水勢浩蕩。

又〈灩澦堆賦〉（文一／1）云：「天下之至信者，唯水而已。江河之大與海之深，而可以意揣；唯其不自爲形，而因物以賦形，是故千變萬化而有必然之理。」由此皆足言東坡爲文尚自然之境。東坡甚而於〈文說〉（文五／2069）自評其文爲「萬斛泉源」，殆爲此也。誦讀東坡各體文，有奔騰揮灑、波濤迭起之氣勢，乃由其自然爲文使然，是以歷代人亦以「水」評論東坡之文。如：

釋惠洪〈跋東坡仇池錄〉：「其文渙然如水之質，漫衍浩蕩，則其波亦自然而成文。」（《石門文字禪》卷二十七）

「蘇如潮。」（《文章精義》）

「東坡之文浩如河漢」（元王構《修詞鑑衡》引《橫浦日新》）。

「大蘇文一瀉千里」（《藝概》卷一）。

「筆端浩渺」（元劉壎《隱居通議》卷四）。

是以今人王水照〈蘇軾論稿·蘇軾散文藝術美的三個特徵〉即以「圓活流轉之美、錯綜變化之美和自然眞率之美」爲東坡文三大特徵。（參《社會科學戰線》一九八五年第三期）

東坡之個性、氣質，與所處時、空，既具其特異性，又能攝取與其合拍之儒、道、釋等思想概括成其人生理念、美學追求，而辭達於其詩文。至東坡所具之好尙自然思想，如何呈現，以下試探析之：

（一）自然思想之呈現

東坡自烏臺詩案，貶謫黃州，「致君堯舜」之積極入宦，已轉爲「聊從造物游」。其崇尚自然思想，詩文中常表現於人生如夢、求仙歸隱、醉酒離塵之抒發上。

1、人生如夢

「烏臺詩案」對東坡，猶如惡夢一場，夢後如何面對人生？

「世事一場大夢，人生幾度秋涼。」〈西湖·黃州中秋〉

〈念奴嬌·大江東去〉（詞二／152）中言「大江東去」之雄偉，江山如畫；或「談笑間，強虜灰飛煙滅」之英雄偉業，皆無法脫東坡對人生、時代、社會深刻哀傷。則「人生如夢」自是東坡千古詞篇之主旋律。亦有夢仙之想，如「仙村夢不成」（〈南歌子〉詞一／114），「夢裏栩然胡蝶一身輕。」（〈南歌子〉詞一／115），「歸路晚風清，一枕初寒夢不成。」（〈南鄉子〉詞一／29）。皆以「人生如夢」，且一切皆夢，蓋「夢」乃「日有所思，夜有所想」，夢中所見，多以「失意」爲主。如：

人間何者非夢幻（〈四月十一日初食荔枝〉詩七／2121）。

且古今皆夢：

君看今古悠悠，浮幻人間世。（〈哨遍〉詞三／289）。

而夢幻失落痛苦，難以擺脫，「萬事到頭都是夢，休休，明日黃花蝶也愁。」（〈南鄉子·重九涵輝樓呈徐君猷〉）。夢幻已非濟世，亦非全然歸隱一醉。即所謂：「身外儻來都似夢，醉裏無何即是鄉。」（〈十拍子·暮秋〉詞二／183）

夢後之黃州貶謫，東坡有佛老思想「萬境歸空」、「人生如夢」之感。試觀其於黃州臨皋所築「雪堂」，并爲作〈雪堂記〉（文二／410），乃「非取雪之勢而取雪之意，吾非逃世之事而逃世之機」，實則東坡正「取雪之勢」，而借客人之口曰：「厲風過焉，則凹者留，而凸者散」。言老莊「盛極必衰」之理，朝廷既由盛而衰，一己又「無力挽狂瀾於既倒」，是而自有人生之悲嘆，故東坡之言「夢」乃直實反映歷史。

2、求仙歸隱

東坡早期爲「無神論者」。初出川，過安樂山時，聞山上樹葉有文字，乃漢人「得黃帝九鼎丹法」張道陵之篆符，東坡否定長生不老，故曰：「故國子孫今尚死，滿山秋葉豈能神？」（〈過安樂山〉詩一／14）。

於痛苦現實中，東坡亦曾嚮往仙佛，與僧、道交往，習其經典，甚而煉丹、參禪。如初至黃州，於天慶道堂四十九日，一心修煉。又於夢中食石芝，故於〈石芝〉（詩四／1047）中，企「神山一合五百年，風吹石髓堅如鐵。」

又於〈念奴嬌・中秋〉中言「乘鸞來去，人在清涼國」，飛升月上，俯瞰人間，「江山如畫，望中煙樹歷歷。」

東坡雖於〈夜歸臨臯〉中自言「何時忘卻營營」「江海寄餘生」，其兼濟天下之積極，雖未允其羽化仙去，但以蓬萊仙界否定現實苦痛耳。

〈前赤壁賦〉（文一／5）中同借客之口，否定曹孟德之功業，故曰「挾飛仙以遨遊」；神仙道路又不可驟得，惟有「托遺響於悲風」，蓋唯清風明月之大自然可恃。

東坡對歸隱之路・曾付諸求田問舍。故於《志林》中曾言如不歸隱，將愧對山神、江神，然根蒂深固之儒家進取，又難使其拂袖而去，即使歸隱，亦難全然忘懷。念念自然「聊從物外遊」，方爲其唯一慰藉。如〈梅花二首・其二〉（詩四／1334），東坡以梅自喻、以「清溪」象徵自然，云：「幸有清溪三百曲，不辭相送到黃州。」即言唯在清溪、樂曲中，方得戰勝痛苦。

黃州流放，東坡生活艱困，所謂：「全家占江驛，絕境天爲破，飢貧相乘除。」（〈遷居臨臯亭〉詩四／1053）。東坡一己則「心衰面改瘦崢嶸，相見惟應識舊聲。」（〈侄安節遠來夜坐〉）。而慰藉東坡正是大自然，如：「長江繞廓知魚美，好竹連山覺笋香。」（〈初到黃州〉詩四／1031）。

東坡至黃州或釣魚采藥、或扁舟放棹，或曳杖漫步，皆以若有思、而借所思以忘卻內心之愁苦。

3、醉酒離塵

東坡又常以寄情詩、酒，忘卻煩憂。如〈西江月〉題敘中，言「過酒家，飲酒醉，乘月至一溪橋上，解鞍。曲肱醉臥少休。及覺已曉，亂山攢擁，流水鏘然，疑非塵世也。」詞中且云：「我欲醉眠芳草」，東坡之超乎塵世，欲醉眠於柔美芳草，似與自然合一。

又〈黃泥坡詞〉中行歌醉偃於黃泥坡：「紛墜露之濕衣兮」、「恐牛羊之予踐」，東坡醉臥路旁爲牛羊踐踏、成露水沾濕之「狂夫」，而內心則似〈卜算子〉中縹緲之「孤鴻」，有「揀盡寒枝不肯棲」之孤傲。又借助酒力，於〈歸來引送王子立〉（詩八／2642）中云：「紛野馬之決驟兮，幸余首之未羈。」

東坡與當權之司馬光、得勢之程頤相左，故元祐間，無日不在煎熬，時時追戀黃州、杭州之自在，如

夢里黃州空自疑。何處青山不堪老。（〈次韻李修孺留別二首〉詩五／1456）

〈書王定國所藏煙江疊障圖〉（詩五／1607）所云：「小橋野店依山前」、「漁舟一葉江呑天」之仙境，亦爲東坡嚮往。

而黃州五載之黃泥坡上醉酒狂歌、臨皋亭上高唱：「江海寄餘生」、綠楊橋下「醉眠芳草」等一一展現。尤嚮往〈書李世南所畫秋景二首・其一〉所謂野水參差，疏林欹倒，意念中存在之「黃葉村」。〔註 7〕而東坡於揚州獲二石後，忽憶穎州日，夢人請住一官府，榜曰仇池（〈雙石并敍〉詩六／1880）。何謂「仇池」？道藏《益州洞庭玄中記》載：「仇池」乃通九天之山，東坡之回憶黃州，思念杭州，此正爲現實哀傷中，尋求心靈滿足。

而東坡內心深處嚮往自然，又不能眞正歸隱。故於〈和穆父新涼〉（詩五／1521）中所謂家居不仕則「妻兒號」；而出仕則「猿鶴怨」，惟能「意念」中歸隱：「半推江湖心，適我魚鳥願。」又於〈和陶飲酒二十首・其四〉（詩六／1881）中以「蠢蠕食葉蟲，仰空慕高飛。一朝傅兩翅，乃得粘網悲。」道出由蠶仰蝶（求仕宦）又爲蝶生翅有「粘網」之悲（求擺脱仕宦），於此不能擺脫，唯有醉、夢中求之。〈其五〉曰：「小舟眞一葉，下有暗浪喧」，〈其六〉：「惟有醉時眞，空洞了無疑。」〈其八〉：「我坐華堂上，不改麋鹿姿。」

（二）自然與法度

1、自然之責

所謂「法度」乃指總結前人創作經驗之「前軌」「舊規」。然欲勾描反映

〔註 7〕宋人鄧椿於《畫繼》卷四中曾云：李世南之孫李皓云：「此圖本寒林障，分作兩軸」，「後三幅盡平遠，所以有『黃葉村』之句。」可知「黃葉村」并非實有村名，而是東坡虛構理想所在，類似於陶潛之「桃花源」。

現實，則宜變通、創新，即東坡〈詩頌〉云：「衝口出常言，法度去前軌。人言非妙處，妙處在於是。」東坡重「自然」之根源自：

儒家爲文，較重法度、人爲。如求「思無邪」之內容，重「賦比興」之技法，求「溫柔敦厚」之風格等。

而道家思想重自然天成、不落跡象，故倡「天籟」、「天樂」，反對人爲規範。

東坡以「文貴自然」爲最高境界，除綜合儒、道外，又取老泉「風行水上渙，此亦天下之至文也。」

老泉以「風」爲客觀存在之外物；「水」爲作家審美認知能力。是以老泉謂「風」、「水」二者「不期而相遭，而文生焉。」「二物者，非能爲文，而不能不爲文也。」（《嘉祐集》卷十四〈仲兄字文甫說〉）

此言「風」、「水」二者，條件成熟，則「非能爲之爲工，乃不能不爲之爲工」，蓋二者一旦相遭逢，則文采自具，煥然彪炳，彷彿「如風吹水，自成文理。」（〈書辯才次韻參寥師〉文五／2144）

東坡且於〈黃州再祭文與可〉（文五／1942）中，以「天力自然，不施膠筋」兩句，概括文與可之藝術成就由自然。是以東坡既重「自然」，則於歷代文家之言「自然」「法度」中，作合理之調整。

如陸機〈文賦〉由創作經驗云：「雖離方而遁圓，期窮形而盡相」即爲「窮形而盡相」之創作，而合理調適「方圓規矩」。而

《文心雕龍・神思》亦求反映自然可變其法度，即云：「至精而後闡其妙，至變而後通其數。」而

皎然「放意須險，定句須難，雖取由我衷，而得若神表。」（《詩式》）

又呂本中「規矩備具，而能出於規矩之外，變化不測，而亦不背於規矩。」〔註8〕

則諸家已體認自然、法度之調適重要。其間爲探索兩者合理之交叉，東坡自是其中佼佼者。〔註9〕

然如權衡「自然」與「法度」二者，東坡較重者爲「自然」之與否，而非法度之有無，蓋其心中以創作鵠的在「隨物賦形」「行止」適當（〈自評文〉文五／2069）。其他諸文，亦常具此意，如「大略如行雲流水，初無定質，……

〔註8〕《後村先生大全集》卷九十五〈江西詩派〉引呂本中〈夏均父集序〉。

〔註9〕參見周裕鍇〈豪放含法度新意合妙理〉一文，收錄在《蘇軾思想探討》一書，四川大學學報叢刊，一九八七年九月出版，頁166～180。

文理自然，恣態橫生。」(〈與謝民師推官書〉文四／1418)。其「隨物賦形」、「無意爲文」之揮灑創作，自不同於「惟陳言之務去」(韓愈〈答李翊書〉)之聱牙詰屈；或「詩人雕刻閑草木，搜抉肝腎神應哭」(〈次韻孔毅甫集古人句見贈〉詩四／1157)、「何苦將兩耳，聽此寒蟲號」(〈讀孟郊詩〉詩三／796)、「鞭箠刻烙傷天全」(〈書韓幹牧馬圖〉詩三／721)之矯力傷全。

東坡以行文當似曲折山石之流水，無心出岫之行雲，反對以個人主觀雕琢客觀事物形貌以入有限之框圍。東坡又於以下諸文中進申其義：

〈書蒲永昇畫後〉：

> 唐廣明中處士孫位始出新意，畫奔湍巨浪，與山石曲折，隨物賦形，盡水之變，號稱神逸。

〈書唐氏六家書法後〉(文五／2206)亦云：

> 張長史草書，頹然天放，略有點畫處，而意態自足，號稱神逸。

〈李潭六馬圖贊〉(文二／612)中又云：

> 絡金、玉，非馬所便。烏乎，各適其適，以全吾天。

蓋「神逸」之作，乃依物象而賦物之形，傳物之神，淋漓盡致以表出「無裁」之自然之境。

2、東坡所取之法度——在「活法」

東坡創作雖言隨心所欲，尙絕對自由，然客觀事物，並不依人之意志而存在，故仍必受制客觀規律。如「行雲流水」仍須「行於所當行，止於所不可不止」，「遇山石曲折，隨物賦形而不可知也」，亦受客觀規律制約，皆非作者主觀所能臆測。「隨物賦形」一語，即由南齊謝赫「繪畫六法」中「應物象形」、「隨類賦采」等發展而來。陸機〈文賦〉亦云：「其爲物也多姿，其爲體也屢遷。」《文心雕龍・物色》亦云：「體物爲妙，功在密附。」「寫氣圖貌，既隨物以宛轉；屬采附聲，亦與心而徘徊。」東坡由是簡賅概括爲文法則在依客觀事物之本來面貌塑造形象，而統一於自由與規律。

如其〈書吳道子畫後〉云：

> 道子畫人物，如以燈取影，逆來順往，旁見側出，橫斜平直。各相乘除，得自然之數，不差毫末，出新意於法度之中，寄妙理於豪放之外，所謂游刃餘地、運斤成風，蓋古今一人而已。(文五／2210)

蓋藝術上必兼自由創作與遵循客觀，方得實地描繪出客觀事物形體狀貌，亦能生動表現出其神情意態，故「求物之妙」與「姿態橫生」，即言所謂「隨物賦形」並非徒得「形似」。是以東坡於統合自然、規律時，較偏重自然。即以客觀事物本身特質進行創作，雖不拘法度，而暗合法度，即取用通變之活法。是以東坡於〈書所作字後〉（文五／2190）云：「浩然聽筆之所之，不失法度，乃爲得之」，蓋法度不須外求，常自具於客觀事物之中。故合自然，即合法度。東坡激賞吳道子畫，乃因其能合於自然法度。故東坡〈書吳道子畫後〉（文五／2210）言「出新意於法度之中，寄妙理於豪放之外」，又「得自然之數，不差毫末」，此一「出新意」「自然之數」亦即東坡於吳道子畫之「當其下手風雨快，筆所未到氣已吞」，故於〈子由新修汝州龍興寺吳畫壁〉（詩六／2027）中稱美其：「細觀手面分轉側，妙算毫厘得天契。」

除繪畫外，東坡於書藝亦言自然在法度中出新意，故於〈書唐氏六家書後〉（文五／2206）謂顏魯公書能「雄秀獨出，一變古法」，柳體則「一字百金，非虛語也」。又於〈孫莘老求墨妙亭〉（詩三／371）中稱美「顏公變法出新意，細筋入骨如秋鷹。」東坡習書，亦以自然爲法，自出新意。故於〈評草書〉（文五／2183）中自評：「吾書雖不甚佳，然自出新意，不踐古人，是一訣也。」即言東坡於書藝中重「至大至剛之氣」抒發，而求筆意天成。人或評東坡用筆不合古法，則山谷常爲之挺身辯護。曰：

> 或云東坡作戈多成病筆，又腕著筆臥，故左秀而右枯，此又見其管中窺豹，不識大體。殊不知西施捧心而顰，雖其病處乃自成妍。（見《山谷題跋》）

皆言東坡所在「活法」。

（三）自然之文，如何能入於「化境」？

以下由東坡詩文中所得爲：

1、不過度刻鏤

風水相遭之渙文、山川之雲彩、大地之花草，皆自然美文，不須過度雕琢。即老泉於〈仲兄字文甫說〉中即云：

> 玉非不溫然美矣，而不得以爲文；刻鏤組繡，非不文矣，而不可與論乎自然。

故自然美文，如不過分規範與牽制，則自入化境。

2、自然美文，由直抒胸臆而得。

東坡既於〈錄陶淵明詩〉（文五／2111）中云：

言發於心而衝於口，吐之則逆人，茹之則逆余。以爲寧逆人也，故卒吐之。

東坡又於諸文中屢言其意。自然天成之妙，往往就在信手之間。如：

好詩衝口誰能擇（〈重寄孫侔〉詩三／995）

人言此語出天然（〈李行中秀才醉眠亭〉文二／585）

信手拈得俱天成（〈次韻孔毅父集古人句見贈〉詩四／1155）

衝口而出，縱手而成（〈跋劉景文歐公帖〉文六／2455）

信手自然，動有姿態（〈題顏魯公書草〉文五／2177）

是以欲爲文渾然天成，作者可直抒懷抱。故《欒城集・書先公字後》亦云：「發於胸中而應之於手」。

東坡又言自然天成，粲然新麗之文在不拘度數，各得其妙，故於〈跋蒲傳正燕公山水〉（文五／2212）中云：

畫以人物爲神，花竹禽魚爲妙，宮室器用爲巧，山水爲勝，而山水以清雄奇富變態無窮爲難。燕公之筆，渾然天成，粲然日新，已離畫工之度數，而得詩人之清麗也。

3、自然美文在求真實

「自然」、「眞實」洵一體之兩面，唯自然方能逼眞。東坡既於〈韓幹馬十四匹〉（詩二／610）中稱美：「韓生畫馬眞是馬，蘇子作詩如見畫。」

又推崇文與可善於繪竹寫眞曰：

寄語庵前抱節君，與君到處合相親。寫眞雖是文夫子，我亦眞堂作記人。（〈和文與可洋川園池三十首・此君庵〉詩三／677）

4、運筆以達自然

細繹東坡文之流轉靈動，在其常運筆法。即：

（1）借　筆

東坡善「借客形主」，回旋搖曳，使文情翻空出奇，騰挪變化。如〈書韓魏公黃州詩後〉（文五／2155），應以論述韓琦之「黃州詩」爲主，卻由王禹偁之知黃州伴說。由黃州人之「閭巷小民，知尊愛賢者」，轉出韓琦離黃州四十餘年，「而思之不忘，至以爲詩」。駕虛得實，以虛證實，彌見運筆自如。

（2）閑　筆

爲文最忌粗豪閑散。然節奏過促，亦易平板。東坡日夜精撰之〈上神宗皇帝書〉（文二／729）獨能匠心獨運。如其主旨正筆在「結人心，厚風俗，存紀綱」三語。然篇首述諫買燈事，在以閒筆婉寫，而得「先頌後諫」作用。又結尾兩段——舉「非敢歷詆新政，苟爲異論，如近日減皇族恩例」等皆爲善政。又言有罪無罪、不懼可懼，似爲餘波轉折，然卻主次相輔、緩急相濟，故樓昉評此文云：「一篇之文幾萬餘言，精采處都在閑語上。」（《崇古文訣》卷二十三）洵爲的論。

（3）復　筆

東坡寫作善由各層次立論，致其波搖浪起，眩人眼目。如其應舉時所作〈省試刑賞忠厚之至論〉（文一／33）由賞、罰兩端以言「忠厚」之原則。如堯舜之賞罰，皆能體現「君子長者之道」。接由「疑」字發論。先引《傳》「賞疑從與」「罰疑從去」之語立案，以明可賞可不賞者，賞；可罰可不罰者，不罰。又以堯不聽皋陶之殺人爲「去」，聽從四岳之用鯀爲「與」作爲例證。又引《尚書》「罪疑惟輕，功疑惟重」，引用《詩》、《春秋》歸結。「是故疑則舉而歸之於仁」，如是由一「疑」字，據經引史，前後呼應，上下兩言刑賞之用在「以君子長者之道。」

東坡此一「節目文字」（〈答王庠書〉文五／1820），卻寫出「高下抑揚，如龍蛇捉不住」（〈與二郎侄論文書〉文六／2523），乃善運復筆。又〈留侯論〉（文一／10）一文，層波疊浪，滔滔奔流，乃在能由一意反復，自縱橫捭闔、汪洋恣肆。如張良事，人多言「黃石公賜書」，東坡偏由「忍」字發論。如「博浪擊秦」與「圯下授書」原不相關，東坡卻由「不忍」加以綰合。言張良不能忍，卻以鄭伯肉袒迎楚、勾踐臣妾於吳，一一能「忍」之例逆承反接；然後歸至楚漢相爭，項敗劉勝在於「能忍與不能忍之間而已矣」。漢高祖之由「剛強不忍」至「忍之養其全鋒」之轉變，乃得之張良所勸。張良一變椎擊時之「不忍忿忿之心」，則又是出於黃石公之教。則全文由「忍」與「不忍」兩端交錯發論。故楊愼云：「東坡文如長江大河，一瀉千里，至其渾浩流轉，曲折變化之妙，則無復可以名狀，而尤長於陳述敘事。留侯一論，其立論超卓如此。」（《三蘇文範》卷七引）其言是也。

（4）兼合駢偶

東坡古文雖以散行單句爲主，然又兼合駢偶、排比，故而錯落有致。如〈潮州韓文公廟碑〉（文二／508）中云：

是氣也，寓於尋常之中，而塞乎天地之間。卒然遇之，則王公失其

> 貴，晉楚失其富，良平失其智，賁育失其勇，儀秦失其辯。是孰使之然哉？其必有不依形而立，不恃力而行，不待生而存，不隨死而亡者矣。故在天為星辰，在地為河岳；幽則為鬼神，而明則復為人。此理之常，無足怪者。

此段文字有三組各異之排句——前有五「失」、四「不」，後有四「爲」，以成貫注氣勢。又其句式有變——如「在天」、「在地」與「幽則」、「明則」，此四句化自韓愈〈上兵部李侍郎書〉「大之爲河海，高之爲山岳，明之爲日月，幽之爲鬼神」。故歸有光《文章指南》評爲「句法連下，一句緊一句，是謂破竹勢也。」洵爲的論。又此文接言：

> 蓋嘗論天人之辨，以謂人無所不至，惟天不容僞，智可以欺王公，不可以欺豚魚；力可得天下，不可以得匹夫匹婦之心。故公之精誠，能開衡山之雲，而不能回憲宗之惑；能馴鱷魚之暴，而不能弭皇甫鎛、李逢吉之謗；能信於南海之民，廟食百世，而不能使其身一日安於朝廷之上。

以「可以，不可以」兩疊「能、不能」三疊之複合排句，重點在強調「不能」。而末句則融注對韓愈崇敬（其實韓愈調離潮州後，官運尚佳，未嘗不安於朝），而發一己之盤鬱憤懣與身世感喟。

又〈超然臺記〉（文二／351）

> 南望馬耳、常山，出沒隱見，若近若遠，庶幾有隱君子乎？而其東則盧山，秦人盧敖之所從遁也。西望穆陵，隱然如城郭，師尚父、齊桓公之遺烈，猶有存者。北俯濰水，慨然太息，思淮陰之功，而弔其不終。

回望法可以遠眺而發超然之意，則非排句亦能使文情圓轉疏宕，「而」字連接，亦可使上下文貫串。

又東坡文之自然圓活在才識博厚、思維敏銳、聯想豐富。如〈日喻〉（文五／1980）寫「盲人識日」一段，盤、鐘、燭、籥，妙喻疊出，如吐珠走丸，環環層遞。〈夢齋銘〉（文二／575）云：

> 人有牧羊而寢者，因羊而念馬，因馬而念車，因車而念蓋，遂夢曲蓋鼓吹，身爲王公。夫牧羊之於王公，亦遠矣。

〈勝相院經藏記〉（文二／388）云：

> 我觀大寶藏，加以蜜說甜。眾生未諭故，復以甜說蜜。甜蜜更相說，

千劫無窮盡。

四、觀物求質

（一）文與質

自來文作，皆重「文」與「質」二者。如《論語・雍也》：「質勝文則野，文勝質則史，文質彬彬，然後君子。」此引孔子以言人之內在思想，外在學識，以言文、質。此一概念至後代文學創作，始引爲創作之內容、形式。嗣後賦體重文勝質，所謂：「詩人賦麗以則；辭人賦麗以淫。」（揚雄《法言・吾子》）而後建安、六朝文學皆重文之形式或重文質兼及，或重以文附質，如：

陸機〈文賦〉雖重尚文，以：「詩緣情而綺靡」、「會意也尚巧，其遣言也貴妍」或「遺理以存異」、「尋虛而逐微」、「言寡情而鮮愛，辭浮漂而不歸」。亦有「清虛以婉約」、「既雅而不豔」之重「質」，或「要辭達而理舉」等意辭相稱之言。

《文心雕龍》則並言質文，而以質居主導，如：「情動而言形，理發而辭見」（〈體性〉）。既是「文附於質」，又是「質待於文」（〈情采〉）。又有所謂「翫華而不墜其實」，故內容（實）與形式（華）二者，乃不容偏廢。

（二）文質與言文關係

東坡〈與謝民師推官書〉（文四／1418）中引：

> 孔子曰：「言之不文，行而不遠。」又曰：「辭，達而已矣。」夫言止於達意，即疑若不文，是大不然。求物之妙，如繫風捕影，能使是物了然於心者，蓋千萬人而不一遇也，而況能使了然於口與手者乎！是之謂辭達。辭至於能達，則文不可勝用矣。

〈答虔倅俞括書〉（文五／1793）。

> 孔子曰：「辭，達而已矣。」物固有是理，患不知之，知之，患不能達之於口與手。所謂文者，能達是而已。

又〈與王庠書〉（文四／1422）：

> 辭至於達，止矣，不可以有加矣。

孔子之言「辭達」，並未明言文質與言文之相關。如言「辭，達而已矣」，似以「質」而達，已爲極矣。然又云：「言之不文，行而不遠」，似又重「文」。則捕捉事物之理在先了然於心，而後辭達於「口」、「手」，即劉若愚所謂東坡統合由理論（言文行遠），實用（辭達而已）之文、質，而言文之相關。〔註 10〕如是則文辭之用已為極致。故曾棗莊言東坡之言辭達在表達能充分自由，又符合藝術規律，卒能塑出鮮活之形象。〔註 11〕

（三）東坡重質

東坡承前人文質概念，重「質實」為先。如：

「文章以華采為末，而以體用為本。」（〈答喬舍人啓〉文四／1363）

「罷去浮巧輕媚，叢錯采繡之文。」（〈謝歐陽內翰啓〉文四／1423）

斥責「好為艱深之詞以文淺易之說。」（〈答謝民師推官書〉文四／1418）

有如「食小魚，所得不嘗勞。」（〈讀孟郊詩〉詩一／296）

指出「好新務奇，乃詩之病。」（〈書柳子厚詩〉文五／2108）

蓋「質非文是終難久，脫冠還作扶犁叟。」（〈又一首答二猶子與王郎見和〉詩四／1116）

言不可「志於耳目之觀美」（〈答虔倅俞括奉議書〉文四／1793）

或以「枝詞」為「觀美」（〈鳧繹先生文集敘〉文一／313）

東坡重「文貴自然」之說，文如得其質實，則如「山川之有雲霧，草木之有華實，充滿勃鬱，而見於外」，質采彪炳，「雖欲無有，其可得耶。」（〈南行前集敘〉文一／323）

（四）東坡尚文質一統——辭能達意，了然於「心」而「口」、「手」。

東坡雖重「質實」為先，然以「文質一統」為最高之美學境界。《左傳・襄公二十五年》曾引孔子之言：「言以足志，文以足言」、「言之無文，行而不遠」，孔子以「文質彬彬」為美學之基點，求以「言文行遠」。何以《論語・衛靈公》中，孔子又言：「辭，達而已矣」，孔子究重「質」？重「文」？自是衍生二派，或以孔子之「辭達」但重「質」。如何晏《論語集解》引孔安國曰：「辭，達則足矣，不煩文豔之辭。」

司馬光〈答孔文仲司戶書〉：「今之所謂文者，古之辭也。孔子曰：『辭，

〔註 10〕即劉若愚於《中國文學理論》中言：「蘇軾試圖調和這兩者（「言之不文，行而不遠」、「辭達而已矣」），而將「文」與「達」釋為捕捉事物之微妙，以及文字加以表現的能力，此一觀念是與文學的形上理論一致。如此，既調和審美概念與實用概念，且藉形上概念超越這兩者。」（聯經出版社，民國七十四年）〈第七章　相互影響與綜合〉——「實用主義的得劫及其分歧」。頁 274、275。

〔註 11〕參考曾棗莊《三蘇文藝思想》，〈思想概述〉部份「辭至於能達，則文不可勝用矣」。頁 28、29。

達而已矣』。明其足以達意。斯止矣，無事於華藻宏辯也。」則孔子但重質輕文。

（五）物得其質——在得常理

必然之常理，常存萬物之中。東坡曾云：

> 與可所畫竹石，其根莖脈縷，牙角節葉，無不臻理，非世之工人所能者。與可論畫竹木，於形既不可失，而理更當知；生死新老，烟雲風雨，必曲盡眞態，合於天造，厭於人意；而形理兩全，然後可言曉畫。故非達才明理，不能辨論也。（李日華〈六硯齋筆記〉引其元豐五年八月四日語，或題作〈書竹石後〉）。

言「人禽、宮室、器用皆有常形，至於山石、竹木、水波煙雲，雖無常形，而有常理。常形之失，人皆知之。常理之不當，雖曉畫者有所不知。故凡可以欺世而取名者，必託於無常形者也。雖然，常形之失，止於所失，而不能病其全，若常理之不當，則舉廢之矣。」（〈淨因院畫記〉文二／367）常形之失，人易見；常理不當，人不易知。此由文同論畫兼重形理而言。

東坡重物之「意思」「必然之理」正是「觀物必造其質」之「本質」所在，文學既是「人學」「心學」（劉熙載言「心學」；《文心雕龍・序志》言「爲文之用心」），則爲文之本質在「意思」「必然之理」。能得其質爲文自不玄虛膚淺，爲文「一以意造」則不主觀臆造。

即觀物如得其質則近「有道」，加之「有藝」，自可避免「形於心，不形於手。」（〈書李伯時山莊圖〉）總之重視客體物情、理觀察，可以避免臆造，深入把握客體實質亦可避去如照相般攝影之膚淺。

（六）觀物求質之方

如何觀物求質？東坡於〈祭吳子野文〉（文五／1955）中稱美張先詞之超卓，在能：「搜研物情，刮發幽翳。微詞宛轉，蓋詩之裔。」則東坡重實，故大力肯定賈誼、陸贄之經世致用之學，蓋此乃儒家之民本思想、法家之功利觀念、縱橫家善析時勢之因子，而反對儒學之空洞。即：

〈答王庠書〉（文四／1422）云：「儒者之病，多空文而少實用，賈誼、陸贄之學殆不傳於世。」

〈乞校正陸贄奏議上進劄子〉（文三／1012）高度評價陸贄之文爲「開卷了然，聚古今之精英，實治亂之龜鑒」，且將實用奏議文置於「六經」、「三史」、諸子百家之上。

〈中庸論〉（文一／60），則對俗儒論道作批判，謂昔儒既不明聖人之道，後儒自見其難知，而不知其空虛無有。東坡重道、佛，乃欲取其尙自然及觀察事物之法，而不取其虛無出世之言。

〈答畢仲舉書〉（文四／1671）中自稱於佛書：「獨時取其粗淺假說以自洗濯」，「若世之君子所謂超然玄悟者，僕不識也。」

〈和陶神釋〉（詩七／2307）云：「仙山與佛國，終恐無是處。」

1、東坡重親驗所得之道

如言「道」可致之法——如南方之「沒人」，日與水居而能得水之道。「故凡不學而務求道，皆北方之學沒者也。」（〈日喩〉文五／1980）

「古之學道，無自虛空入者。輪扁斫輪，痀僂承蜩，苟可以發其智巧，物無陋者。聰若得道，琴與書皆與有力，詩其尤也。」（〈送錢塘志聰歸孤山敘〉文一／325）

此東坡承《莊子》影響——「善游者數能」〈達生〉、「得之於手應之於心，口不能言。」〈天道〉。

又東坡於〈秋陽賦〉（文一／9）即言其弟子趙令時爲貴族公子，平日養尊處優，不得秋陽之用，故不能如實地作賦。

又〈題淵明詩〉（文五／2091）：「陶靖節云：『平疇返遠風，良苗亦懷新。』非古之偶耕植杖者，不能道此語，非余之世農，亦不能識此語之妙也。」〈書戴嵩畫牛〉（文五／2213）中甚而明言其畫牛鬥，未能畫出牛鬥之「尾搐入兩股間」，故而失實。

2、專注以求觀物之質

如東坡〈書晁補之所藏與可畫竹〉（詩五／1522）中，言文與可畫竹在觀察專注而「嗒然遺其身。其身與竹化」，則所出之作，自具「清新」之神妙。

3、又東坡言羲之以「精至」教子書藝

即〈書所作字後〉（文五／2180）云：「其小兒子用意精至，猝然掩之，而意未始不在筆」，言王羲之由其子獻之身後，猝然拔其筆而未出，知其習字能「用意精至」，故「知其長大必能名世」。此言「精至」之高情遠識，正〈宋復古畫瀟湘晚景圖三首‧其二〉，所謂「落落君懷抱，山川自屈蟠」，書藝能有「精至」懷抱，所作能屈蟠自如。

4、東坡以求「質」精微，必臻於「數」（數學）之領域。

稱吳道子畫人物「得自然之數，不差毫末。」（〈書吳道子畫後〉文五／2210）

又稱美其「細觀手面分轉側，妙算毫釐得天契。」（〈子由新修汝州龍興寺吳畫壁〉詩六／2027）「筆墨之妙，至於心手不能相爲南北，而有數存焉於其間。」（〈論書〉文五／2183）

又如製作美酒佳肴，「豈其所以美者，不可以數取歟。然古之爲方者，未嘗遺數也。能者即數以得妙，不能者循數以得其略。」（〈鹽官大悲閣記〉文二／386）東坡又以六藝中之「數」與五藝關係密切。故觀物之質，必求精確如數學，如今日電腦之控掌，自有益於文藝之探研。

5、求觀察之「質」——需合於創作通則及各體不同之創作。

如東坡深爲首肯文同畫竹之「成竹在胸」通則。

又創作詩、文、書、畫，各有不同。《文心雕龍》自五至廿五篇所言各體創作之作法各異。而蒲永昇善作活水，即〈書蒲永昇畫後〉所謂：「每夏日掛之高堂素壁，即陰風襲人，毛髮爲立」，何以至此？乃因蒲氏個性素養「嗜酒放浪、性與畫會」，故能「思與境偕」。蓋詩、畫各有其境，必有各自經營長期鑽研。如：

〈宋復古畫瀟湘晚景圖三首之二〉云：「經營初有適，揮灑不應難。」

又〈書蒲永昇畫後〉言孫知微之作畫「營度經歲，終不肯下筆。一日倉皇入寺，索筆墨甚急，奮袂如風，須臾而成。作輪瀉跳蹙之勢，洶洶欲崩屋也。」

故東坡之「觀物必造其質」說，乃承前人言認識、觀察、表現事物之法，卻具體而超卓，於創作啓發甚大。

東坡觀物求質實，而爲文兼重道文，即由孔子之「辭達」近質言，如《左傳・襄公廿五年》之「言之不文，行而不遠」及於王庠、謝民師作品之美。如〈答王庠書〉（文五／1820）云：「辭至於達，足矣，不可以有加矣。」「前所示著述文字，皆有古作者風力，大略能道意所欲言者。」又〈答謝民師推官書〉言其文如「行雲流水」、「文理自然，姿態橫生。」而東坡〈自評文〉（文五／2069）所謂「隨物賦形」，又斥揚雄之文「以艱深之辭，以文淺易之說」，皆以爲文能合律而充分表達即爲辭達。然東坡於〈答喬舍人啓〉（文一／325）中言爲文之體用時，仍肯定「華采」爲用。而朱子〈答程允夫〉即謂東坡「文辭偉麗」，故東坡觀物求質實，與爲文兼有道有藝，並未二致。

6、靜空以觀物

東坡以作詩文，宜於由「靜空」中體物。如

〈超然臺記〉（文二／351）云：

彼游於物之內，而不游於物之外。物非有大小也，自其內而觀之，未有不高且大者也。彼挾其高大以臨我，則我常眩亂反覆，如隙中之觀鬥，又烏知勝負之所在！

〈朝辭赴定州論事狀〉（文三／1018）云：

夫操舟者常患不見水道之曲折，而水濱之立觀者常見之，何則？操舟者身寄於動，而立觀者常靜故也。弈棋者勝負之形，雖國工有所未盡，而袖手旁觀者常盡之，何則？弈者有意於爭，而旁觀者無心故也。

人之觀物如由其內，則不知其「眞面目」，如能「游於物外」，或「立觀」、「旁觀」，自見「物之大小」、「水道曲折」、「勝負之形」。

〈書黃道輔品茶要錄後〉（文五／2067）中又標舉觀物之法，在「游於物之表，則何求而不得？」

〈送參寥師〉亦言詩歌創作法：

上人學苦空，百念已灰冷，劍頭惟一吷，焦穀無新穎。胡爲逐吾輩？文字爭蔚炳，新詩如玉屑，出語便清警。退之論草書，萬事未嘗屏，憂愁不平氣，一寓筆所騁。頗怪浮屠人，視身如丘井，頹然寄澹泊，誰與發豪猛？細思乃不然，眞巧非幻影，欲令詩語妙，無厭空且靜。靜故了群動，空故納萬境，閱世走人間，觀身臥雲嶺。鹹酸雜眾好，中有至味永，詩法不相妨，此語當更清。（詩三／905）

此言詩語欲妙在「靜」、「空」。而佛家所言「靜」、「空」，如東晉僧肇〈物不遷論〉力言萬物似變而不變之境。〈不眞空論〉則以客觀世界爲虛幻不實，故必求精神之超脫現實。又如參寥能「空」而一念不起，方有文采炳蔚、語清意警之作。又東坡之贊同韓愈〈送高閒上人序〉中所揭示張旭之擅長草書，乃因受外物引發而傾瀉筆端。而不同意韓愈歸諸「浮屠人善幻」。

由是則東坡能由「空」、「靜」佛法以言詩作之理。正王國維《人間詞話》云：「詩人對宇宙人生，須入乎其內，又須出乎其外。入乎其內，故能寫之，出乎其外，故能觀之。入乎其內，故有生氣；出乎其外，故有高致。」所論與蘇軾之說頗相仿佛。

至於「靜觀」之認識論，先秦諸子早有論說：

《老子》云：「致虛極，守靜篤。」

《莊子・天道》云：「水靜則明燭鬚眉，平中準，大匠取法焉。水靜猶明，而況精神？聖人之心靜乎！天地之鑑也，萬物之鏡也。」

《荀子・解蔽》言「虛壹而靜」說，以單憑感覺經驗易成錯覺，片面性認識亦易成爲蒙蔽，如欲去心中雜念，需精力專一，鎮靜不亂，方臻「大清明」境界，令理性認識充分發揮。

《文心雕龍・神思》亦云：「陶鈞文思，貴在虛靜。疏瀹五藏，澡雪精神。」以言虛靜能構思。

唐劉禹錫更以禪學之「虛」論詩，其〈秋日過鴻舉法師寺院便送歸江陵引〉有云：「梵言沙門，猶華言去欲也。能離欲則方寸虛，虛而萬景入，入必有所泄，乃形乎詞。」

7、詩窮後工

東坡詩作都爲二千餘首，爲宋詩人之冠，其詩之工，乃由「靜」、「空」之境而得。所謂「詩窮後工」，蓋東坡於窮愁中，傾心創作，其論詩、評詩多持「窮而後工」說以言。

韓退之〈荊潭唱和詩序〉言及「歡愉之詞難工；窮苦之言易好」，歐陽修繼之，於〈梅聖俞詩序〉云：「非詩能窮人，殆窮者而後工也。」東坡更申言之，於〈僧惠勤初罷僧職〉（詩二／576）中即直道「非詩能窮人，窮者詩乃工。此語信不妄，吾聞諸醉翁。」。此外東坡又受李杜之窮愁、孟郊之苦吟影響，於元豐二年烏臺詩案出獄後，尤以此勉人困厄時多致力創作。如：

〈次韻王鞏南遷初歸二首〉之一（〈詩四／1172〉），言之甚詳。詩云：

問君謫南賓，野葛食幾尺？逢人瘴髮黃，入市胡眼碧。

三年不易過，坐睨倚天壁。歸來貌如故，妙語仍破鏑。

那能廢詩酒，亦未妨禪寂。願爲尚書郎，還賜上方舄。

此詩乃東坡言王鞏窮至之後，容貌如故，志氣益厲，亦肯定其詩語精，乃得之於遷謫之賜予。故知東坡於黃州時，悟詩窮後工之理，而確立此一論點。

《續通鑑長編》元祐六年六月載劉摯云：「鞏奇俊有文辭，然不就規檢坐事，安患難，一不戚於懷，歸來，顏色和豫，氣益剛實，此其過人遠甚。」即爲旁證。

東坡自黃移汝，居常州宜興。其詩亦有此意，如：

〈孫莘老寄墨四首〉〈其四〉（詩二／371）云：「吾窮本坐詩，久服朋友戒。」「今來復稍稍，快癢如爬疥。」則東坡雖知「因詩而窮」、「因窮詩愈工」，然無意擱筆，乃天性使然。又因「詩是窮人物」，然於失意之際，唯「詩」足以宣洩胸中鬱悶。

元豐八年（1085）東坡還朝，至元祐四年（1089）三月，乃其一生仕宦得意之時，故於〈次韻和王鞏〉（詩五／1441）中以「謫仙竄夜郎，子美耕東屯，造物豈不惜，要令工語言。」勉王鞏處窮，仍應以作詩爲樂。

元祐四年（1089）東坡任翰林學士知制誥兼侍讀任。時定國正宗正寺丞任。東坡有〈呈定國〉（詩五／1639）。云：「信知詩是窮人物，近覺王郎不作詩。」《續通鑑長編》載定國：「坐事，竄南荒三年，安患難，一不戚於懷，歸來，顏色和豫，氣益剛實。……元祐初，司馬光甚悅之，以爲宗正寺丞。」則王定國爲東坡「烏臺詩案」受累雖最深，至其至宗正寺，境遇最平順時，詩作日少，故東坡以此催促其作詩，蓋詩欲其工，必飽諸人情世故也。

元祐八年（1093）九月，東坡定州軍事任，作〈東府雨中別子由〉（詩六／1991）：

庭下梧桐樹，三年三見汝。……今年中山去，白首歸無期。

客去莫歎息，主人亦是客。……重來知健否，莫忘此時情。

言元祐八年，哲宗親政，朝政動盪，東坡爲新法人士指爲蜀黨，攻伐不已。哲宗竟至不欲東坡上殿面辭，東坡〈朝辭赴定州狀〉（文三／1018）則辨之曰：「陛下獨以本任闕官，迎接人眾爲詞，降旨拒臣，不令上殿」，而悵悵之情，令人感歎。詩由艱困而工。東坡以時事已定，恐難挽此局面。憶及與子由相約歸隱之事，不禁感慨萬千。紀昀評此詩曰：「愈瑣屑，愈眞至，愈曲折，愈爽朗」，乃激昂之語，溢於言表。

五、文尚新變——求新意於法度之中

東坡文尚新變，意在求新意於法度之中，即東坡於〈答張文潛書〉中，反對「好使人同」。又於〈答張嘉父〉（文五／1824）中重「成一家之言。」故東坡爲文重新創，欲於行文中極盡騰挪變化之能事。如其於〈書蒲永昇畫後〉稱美畫家孫位「始出新意，畫奔湍巨浪，與山石曲折，隨物賦形，盡水之變，號稱神逸。」又於〈晁君成詩集引〉（文一／319）中稱美晁君成（端友）：「每篇輒出新意奇語，宜爲人所共愛。」則東坡以爲文能新變，自出人所共愛之「神逸」。以下試由其文、詩、詞之意新語奇之想，分述於後：

甲、文

（一）文體之變

溯自曹丕《典論・論文》重四科八類以來，人多重文體體制之正變。（如「記」體或議或敍。）

黃庭堅〈書王元之竹樓記後〉：「荊公評文章，常先體制，而後文之工拙。嘗觀蘇子瞻〈醉白堂記〉，戲曰：『文詞雖極工，然不是「醉白堂記」，乃是「韓白優劣論」耳。』」

而陳師道《後山詩話》：「退之作記，記其事爾；今之記乃論也。」

至眞德秀《文章辨體・序說》云：「記以善敘事爲主。《禹貢》、《顧命》，乃記之祖。後人作記，未免雜以議論。」

東坡重爲文之新變，故於文體多不拘成法，別出機杼。如「記」體則多兼議論、抒情、說理。以下試舉例以明：

〈醉白堂記〉（文二／344）以「記」爲「論」。其文先言韓琦之勳望勝於白居易；白居易山水之樂勝韓琦。何以韓琦羨白？接而釋之——韓非欲與白相比，實乃自謙。

〈李太白碑陰記〉（文二／348）辯誣：李白「嘗失節於永王璘，此豈濟世之人哉？」東坡由「氣」、「識」兩端以辯之——李白既具「戲萬乘若僚友，視儔列如草芥」之氣，證其必不肯「從君於昏」。又李白能「識」郭子儀於未顯時，已爲人傑，亦必識永王之無成。故由「氣」「識」二者言，李白之從永王璘，乃出自「迫脅」。既引李白之具體行實，又引夏侯湛之評語以議，皆其類也。

〈石鐘山記〉（文二／370）文亦融敘、論爲一。此文除記山景外，又多爲山之命名辯誤，如既駁酈道元只言「水石相搏」之「簡」；又駁李渤之以潭上雙石之聲求命名之「陋」。

據《文章辨體・序說》有關營建之「記」體，「當記月日之久遠，工費之多少，主佐之姓名，敘事之後，略作議論以結之，此爲正體。」東坡則多變其體之容量，豐富其表現手法。如：

〈墨寶堂記〉（文二／357）用贈序體，對張希元之「好書」隱含諷喻，可與韓愈〈贈高閑上人序〉媲美。

〈墨君堂記〉（文二／355）用傳奇體，爲文同之墨作頌，涉筆成趣，類似韓愈〈毛穎傳〉。

〈蓋公堂記〉（文二／346）用寓言體，以「謝醫卻藥」喻「無爲而治」。

〈表忠觀碑〉（文二／499）通篇則用趙汴奏疏，亦別出一格。

〈文與可畫篔簹谷偃竹記〉（文二／356）等又融入抒情。

〈記承天寺夜遊〉（文五／2260）、〈記遊定惠院〉（文五／2257）、〈記遊白水巖〉（文五／2269）等記遊山文，皆清新可讀。

東坡承歐陽修〈秋聲賦〉作前後〈赤壁賦〉（文一／5）、〈黠鼠賦〉（文一／9）等，使賦由楚辭、漢賦、魏晉駢賦、唐代律賦而一變爲宋代散文賦。又東坡人物傳，常不及傳主之世系與生平，自爲「變傳之體」（李卓吾語，《蘇長公合作》補下卷引），「傳中變調」（沈德潛《唐宋八家文讀本》卷二十四）；至其〈剛說〉（文一／338）爲孫立節傳神寫照，而按其文體則已屬「雜說」。

（三）命意之變

東坡爲文貴新創，忌雷同。如其〈大臣論〉（文一／125），全文非由「以義正君而無害於國」正面發議。故袁宏道於評東坡〈王定國硯銘〉（文二／555）中云：「六硯銘，俱相題發揮，無中生有。熟看之，悟作文法，自然小題大做、枯題潤做、俗題雅做者，勿以銘言輕視之。」（《三蘇文範》卷十五引）則東坡爲文命意多變，以下試析分之：

1、同題異作

如爲前輩歐陽修和范仲淹文集作序，並未由三不朽發論。即：

〈六一居士集敘〉（文一／315），爲突出歐陽修學術與文學地位，推尊歐陽修足以追配韓愈，上繼大禹、孔孟之傳；又以「自歐陽子之存」、「歐陽子沒」三層肯定其於反對僞學、糾正學風之貢獻。

〈范文正公文集敘〉（文一／311）著重於范仲淹政績。由抒寫一己，由八歲即仰慕范公，而收束以平生不識其風儀爲恨；然後點出范公「萬言書」爲其一生政治綱要，又以伊尹、太公、管仲、樂毅、（尤以韓信、諸葛亮）互相比勘，是而足見其政識及人品。則歐序結構整飭，范序尤見情味之長。

又〈墨妙亭記〉（文二／354）與〈寶繪堂記〉（文二／356）、〈墨寶堂記〉（文二／357），同爲記庋藏書畫文物，亦同有「物必歸於盡」、不能「留意於物」之感嘆，然東坡分據其主人孫莘老、王詵、張希元，而各立題旨，由贊頌、勸箴、諷喻以言勿因玩物喪志，而無所作爲。

而〈書伯時山莊圖〉（文五／2211）言理則假物爲喻。如此文東坡論畫，正意在畫當合於「天機」，「夢中不以趾捉」以言人情，最見造意之妙，宋文蔚《評註文法津梁》云：

> 以晝日作反喻，以醉作正喻，言滯於闕，與動於天機之不同也。此正喻夾寫，自不同韓愈《雜說》四。

其言是也。

2、體裁各異

東坡曾爲其從表兄文同死後作〈祭文與可文〉（文四／1491）、〈文與可畫篔簹谷偃竹記〉（文二／356），前文乃乍聞訃告，以哀情出之，故用琅然排句，而以「嗚呼哀哉」分四層以言——或敘文同平日所好之酒、詩、琴，或述朋友間死生睽離，或頌文同政績與文學。

3、正題反作

東坡爲文，常與正題反意而爲。

4、對面映題

造意之妙，常由相互照應，言此意在彼中見出。如〈錢塘勤上人詩集序〉（文一／321）中，欲言「勤上人」不負歐公，由歐公待客之誠，人多負之，對面照映，意多有味。故宋文蔚《評註文法津梁》頁 34 中即云：

> 寫勤之不負歐公，而歐公好士之誠，與不責報於人一德，一齊寫出，亦對映法也。

〈思堂記〉（文二／363）爲雜記，乃章楶（質夫）築思堂，以「思而後行」自勉，請東坡作記；東坡分言不思之妙。除一己「遇事則發，不暇思也」；並引隱者「思之害甚於欲」之論；然後得出「不思之樂」，已與〈思堂記〉題意相悖，然東坡又回挽一筆，謂章楶所言之思，非世俗「營營之思」，乃是「不思之思」，方歸至題旨。姜鳳阿評此文云：「記思堂而專說無思之妙，辭若相繆，而意實相通，所謂無中生有，以死作活，射雕手也。」（《三蘇文範》卷十四引）甚中肯綮。

〈牡丹記敘〉（文一／329）此爲《牡丹記》一書作敘，東坡觀花於吉祥寺僧守璘之圃。行文由觀花之極盛、州人之共樂與主人所示《牡丹記》十卷之博備以寫。文中由妖艷牡丹已見重三百餘年，而「近歲猶復變態百出，務爲新奇以追逐時好」，影射「智巧便佞」小人，作者剛正不俗，爲《牡丹記》作〈敘〉，恐難合「智巧便佞」、「追逐時好」之牡丹，亦難合「託於椎陋以眩世」之主人。實則人花一語雙關。且借宋廣平（宋璟）爲人「鐵心石腸」，而所作〈梅花賦〉，卻「清便艷發」爲例，言作此文，已隱寓其不追逐時尚、不淺陋眩耀之品德。全文有記有議，已由「記」凸顯「議」。

（四）結構之變

東坡爲文，於佈局謀篇之脈理貫通之中，又自出機杼。以下試由篇、章、句、字分言之：

1、謀篇布局

（1）謀　篇

議論識見之意，宜與時俱新。大抵長篇忌冗濫，短篇宜轉折。以下試分述之：

①語必歸宗

爲文一篇之主意，宜氣脈流連，處處顧定主意，如枝葉本於幹，江海出於源。如〈留侯論〉（文一／40）主意在忍小忿而就大謀。故篇首以一「忍」字爲柱。次由圯上受書，老人教子房以「忍」。末歸至子房能成佐漢之功，端在「忍」，全文語既歸宗，故神迴氣合。宋文蔚《評註文法津梁》頁 49 云：「無處不用逆筆，此文之最有勢者也。」

②逆起順承

謀篇之得，貴在兼用順承逆翻，其勢自如破竹、似波濤、猶叠巒。如〈韓非論〉（文一／102）由《史記》申韓「原於道德」一言，推出禍源，復由老莊逆翻，窮其流弊，經提折頓宕，則順逆環生，虛實相涵，極謀篇之妙也。故宋文蔚《評註文法津梁》頁 57 亦云：「不用逆筆，乃文之最有勢者也。」

③虛靜相涵

爲文筆意靈活在虛處提空，入題不突；實處詮題，仍迴抱虛處，則虛實隨文勢相涵也。

如〈晁君成詩集序〉（文一／319）乃因其子補之爲其父求詩序，以達賢有後、竊名無後，而稱揚君成，皆由空處著筆，而後引至實處以言「知有其實而辭其名者之有後」，迴抱前意，自首尾一氣，謀篇神遠。

④詳略互見

以詳論一事以概其餘，或略述一事以點迴主意，而主腦脈絡自在。如〈論魯隱公里克李斯鄭小同王允之〉（文一／145），全篇以「智」、「愚」二字爲線索。隱公之不殺公子翬、與里克之不殺施優、李斯之不殺趙高，同一失策。由一而見其餘，論李斯處，則謂其畏蒙氏之奪其位，而隱公之貪位、里克之不能定計。此詳略互見，言一事而帶起同類之事也。

（2）布　局

謀篇常法在以一意發論，使氣脈貫注，結束緊密。而布局乃重因題而設，若奇正相生層遞變化，如兵法之布陣，奕棋之布勢。其情有二：

①中間展局

爲文鋪敘，多在中段展局。如用提筆振起論點，文氣自旺，如〈醉白堂記〉（文二／344），以「醉白」命名發議，而後比並魏公與樂天平生異同，自眉目清楚，文勢不平。

②複筆取勢

爲文主意樞紐在篇中反正轉換處。如以複筆爲機軸，局法自如帆隨水轉，布局靈動矣。如〈賈誼論〉（文一／105）主意在惜賈生具王佐之才，以志大量小而不能自用其才。篇中即運複筆轉換爲樞紐，謂非漢文不用生，實生不能用漢文。是從首段有所待、有所忍轉出，已繳足全篇主旨。故宋文蔚《評註文法津梁》頁 108 曰：「通篇以不能待不能忍二義，爲賈生惜。而『生之不用漢文』一語，尤爲警動。」其言是也。

2、章法變化

章法爲段落節次間貫續之結構法。《文心雕龍・章句篇》云：「篇之彪炳，章無疵也。」蓋篇乃積章而成，故必先求各章之完善。而章之完善，有待乎「章法」之備也。而所謂「章法」，宋文蔚《評註文法津梁》頁 91 云：

> 尋究古人文字，段落分明，雖每段之中自有起迄，而互相聯絡，互相映帶，分之爲各段，合之仍爲一篇。

此言段落爲一篇之節奏，必前後承接，使血脈流通，骨節靈活，而具嶺斷雲連之妙。然分章之法，貴在運筆得勢，善留虛步，即用「虛筆頓住、縮筆引起，而能束上起下，則前後章自留有地步矣。」至章法之類分，兒島獻吉郎《中國文學通論》第十二章云：

> 章法有層疊法、開闔法、抑揚法、緩急法、賓主法、擒縱法、雙關

法、一正一反法、一虛一實法等名目。

又彭珊珊《蘇東坡散文研究》頁 190-193 言東坡慣用章法有聯貫、斷續、抑揚、緩急、賓主、逆順等八種，而歸納爲聯貫、對比二大類，以下試舉例明其佈局謀篇之脈理通貫，而又自出機杼：

（1）聯貫

①平　列

每段相連者有同形式構成者爲多。以下試舉其一二：

如〈物不可以苟合論〉（文一／41），中間君臣父子夫婦朋友四段，每段形式結構相類，故段段相聯。

又〈刑賞忠厚之至論〉（文一／33）則用意逐段深入。如由三代賞罰，由簡而深發揮主意。

〈孫武論下〉（文一／92），則主要闡述者二：「天子之兵，莫大於御將」與「天下之勢，莫大於使天下樂戰而不好戰。」東坡採平列聯繫結構，既反對大將擁兵自重，又教民「愛君恨敵」，此一將一民，皆言君主統御之道，乃二段平列法也。

〈思治論〉（文一／115），則平列三段以言——蓋立「規模」（治國方案），方能豐財、強兵、擇吏。又言定「規模」必須專一（「其人專，其政一」）、能收（收實效）、黜浮議。於引證、設喻正反回旋中，而主旨益明。此三段平列也。

②中連——明似不連，而實連者

〈上韓太尉書〉（文四／1381），前幅大談古史，論「西漢之衰，其大臣守尋常，不務大略」，一味求田問舍，苟且歲月；又論「東漢之末，士大夫多奇節而不循正道」，全然「爲險怪驚世之行」，而不求治國根本。此似與稱美韓無涉，然後幅接言韓琦「剛毅正直而守之以寬，忠恕仁厚而發之以義」，其「寬」、其「義」則兼有兩漢「大臣」、「士大夫」之長。則前幅越詳，後幅越明，蓋內連甚密也。

③斷續——此開合不承前，乍斷乍續，別開一路，而復歸於前者。如〈伊尹論〉（文一／84），《文格纂評》之所以將之列爲斷續格，乃篇中引孟子「不動其心」，孔子言「不汲汲於富貴」，似與文意甚遙。而「夫太甲之廢」後，又接言伊尹之事，行文似斷續。又〈留侯論〉由子房而老人；老人而子房之相互承接，其間插入鄭伯、勾踐一節，乃行文曲折斷續處。

至〈論范增〉於斷下「增之去，當於卿子冠軍」之句後，忽入「陳涉之得民也」一節，初觀文意似斷，而實乃帶出義帝者。故呂祖謙《古文關鍵》卷下頁 243 即言此爲「斷續曲折處」。又如〈論魯隱公里克〉篇，敘里克李斯，及鄭小同王允之處似皆不及，而以智愚禍福爲線，全文貫串於緩急開闔。又如〈晁錯論〉入題論錯事後，先論古之立大事者，又引禹之治水，皆先急後緩章法之變也。

（4）對　比

①主從——以客襯主，則主意明。如：

〈上神宗皇帝萬言書〉（文二／729）雖平分列三段，又分主從。文以「結人心，厚風俗，立紀綱」爲三，而以「結人心」統之。

〈代滕甫論西夏書〉（文三／1052），言對西夏用兵，宜緩而圖之。故首設二喻（醫者治病，彭祖觀井）；次用典（引曹操取袁氏史事），而後由正面分析西夏情勢，方出「乘間取之」策略。則設喻、用典爲從；西夏用兵之策爲主。

〈范文子論〉（文一／311）取先立一柱而後平列兩扇成主。即先提晉楚鄢陵之役在前；晉（又以范文子）反對此役在後，晉勝而亂，則明范文子有遠見。然後分論議、史例（一論一史），交相辨證，而後推出「治亂之兆，蓋有勝而亡、有敗而興者矣。」

他如〈子思論〉（文一／94），以孔孟映子思。〈荀卿論〉（文一／100），以孔子襯荀卿。又〈論孔子〉引晏嬰襯孔子，皆呂祖謙《古文關鍵》卷下，頁 231 言乃「使事相形」者也。

②正反順逆

《文章指南・一反一正則》以文家之大數在運正反，「文勢圓活、義理精微、意味悠長。」如：

〈論始皇漢宣李斯篇〉（文一／159）先罪始皇漢宣威信太過，中間論忠恕平易之政，爲正說，正反夾論，得失立現。

又如〈秦始皇帝論〉（文一／79），罪秦破壞先王之法，先敘聖人制禮一段。

又如〈韓非論〉（文一／102），先敘仁義之道起於相愛相忌，終於商韓之殘忍無疑，亦是正反相映。又「逆起順承」或「順起逆承」皆貴在取勢。

又〈韓非論〉由老莊逆翻，順由韓非之惡由老莊使然，又逆由老莊言其弊。至〈晁錯論〉（文一／107）取逆入法，言其取禍始，次言自全。〈留侯論〉（文一／103）由子房而老人；又由老人子房，順逆雙生，文意一貫。

③抑揚虛實

東坡史論諸作，擅於抑揚。如〈賈誼論〉（文一／105）既言賈生具「王者之佐」，又言其「不能自用其才」。〈論范蠡〉（文一／153）就其不善「用舍進退」而抑之。〈論范增〉（文一／162）言其爲人傑，善「合則留，不合則去」，則抑多揚少。

又〈士燮論〉先比並將帥、社稷之臣，是虛發，再實敘范文子是實。

④前後呼應

《策別・訓兵旅三・練軍實》（文一／276）屬於前後分層呼應結構，此文倡寓兵於農，反對士兵終身職業化。由軍費巨大與犧牲慘重二者言，前段分五層言「兵民永久分離」之害。後段亦分五層述「兵老復而爲民」之利，則前後呼應關聯。

〈應制舉上兩制書〉（文四／1390），乃東坡於嘉祐六年（1061）應制舉時上書翰林學士、中書舍人所作。文取相反相成形式，前段紆曲，後段慷慨，如前引子思、孟子之言，泛論「貴賤之際」、「聖賢之分」，引人注視；後段則言「治事不若治人；治人不若治法；治法不若治時」，以斥「用法太密而不求情」，「好名太高而不適實」之弊。

（5）錯綜多變

〈留侯論〉（文一／40）

此篇主旨在忍小忿而就大謀，篇首言忍，子房不能忍，爲一篇之骨，次言圯上老人教其能忍。三詳言子房能受老人之教，末言子房教漢高能忍，而成佐漢之功，處處回顧主意，段段相承，是「聯貫照應」法之運用。

文中間亦有段落文意不緊承接者，如文中由子房說到老人，又由老人說到子房，中間插入鄭伯、勾踐事一節，是行文「斷續」所在。

文中先述「子房不忍忿忿之心，以匹夫之力，而逞於一擊之間。」爲不能忍，後言「項籍唯不能忍」，高祖忍之，「養其全鋒而待其弊。此子房教之也。」由「不忍」到「忍」，乃「先抑後揚」之作法。

篇中引鄭伯、勾踐、劉邦、項羽之事，以明忍與不忍之異，旨在借客形主，屬「賓主」法之運用。

他如文中起首大段虛論，而後引秦勢說明，又論圯上老人教子房以忍，文中再插入鄭伯、勾踐事蹟，皆由急而緩，若此可謂「緩急」法也。

〈留侯論〉一文，雖只是一意反覆，然章法錯綜使用，變幻曲盡。故劉海批評此文云：「忽出忽入，忽主忽賓，忽淺忽深，忽斷忽接，而納履一事，止隨文勢帶出，更不正講，尤為神妙。」其言是也。

〈荀卿論〉（文一／100）

安石、東坡皆有〈荀卿論〉，皆由荀卿為異說立案。以下試比並以見二人之不同。如

王文取先總後分法，言《荀子》載孔子智者、仁者之言為非，以下層層聯貫以申己意。但以比喻法分言「今有人於此，不見太山於咫尺內」及「今有人於此，食不足以厭其腹」，文勢稍平，而少曲折。

東坡則首提孔子，對照荀子發議，中間窮源由李斯折至荀子。東坡文所運之法甚多。如以孔子循循然一段，對照荀卿放言高論是「正反」法，又以李斯之惡行以斷荀卿流弊，乃「借賓形主」之法。篇末「不知荀卿持以快一時之論，而荀卿亦不知其禍之至於此也，……荀卿明王道，述禮樂……」乃「先抑後揚」法也。故李扶九（〈古文筆法百篇〉，頁66，文津）嘗譽東坡〈荀卿論〉一文為「波瀾縱橫」之作。王荊公之〈荀卿論〉章法單純，文勢平平，而東坡文章法多變，可比並而得其章法之妙。

3、句　法

《文心雕龍．章句》篇云：「夫人之立言，因字而生句，積句而成章，積章而成篇。」言字句實為篇章之基礎。

文貴於句中用意。則積句成段，積段成篇，全篇機局自然生動也。文章鍊句之法，其說多端，大抵句法貴整齊而忌散漫，貴錯落而忌板滯，貴淺顯而忌晦澀，貴能清而去膩贅，貴善轉而忌枝竭，貴靈活而忌不滑，尤貴出以自然，而不見斧鑿之鬪。

就句而言，其在篇章中，有形成該篇章之綱目、警策或關鍵者；而單論其排列構成，則有對偶、回文、錯綜等種種句法。東坡慣用之句法，以層遞、聯鎖、排比等為多。以下試分言之：

（1）層　遞

黃永武《字句鍛鍊法》頁54，釋「層遞」曰：「連綴若干句型相似，而含意輕重有序的句子，把要強調的語辭，安置在最前或最後，用來聳動讀者視聽的辭格，叫做層遞。」以下舉東坡文為例：

> 今愈之言曰：一視而同仁，則是以待人之道待夷狄；待夷狄之道待禽獸也。（〈韓愈論〉文一／113）

教之使有能，化之使有知，是待人之仁也。不薄其禮而致其情，不責其去而厚其來，是待夷狄之仁也；殺之以時，而用之有節，是待禽獸之仁也。（同上）

此皆用遞降之層遞法。

（2）聯　鎖

黃氏又接釋「聯鎖」爲：「但有層次或因果的先後，而沒有升降的比例。」如：

辨天下之大事者，有天下之大節者也；立天下之大節者，狹天下者也。（〈伊尹論〉文一／84）

羽之殺卿子冠軍也，是弒義帝之兆也；其弒義帝，則疑增之本也。（〈論范增〉文一／162）

此語勢銜接一氣貫注也。

（3）排　比

黃慶萱《修辭學》頁 469 釋排比句曰：

用結構相似的句法，接二連三地表出同範圍同性質的意象，叫作排比。

而東坡文中亦用此：

有一善從而賞之，又從而咏歌嗟嘆之，所以樂其始而勉其終；有一不善從而罰之，又從而哀矜懲創之，所以棄其舊而開其新。（〈省試刑賞忠厚之至論〉文一／33）

夫惟聖人，知之者未至，而樂之者先入，先入者爲主，而待其餘，則是樂之者爲主也；若夫賢人，樂之者未至，而知之者先入，先入者爲主，而待其餘，則是知之者爲主也。（〈中庸論上〉文一／60。）

古文句法散行多，排偶少，然東坡多寓排比於散行，尤於其早歲應試之作，多字數整齊，句意相反所組之長調雙排句，相對成文而鋪雅暢，氣足詞諛。

4、字　辭

字辭之得，可通攝一段與一篇。蓋篇爲幹，而段爲枝，欲文義堅確，必字能虛實、響亮而妥貼，以下試一述之：

（1）辭意相得

文以意爲主，辭足赴意爲得。意實辭虛，則相互爲用，蓋造意實則透徹，辭若虛則卷舒自如。宋人辭多「瀏亮」，與漢魏辭之「奧衍」不同。如東坡〈方山子傳〉（文二／420），以「俠」字作骨，隱寫陳季常因不遇而隱。故宋文蔚《評註文法津梁》，頁 256 云：

> 前路寫其少時之俠；後路寫其不遇而隱，中間寫其負氣好俠之概。通篇鑄辭廉悍，與其人相稱。

（2）以字立柱

為文之意，貴在立字為柱，依此為眼目線索闡發。如〈日喻〉（文五／1980）以「日」喻「道」（以「眇者」之不識「日」，以喻「不知道者」之求「道」。）如前段以眇者不知日狀而「求之人」之求。後段以「道可致而不可求」之「致」字主柱。前段以喻意引起正意；後段以喻意證明正意，全文以「求」「致」二字開合反正以言。故宋文蔚《評註文法津梁》頁 297 云：

> 通篇俱用喻意發明，前段從求字正面設喻，後段從致字反面設喻。而一「求」字一「致」字之柱義，一絲不亂。此文章鍊字立柱法也。

其言是也。

（3）以字為關鍵

為文之關鍵筋脈，在「字」，其正似戶樞門鍵。如：

〈寶繪堂記〉（文二／356）以一「物」字為樞紐，言寓意於物、留意於物為關鍵。「寓意於物，雖微物足以為樂，雖尤物不足以為病」之「病」「樂」二字為線索，執此若六轡在手，操縱自如。故宋文蔚《評註文法津梁》頁 300 云：

> 前半說留意於物之病；後半說寓意於物之樂。通篇反正相生，全以數字為文之關鍵，結束極為完密。

東坡為文章法之奇變，正見於其謀篇章、營字句之中，由以上諸例，可證也。

（四）手法之變

漢以前之文，法寓於無法之中；唐以後之文，則法嚴而不可犯。

東坡為古文，篇篇迥異，獨卓古今，在為文有法可窺。如：

孫琮《山曉閣選宋大家蘇東坡全集目》序云：

> 眉山父子有法不拘於法，無法而能自為法，此其所以獨有千古。

《三蘇文範》卷首，又引茅維（孝若）云：

> 長公文，猶雲霞在天，江河在地，日遇之而日新，家取之而家足。

若無意而意合，若無法而法隨。

東坡爲文之奇正相生，方圓遞施，順逆迭乘、虛實錯行，乃「無法而法隨」。

而用筆運調之筆法，乃一篇之節奏，如運用得當，自具嶺斷雲連之勢。以下試舉例以明：

1、加倍抑揚

用襯筆、轉筆抬高本位，大約襯筆多用「尚」「猶」字；轉筆多用「洗」字，則文意追進一層，如：

〈放鶴亭記〉（文二／360），中段極言隱居之樂，以「好」字爲樞紐。以「好酒」襯「好鶴」；以南面襯隱居。如隱居爲至高，好鶴之狎玩（衛懿公）因之亡國；而好荒惑（周公作〈酒誥〉、衛武公作〈抑戒〉），劉伶、阮籍之徒，卻「以此全其眞而名後世」，則於隱者用抑；「好酒」用揚。見得南面者雖猶不可好，更無論酒。隱居者雖好酒猶不爲害，何況於鶴，如此加倍寫，則隱居之樂，自不待言矣。則宋文蔚《評註文法津梁》頁 176 云：

> 中稱揚山人處，全用加倍寫法，尤妙在賓主分明，熟玩之，可知用筆運調之法。

又如〈墨君堂記〉（文二／355）由文同、竹之德賢相類起言，以虛筆勒住，又自反面以加倍法展拓雙寫文同、墨竹，而迴應前文，層折波瀾，承轉有法。

2、筆法兼有疏密

如水之漣漪、雲之卷舒，自然見奇。如

〈淩虛臺記〉（文二／350）

前半由臺之未築、既築踴奮而出，形出淩虛，筆致已疏落。中後推出廢興成毀，無一複調。至登臺四望，尤見整齊中疏落之變。而結穴於「游於物之外」，則提空發議，再頓宕以疏文氣，自意密氣疏也。

又〈論范增〉（文一／162）用意在惜范增不早去，其旨在逗出其當去之時，在「羽之殺卿子冠軍也」，其正運紆徐、頓宕，氣脈自環轉而出。

3、以淺言難

婉曲辯析之筆，貴在能以淺語達難顯之情，以片詞析難分之理。

如〈剛說〉（文二／338）引孔子之言「剛毅木訥近仁，巧言令色鮮矣仁」發議，以孫君對介夫之言，與拒謝麟之議，婉曲辯晰，最見分風劈流之筆。

此文乃東坡於徽宗建中靖國元年（1101）六月由海南歸來後勸二姪謏、勴之作。全文分爲三，首引孔子之言（「剛毅木訥，近仁」、「巧言令色，鮮矣仁」）二者對言，以凸出「剛者必仁」之主論。

次引常人愛憎爲旁證，言人之愛剛者乃愛其本質，惡阿諛奉承亦惡其本質。

三以親驗爲印證——孫君介夫爲「剛而仁」，然不幸死矣。而末斥「太剛則折」，蓋剛正之人難得，此乃患得患失之論也。故宋文蔚《評註文法津梁》頁 192 云：

> 如此篇首段，辯剛之必仁，佞之必不仁。用筆如分風劈流。中間敘孫君對介夫之言，與拒謝麟之議，雋永有味，此種筆調，最足令人玩索。

其言是也。

4、用　喻

東坡善於用喻。如用於篇首，有博喻、借喻、暗喻等喻；插喻則尤多用於篇中。如用於篇首：

〈代張方平諫用兵書〉（文三／1048）開篇云：

> 臣聞好兵猶好色也。傷生之事非一，而好色者必死；賊民之事非一，而好兵者必亡，此理之必然者也。

〈代滕甫論西夏書〉（文三／1052），卻連用醫者治病、彭祖觀井兩喻開篇，反對急於求功，主張慎於用兵。

〈上曾丞相書〉（文四／1378），於文中言士子不應向「王公大人」誇詞求售，則用對比之喻以言：

> 鬻千金之璧者，不之於肆，而願觀者塞其門，觀者嘆息，而主人無言焉；非不能言，知言之無加也。今也不幸而坐於五達之衢，又呶呶焉自以爲希世之珍，過者不顧，執其裾而強觀之，則其所鬻者可知矣。

〈祭歐陽文忠公文〉（文四／1937）講歐公之生死對君子、小人之影響兩段，則各以一喻，煞尾作結，用意不同，即：

前段云：「譬如大川喬岳，不見其運動，而功利之及於物者，蓋不可數計而周知。」

後段云：「譬如深山大澤，龍亡而虎逝，則變怪雜出，舞鰌鱔而號狐狸。」

又東坡最長於博喻。如〈百步洪〉（文三／891）中連設七喻以狀湍流。又如〈上神宗皇帝書〉亦有博喻：

人心之於人主也，如木之有根，如燈之有膏，如魚之有水，如農夫之有田，如商賈之有財。

又東坡以日用養生治病爲喻。如：

〈上神宗皇帝書〉（文二／729）以「人之壽夭在元氣；國之長短在風俗」設喻，一再引申養生之法，以喻治國之道。

〈思治論〉（文一／115）：

竊謂人臣之納忠，譬如醫者之用藥，藥雖進於醫手，方多傳於古人。若已經效於世間，不必皆從於己出。

可謂用喻多變。至於〈日喻〉（文五／1980）、〈稼說〉（文一／339）、〈黠鼠賦〉（文一／9）等，實是獨立短篇，以「喻」爲主體。

（五）風格之變

東坡爲文，不拘一格，《三蘇文範》卷首即引商輅云：

莊之幻，馬之覈，陶之逸，白之超，蘇氏蓋集大成云。

又引楊士奇評東坡云：

高山巨川，巉巖萬狀，浩漫千頃，可望而不可竟者，蘇之大也；名園曲檻，繞翠環碧，十步一停，百步一止，而不欲去者，蘇之細也；疏雨微雲啜清茗，白雪濃淡總相宜者，蘇之閑雅也；風濤煙樹曉夕百變，奼巒夷曲轉入轉佳，令人驚顧錯愕而莫可控揣者，蘇之奇怪也。

方孝儒〈張彥輝文集序〉則云：

子瞻魁梧宏博，氣高力雄，故其文常驚絕一世，不爲婉昵細語。

則東坡文兼具奇幻、翔實、超逸、閑杢、雄邁等不同風格。如以歐陽修〈醉翁亭記〉（秦觀稱作「賦體」）與東坡〈前赤壁賦〉（文一／5）加以比較：

歐〈記〉以「樂」字貫串全文：首段寫「醉翁亭」命名由來。接寫朝暮四時之景。三段寫遊人、賓宴。末段寫醉歸。或明或暗，字字著「樂」，運筆行文，委曲容與。尤以二十一個「也」字，最足以增語緩氣舒之餘韻。

蘇「賦」郤忽寫遊賞之樂，忽插寫「人生不永」之嘆，又寫曠達解脫之樂，文情頓挫，天外有天。乃二人風格不同也。

乙、詩

（一）詩語之變——以文字入詩（詩之散文化）

劉克莊《後村詩話》謂宋詩之弊在東坡之「句律疏」與山谷之「鍛煉精」。王若虛《滹南遺老集》亦言宋詩之衰弊在東坡「次韻」之作。而東坡「以文字爲詩」則兼有「句律疏」、「鍛煉精」之宋詩本質。如其「和陶詩」多爲詩人間酬韻唱和，有多至來回八九回者。而「戲題」、「戲贈」乃至回文、諧隱集句，神智體之作，大多揶揄之作，雖一時傾動，終害天全。

1、產生背景

「以文入詩」，源自昌黎。如：

宋陳師道《後山詩話》云：「退之以文爲詩。」

清趙翼《甌北詩話》亦云：「以文爲詩，自昌黎始。」

實則自《詩經》、古風、漢魏篇什，有質樸似文之詩。奚及齊梁七言、樂府之用語，方近散文。

唐代亦多散文風味之詩。如陳子昂〈登幽州臺歌〉、〈感遇〉。李、杜詩中亦有散文化之跡。昌黎之〈汴州亂〉、〈送靈師〉、〈醉留東野〉、〈落齒〉等，直將「橫空排奡」硬語奇言引入詩中，形成「奇崛險怪」之風。

宋代因反西崑浮艷，或宗韓、白或尚李、杜。如歐陽修、王安石、梅堯臣，皆有散文化之詩什。

《朝野遺記》載「劉貢父觴客，子瞻有事欲先起，劉調之曰：『幸早里且從容』。子瞻曰：『奈這事須當』。」即以三果一藥爲對。

曾敏行《獨醒雜誌》載：

> 坡、谷同游鳳池寺，坡公舉對曰：「張丞相之佳篇，昔曾三到」，山谷即答云：「柳屯田之妙句，哪更重來」。時稱名對。

又王闢之《澠水燕談錄》載貢父晚年苦風疾，鬢眉皆落，鼻樑且斷。東坡戲之曰：「大風起兮眉飛揚，安得壯士兮守鼻樑。」一座大噱。而朱弁《曲洧舊聞》亦言東坡請劉貢父「三白」（鹽、蘿蔔、飯）及「三毳」（沒）飯，亦見其時詼弄戲浪風之盛。

故東坡之「以文字爲詩」，除爲「詩語」內在發展，亦足彌補「以文爲詩之不足」。

東坡雖承前人，主「以文爲詩」，使詩能「散文化」，詩語之自由雖能直露眞情，然注入方言俗語，常易削弱詩語精鍊，不合語質要求。故陳師道《後山詩話》評此云：「如教坊雷大使之舞，雖極天下之工，要非本色。」

然細繹東坡學詩，早年喜劉夢得、白香山，欲以詩歌宣導民隱，諷論君上。而晚年喜陶淵明、柳子厚，主張「出新意於法度之中，寄妙理於豪放之外。」（〈書吳道子畫後〉文五／2210）則東坡以文爲詩，並非全然法度前軌。故東坡之以文爲詩，在能熔化市語街談，使詩歌注入新生命。而經其手揀擇以入，似神仙點瓦礫爲黃金，自有妙處。

以「文字爲詩」必才華過人，始可左右逢源。故趙翼《甌北話話》評東坡「以文爲詩」曰：「至東坡益大放厥詞，別開生面，成一代之大觀。今試平心讀之，大概才思橫溢，觸處生春，胸中書卷繁富，又足以供其左旋右抽，無不如志。」

又方東樹《昭昧詹言續錄》云：「李、杜、韓、蘇，非但才氣筆力雄肆，直胸中蓄得道理多，觸手而發，左右逢源，皆有歸宿。」皆言才力過人，方能以「文字爲詩」。

2、以「文字為詩」之藝術實踐甚多，中以「和韻」最足代表。

雖王若虛《滹南遺老集》以東坡和韻詩有三分之一，而「不免波蕩」、「害於天全，然細繹東坡善於和韻，於行文流走，字字深穩，句句飛動。」以下試舉例以明之：

細味東坡「以文字入詩」多集中於東坡五言、七言、古體約一千一百首詩（約占東坡全體詩作之三分之一）。蓋長篇幅之大體便於揮灑之酬答、情景、題畫、說理等詩。故「以文字爲詩」，自可豐富東坡詩言之表現。如：

「人生到處知何似，應似飛鴻踏雪泥。」（〈和子由澠池懷舊〉詩一／96）

「青山有似少年子，一夕變盡滄波髭。」（〈次子由韻〉詩七／2267）

「詩人例窮苦，天意遣奔逃。」（〈次韻張安道讀杜詩〉詩一／265）

「古來畫師非俗士，妙想實與詩同出。」（〈次韻吳傳正枯木歌〉詩六／1961）

因吳詩而及李畫，因歌枯木而及畫馬，能出千古之名句。故汪師韓《蘇詩選評箋釋》卷五，評此詩曰：「軒然而來，翩然而往，隨意所到。」

「以文爲詩」之新變勢必造成傳統詩句法、章法、用句上之變異，如東坡詩「三杯軟飽後，一枕黑甜餘」（〈發廣州〉詩六／2067），東坡自注云：「浙人謂飲酒爲軟飽」、「俗謂睡爲黑甜」，顯見其以俗語方言入詩。又東坡〈伯父送先人下第歸蜀〉詩，其十四（詩四／1102）云：

萬里卻來日，一菴仍獨居，應笑謀生拙，團團如磨驢。

即有如口語。而〈曹溪夜觀傳燈錄燈花落一僧字上口占〉（詩七／2410）云：

山堂夜岑寂，燈下看《傳燈》。不覺燈花落，荼毗一個僧。

《傳燈錄》言天竺第九祖入滅，眾以香油旃檀闍維（即荼毗，焚燒之）眞體，亦以佛書以言，故東坡以文入詩，乃是由典雅傳統詩走向今日白話詩之先聲。

〈椰子冠詩〉（詩七／2268），攄曾季狸《艇齋詩話》載，紹聖四年（1097）朝中力重對元祐大臣之懲處中，東坡因〈縱筆〉詩「報到先生春睡美」句使宰相章惇不悅，東坡再貶儋州。詩中言東坡：「更著短檐高屋帽，東坡何事不違時」，言東坡以椰子製成緣短高桶之「東坡帽」，雖簡單古拙，人多仿之，稱爲「子瞻樣」（見李廌《師友談記》），正此末句，言違時而自傲，不以遠謫爲念。

至如何使「以文字爲詩」？如東坡〈歐陽少師令賦所蓄石屛〉（詩一／277）雖爲八聯之七言爲主，而夾雜九字句三、十一字句、十六字句各一。參差錯落而馳騁多姿以言「石屛如畫」。其長句如十六字之「獨畫峨嵋山西雪嶺上萬歲不老之孤松」乃爲凸「孤松」不老，而有十數字之修飾。而「崖崩澗絕可望不可到」句之「可望」二字，具「過渡妙用」，「我恐畢宏、韋偃死葬虢山下」，則以「我恐」二字領起，言此圖之神奇巧思。「摹寫物象略與詩人同」之「略與」二字，用得婉轉，則此詩由石屛而水墨畫而勸歐陽修以詩慰懷才不遇之意，自頓挫跌宕，語序自然。

再如神宗熙寧四年，東坡自請外調杭州，路過潤州金山寺，訪寶覺、圓通二僧，作〈遊金山寺〉（詩二／307），全首廿二句，以明暢之七古行文，以狀情景，如：

微風萬頃靴文細，斷霞半空魚尾赤。是時江月初生魄，二更月落天深黑。

江山如此不歸山，江神見怪驚我頑。我謝江神豈得已，有田不歸如江水。

即紀昀曰：

首尾謹嚴，筆筆矯健，節短而波瀾甚闊。（《蘇文忠公詩集》提要）

又〈李杞寺丞見和前篇，復用元韻答之〉（詩三／319）：「人生何者非蘧廬，故山鶴怨秋猿孤。」與「天涯何處無芳草」有異曲同工之妙。而結二句：「歲荒無術歸亡逋，鵠則易畫虎難摹。」言欲出畫賑災，又恐朝廷不從，則成爲畫虎不成類狗。

東坡餘興未盡，又作〈再和〉、〈遊靈隱寺，得來詩，復用前韻〉，則東坡由孤山而靈隱，三次唱和，所得仍爲絕景：「溪山處處皆可廬，最愛靈隱飛來孤」，東坡和韻詩常循韻律御風飛行，乃得自其才學、生活，故朱弁《風月堂詩話》引晁以道評東坡和韻詩曰：

> 用韻妥貼圓成，無一字不平穩，蓋天才能驅駕，如孫吳用兵，市井烏合，亦皆爲臂指，左右前卻，在我顧盼間，莫不聽順也。

東坡〈水龍吟〉詠楊花，王國維《人間詞話》即以和韻勝章質夫原唱。

東坡〈次韻吳傳正枯木歌〉（詩六／1961），紀曉嵐亦以「吳詩不傳，不知原唱之意。」而東坡和韻之作，仍垂輝至今。

詩人之次韻互答，常有多次唱和，如元祐六年，東坡作〈次韻楊公濟奉議梅花十首〉（詩六／1735）已視楊公濟原作爲佳，而東坡〈再和楊公濟梅花十絕〉又視上和更爲出色。如〈其四〉：

> 夜寒那得穿花蝶，知是風流楚客魂。

則將梅花幻化是「穿花蝶」，飛舞於細雨黃昏中，又時而轉爲風流客魂，幽然悄至，故而「不堪細雨濕黃昏。」狀梅花，已是精警動人。

而〈其五〉：

> 春入西湖到處花，裙腰芳草抱山斜。盈盈解佩臨煙浦，脈脈當爐傍酒家。

則梅花已幻化爲美人，「芳草」成「裙腰」，裊娜玉立之美人，已見當年當爐之卓文君再生。

東坡有一百二十首和陶詩，皆溶冶鑄煉出一己於現實之感受。因而豐富其多元詩風，如〈和陶歸園田居六首〉（詩七／2103）即東坡和陶淵明〈歸園田居・其三〉，即其於惠州游白水山之感受：如「新浴覺身輕，新沐感受稀。」有眞情抒寫，而「仰觀江搖山，俯見月在衣」，尤視陶公原文「道狹草木長，夕露沾我衣」出色。

〈臘日游孤山訪惠勤、惠思二僧〉（詩二／316）「作詩火急追亡逋，清景一失後難摹」，詩情天然，不容湊泊，爲詩作導引神思最佳說明。

（二）詩義多變——東坡詩之議論化

唐詩偏重抒情，具雄渾豐腴之風；宋詩長於說理，有沖淡瘦硬之風，而以蘇、黃爲代表。

故《滄浪詩話》云：「東坡、山谷始自出己意以爲詩，唐人之風變矣。」劉克莊《後村詩話》云：「不出蘇、黃二體而已。」乃指元祐後詩人或宗東坡「波瀾富而句律疏」；或隨山谷之「鍛煉精而情性遠。」至蘇、黃詩之影響——山谷詩論重「脫胎換骨」「點鐵成金」，卒成江西末流頹風，然其眞情瘦硬之篇，亦能廓清西崑纖柔靡餘風。東坡以千門萬戶、取徑寬廣之詩，不惟擴大詩境、波譎詩句，且以說理精到，使宋詩另立畛域。

東坡詩之議論化傾向，南宋張戒《歲寒堂詩話》中首先指出：「子瞻以議論作詩」。《滄浪詩話》進言宋詩之奇特在「以文字爲詩，以議論爲詩，以才學爲詩」，主要指代表宋詩之蘇、黃。

細繹張、嚴乃自詩重情性、貴含蓄而評蘇、黃。即張戒論詩主「詞婉」、「意微」、「不迫不露」，反對「詞意淺露，略無餘蘊」，嚴羽論詩主「透徹玲瓏，不可湊泊」、「言有盡而意無窮」。是以評蘇、黃詩之失在「詩人之意掃地」、「於一唱三嘆之音，有所歉焉。」

1、詩之議論化產生背景

歷代詩篇，抒情、議理之相涉，由來已久。如情景之相融、感慨之寄寓，皆難區分二者畛域。如：

《詩經・鄘風・相鼠》：「相鼠有皮，人而無儀；人而無儀，不死何爲！」

《詩經・小雅・伐木》：「相彼鳥矣，猶求友聲；矧伊人矣，不求友生？」已涉議論。又

《詩・王風・黍離》：「知我者謂我心憂，不知我者謂我何求？」
言東周士大夫行役至西京，見昔日宗廟宮室盡爲禾黍，於是發出感嘆。故錢謙益《唐詩英華・序》即以此是議論。餘兼感嘆、描述、發議於一者。如：

屈原《離騷》：「鷙鳥之不群兮，自前世而固然；何方圓之能周兮，夫孰異道而相安？」

劉希夷〈代悲白頭翁〉：「年年歲歲花相似，歲歲年年人不同。」

漢趙壹〈疾邪〉詩、班固、左思等人之〈詠史〉詩、鮑照之〈擬行路難〉，皆於人生、歷史有所議論。

唐代李白〈將進酒〉：「人生得意須盡歡，莫使金樽空對月。」

王維〈老將行〉:「衛青不敗由天幸，李廣無功緣數奇。」

李賀〈金銅仙人辭漢歌〉:「衰蘭送客咸陽道，天若有情天亦老。」

又杜甫〈戲爲六絕句〉、〈題王宰畫山水圖歌〉、〈戲爲書偃雙松圖歌〉、〈書諷錄事宅觀曹將軍畫馬圖歌〉、〈殿中楊監見示張旭草書圖〉等，皆開拓論詩題畫、詩歌議論模式。其後白居易諷論詩、韓愈亦多有此作。

北宋梅堯臣、蘇舜欽、歐陽修、王安石多有縱論古今、談詩論藝之作。抒情、議論之詩，如自能反映社會人生，二者難以區分，而多所聯繫，尤當由眼前情景觸發，或聯繫個人感慨時，抒情、議論常交錯於詠史、酬唱、自敘等等。

東坡承前人，於反映生活詩篇中，亦多寓議論。如：

〈屈原塔〉（詩一／22）推測此塔由來：「應是奉佛人，恐子就淪滅。」又從而發論云：

> 此事雖無憑，此意固已切。古人誰不死，何必較考折？名聲實無窮，富貴亦暫熱。

〈守歲〉（詩一／161）：

> 有似赴壑蛇。修鱗半已沒，去意誰能遮？況欲繫其尾，雖勤知奈何！

〈石蒼舒醉墨堂〉（詩一／235）籍爲友人廳堂題詩，借機抒憤：「人生識字憂患始，姓名粗記可以休。」

〈贈寫眞何充秀才〉（詩二／587），秀才要爲東坡畫像，東坡卻由唐玄宗、孟浩然畫像發議：「飢寒富貴兩安在，空有遺像留人間。」

〈泗州僧伽塔〉（詩一／289），言舟行遇風，禱神后，風向遂改，故發議：

> 若使人人詩輒遂，造物應須日千變。

〈寓居定惠院〉（詩七／2071）見海棠一枝獨絕，曰：

> 也知造物有深意，故遣佳人在空谷。

2、抒情、說理之合一——由具體形象而抽象說理

嚴羽《滄浪詩話》云：「詩有別材，非關事也；詩有別趣，非關理也。」即主張作詩「不涉理路，不落言荃」，言作詩之法不能於詩中說道理、談學問。詩中但言抽象邏輯，常難令人體會。

鍾嶸〈詩品序〉即以晉代玄言詩「理過其辭，淡乎寡味。」

唐代談佛理之禪偈詩、宋代道學家押韻語錄，乃至力矯西崑浮艷之質實之文，皆不易有生動形象。而此並非意味詩中不能說理、議論，亦非以詩中

說理、議論非詩之所貴。則貴在由具體形象以表抽象思維，令人易於共鳴。

如東坡〈和子由澠池懷舊〉（詩一／96）以「雪泥鴻爪」喻人生飄忽，〈飲湖上初晴後雨〉（詩二／430）即以淡妝素服西子「淡妝濃抹」以喻西湖風韻，皆其宜也。而東坡〈讀孟郊詩〉（詩三／796）評孟郊詩「水清石鑿鑿，湍激不受篙」等曰：「初如食小魚，所得不償勞，又似煮彭越，竟日嚼空螯。」言讀孟詩費力，至吐骨去螯，所得已不多，如何使形象、議論交叉穿插？以下試分述之：

（1）先形象，後說理

如東坡〈題西林壁〉（詩四／1219），若四句皆堆積美景，則意味難雋永。正似南宋徐元杰〈湖上〉詩云：「花紅樹亂黃鶯啼，草長平湖白鷺飛；凡日晴和人意好，夕陽簫鼓幾船歸。」已寫景明麗之篇，然不如東坡〈飲湖上初晴後雨〉之寓理，以狀西湖景四時皆空。

又東坡〈虢國夫人夜游圖〉（詩五／1462）由再現畫中形象以言理，此詩極寫楊貴妃之姐妹虢國入宮之驕奢，再聯繫陳後主、隋煬帝婉轉以言唐玄宗之廢弛朝政。

又〈韓幹馬十四匹〉（詩三／767）前半細寫馬姿，而後以「世無伯樂亦無韓，此詩此畫誰當看？」以慨嘆人才難得。他如〈贈劉景文〉、〈六月二十日夜渡海〉（詩七／2366）、〈食荔枝〉（詩七／2192）、〈歸隱前一首贈唐林夫〉、〈被酒獨行遍至子雲威徽先覺四黎之舍〉（詩七／2322），皆然。

（2）描敘、議論交替

東坡於七古中，最長於此。如

〈王維吳道子畫〉（詩一／108），由普門寺與開元寺訪畫起筆，而後比並王維、吳道子之畫風。如以「雄放」概括吳畫，頗具形象性，而後以「筆所未到氣已吞」進言其「運筆如飛」氣勢。又以「清且敦」概括王維畫，且以「佩芷襲芳蓀」以設喻。又以「摩詰本詩老」四句帶出王維「畫中有詩」。末則以王維具「象外之意」視畫工之吳道子略勝，則東坡善運敘議合一法。

又〈書王定國所藏煙江疊嶂圖〉（詩五／1607）、〈聞子由瘦〉（詩七／2257）皆其類。他如〈孫莘老求墨妙亭詩〉（詩二／371）結合孫莘老所藏古碑刻法帖縱談書法，〈定惠院海棠〉以一株獨秀海棠，發揮「佳人在空谷」之論。〈書林逋詩後〉（詩四／1343），於林逋其人、其詩、其書加以評述。又〈登州海市〉（詩五／1387），以奇幻海市蜃樓，以言「人厄非天窮」之理等，皆縱橫開闔，意、象兼佳。

（三）詩風之變——「以才學為詩」論

東坡論詩「尙理重議」，所得毀譽參半。而「以才學爲詩」則人多非之，蓋已背離詩「詠物言志」之傳統本質。東坡何以重「以才學爲詩」，又如何「以才學爲詩」？

1、「以才學為詩」產生背景

（1）歷史進程

宋代社會處於外則戈馬狼煙，內則冗兵冗吏困境，士人基於危機感驅使，欲「以文爲詩」，而加深反映時艱，甚而俳優亦多能文。據楊萬里《誠齋詩話》謂東坡與宴會，俳優作伎萬千而不笑，人諷之。「優人對曰：『非不笑也，不笑所以深笑也。』」坡遂大笑。蓋優人用東坡〈王者不治夷狄論〉（文一／41）云：「非不治也，不治所以深治之也。」則舉國皆重文，東坡力主「以才學爲詩」，洵其來有自。

（2）文藝思潮發展

漢唐以來學者，詩文難兼，如太史公長於史學，而無聞其詩篇；何晏具哲學思想，所作玄言詩而「淡乎寡味」；而詩人李、杜、陶、謝則於詩壇各領風騷，而學術上難以獨樹。蓋詩篇之成，得自才學。杜甫以「讀書破萬卷，下筆自有神。」韓愈〈進學解〉言「閎中肆外」。柳宗元〈答韋中立論師道書〉言「五本六參」，皆重內才外學之相交互通，此曹植誦詩賦數十萬言而賦詩，陶潛「好讀書」以發詩興者，此也。

時至宋代，詩人多重兼眾美。如東坡於〈六一居士集序〉稱美兼通金石、文史之歐陽修爲「今之韓愈」。而東坡之兼長詩、文、書、畫乃得自群書。如留心《史記》、《國策》而成〈策論〉。貶嶺南而勤誦《漢書》，故能承父志而完成《易傳》、《論語說》。至其詩作超越，正承韓愈「以文爲詩」進言「以才學爲詩」。

（3）詩體內在發展要求

東坡其時「以文爲詩」、「以議論爲詩」，只拘於字句、方式以言詩，如能進「以才學爲詩」，或能彌補其表情達意之深化。

2、「以才學為詩」之內涵

「才學」與「詩歌創作」密切相關。有「才學」方有「詩」，即「作詩」

必具「才學」。錢鍾書《談藝錄》即言才、學、情、藝四者之相關曰：

> 王濟有言：「文生於情」，然而情非文也。性情可以爲詩，而非詩也。詩者，藝也。藝有規則禁忌，曰持也，持其情志，可以爲詩，而未必成詩也。藝之成敗，繫乎才也。……雖然，有學而不能者矣，未有能而不學者也。

此言詩之大匠必有「學」斯有「才」；兼具才學，方可運「藝」法而表情性。如東坡詩，詞意天得，雲語風句，多不經慮而出。故劉克莊《後村詩話》評東坡詩之具「大氣魄力量，恐不可學」。趙翼《甌北詩話》亦云東坡詩得自天才「心地空明，自然流出，故獨絕也。」

細繹「才」、「學」應含「識」（對事物深入之認知），是以東坡評孟浩然曰：「韻高而才短，如造內法酒手而無材料。」（〈孟浩然論〉）。又評賈誼曰：「才有餘而識不足。」（〈賈誼論〉文一／105）。則才、學、識必兼具方能「閑中肆外」以表情。細繹「才」、「學」與「識」，不惟得自經史、游歷，亦得自生活實踐，方能超越前賢。

至「才學」與「詩」之關係，東坡視前人所言，既廣且深。至於如何「以才學爲詩」？即可由前人經驗、個人閱歷中尋覓。東坡重才學與創作之相關，其〈柳氏二外甥求筆跡二首〉即云：「讀書萬卷始通神」，〈張寺丞益齋〉（詩三／788）中，以遊客爲例，如能「東觀盡滄海，西涉渭與涇」，自能「八方在軒處」而自由運筆。又於〈次韻孔毅父集古人句見贈〉中進言，孔氏能集世間好句與人共，則已能會「當世情」，何必開爐鑄矛戟。又進言前人作詩「雕刻草木」，「搜抉肝腎」，「不如默誦千萬首」而「左抽右取」、「呼市人如使兒」，皆言作詩貴在得人之長。至於捕捉靈感，則「信手拈得俱天成」。無如《後漢書》言左慈之入羊群，曹操即不易尋其人。

丙、詞

（一）詞之詩化——「以詩入詞」

1、「以詩為詞」

《文心雕龍・通變》篇云：「文律運周，日新其業。」東坡何以力主「以詩爲詞」，稼軒又如何承繼「以文入詞」，其間遞嬗演變爲何？

《四庫全書總目提要》論東坡詞云：

> 詞自晚唐五代以來，以清切婉麗爲宗。至柳永而一變，如詩家之有

白居易；至蘇軾而又一變，如詩家之有韓愈，遂開南宋辛棄疾一派。尋源溯流，不能不謂之別格。

以下試析論之：

（1）「以詩為詞」之遞嬗

①晚唐五代

溫、韋等花間詞人之作多綺靡婉麗，此正楊海明《唐宋詞風格學》第十章所謂「綺靡」正爲「詞體正宗」、「主體風格」。

至李後主降宋，其〈烏夜啼〉、〈相見歡〉等作，寓有哀慟山河之沈摯，始稍具「詞已言志」之雛型，而由伶工之詞，變爲士大夫之詞。故王國維《人間詞話》云：「詞至李後主而眼界始大，感慨遂深。」

②唐、宋

而晏歐小令，承襲南唐詞風，偶蘊詞人之閨情離思。如晏殊〈山亭柳〉、歐陽修〈采桑子〉多蘊詞人澆塊壘之感懷。

柳永諸作，因其協律能歌，凡有井水飲處，即能歌柳詞，故東坡〈與鮮于子駿書〉（文四／1559）自比柳詞，「自是一家」。故明楊愼《詞品》卷三「柳詞爲東坡所賞」條亦云：「唐人佳處，不過如此。」然柳詞格調卑弱，鮮少雅正。

其時詞風卑弱，雖有唐古文運動、宋理學昌盛之推助，詞、樂分離，無暇及於音律、字句講求，詞作漸入粗率平淺。

東坡始「以詩入詞」，欲箴規卑弱，一正詞風。

故陳洵《海綃說詞》云：

東坡獨嘗氣格，箴規柳秦，詞體之尊，自東坡始。

況周頤《蕙風詞話》即言：

有宋熙豐間，詞學稱盛，蘇長公提倡，爲一代斗山。

則東坡自爲變柳永婉麗之「正宗」爲「別格」、「變調」。而南宋稼軒則承而揚之。

其居間過渡爲張孝祥，據宛敏灝《張于湖評傳》即言孝祥兼有「東坡之清曠與稼軒之雄豪。」而以過人才氣以表慷慨悲歌，則爲「蘇辛」之同調繼軌。

由是蘇辛於詞學發展中，自爲變「正宗」爲「別格」、「變調」者。故《蕙風詞話續編》卷一即言：「語其變則眉山導其源，至稼軒、放翁而盡變。」則蘇辛乃前有所承之詞風變革之關鍵者。

（2）「以詩為詞」之評價：

至東坡言「以詩爲詞」，必先釐清「詩」、「詞」有何不同？而後言何以「以詩爲詞」？

①王國維《人間詞話》曾分辨「詩」「詞」之相異云：

詞之爲體，要眇宜修，能言詩之所不能言，而不能盡言詩之所能言。

詩之境闊，詞之言長。

此言晚唐五代詞，起於席筵唱和，故多離愁幽怨、「纏綿柔婉」，此即非詩體之宜（「要眇宜修」）。而詩體之能評時政、反映民生，又非詞體之所能盡。故詩貴「境闊」；詞貴「言長」。

②繆鉞《詩詞散論》亦言詩詞相異——而由詞之「命篇、造境、選聲、配色」言，故「詞」之特色在句法參差、音律抗墜、語彙輕綺，而寄情幽怨，意境柔婉。

③觀諸《賭棋山莊詞話》云：「蓋曼衍綺靡，詞之正宗。」即以花間字法，最著意設色，異紋細豔者，乃屬正宗一派。東坡之「以詩爲詞」不主故常，故陳師道即評東坡詞「非本色」，在此。

評東坡「以詩入詞」者甚夥，或以之生硬不合本色，或以之能振興詞風，開闢新意。以下試舉證：

陳師道云：「退之以文爲詩，子瞻以詩爲詞，如教坊雷大使之舞，雖極天下之工，要非本色。」（《後山詩話》）

李清照云：「蘇子瞻學際天人，作爲小詞，直如酌蠡水於大海；然皆不葺之詩耳。」（《漁隱叢話後集》卷三十三引）。

「非本色」、「不葺之詩」皆以「詞之詩化」非也。然而稱美者亦甚眾。如：

樓嚴云：

東坡老人，故自靈氣仙才，所作小詞衝口而出，氣窮清新，不獨寓以詩人句法，能一洗綺羅香澤之態也。（《詞林記事》引）。

胡仔云：

子瞻佳詞最多，其間傑出者，有赤壁詞、中秋詞……凡此十餘詞，皆絕去筆墨畦徑間，直造古人不到處，眞可使人一唱三歎。……東坡自言平生不善唱曲，故間有不入腔處。（《漁隱叢話後集，卷二六》）。

劉辰翁云：

詞至東坡，傾蕩磊落，如詩如文，如天地奇觀，豈與群兒雌聲學語較工拙，然猶未至用經用史，牽雅頌入鄭衛也。（《須溪集·卷六·辛稼軒詞序》）

劉熙載《詞概》甚且提出東坡復古論，言：

太白〈憶秦娥〉聲情悲壯，晚唐、五代惟趨婉麗，至東坡始能復古。後世論詞者，或轉以東坡爲變調，不知晚唐、五代乃變調也。

所謂「非本色」乃「不協音律」「不入腔」，甚而以之爲「變調」「復古」「非本色」，皆以東坡「以詩爲詞」，脫落故常，不合傳統詞格。

而鄭文焯《大鶴山人詞話》雖稱美東坡詞之氣韻格律，具「空靈妙境」，卻言「世每謂其以詩入，豈知言哉？」意在「以詩爲詞」，非爲東坡詞之氣韻、格律過人之要件，則東坡「以詩爲詞」之價值安在？

匡正詞風

據湯衡〈張紫微雅詞序〉所言：「元祐諸公，嬉弄樂府，寓以詩人句法，無一毫浮靡之氣，實自東坡發之也。」此言東坡乃見於「粉澤之工，有累正氣」，遂欲使詞風由浮靡而匡於雅正。

又詞能言志說理。

詞以寫情爲主，然「以詩爲詞」，乃以詩人「言志」之胸襟爲詞，非徒應歌耳。

張世文《詞論》雖視少游等人婉約詞爲正宗，而斥東坡詞「非本色」。然卻肯定其詞「極天下之工」，蓋東坡能融合用世之志與超曠胸襟，又能取材廣、詞境大、音律自然，自有「如天風海濤之曲，中多幽咽怨斷之音韻致。」（葉嘉瑩《靈谿詞說·論蘇軾詞》頁 215）。

又東坡以健筆詩文以寫志言情，稼軒繼軌，亦多隨興不羈之詞以陶情寫志、說理議論。故范開〈稼軒詞序〉直謂其作詞能「醉墨淋漓」、「漫錄而焚稿」。即言詞能「入詩」「入文」，自具淺率質直之美。

陳子宏亦以此將「古文手段寓之於詞」手法，皆「以東坡爲詞詩，稼軒爲詞論。此說固當。」（明楊愼《詞品》卷四「評稼軒詞」一條。）

東坡稼軒詞之「入詩」「入文」由陸游、張孝祥至清，猶影響不絕。

言東坡詞之「如詩如文」，用詞由唐宋諸賢來，非由生澀經史來。如：

陳子宏云:「以東坡爲詞詩，稼軒爲詞論。蘇辛所作，豈非萬古一清風哉！」（《古今詞話·卷上》，《收詞話叢編》頁 747～748）。

王若虛評東坡以詩入詞，乃：「其天資不凡，辭氣邁往，故落筆皆絕濘耳。」（《滹南詩話》，收《百種詩話內編・前編》頁 179）。

王灼云：「東坡先生以文章餘事作詩，溢而作詞曲，高處出神入天，平處喻鏡笑春，不顧儕輩，或曰長短句中詩也。若從柳氏家法，正自不分異耳。」此言詞若以柳永爲「正格」，則東坡詞但爲「長短句中詩」、自「不合格」。若由詩、樂府同源言，則東坡詞又何不合格？東坡才大，「以詩入詞」能「衝口而出」、「一唱三歎」、「萬古清風」、「辭氣邁往」，則東坡「詞之詩化」，爲宋代新詩雖，人或以爲「非本色」、「爲不葺之詩」、「不合格」，然卻能屹立詞壇，雄視古今。

2、如何以詩入詞

劉大杰《中國文學發展史》言「以詩入詞」有形式、內容二者。

（1）自形式言

「以詩爲詞」後，詞之語氣、句法皆成詩。如：

〈水龍吟・楊花詞〉下半闋最後十三字應作「五——四——四」句法，卻作「三——四——六」句法，亦即「細看來，不是楊花，點點是離人淚。」又〈漁父詞〉正格爲「七——七——三——三——七」句法，而東坡則作「三——三——六——七——六」句法。如：「漁父飲，誰家去，魚蟹一時吩咐，酒無多少醉爲期，彼此不論錢數。」

此外東坡詞中遊戲作甚多，如櫽括詞之類，皆非璣珠之作。如：

回文詞——東坡有〈菩薩蠻〉回文詞七首，中有四季「閨怨」四首，文意扞格。鄒祇謨《詞衷》云：「回文（詞）之就句回者，自東坡、悔庵始。」後則乏人續作。

嵌字詞——如〈減字木蘭花〉中將「鄭容落藉，高瑩從良」八字嵌於每句之首，人難曉其意。（《捫虱新話》卷九）則明人萬樹《詞律》卷一二，收東坡詞〈皁羅特髻〉，《詞衷》謂此詞「不可騾解」。

集句——東坡有集句詞四首、櫽括詞六首。王若虛《滹南詩話》評其集句「破碎甚矣」。清人賀裳《皺水軒詞筌》亦云：其「惡趣」。

（2）自內容言

東坡作詞，非以歌唱爲目的，而詞已由巧媚而清新（非「詩莊詞媚」）。詩之內容，無所不寫，或自傷身世、或弔古傷時、或悼亡送別，或說理詠史。而詞自詩化後，亦復如此。此即劉熙載《藝概》卷四：「東坡詞頗似老杜詩，以其無意不可入，無事不可言也。」則東坡擴大詞境，以詩爲詞，貢獻宋詞者也。

東坡詞作常有詩境，如：「大江東去，浪淘盡千古風流人物……」一首則波深淘湧。「有筆頭千字，胸中萬卷，致君堯舜，此事何難？……」（沁園春）則以詞發議。故弇州山人《詞評》云：「子瞻『與誰同坐，明月清風我。』『明月幾時有，把酒問青天。』快語也；『大江東去，浪淘盡，千古風流人物。』壯語也。」

東坡詞又多戲作。清人沈雄《古今詞話・詞品下卷》中稱「蘇長公爲遊戲之聖」。王若虛云：「其溢爲小詞，而間及於脂粉之間，所謂滑稽玩戲，聊復爾爾者也。」（《滹南詩話》卷中）。《冷齋夜話》：「東坡鎮錢塘，無日不在西湖。嘗攜妓謁大通禪師，師慍形於色，東坡作長短句，令妓歌之。」（《苕溪魚隱叢話》前集卷五七引）。東坡〈南歌子〉即是。

> 師唱誰家曲，宗風嗣阿誰。借君拍板與門槌，我也逢場作戲莫相疑。
> 溪女方偷眼，山僧莫皺眉。卻愁彌勒下生遲，不見阿婆三五少年時。

（二）詞之「文」化——以文入詞

東坡何以用散文入詞，是否有「輕詞重詩」之想？

東坡自「烏臺詩案」後，即「不復作詩文」（〈與程正輔書〉文四／1589）。即或偶抄舊作，亦「乞不示人」（〈與沈睿達二首〉文四／1745）。或「口以傳授」（〈與陳季常書〉文四／1565）。「唯作僧佛語耳。」（〈與程彝仲書〉文四／1750）。

又宋代時風輕詞重詩、重道輕藝，故流風所至，亦或輕詞。〔註 12〕〈與王佐才二首〉（文四／1715）：「比雖不作詩，小詞不礙，輒作一首，今錄呈。」如於〈題張子野詩集後〉（文五／2146），以張先之詞爲詩之「餘枝」。〈醉翁琴趣外編序〉亦稱歐詞「散落尊酒間，盛爲人所愛尚，猶小技，其上有取焉者。」〈祭張子野文〉（文五／1943）中，稱張先詞爲「微詞婉轉，蓋詩之裔。」甚而〈與鮮於子駿書〉（文四／1559）中自云：「近卻頗作小詞。」

又東坡作詞較晚（《編年》言自卅七歲始），不似柳永專心作詞。故王灼

〔註 12〕如趙與時〈白石道人歌曲跋〉：「歌曲特文人餘事耳。」芝山老人〈虛齋樂府序〉：「文章小技耳，況長短句哉。」王安石謂晏殊：「爲宰相而作小詞，可乎？」（《東軒筆錄》）。陳善謂「黃魯直初好作艷歌小詞。」（《捫虱新話》）李清照謂王安石、曾鞏「作一小歌詞，則人必絕倒。」（〈論詞〉）。

言乃「以文章餘事作詩，溢而作詞曲。」是以所作不多。

細繹東坡以「詞」爲「小技」、「微詞」、「餘事」，如何更化？東坡於〈與蔡景繁書〉（文四／1661）讚揚蔡詞：「頒示新詞，此古人長短句詩也，得之驚喜。」又〈與陳季常書〉（文四／1565）讚揚陳詞：「又惠新詞，句句警拔，詩人之雄，非小詞也。」故「長短句」之能警拔過人，必自「詞」能出新境，即以文入詞始。而蔡、陳二家詞中，蔡詞今不存；陳詞亦惟〈無愁可解〉一首，倖存《東坡集》中。即：

> 光景百年，看便一世，生來不識愁味。問愁何處來，更開解個甚底。萬事從來風過耳，又何用著在心裏。你喚做展卻眉頭，便是達者，也則恐未。此理，本不通言，何曾道、歡遊勝如名利。道則渾是錯，不道如何即是。這裏原無我與你。甚喚做物情之外，若須待醉了，方開解時，問無酒，怎生醉？

此直如長短句詩，甚或乃說理文耳。

由現存東坡詞集中，又有兩首〈哨遍〉（詞二／145、三／289），已極散文化。其一有序云：

> 陶淵明賦〈歸去來〉，有其詞而無其聲，余既治東坡，築雪堂其上，人俱笑其陋，獨鄱陽董毅夫過而悅之，有卜鄰之意，乃取〈歸去來詞〉稍加櫽括，使就聲律，以遺毅夫，使家僮歌之，時相從於東坡，釋耒而和之，扣牛角而爲之節，不亦樂乎。

其詞云：

> 爲米折腰。因酒棄家。口體交相累。歸去來，誰不遣君歸。覺從前皆非今是。……此生天命更何疑，且乘流遇坎還止。

另一首「睡起畫堂」則較有韻致，唯末數句「看古今悠悠，浮幻人間世，這些百歲光陰幾日，三萬六千而已，醉鄉路穩不妨行，但人生要適情耳。」亦極其散文化。〔註13〕

又如和楊元素時移密州之一首〈南鄉子〉：

> 東武望餘杭，雲海天涯兩杳茫。何日功成名遂了，還鄉，醉笑陪公三萬場。不用訴離觴，痛飲從來別有腸，今夜送歸鐙火冷，河塘，墮淚羊公卻姓楊。

〔註13〕見王保珍《東坡詞研究》頁95～96、長安，81.9。引自開明版陸侃如、馮沅君合著《中國文學史簡編》中「東坡的哨遍像散文」（頁28）。

此皆以散文入詞，已甚易見，至辛棄疾詞，則尤爲普遍。

（三）詞律自然——詞樂上求自然合律

《莊子》言自然，重在人法天，天法道，道法自然。《文心雕龍・原道》亦言自然之道，則「自然」已由哲學入文學。

詩詞不同。詩原具可唱之音樂性，自詞體通行（經中唐萌芽、晚唐成長、五代茁壯、初宋開花），則漸失其音樂性。即王國維《人間詞話》卷下謂詩之通行既久，則難於其中（詩）自出新意，故遁而作他體（詞）「以自解脫」。或言詩詞不同在「詩莊詞媚」，詩之「古樸典重」與詞之「嫵媚輕靈」，常以協律與否定之。如沈義父以詞作之難在協律、字雅、意婉。（《樂府指迷》，收入《詞話叢編》頁229～230）。

張炎亦以塡詞重在音譜、拍眼、響字、節序，俾能於吟誦中「妥溜順口」（《詞話叢編》頁201～216），是以鄭騫以詞之如「精金美玉」、「月光、夕陽」、「清溪澄湖」，乃至「翩翩公子」（《從詞到曲》，頁59～61），此如捨詞律，難以明之。

東坡「以詩入詞」是否重律？如何合律？

1、東坡詞合律否？

如彭乘《墨客揮犀》卷四云：「間有不入腔處」，當是客觀事實。其情有二：

（1）自音律精審之高標言

《復齋漫錄》載晁補之《詞評》云：「居士詞人謂多不諧音律，然橫放傑出，自是曲子縛不住者。」（又見《苕溪漁隱叢錄後集》卷33引）。

彭乘《墨客揮犀》卷四云：「子瞻自言平生三不如人，謂著棋、吃酒、唱曲也。然三者亦何用如人？子瞻之詞雖工而不入腔，正以不能唱曲耳。」

如李清照《詞論》稱詞爲「別是一家，知之者少」，即指出晏殊、歐陽修、東坡詞皆爲「往往不協音律」。以東坡才情，政事文卓、道德學問，皆一流上乘，求合律，自非難事，何以不合律？

2、東坡有意突破傳統詞律拘限——東坡詞作，以氣格取勝，不拘音律。

溯宋人塡詞求音律之合，常須付諸善歌者按唱、樂器伴奏等檢驗，然後反覆推敲。如以柳永之精通樂章，尙有「按新聲珠喉漸穩」（〈玉蝴蝶〉）與「新詞寫處多磨」之歷程。

張炎《詞源》記其父張樞「暢曉音律」，「每作一詞必使歌者按之，稍有不協，隨即改正」，「雖一字亦不放過」。

東坡是否會唱詞否？其詞是否合律？

宋仁宗嘉祐年間，東坡年方二十餘，應舉科試，不見曾唱詞，亦未見有存詞。直至神宗熙寧年間，東坡三十六歲去潁、杭等地後，時與酒筵歌席，即與歐陽修、張先等詞人以及歌伎、樂工們交遊，不惟常作詞供人歌唱，興來亦不禁引吭高歌。有關東坡唱歌或作詞後高唱之記錄有：

東坡〈書彭城觀月詩〉（詩五／2150）（即〈陽關曲．中秋作〉）云：

> 余十八年前中秋夜，與子由觀月彭城，作此詩，以〈陽關〉歌之。今復此夜宿於贛上，方遷嶺表，獨歌此曲，聊復書之，以識一時之事。

又宋曾敏行《獨醒雜志》卷三謂：東坡守徐州時作〈燕子樓〉樂章（即〈永遇樂．彭城夜宿燕子樓夢盼盼因作此詞〉），人未知者，一日忽傳於城中，乃發端於邏卒。（卒）稍知音律，嘗夜宿張建封廟，聞有歌聲，記而傳之。則東坡確曾高聲歌唱。

東坡且曾「醉後狂歌」。於其和劉攽之作〈劉貢父見余歌詞數首以詩見戲，聊次其韻〉（詩二／649）：「門前惡語誰傳去，醉後狂歌不自知。」〔註 14〕

而宋人之歌，又或重女音。如東坡弟子李廌〈品令〉云：「唱歌須是玉人，檀口皓齒冰膚。意傳心事，語嬌聲顫，字如貫珠。」而《吹劍錄》言柳七之歌宜十七、八女郎唱；而東坡詞則須關西大漢銅琵琶、鐵綽版唱「大江東去」。（見《古今詞話》卷上，《詞話叢談》752 頁。）

由於歌者回答，但言蘇、柳二家詞風氣慨不同。因「答語微妙傳神」，致後人不解，誤以爲譏誚。甚至引爲東坡詞「要非本色」與「不諧音律」之據。實則東坡詞不惟能唱，且知音律。熙寧七年（1074），即有〈水龍吟．贈趙晦之吹笛侍兒〉，後張端義《貴耳集》卷下，即列引其詞句而評說之云：「東坡〈水龍吟〉，笛詞八字謚」：

> 「楚山修竹如雲，異材秀出千林表」，表此笛之質也。「龍鬚半翦，鳳膺微漲，玉肌勻繞」，此笛之狀也。「木落淮南，雨晴雲夢，月明風弱」，此笛之時也。「自中郎不見，將軍去後，知孤負秋多少」，此

〔註 14〕蘇詩查註引烏臺詩案蘇軾受審訊時，關於此詩之自我檢查，謂此乃「諷時人不能容狂直之言也。」

笛之事也。「聞道嶺南太守，後堂深，綠珠嬌小」，此笛之人也。「綺窗學弄〈涼州〉，初試〈霓裳〉未了」，此笛之曲也。「嚼徵含宮，泛商流羽，一聲雲杪」，此笛之音也。「爲史君洗盡，蠻煙瘴雨，作〈霜天曉〉」，此笛之功也。五音已用其四，令一「角」字。〈霜天曉〉，歇後一「角」字。

故東坡知密州時，劉攽有〈見蘇子瞻所作小詩因寄〉，即稱美東坡正得屈原以來所未發現之音律之奧秘。

而東坡除會歌、會評，又能改詞以合律。如：

〈蝶戀花〉「花褪殘紅青杏小」，爲朝雲所歌；〈賀新涼〉「乳燕飛華屋」，爲秀蘭所歌；再《苕溪漁隱叢話》中言東坡〈歸去來辭〉爲〈哨遍〉，使入音律；

又章質夫家善琵琶者乞歌詞，東坡即韓愈〈聽穎師琴〉詩稍加櫽括，使就聲律，作〈水調歌頭〉。

東坡作詞兼有文學性與音樂性，故陸游《老學菴筆記》引晁以道言其於「紹聖初與東坡別於汴上，東坡酒酣，自歌古陽關」，而以東坡「非不能歌，但豪放不喜裁剪以就聲律耳。」或爲較有見地之說。

晁補之《能改齋漫錄》卷一六載徐師川言，敘述關於東坡向慕唐張志和〈漁父詞〉（即〈漁歌子〉）而改塡爲〈浣溪沙〉，蓋張志和〈漁父詞〉雖詞極清麗，而曲度不傳，故東坡循宋詞原有平仄、句讀、押韻之遺轍，略易改而以〈浣溪沙〉歌之。又東坡依琴曲制〈瑤池燕·閨怨寄陳季常〉，其〈瑤池燕〉題跋云：「琴曲有〈瑤池燕〉，其詞不甚佳，而聲亦怨咽。或改其詞作〈閨怨〉」。

《續湘山野錄》亦謂「（宋）太宗酷愛琴曲十小調，命近臣十人，各探一調、撰一詞，蘇翰林易簡探得〈越江吟〉。」〈瑤池燕〉即〈越江吟〉。東坡因諳音律，以應制之作，不宜有悲咽，故易其詞，爲〈閨怨〉。

東坡既能唱知音，又能改詞合律，而其詞律之準則何在？

3、東坡重自然合律

東坡重聲辭兼備，即求聲律曲度與聲情辭文相合，反對音律、辭語之不合繩約。所謂「余以手爲口」（〈書清泉寺詞〉），而求自然合律。

細繹東坡之於音律，不欲墨守、剪裁。」「以就聲律。即陸游《老學庵筆記》卷五，謂人言東坡不能歌，故所作樂府多不協。晁以道云：「紹興初，與東坡別於汴上，東坡酒酣，自歌〈古陽關〉。」「則公非不能歌，但豪放，不喜剪裁以就聲律耳。」其言正是。

王灼《碧雞漫志》卷二亦云：「東坡先生非醉心於音律者，偶爾作歌，指出向上一路，新天下耳目，弄筆者始知自振。」東坡「非醉心於音律」「指出向上一路」乃求「出新意於法度之中。」（〈書吳道子畫後〉文五／2210）。東坡詞之不諧音律，乃其「自言平生不善唱曲，故間有不入腔處」，「居士詞橫放傑出，自是曲中縛不住者。」（《漁隱叢話・後集》）則東坡乃求自然合律。

又東坡〈書林道人論琴棋〉：「聽林道人論琴棋，極通妙理。余雖不通此二技，然以理度之，知其言之信也。」則東坡之知律，常由「理」以度之。

宋末沈義父《樂府指迷》即指出東坡〈江城子・密州出獵〉「令東州壯士」歌之。〈水調歌頭・明月幾時有〉之命袁綯歌之。

又以東坡、辛棄疾「諸賢之詞，固豪放矣；不豪放處未嘗不協律也」，「諸賢非不能也」，則以東坡詞亦多可歌。

東坡自作之詞，非如彭乘《墨客揮犀》云：「子瞻之詞雖工，而不入腔，正以不能唱曲耳。」東坡作詞常使善謳者歌唱，合樂器彈奏，時或自己按唱，故多合律可歌。故龍沐勛一一校箋東坡詞，其所謂「集中即席成篇，遽付歌喉者，蓋指不勝屈。」確爲實情。則東坡性豪放不喜裁剪以就聲律耳，此言最爲公允。

由上言東坡詞不合律者，乃其有意求其自然合律。蓋唱曲與塡詞，本係二事，無必然相關，即能塡詞者也未必皆善歌，亦不必善歌。

六、形神相依

形神思想早存在於中國繪畫理論體系中，而後及於「寫意文學」之析論，進而成爲文學創作最高原則。以下試溯其源及其思想內容：

（一）溯　源

1、來自哲學

老子體道，由「玄覽」言，由有限而推及無限，以明「道體」。

莊子重「道」輕物，由「朝徹」、「見獨」、「游心物之初」等，以形而上之「道」爲宇宙萬物本源，而否定形而下有形之物，是以莊子首「重神輕形」。

漢代揚雄《法言・問神》即言：「言，心聲也；書，心畫也。」

劉安《淮南子》進申「神」主「形」從。而屢言之曰：

〈原道訓〉:「故以神爲主者，形從而利；以形爲制者，神從而害」

〈精神訓〉:「故心者，形之主也；而神者，心之寶也」；

〈泰族訓〉:「太上養神，其次養形」等。

劉安又進將「傳神」思想轉化爲藝術內涵。即。〈說山訓〉有云：

畫西施之面，美而不可說；規孟賁之目，大而不可畏，君形者亡焉。

何謂「君形」？高誘以「生氣」言之。即:「生氣者，人形之君，規畫人形無有生氣，故曰君形亡」，則「生氣」爲人之神氣風采，以之摹寫物象，能「可說」、「可畏」，則已近言「神」。於漢人「存形」〔註 15〕畫風下，劉安雖但言「君形」未言「神」似，已屬難得。

2、得自六朝風氣

形神之與六朝玄學、品藻人物、文論相關。

如湯用彤《魏晉玄學論稿・言意之辯》中云:「宅心玄遠，則重神理而遺形骸。」(《湯用彤學術論文集》，中華：1983，頁 225～227）則由玄學已言「神形分殊」。

六朝品藻人物之風甚盛。如劉劭《人物志・九徵》言「徵神見貌」。《世說新語》〈賢媛〉篇言王惠評王右軍夫人髮齒與神明之隔。〈排調〉篇言王子猷評林公之鬚髮與神明相關。故六朝之人物品藻，以「神姿」、「神懷」、「神采」、「神韻」等評人，而多重「神」略「形」。

至六朝文論兼言神、形。如鍾嶸《詩品》〈上品〉，言張協「巧構形似之言」。〈中品〉言鮑照「貴尚巧似」。而《文心雕龍・夸飾》又言「神道難摹」「形器易寫」。

3、得自畫論

梳理歷代畫論之言形、神，有：

宗炳〈畫山水序〉承老、莊以「澄懷」味象觀道。又重「以形媚道」、「質而有趣靈」，言山水既具形象，又可顯道之「無限」「靈趣」。

謝赫《古畫品錄・繪畫六法》以「氣韻生動」爲畫家六品之首，而具神、韻、氣、力，已不泥滯「形似」。

顧愷之〈魏晉勝流畫贊〉云:「人有長短，今既定遠近以矚其對，則不可

〔註 15〕時漢武帝獨尊儒術，而創作文藝，僅止「存形」。或頌人物之德，或題山水標誌皆然。故沈約《宋書・謝靈運傳論》即云:「相如工形似之言」。可參鄭毓瑜撰《六朝藝術理論中之審美觀研究》(臺大中研所七九年博士論文)。

改易闊促，錯置高下也。」「以形寫神而空其實對，荃生之用乖，傳神之趨失矣。」顧氏以摹搨人物，宜重遠近位置相對，又須重形、神之實對。又據《世說新語・巧藝》篇錄顧氏「傳神悟對」思想有三則，第九則言顧氏畫裴楷像，於頰上畫「三毛」以傳神。第十二則言摹寫謝鯤之像，則背景爲丘壑，以凸顯其爲隱士好山水。第十三則又言畫人物不點睛，以「傳神寫照，正在阿堵中。」

唐張彥遠《歷代名畫記》，則系統以言：「以氣韻求其畫，則形似在其間矣。」

其他如柳宗元〈始得西山宴遊記〉中言「心凝形釋，與萬化冥合」。歐陽修結合詩、畫、形、意，於〈盤車圖〉詩中云：「古畫畫意不畫形，梅（指梅堯臣）詩詠物無隱情。忘形得意知者少，不若見詩如見畫。」東坡皆承而申論之。

（二）形　似

1、隨物賦形

東坡創作重物形之眞，所謂「隨物賦形」即是美。如

> 吾文如萬斛泉源，不擇地皆可出。在平地滔滔汩汩，雖一日千里無難，及其與山石曲折，隨物賦形，而不可知也。（〈自評文〉文五／2069）
>
> 孫位始出新意，畫奔湍巨浪，與山石曲折，隨物賦形，盡水之變，號稱神逸。（〈書蒲永昇畫后〉。或言〈畫水記〉文二／408）
>
> 美哉多乎；其盡萬物之態也！霏霏乎其若輕雲之蔽月，翻翻乎其若長風之卷旆也。猗猗乎其若游絲之縈柳絮，裊裊乎其若流水之舞荇蒂也。（〈文與可飛白贊〉文二／614）

東坡以爲文當「與山石曲折，隨物賦形」，如輕雲、長風、游絲、流水之能「盡萬物之態」。進而言之，「畫」之神逸，亦能狀「奔湍巨浪」之新態。此正晁以道〈和蘇翰林題李甲畫雁〉云：「畫寫物外形，要物形不改。詩傳畫外意，貴有畫中態。」

而東坡「論畫以形似，見與兒童鄰」（〈書鄢陵王主簿所畫折枝二首〉）。則東坡雖言以「形似」論畫之未必然，而並非反對「形似」。細繹東坡之言「隨物賦形」，乃承前人之說。如陸機〈文賦〉云：「其爲物也多姿，其爲體也屢

遷。雖離方而遁圓，期窮形而盡相。」又《文心雕龍・物色》云：「體物為妙，功在密附，寫氣圖貌，既隨物以宛轉，屬采附聲，亦與心而徘徊。」所謂體物圖貌，貴在「隨物以宛轉」，「期窮形而盡相」。此即東坡言文藝創作貴在賦物形相，而得其「形似」之眞。

2、如何「隨物賦形」？

（1）可以「數」取

東坡言「隨物賦形」求形之似物。既言「形似」論物之淺隘，又言脫離「形似」論物之虛假。其題跋二則，〈書黃荃畫雀〉言黃荃繪飛鳥「頸足皆展」之誤。而〈書戴嵩畫牛〉（文五／2213）又言其畫牛乃「掉尾而鬥」之謬。

東坡既於〈評詩人寫物〉（文五／2143）中肯定寫物之功，在貼切形似。如：

林逋〈梅花〉詩：「疏影橫斜水清淺，暗香浮動月黃昏」，決非言桃李。

皮日休〈白蓮〉詩：「無情有恨何人見，月曉風清欲墮時」，決非言紅梅。

東坡又於〈次韻子由書李伯時所藏韓幹馬〉（詩五／1502）中，肯定韓幹畫馬「廄馬萬匹皆吾師」。據《唐朝名畫錄》言天寶間擅繪馬之韓幹入宮供奉畫馬，能「畫馬窮殊相」（杜甫〈丹青引贈曹霸〉），乃除以陳閎、曹霸為師外，尤能取內廄之馬為師之故。畫馬、牛、花、鳥外，東坡又推重吳道子之畫人物（〈書吳道子畫後〉文五／2210）云：「道子畫人物，如以燈取影，逆來順受，旁見側出，橫斜平直，各相乘除」，所得眞相「不差豪末」，合於「自然之數」。

何謂「自然之數」？

東坡於〈鹽官大悲閣記〉（文二／386）中以醯、酒之製，所以「美惡不齊」在於能「數以得妙」。雖「數」不等同「精」、「妙」，「數」卻為求精基礎；而「跡」不等同於妙，然無「跡」，則難有「妙」。

東坡又於〈與何浩然書〉（文四／1795）中稱美其「寫眞」能奇絕奪眞，能得「不差毫末」之數。此則重「形似」在得「數」也。

（2）盡物之「變」

變則姿態橫生。「隨物賦形」除「盡物之變」，且狀「姿態橫生」。東坡以「隨物賦形」所重之形「不可恃」，其有方圓曲直之變。故曰：

萬物皆有常形，惟水不然，因物以為形而已。（《蘇氏易傳》卷三）

江河之大，與海之深，而可以意揣，唯其不自爲形，而因物以賦形，是故千變萬化，而有必然之理。(〈灩澦堆賦〉文一／1)

天地之大，唯水能極其變。故東坡於〈書辯才次韻參寥詩〉中言水受風則各「自成文理」，具不同面貌。又於〈雪浪齋銘并引〉(文二／574)、〈書蒲永昇畫後〉中言孫知微、孫位之能畫「盡水之變」之「活水」，而非董羽、戚氏之「死水」。

東坡之評文亦常以千姿萬態之「活水」以喻。如〈答謝民師推官書〉言爲文如「行雲流水」。〈自評文〉(文五／2069)中言其文似「常行於所當行，常止於不可不止。」

東坡又於〈歐陽少師令賦所蓄石屛〉(詩一／277)中，謂歐陽修所蓄之石屛畫有「孤松」，其生於險絕懸崖上，具「含風偃蹇」之「眞態」，不同常形。故爲文作畫，能「盡物之變」，始能「姿態橫生」。葉燮《原詩》卷一，言天地風雲雨雷之變乃天地之「至文」，變以一盡之。如雲之色相、性情「態以萬計，無一同也。」

又劉熙載《藝概・詞概》言「賦取窮物之變，如山川草木之隨時異觀。」故「賦家之心，其小無內，其大無垠。故能隨其所値，賦象班形，所謂『惟其有之，是以似之』也。」此與東坡道其文「如萬斛源泉，隨地而出。」相互發明，以言爲文爲賦，當似自然能盡物之變。

(3) 凝神得之——神與萬物交

東坡言善繪墨竹之文同之畫竹：「必先得成竹於胸中」「振筆直遂，以追其所見。」(〈文與可畫篔簹谷偃竹記〉文二／356)，則文與可之得墨竹，乃由凝神觀物，身與物化，臨畫攝錄，必能心手相應。此正東坡〈答謝民師推官書〉(文四／1414)云：「求物之妙，如繫風捕影，能使是物了然於心者。」此皆承《莊子・達生》「以天合天」、「指與物化」與「用志不分，乃凝於神」等理念相合，而總攝得物「形似」之理。則「隨物賦形」以得「形似」，可由「數取」、「盡物之變」、「凝神與萬物交而至」得之。

(三) 形理相因，是為「曉畫」

1、形、理兼得

東坡除重「形」，又言「理」，如〈書竹石後〉：

與可論畫竹木，於形既不可失，而理更當知；生死新老，煙雲風雨，必曲盡眞態，合於天造，厭於人意，而形理兩全，然後可言曉畫。

〈答虔倅俞括奉議書〉（文四／1791）：

孔子曰：「辭，達而已矣。」物固有是理，患不知；知之，患不能達之於口與手。所謂文者，能達是而已。

故鄧椿《畫繼》卷三即謂東坡能重物之常理。此言欲「隨物賦形」，除掌握物之常形、變形，尚須深知物理，方能體物寫態，寫出其神氣。東坡〈淨因院畫記〉（文二／367）中即詳言：「余嘗論畫，以爲人禽宮室器用皆有常形，至於山石竹木水波煙雲，雖無常形而有常理。」「世之工人，或能曲盡其形，而至於其理，非高人逸才不能辦。」如東坡〈書黃筌畫雀〉（文五／2213）以「頸足皆展」非理也。與宋徽宗雖重形似，猶言「孔雀升高，必先舉左」相類。雖得常形者多，得常理者少，然常形中常寓常理，此即與張彥遠「以氣韻求其畫，則形似在其間矣」相媲美。〔註16〕

蓋「常形」爲「人禽宮室器用」，乃事物靜止之「外形」；而「山石竹木、水波煙雲」亦事物之「常理」，乃事物發生變化之規律。接言常形之失易睹，常理之失，雖「曉畫者」，亦有所不知。故欺世盜名者，常以無常形者，掩飾其不長「形似」之技，殊不知一旦失「理」在前，則作品勢必「廢之」在後。蓋「常理」常潛隱，必高人逸士，始能辨識掌握，失常形只爲局部欠常；常理之失，則全盤皆失。畫工但「曲畫其形」，唯高人逸才，方能得其常理。

北宋宣和年間張懷全〈山水純全集後序〉進言「重物之理」，方能得「物之眞」、「物之妙」。即：「造乎理者，能盡物之妙，昧乎理，則失物之眞。」然而何人能得物之理。東坡進於〈淨因院畫記〉（文二／367）中舉文與可之畫竹石、枯木，能兼得「形」與「理」。即：

如是而生，如是而死，如是而攣拳瘠蹙，如是而條達遂茂，根、莖、節、葉、牙角，脈縷，千變萬化，未始相襲，而各當其處。合於天造，厭於人意，蓋達士之所寓也歟！

文氏之於竹石枯木之生死榮枯、拳曲條達，乃至根、莖、節、葉、牙、角、脈縷之理皆了然於心，得「成竹在胸」，故能得其神肖。

東坡又於〈自題竹石卷〉中亦言與可畫竹石於東齋小閣，其根莖之形，合於脈縷之理，即稱美曰：「形理兩全，然後可言曉畫。」而晁補之〈贈文潛甥楊克學文與可畫竹詩〉亦稱美與可之繪竹曰：「胸中有成竹，經營似春雨，

〔註16〕參見徐壽凱著《中國古代藝文思想漫話》，木鐸，頁189，民國七十七年。

滋長地中綠。」(《雞肋集》卷八）又東坡於〈書黃荃畫雀〉（文五／2213）中謂：「飛鳥縮頸則展足，縮足則展頸，無兩展者。」又〈書戴嵩畫牛〉（文五／2213）中言其畫牛「掉尾而鬥」之不合理。〈又跋漢傑畫山〉（文五／2216）言畫馬之匠，但「取鞭策毛皮、槽櫪、芻秣，無一點俊發，看數尺許便倦」，皆爲有失內化常形中之常理。

2、形理相因

至言形理之相因。理常存，物有變，如水雖有必然之理，而無必然之形。如〈灩澦堆賦〉言水之性「初無定質」故因物賦形而萬變，皆具必然之理。

《蘇氏易傳》卷三亦云：「常形之不可恃。」〈書蒲永昇畫後〉言孫立、孫知微、蒲永昇盡得活水之妙，在得水之理，不似畫死水者，惟得形似，與「印板水紙爭工拙於毫釐間耳」。又〈跋蒲傳正燕公山水〉亦言惟得水理者，斯可「離畫工之度數，而得詩人之清麗。」

綜以上，東坡兼重形、理，乃因「得其理」已近「傳其神」。蓋重物之「常理」，故能繪出超然物外之文人畫。王若虛《滹南詩話》卷二即謂作畫除求形似外，亦常重常理，所謂：「畫山水者，未能正作一木一石，而托雲煙杳靄，謂之氣象。」重氣象之言，則受東坡重「常理」影響。南宋院體山水畫及元、明寫意畫之開展，其中所蘊之理脈，未始不與此相涉。

（四）神　似

1、何謂「神似」？

「隨物賦形」除言外在之「形似」（兼靜態之「常形」與動態之「變形」）亦及內在之「神似」。何謂「神似」？

《唐宋詞選註》引《藝苑雌黃》：

> 東坡問少游別作何詞，秦舉「小樓連苑橫空，下窺繡轂雕鞍驟。」坡云：「十三個字，只說得一個人騎馬樓前過。」秦問先生近著，坡云：「亦有一詞說樓上事。」乃舉「燕子樓空，佳人何在，空鎖樓中燕。」晁無咎在座云：「三句說盡張建封燕子樓一段事，奇哉！」

《高齋詩話》所載略同。蓋少游之作但由外在形象描摹，僅得其形似，而東坡之作，已由內質概括，故得「神似」。故鄭文焯《手批東坡樂府》云：

> 公（東坡）以「燕子樓空」三句語秦淮海，殆以示詠古之超宕，貴神情，不貴跡象也。

此言東坡文求「神似」。而東坡之評畫之文，尤見其重神似。

如評人之作畫，於〈書吳道子畫後〉謂吳道子之畫祇園弟子，以「雪節貫霜根」之修竹爲背景，「下手風雨快」之手法「旁見側出，橫斜平直」，是而刻出氣勢不凡之佛家子弟。而〈王維吳道子畫〉中又稱美吳畫之「雄放」似海之氣勢，尤其畫人能襯以聽諸者之「悟者悲涕，迷者手自捫」情狀，即已傳神。故東坡於〈又跋漢杰畫山〉（文五／2215）中直道士人畫「有意氣」；而畫工畫則「無一點俊發」。則言能點出事物生氣神韻之士人畫已得神似意韻。

東坡言神似，又於〈韓幹三馬〉（詩三／767）中言韓幹之畫三馬「不獨畫馬皮」亦能「畫出三馬腹中事」，老馬之「兩耳微起如立錐」，乃因「心知後馬有爭意」。中馬之「翹右足」，「眼光已動心先馳」，則已知後馬欲爭前。後馬之「決驟爭雄雌」，乃不甘落後。則三馬之神韻內情已活出。故東坡〈次韻子由書李伯時所藏韓幹馬〉（詩五／1502）中，言畫中驊騮必由「畫外之事」，方得其「意在萬里」神韻。亦〈韓幹三馬〉中所謂：「畫出三馬腹中事」。

〈墨花〉（詩四／1353）詩中，東坡稱美所繪墨花：「縹緲形纔具，扶疏態自完」，文中之「形」、「態」，即言墨花之「形」與「神」。

〈歐陽少師令賦所蓄石屏〉（詩一／277）東坡想像歐陽修所蓄之石屏上水墨圜跡，其中老松之神韻，於「孤煙落日相溟濛」之下，呈現出「含風偃蹇」不屈之姿，其眞切有如「峨嵋山西雪嶺上，萬歲不老之孤松」，其傳神自「巧奪天工」。

〈書鄢陵王主簿所畫折枝二首〉之一（詩五／1525）中以「一點紅」以狀「無邊春色」。再如〈自題臨文與可畫竹〉中所云：「借君妙意寫篔簹，留與詩人發吟諷」；〈書林次中所得李伯時「歸去來」、「陽關」二圖後〉（詩五／1598）所言：「龍眠獨識殷勤處，畫出陽關意外聲」等，皆具「韻外之味」、「畫外之意」。

2、如何可得「神似」？

（1）博　學

東坡以人觀物得神之數安在？〈鹽官大悲閣記〉（文二／386）中，以「和饍製羹」爲例，人之所以「美惡不齊」在人惟「一以意造」，而不能善運其「數」。其數爲何？東坡又進舉李公麟之善畫山水人物，在得物之神而不滯於物。則其數在博學多識，而非主觀空想。東坡故引《論語．衛靈公》言孔子兼重學、思，尤反對「思而不學」，故曰：「廢學而徒思者，孔子之所禁，而今世之所上也。」是以博學務學、不恥下問，或可得神似之作。

（2）以「形似」為基礎

東坡又於〈鹽官大悲閣記〉（文二／386）中言進言「數」與「妙」（「精」）之相關乃同於「形似」與「神似」。「求精於數外」、「棄跡以逐妙」乃棄形以求神，故「數」即「求精」之基，而棄「跡」則難得「其妙」。蓋「美」不在於「形似」，但又不能脫離於「形似」。貴在能「即數以得其妙」。〔註17〕

〈與謝民師推官書〉（文四／1418）中云：

> 所示書教及詩、賦、雜文，觀之熟矣。大略如行雲流水，初無定質，但常行於所當行，常止於所不可不止，文理自然，姿態橫生。

〈書蒲永昇畫後〉：「與山石曲折，隨物賦形」。

此言創作在隨「物形」而作殊別之狀，即爲眞實之美，亦得「神似」之妙。

（3）陰察細觀

東坡又承顧愷之所言「傳神之難在目」之理念，進於〈傳神記〉（文二／400）中推言，而以「眾中陰察之」法，各有所在之「意思」，「或在眉目、或在鼻口」、或在「頰上三毛」、或在「抵掌談笑」。則東坡已由顧愷之「傳神寫照，正在阿堵中」，由局部而全體，著墨不多，已得其要。

又〈文與可飛白贊〉（文二／614）中，東坡言欲畫物之態，若雲、風、水、絮等自然之物，能得其眞實，則能盡物之態。何能盡物，必細心觀察，如黃筌畫鳥，頸足皆展；戴嵩繪牛，掉尾而鬥，皆失之非眞也。

此外如〈灩澦堆賦〉（文一／1）言水萬變之理。〈書李伯時山莊圖後〉（文五／2211）言神與萬物交，皆言得神似者也。

（4）重「意」所在

萬物常客觀存在，如不精審觀察，常失之偏頗膚淺。東坡之觀外物在重「意」之所得。即承《莊子．逍遙遊》以言「游於物之外」，則調適物、我，自得「美之愉悅」。此亦即〈寶繪堂記〉（文二／356）所謂「寓意於物，雖微物足以爲樂。」

東坡之隨遇而安，隨物而樂，蓋迭經憂患所致。如〈超然臺記〉（文二／351）即言：「人之所欲無窮，而物之可以足吾欲者有盡」人如超越物欲，方能達觀，此東坡〈送文與可出守陵州〉（詩一／250）所云：「清詩健筆何足數？

〔註17〕參見徐中玉《中國古代美學藝術論》〈論蘇軾的隨物形說〉，木鐸出版社，民七十四年，頁205～223。

逍遙齊物追莊周。」

又東坡之重「意」見於其著重神似氣韻之「寫意畫」。據米芾《畫史》載，東坡畫竹（由根至梢）不分節，乃因「竹生時何處逐節生？」

東坡又於〈傳神記〉（文二／400）中，言人之意思，各有所在，「或在眉目，或在鼻口」，顧虎頭言在人眉目顴頰，優孟學孫叔敖在「抵掌談笑」，蓋傳神非能舉體皆似，惟在概括出其「意思」所在耳。

（5）重「真」

眞善美之藝術至境在「形神兼備」。東坡〈與何浩然〉（文四／1795）：「寫眞奇妙，見者皆言十分形神，甚奪眞也。非故人倍常用意，何以及此，感服之至。」東坡之所以感服「寫眞奇妙」在「十分形神」，即由「不差豪末」之「形似」進而爲「神似」。蓋「神似」之意，是有賴於「形似」象之傳達，故清劉熙載《藝概・書概》即云：「書要力實而氣空，然求空必於其實，未有不透紙而能離紙者也。」則由「形似」而「神似」，已爲書藝必然進程。

東坡又於〈次韻子由書李伯時所藏韓幹馬〉中言李氏作畫，除仿唐代韓幹之畫馬成法，又效其以「廄馬萬匹」爲師。意在能得其「眞」形實態也。

至東坡於〈石氏畫苑記〉（文二／364）中云：「所貴於畫者，爲其似也，似猶可貴，況其眞者。吾行都邑田野，所見人物，皆吾畫笥也。」由是稱美子由之畫能得「眞」。

（6）求「質」

東坡於〈子由新修汝州龍興寺吳畫壁〉（詩六／2027）中謂畫者不求質實，則易將市井之人畫作公卿。吳道子畫壁之佛能「手面分轉側，妙算毫釐得天契」，畫技之精審已非比尋常。而「質」即「意」也。如陸機《陸機集・演連珠》五十首之第四十五首云：「臣聞圖形於影，未盡纖麗之容；察火於灰，不睹洪赫之烈。是以問道存乎其人，觀物必造其質。」據影圖形，難以寫出人物容貌，（正如由灰察火，難見其燎原之熾）。東坡進言：「陸平原之圖形於影末，未盡捧心之妍；察火於灰，不睹燎原之實。故問道存乎其人，觀物必造其質。此論與東坡照壁語，托類不同而實契也。」（見黃庭堅《豫章集・跋東坡論畫》）。東坡進由外貌「纖麗之容」，進言內在「捧心之妍」，即重在得其質——「意思所在」；「察火於灰」亦然。

此所謂「東坡照壁語」即其〈傳神記〉（文二／400）（或題作〈書陳懷立傳神〉）中所謂：「傳神之難在目。顧虎頭云：『傳神寫照都在阿睹中。』其次在顴頰。」此言繪畫重在眉目、鼻口、頰毛之特徵。而詩文創作之人物描繪，又有語言、聲貌、服飾等。故東坡以陸機「圖形於影未，未盡捧心之姸」為繪圖未足以表「神」、「意」與質實。

人物之外，物亦有其「神」、「意」。如東坡〈墨君堂記〉（文二／355）中狀墨竹之妙在「群居不倚，獨立不懼」，由竹之擬人，已見東坡、文同之個性特徵，此亦《文心雕龍・物色》篇所謂「詩人感物，聯類不窮。」亦即於物語（景語）中見其情語。

（五）形神與詩文書畫

東坡承六朝「以形寫神」、「悟對通神」之理念，又長詩文書畫，故得其共性，以傳神為高，形似為次。東坡並未否定形似，而尤重神似，即不滿取貌遺神，蓋詩雖以述情志為主；畫以寫形貌為上，然二者除形外，皆重寓意與境界。「古來畫師非俗士，摹寫物象略與詩人同。」（〈歐陽少師令賦所蓄石屏〉詩一／277）。「味摩詰之詩，詩中有畫；觀摩詰之畫，畫中有詩。」（〈書摩詰藍田煙雨圖〉文五／2209）「燕公之筆，渾然天成，粲然日新，已離畫工之度數，而得詩人之清麗也。」（〈跋蒲傳正燕公山水〉文五／2212）

詩畫之相通在神情寓意。東坡能兼重詩、畫同境。如：讚美文同曰：「詩在口，竹在手」（〈題趙屏風與可竹〉文五／2212）並以「蘇子作詩如見畫」（〈韓幹馬十四匹〉詩三／767），「味摩詰之詩，詩中有畫；觀摩詰之畫，畫中有詩。」則將視覺之畫與聽覺之詩融通為聲色並俱。故東坡又云：「高人豈學畫，用筆乃其天。譬如善游者，一一能操船。」（〈次韻水官詩〉）。「論畫以形似，見與兒童鄰。賦詩必此詩，定非知詩人。詩畫本一律，天工與清新。」（〈書鄢陵王主簿所畫折枝〉詩五／1525）此言作詩繪畫之通則在「天工」與「清新」。而所謂「天工，重在渾成，如刻畫太過，便失之矣。」所謂「清新」，重在自我創作，如因襲古人，便是畫工。是以東坡於文藝上最大貢獻，即在統合詩畫。〔註18〕

〔註18〕東坡「論畫以形似，見與兒童鄰；賦詩必此詩，定非知詩人」理念，後人或同之，或異之。端在東坡是否貶損形似？
與東坡幾同時之晁説之即重「形似」，以正東坡之失。即：「畫寫物外形，要物形不改。詩傳畫外意，貴有畫中態。」
明楊慎《升庵詩話》直道東坡之言「非至論也」。
葛立方則引歐陽修言，畫能得意者少，又引謝赫言畫當重氣韻。
金王若虛《滹南詩話》言坡公之本意在「論妙於形似之外，而非遺其形似；

東坡既以作詩繪畫之相通在形象之傳神，自不滿於徒具形似。以下試舉例以言詩畫之密切相融：

詩——東坡評張先之詩爲「搜研物情，刮發幽翳」，意謂其能深入探索感情奧秘。

畫——畫馬則能畫出其「俊發」與「意氣所到」（〈又跋漢傑畫山〉）。

東坡〈韓幹馬〉（詩七／2360）云：「少陵翰墨無形畫，韓幹丹青不語詩。此畫此詩今已矣，人間駑驥漫爭馳。」

杜甫〈丹青引贈曹將軍霸〉生動地敘述曹霸畫藝神妙，際遇盛衰，借以抒發對社會現實憤慨，其間人物形象歷歷如繪；韓幹畫馬重寫形。乃以「窮殊相」爲「能」（杜甫詩中語），而要者在表其豪情壯志，即通過畫中驊騮而表現出「意在萬里」（東坡〈次韻子由書李伯時所藏韓幹馬〉詩五／1502 中語）。畫人，則求達其精神，得其「意思所在」，即〈傳神記〉（文二／400）云：「傳形寫影，都在阿睹中。」等，蓋能善於刻畫形似，神形即寓於其中，即能神似亦更能形似。如畫竹枝寫出其「風梢雨籜，上傲冰雹；霜根雪節，下貫金鐵。」（〈戒壇院文與可畫墨竹贊〉文二／614）之堅貞挺拔、高風亮節。繪花卉亦能反映無限春意，「一點紅」中「解寄無邊春」（〈書鄢陵王主簿所畫折枝〉詩五／1525）。「荷盡已無擎雨蓋，菊殘猶有傲霜枝。一年好景君須記，最是橙黃橘綠時。」（〈贈劉景文〉詩五／1713），則寫荷花凋盡，即擎雨葉蓋亦不存，菊花雖殘，仍具傲視霜寒之枝條，則初冬之景與傲情已交融。

除詩、畫求「神似」，於書藝亦求神似，不得取貌遺神。如言：「書必有神、氣、骨、肉、血五者，闕一不爲成書也。」（〈論書〉文五／2183）。至於〈自題臨文與可畫竹〉（詩八／2652）：「借君妙意寫篔簹，留與詩人發吟諷。」言高妙畫意，可以發爲詩吟。〈書林次中所得李伯時歸去來陽關二圖後〉（詩五／1598）：「龍眠獨識殷勤處，畫出陽關意外聲。」亦言感人絕唱，能錄於畫頁中。

七、風格多元

宋詩尚理重議，不同於唐詩之重情尚意。東坡之所以爲宋詩巨擘，乃能融貫眾美而另闢蹊徑。故清葉燮《原詩》即評東坡詩曰：「其境界皆開闢古今

不窘於題，而要不失其題。」

實則東坡並未否定「形似」，而尤重「神似」爲主導耳。

之所未有，天地萬物，嘻笑怒罵，無不鼓舞於筆端，而適若其意之所欲出，此韓愈後之一大變也。」朱自清《宋五家詩鈔》中高度激賞：「子瞻氣象宏闊，鋪敘婉轉，子美之後，一人而已……而世之訾宋詩者，獨於子瞻不敢輕議，以其胸中有萬卷書耳。」

由於萬象豐多，人之思想又萬千，如何生動以表情狀物？東坡重視詩文風格與形式之多元以表之。如東坡云：「無窮出清新」（〈書晁補之所藏與可畫竹〉詩五／1522）。如〈飲湖上初晴後雨〉（詩二／430）所狀寫之西湖「晴方好」、「雨亦奇」，正喻西子之淡妝濃抹總相宜。如強以某一形式風格創作，即所謂「案其形模而出」（〈送人序〉文一／325）必得「千人一律」，令人「益厭」之文風（〈與王庠書〉文四／1422）。

細繹東坡之求詩文表現多元性，可由宏、細二端以言：

甲、評　人

（一）全面評詩文之風

1、不必強使人同

東坡〈答張文潛縣丞書〉（文四／1427）云：

> 文字之衰，未有如今日者也！其源實出於王氏。王氏之文，未必不善也，而患在於好使人同己。

東坡以安石之文「未必不善」，惜其失在「使人同己」。試觀受東坡獎勵提攜之蘇門子弟，為文風格各不相同。如黃庭堅即有兀傲拗勁詩風，力求文字鍛煉，自與婉約之風異，東坡重博採眾味，不必盡與人同。

2、東坡重風格之移轉融貫

〈與劉宜翁使君書〉（文四／1415）云：

> 先生筆端有口，足以形容難言之妙；而軾亦眼中無障，必能洞視不傳之意也。

〈答黃魯直〉（文四／1531）：

> 凡人文字，當務使和平，至足之餘，溢為怪奇，蓋出於不得已耳。晁文奇怪似差早，然不可直云耳，非謂避諱也，恐傷其邁往之氣，當為朋友講磨之語乃宜。

〈與姪孫元老書〉（文五／1841）云：

> 大凡為文，當使氣象崢嶸，五色絢爛，漸老漸熟，乃造平淡。（又見

周紫芝《竹坡詩話》)

由「和平」而「怪奇」。又由「絢爛」而「平淡」，東坡皆能「洞視」之。要之求融貫而渠成。

3、好平易暢明之風

東坡尚平易流暢文風，故於〈謝歐陽內翰啓〉(文四／1423)中以北宋士人，欲去「浮巧輕媚叢錯彩繡之文」，而復秦漢，蓋其已失「求深者或至於迂，務奇者怪僻而不可讀。」

4、重為文補世

〈書黃魯直詩後二首〉(文五／2122)云：

讀魯直詩，如見魯仲連、李太白，不敢復論鄙事，雖若不入用，亦不無補於世也。

魯直詩文，如蝤蛑、江瑤柱，格韻高絕，盤飧盡廢，然不可多食，多食則發風動氣。

此言黃詩重字句，亦「不無補於世」，然「不可多食」，由是知東坡重詩「有爲而作」。

5、重有為而作——重「以故為新，以俗為雅」。

東坡〈題柳子厚詩〉(文五／2109)云：「詩須要有爲而作，用事當以故爲新，以俗爲雅。好奇務新，乃詩之病。」

黃山谷〈再次韻楊明叔小序〉：「蓋以俗爲雅，以故爲新，百戰百勝，如孫、吳之兵，棘端可以破鏃，如甘蠅、飛衛之射，此詩人之奇也。」二人雖同言「以故爲新，以俗爲雅」，然黃庭堅偏重於「點鐵成金」、「奪胎換骨」，化用古人成語典故，追求字句翻新出奇；東坡則以「有爲而作」爲前提，反對造句遣詞之「好奇務新」。

（二）重個別特有之風

1、重豪氣——「士以氣為主」

白居易〈與元九書〉中重「爲時」、「爲事」，而斥李白曰：「才矣奇矣，人不逮矣，索其風雅比興，十無一焉。」又王安石《臨川集・上人書》重爲文「有補於世」，亦斥李白及其詩。東坡〈李太白碑陰記〉(文二／348)則爲李白辨曰：

李太白，狂士也。又嘗失節於永王璘，此豈濟世之人哉！而畢文簡公以王佐期之，不亦過乎？曰：士固有大言而無實、虛名不適於用者，然不可以此料天下士。士以氣為主。方高力士用事，公卿大夫爭事之，而太白使脫靴殿上，固已氣蓋天下矣。使之得志，必不肯附權倖以取容，其肯從君於昏乎？

又〈書丹元子所示李太白眞〉云：「謫仙非謫乃其遊，麾斥八極隘九州。化爲兩鳥鳴相酬，一鳴一止三千秋」，由此肯定李白之思想品格及詩作。故何薳《春渚紀聞》云：

士之所尚，忠義氣節，不以摛詞摘句爲勝。唐室宦官用事，呼吸之間，殺生隨之。李太白以天挺之才，自結明主，意有所疾，殺身不顧。王舒公言：「太白人品污下，詩中十句，九句說婦人與酒。」至先生（指蘇軾）作太白贊則云：「開元有道爲可留，縻之不可矧肯求。」又云：「平生不識高將軍，手污吾足乃敢嗔。」二公立論，正似見二公胸次也。

東坡好友王定國爲大理評事，於熙寧八年因徐革「言涉不順而不告」（見《續資治通鑑長編》卷二六三、二六四），而被判結謀不軌而處「追兩官勒停」，貶爲「監賓州監酒務，令開封府差人押出門趣赴任。」又據《宋史・王鞏傳》載，其「竄賓州，數歲得還，豪氣不少挫，後歷宗正丞，以跌宕傲世，故終不顯。」王鞏貶竄賓州五年，喪失二子，本人幾病死，而不怨尤。然東坡〈與王定國書〉表達甚深疚痛曰：「每念及此，覺心肺間便有湯火芒刺」，故數載不敢以書相聞，不意定國內調返江西，毫無怨尤，而以其嶺外所作詩數百首寄之，皆清平豐融，藹然有治世之音。其言與志得道行者無異，幽憂憤歎之作，蓋亦有矣。故東坡爲之敘曰：「（定國）所至翱翔徜徉，窮山水之勝，不以厄窮衰老改其度。今而後余之所畏服於定國者，不獨其詩也。」觀晁補之《續離騷敘》云：「公（指蘇軾）謫黃岡，數遊赤壁下，蓋無意於世矣，觀江濤洶湧，慨然懷古，猶壯（周）瑜而賦之。」蘇軾所稱道王鞏者，亦自我傲氣之反映。而東坡晚歲，其創作豪氣依然旺盛。〈潮州韓文公廟碑〉（文二／508）中，高度贊揚韓愈〈諫迎佛骨表〉以譏諷憲宗云：「作書詆佛譏君王，要觀南海窺衡湘。」

南宋學者魏了翁云：

東坡在黃、在惠、在儋，不患不偉，患其傷於太豪，便久畏威敬怒之意。……如〈韓文公廟碑〉詩云：「作書詆佛譏君王，要觀南海窺衡湘。」方作諫書時，亦冀諫行而跡隱，豈是故爲詆訐，要爲南海之行？

魏了翁弟子史繩祖《學齋佔畢》亦評東坡作〈唐韓文公廟碑〉:「可謂發揚蹈厲，然『作書詆佛譏君王』一句大有節病，君王豈可譏耶？」

東坡此處對韓愈之歌頌，猶如當年〈省試刑賞忠厚之至論〉（文一／33）中，稱道唐堯與皋陶之事，實寓理想與襟抱，豪邁之氣自鬱勃於行裏。

2、重獨立自由

東坡〈李太白碑陰記〉（文二／348）中，稱贊李白「氣蓋天下」，乃作〈和陶詩〉，深感陶潛「不能爲五斗米折腰」、李白「安能摧眉折腰事權貴，使我不得開心顏。」皆源自《史記・老子韓非列傳》載莊周卻楚王使者聘時云:「我寧游戲污瀆之中自快，無爲有國所羈，終身不仕，以快吾志焉。」之自由逍遙。

又細讀東坡〈和陶詠三良〉一首，雖有「君爲社稷死，我則同其歸」之爲國家獻身精神，然其最末云:「仕宦豈不榮，有時纏憂悲。所以靖節翁，服此黔婁衣。」言「臣」非君父之家畜，故於君父之命未必全從。蓋仕宦求榮，已難保自由，而詩文之述作當自然直道。此其〈中庸論〉（文一／60）云:「夫聖人之道，自本而觀之，則出於人情。」故東坡黃州時作〈赤壁賦〉即具不屈困阨之豪情以言。又於其墨跡〈前赤壁賦跋語〉（文一／5）云:「軾去歲作此賦，未嘗輕出以示人，見者蓋一、二人而已，欽之有使至，求近文，遂親書以寄。多難畏事，欽之愛我，必深藏之不出也。」具見作者深知其作品之違世抗世，亦欲揭之於世。自會心其尚自由之想。

3、兼取眾長

東坡於〈書黃子思詩集後〉（文五／2124）總評歷代詩人之最曰：

蘇、李之天成，曹、劉之自得，陶、謝之超然，蓋亦至矣。而李太白、杜子美以英瑋絕世之姿，凌跨百代，古今詩人盡廢。……唐末司空圖……美在鹹酸之外，可以一唱而三歎也。

東坡並列天成、自得、超然之眾詩人，而尤稱美李、杜之「凌跨百代」，司空圖之「一唱三歎」。則東坡兼稱眾美，欲以其所得以補宋詩直露及一己雄放之不足。以下試分述：

（1）稱揚李、杜、陶

東坡除上引言李白、杜甫之「英瑋絕世」，又於〈次韻張安道讀杜詩〉中云：「誰知杜陵傑，名與謫仙高。掃地收千軌，爭標看兩艘。」又於〈王定國詩集敘〉（文一／318）中，曾以杜甫詩之特點爲「一飯未嘗忘君」。然亦未否定其言情之作。故《彥周詩話》云：「東坡海南詩，超然遠倫，能追李、杜、陶、謝。」

又陶淵明〈閑情賦〉寫深摯之情。蕭統〈陶淵明文集序〉，卻斥爲陶氏之「白璧微瑕」。東坡之〈題文選〉則予以肯定曰：「淵明〈閑情賦〉，正所謂〈國風〉好色而不淫，正使不及〈周南〉，與屈、宋所陳何異？而統乃譏之，此乃小兒強作解事者。」

南朝重華靡，摒棄樸質之〈閑情賦〉，自不意外。時至理學昌明之宋代，程頤亦斥子美之「穿花蛺蝶深深見，點水蜻蜓款款飛」爲「如此閑言語，道出做甚」（《二程遺書》程頤語），甚至以爲「作文害道」，益見東坡稱美陶作之可貴。

（2）仰宣公、屈原

東坡又於〈答謝民師推官書〉（文四／1418）中云：「揚雄好爲艱深之詞，以文淺易之說」，〈答虔倅俞括奏議書〉（文四／1793）云：「文人之盛，莫如近世，然私所敬慕者，獨陸宣公一人。」則東坡所嚮往者，爲陸贄流暢之文，而否定揚雄之艱深。

又重屈原《離騷》，東坡雖重詩文之社會作用，但眼光並非褊狹。如漢代揚雄《法言・吾子》，乃由儒家所重諷論思想，以言辭賦爲「壯夫不爲」之「童子雕蟲篆刻」，且輕視屈原。東坡於〈與謝民師推官書〉（文四／1418），則以《離騷》爲「風雅之再變者，雖與日月爭光可也。」重申《史記・屈原列傳》於《離騷》之最高評價。

（3）取長補短

東坡稱美詩文之多元，常企由稱其專擅，而指其不足。如〈評韓柳詩〉（文五／2109）中云：

> 柳子厚詩在陶淵明下，韋蘇州上。退之豪放奇險則過之，而溫麗靖深不及也。所貴乎枯澹者，謂其外枯而中膏，似澹而實美，淵明、子厚之流是也。若中邊皆枯澹，亦何足道！

韓詩之長在豪放奇險，而溫麗靖深不足。而陶、柳詩之長在「外枯而中膏，似澹而實美」。又歐陽修《六一詩話》載梅堯臣論詩「必能狀難寫之景如在目前，含不盡之意見於言外，然後爲至矣。」東坡亦云：「意盡而言止者，天下之至言也。然而言止而意不盡，尤爲極致。」（見《東坡文談錄》）。則東坡意在結合濃淡合宜，且具餘意者爲至善也。

4、肯定情思婉麗之作

蘇軾倡導豪放詞風，而於歐陽修、張先、柳永、黃庭堅、秦觀等情思婉麗之詞，予以相當評價。以下試分述之：

（1）歐陽修

歐陽修詞中，部分言情之作，頗爲狂放，尤以收於《醉翁琴趣・外篇》中爲多，時即引動起尙雅詞者如曾慥、陳振孫等非議，元吳師道《吳禮部詩話》即斥摘《醉翁琴趣・外篇》中「所謂鄙褻之詞，往往而是。」而東坡《醉翁琴趣外篇・敘》則云：「散落尊酒間，盛爲人所愛尙，猶小技，其上有取焉者。」則由「上有取焉」予以肯定。

（2）張　先

> 清詩絕俗，甚典而麗。搜研物情，刮發幽翳。微詞宛轉，蓋詩之裔。（〈祭張子野祝文〉文五／1943）

> 張子野詩筆老妙，歌詞乃其餘技耳。……而世俗但稱其歌詞。昔周昉畫人物，皆入神品，而世俗但知有周昉士女，皆所謂未見好德如好色者歟！（〈題張子野詩集後〉文五／2146）

東坡由是肯定張詞淵源於詩，而婉轉微妙，亦未有貶低其中周昉仕女畫之意。

（3）柳　永

東坡雖力圖於柳永詞風外自創一家，然亦屢以柳永作爲爭鳴競技對手。據俞文豹《吹劍續錄》載：

> 東坡在玉堂，有幕士（袁綯）善謳，因問：「我詞比柳詞何如？」對曰：「柳郎中詞只合十七、八女孩兒，執紅牙拍板，唱『楊柳外，曉風殘月』；學士詞須關西大漢，執鐵板，唱『大江東去』。」公爲之絕倒。

由此柳、蘇兩人之詞各有其特色，未可加以軒輕。

（4）秦　觀

於蘇門諸學士中，秦觀詞最合於當時所謂「本色」。其「詩如小詞」而爲後人譏爲「女郎詩」（金元好問《論詩絕句》）。至其詞，則女詞人李清照亦喻之爲「美女」，謂之「極妍麗豐逸」。明代張綖亦推爲婉約詞代表，與東坡豪放詞並峙。

東坡亦激賞少游詞。據《苕溪漁隱叢話・前集》卷五〇引《冷齋夜話》云：

> 少游到郴州，作長短句云：「霧失樓臺，月迷津渡，桃源望斷無尋處。可堪孤館閉春寒，杜鵑聲裏斜陽暮。驛寄梅花，魚傳尺素。砌成此恨無重數。郴江幸自遶郴山，爲誰流下瀟湘去。」東坡絕愛其尾兩句，自書於扇曰：「少游已矣，雖萬人何贖！」

王國維《人間詞話》論及此詞及東坡之評時云：「少游詞境最爲淒婉，至『可堪孤館閉春寒，杜鵑聲裏斜陽暮』，則變而淒厲矣。東坡賞其後二語，猶爲皮相。」

實則「可堪」二句，狀景鮮活。少游原供職朝中，流遷至郴州，「郴江」兩句已點出來日之茫茫，故聯繫江水與一己未來，「爲誰」二字正深慨無奈，爲少游深婉詞風之最，東坡激賞，或正爲此。

至東坡陰柔詞風，可見下文析論。

乙、東坡一己詩文之風

（一）豪　放

東坡詞之豪放，最足代表爲王水照《蘇軾的書簡》中所考。東坡於熙寧八年十月所作〈與鮮於子駿書〉（文四／1559）中云：

> 近卻頗作小詞，雖無柳七郎風味，亦自是一家，呵呵！數日前，獵於郊外，所獲頗多；作得一闋，令東州壯士抵掌頓足而歌之，吹笛擊鼓以爲節，頗壯觀也。

〈江城子・密州出獵〉詞中以一「狂」字抒寫東坡「親射虎，看孫郎」之豪情壯概與「會挽雕弓如滿月，西北望，射天狼」之雄心壯志。此闕詞與熙寧九年所作〈水調歌頭・丙辰中秋歡飲達旦大醉作此篇兼懷子由〉同一豪壯。〈水調歌頭〉一首，據宋蔡絛《鐵圍山叢談》載，乃東坡於中秋夕，遊金山之頂妙高臺，命袁綯（乃天寶之李龜年）歌此首。歌罷，坡爲起舞，而顧問曰：「此便是神仙矣！」則此二首之高情逸興，正爲東坡豪放詞之代表。與北宋當時盛行「綺羅香澤」、「綢繆宛轉」之詞不同。而視宋代豪放詞先驅如李煜〈浪淘沙〉之「金劍已沉埋，壯氣蒿萊」，李冠〈六州歌頭〉之「道劉項事」，范仲淹〈漁家傲・塞下秋來風景異〉有過之。而與南宋辛棄疾「馬作盧飛快，弓如霹靂弦驚」等「賦壯語」（《破陣子・序》）先後映輝。

故元豐二、三年（1079、1080），東坡經「烏臺詩案」而貶謫居於黃州者五年，政治上遭遇蹭蹬，而文學上則臻於高潮，「馳騁翰墨，如川之方至」（蘇轍〈東坡先生墓誌銘〉）。其詞亦然，〈水龍吟・似花還似非花〉、〈哨遍・爲米折腰〉、〈念奴嬌・大江東去〉、〈醉翁操・琅然〉、〈卜算子・缺月掛疏桐〉等不朽名篇均作於此時。

黃州時，東坡詞論兼重「以詩爲詞」及標舉「豪放」理念。如

> 頒示新詞，此古人長短句詩也。得之驚喜，試勉繼之，晚即面呈。（〈與蔡景繁十四首・其四〉文四／1661）

> 近者新闋甚多，篇篇皆奇，遲公來此，口以傳授。（〈與陳季常十六首・其九〉文四／1567）

> 又惠新詞，句句警拔，詩人之雄，非小詞也。但豪放太過，恐造物者不容人如此快活。（〈與陳季常十六首・其十三〉文四／1569）

此言「奇」、「警拔」、「驚喜」皆就稱美豪放詞而言。至東坡稱美陳季常（慥）「豪放太過」之詞，未指明何首。今《全宋詞》僅錄陳慥詞一首〈無愁可解・光景百年〉，東坡敘仿《莊子・逍遙游》意趣，言人能「遊於自然而託於不得已，人樂亦樂，人愁亦愁」，其愁可解。然求詞之自不受拘限，常攖於世網，自「大而莫能容」。

此亦東坡〈上梅直講書〉（文四／1385）引顏回所謂「夫子之道至大，故天下莫能容」者。如熙寧七年（1074）蘇軾〈沁園春・赴密州早行馬上寄子由〉：

> 有筆頭千字，胸中萬卷，致君堯舜，此事何難。用舍由時，行藏在我，袖手何妨閑處看。身長健，但優游卒歲，且鬥尊前。

相傳「神宗聞此詞，不能平」，乃貶東坡黃州，且言「教蘇某閑處袖手，看朕與王安石治天下。」（見金元好問《東坡樂府集選》引）。

元好問該引中謂此篇「極害義理，不知誰所作，世人誤爲東坡」，「其鄙俚淺近，叫呼衒鬻，殆市駔之雄醉飽之後發之。」元氏爲蘇詞之崇仰者，尙有所不取，或東坡此詞確「豪放」「太過」。

又東坡常以「豪放」評詩畫。如：

〈評韓柳詩〉（文五／2109），謂韓愈詩比諸柳宗元詩「豪放奇險則過之，而溫麗靖深則不及也。」

〈書吳道子畫後〉（文五／2210），中評吳之繪事云：「出新意於法度之中，寄妙理於豪放之外。」

細加吟詠東坡詩中亦見豪放氣象、想像美感。如：

海上濤頭一線來，樓前指顧雪成堆。從今潮上君須上，更看銀山二十回。(〈望海樓晚景五絕〉詩二／368)

江神河伯兩醯雞，海若東來氣吐霓。安得夫差水犀手，三千強弩射潮低。(〈八月十五日看潮〉詩二／484)

此二詩皆寫觀潮，而以神話傳說比喻飛動，以呈其磅礴氣勢。

餘生欲老海南村，帝遣巫陽招我魂。杳杳天低鶻沒處，青山一髮是中原。(〈澄邁驛通潮閣〉詩七／2364)

此與李賀「遙望齊州九點煙，一泓海水杯中瀉」之名句，同有想像奇偉、豪縱氣象。

又〈有美堂暴雨〉(詩二／482)：

天外黑風吹海立，浙東飛雨過江來。十分瀲灩金樽凸。千仗敲鏗羯鼓催。

狀海水倒立，雨水過江，喚醒醉酒之詩仙，景象奇麗，氣魄豪壯。

〈游金山寺〉(詩二／307)：

微風萬頃靴文細，斷霞半空魚尾赤。

設想新穎。

江心似有炬火明，飛焰照山棲鳥驚，悵然歸臥心莫識，非鬼非人竟何物？江山如此不歸山，江神見怪驚我頑

幻覺奇特，尤以江神示警，引發思鄉之愁最奇。

〈行瓊、儋間……戲作此數句〉(詩七／2246)其中：「夢雲忽變色，笑霓亦改容」，亦似由謫仙〈梁甫吟〉中「三時大笑開電光，倏忽晦冥起風雨」句化來。與李白〈夢游天姥吟留別〉相比——李詩以夢中仙境爲核心，於虛處著力，其勢奔瀉飄逸，意象組合疏朗有致，而東坡此詩乃述所見實感，納想像、神話於實感中，從而發議「茫茫太倉中，一米誰雌雄」之意。二詩風格甚近。故《後山詩話》評東坡「晚學太白，至其得意，則似之矣。」

《臞翁詩評》亦云：「東坡如屈注天潢，倒漣滄海，變眩百怪，終歸雄澤。」

錢鍾書《宋詩選注》中所謂：「李白以後，古代無人能及東坡此一豪放。」其言正是。

然東坡詞亦有婉麗之作。如爲其亡妻所作〈悼亡〉詞「十年生死兩茫茫」即爲代表，餘見下文。

東坡詩有二千餘篇，四、五、六、七、雜言皆俱，尤以七古見長。朱弁《曲洧舊聞》言其文方落筆，即爲人傳誦，歐陽修即云：「三十年後，世上更不道著我也。」東坡詩之鋒芒，初出已爲人矚目，殆其詩風多元。而東坡詩風何以如此多元？多元詩風形成之因有：

1、博　學

〈王十朋注蘇詩序〉中言東坡詩風之成熟，乃：

平生斟酌經傳，貫穿子史，下至小説雜記，佛經道書，古詩方言，莫不畢究。積而爲胸中之文，不啻長江大河，汪洋閎肆，變化萬狀。

又《宋史》本傳亦云：「（東坡）生十年，母程氏親授以書，聞古今成敗，輒能語甚要」、「比冠，博通經史」。胸中既具千丘萬壑，深淵巨流，下筆方能「如萬斛泉源不地而出」。（東坡自評）

子由〈東坡先生墓志銘〉言其所涉群書深且廣：「初好賈誼、陸贄書……既而讀《莊子》……後讀釋氏書……」，如試讀其應詔策議，幾遍儒典，荀、墨、申、韓，乃至老、莊、釋氏，無所不窺，則知東坡誠博學也。

2、多　師

末初西崑詩體流行，宋詩不出李商隱、溫庭筠。至歐陽修主盟詩盟，宋詩又多爲韓愈風所籠罩，惟東坡詩不專主一家。

東坡懷抱「轉益多師是汝師」態度。如以學詩而言：

東坡學劉禹錫、李太白：「蘇詩始學劉禹錫……晚學太白」（《後山詩話》）

學韓愈：「坡詩略如昌黎」（《劉後村詩話》）

喜陶、柳：「東坡在嶺海間」，最喜讀陶淵明、柳子厚二集（《老學庵筆記》）。姚鼐《今體詩鈔》亦言東坡七律尚夢得、香山格調。子由〈東坡墓誌〉言東坡詩似李、杜，晚學陶潛。

東坡詩〈魚蠻子〉〈荔枝嘆〉之反對新法，似子美關懷現實。〈詠怪石〉〈遊金山寺〉如李白之想像豐富、明快直露。而和陶詩百餘篇，得其平淡至味。正其〈評韓柳詩〉中稱美李、杜、韓、柳：「而李太白、杜子美以英傳絕世之姿，凌跨百代……獨韓應物、柳子厚發纖濃於簡古，寄至味於淡泊，非餘子所及也。」東坡能兼挹眾長多方學習，故其詩作不囿於一種風格。

3、閱歷多

東坡貴於閱歷廣涉之生活中，尋覓摘取素材。

〈送參寥師〉（詩二／905）中云：「欲令詩語妙」，必「閱世走人世，觀身臥雲嶺。」

吳喬《圍爐詩話》云：「人於順逆境遇所動情思，皆是詩才；子美之詩，多得於此。人不能然，失卻好詩。」

東坡〈與謝民師推官書〉（文四／1418）云：「文理自然，姿態橫生」，強調求物之妙，如「繫風捕影，能使是物了然於心。」

東坡好自然，岷峨山水靈秀、杭州清景、儋耳海隅，無不遍及，故能動其情思。而「烏臺詩案」後，又體察民情，深入基層，皆反映於詩文之中，故東坡詩風多元，其來有自。

至東坡既評人詩文風格之多元，又自我之創作亦融貫眾家。如：

《昭味詹言》云：

> 坡公之詩，每於篇終之外，恒有遠境，匪人所測。於篇中又各有不測之遠境，其一段忽從天外插來，爲尋常胸臆中所無有。

沈德潛《說詩晬語》以東坡「胸有洪爐」，趙翼《甌北詩話》亦以東坡「天生健筆一枝」，故能筆筆超曠。

《唐宋詩醇》亦以東坡「能驅駕杜、韓，卓然自成一家，雄視百代。」

元好問〈東坡詩雅引〉中亦評東坡詩「極其詩之所至，誠亦陶、柳之並。」

詹安泰《無庵說詩》就東坡古體詩言近陶、謝曰：

> 東坡七古，冠絕一代；五古稍遜，然水流花放，機趣天然，處處引人入勝，亦非餘子所及。

是以東坡詩作文論卓犖，思想亦超越群倫。

第四節　東坡文學思想之實踐

東坡爲一代作手，其傳世之古文約四千餘篇、詩作二千餘首，詞則三百四十餘闋，賦體亦有數十篇；量鉅質精各擅勝場而風格多元，有承傳亦有創發。李卓吾即推崇其創作曰：

> 蘇長公片言隻字，與金玉同聲，雖千古未見其比，則其胸中絕無俗氣，下筆不作尋常語，不步人腳步故耳。（《李溫陵集》卷一五）。

唐代古文運動雖經韓愈、柳宗元之開拓，形成一股強流，唯不深入與普遍，故至晚唐遂衰。宋歐陽修、東坡繼起，踔厲於後，文風始轉。

東坡所作古文，或類莊子，凌雲超塵；或追陸、賈，議論雄放，眾家之長，齊聚一身。論文題材不拘，或序跋、或奏議、或策問、或碑銘、或頌贊、或書函、或遊記，直抒胸臆，一洗「錦心繡口，駢六驪四」之浮艷文風。至其詩文之技法新變、風格多元，皆與其詩文思想同步。故清初詩人錢謙益《初學集》卷八二〈讀長公文〉云：

吾讀子瞻〈司馬溫公行狀〉、〈富鄭公神道碑〉之類，平鋪直敘，如萬斛水泉隨地湧出，以爲古今未有此體，茫然莫得其涯涘也。晚讀《華嚴經》，稱心而談，浩如煙海，無所不有，無所不盡。乃喟然而嘆曰：「子瞻之文，其有得於此乎！」

東坡文之「無所不有、無所不盡」，殆由東坡能才華超卓而轉益多師。故能總發前人之所得。以下試由其詩文、諸體爲文、內涵、技法、風格之得，能呼應其詩文思想者，析論於次：

一、文

（一）立意超卓

以「唐宋八大家」「三蘇」之一而譽傳眾口之東坡，自爲中國古文創作之翹楚。其古文創作與其一生經歷，大致同步。

概而言之，以元豐二年（1079）因「烏臺詩案」被貶黃州爲界，東坡古文於題材、風格上，自有絕然不同之前後二期。前期積極，有政論、史論、記體之作；後期豁達，有小品、題跋之寫。東坡爲文思想既重「有道有藝」，則前期較偏重於有爲而作之「有道」之文；後期則較近有華采之作之「有藝」之篇。

以下試分別言之：

前期——有爲而作。東坡文之超卓在「有爲而作」。

東坡早期，以英年得志，有行道濟世之積極。如云：「有筆頭千字，胸中萬卷；致君堯舜，此事何難。」（〈沁園春・赴密州早行馬上寄子由〉），其後雖簽判鳳翔、還朝任職，又自請外放，稍有挫折，而「奮厲有當世志」之朝氣初衷未改。

此時代表之作爲〈進策〉、〈進論〉，皆系列具言朝政，乃踔厲風發之政論。此爲嘉祐六年（1061）東坡經歐陽荐舉，參加祕閣「直言極諫」科考之文，皆直言干時之作。〈進策〉廿五篇爲政論，分爲〈策略〉五篇、〈策別〉十七篇、〈策斷〉三篇，〈進策〉分由課百官、安萬民、厚貨財、訓兵旅以言改革因循守舊之風。〈策別〉中之〈教戰守〉策言「知安不能知危，能逸而不能勞」弊，然後遠徵近譬，陳說利害，得出「安萬民」唯有「積極備戰」之策。此一時論，人稱美曰：「坡翁此策，說破宋室膏肓之病，其後靖康之禍，如逆睹其事者，信乎有用之言也。」（《三蘇文苑》引唐文獻語）。

而廿五篇〈進論〉屬於史論，乃借古人古事以抒己見。如〈留侯論〉（文一／103）〈晁錯論〉（文一／107）等於史事外另立新意，見解超卓。

東坡文長於議論，即於非議論文，亦常夾以議論，而理趣盎然。而東坡議論文在集中之「進論」、「進策」、「上書」、「上表」、「奏議」、「書狀」、「箚子」、「史論」等，涉及政治興廢、人物之臧否。以下試舉例以明：

〈上神宗皇帝書〉（文二／729）

東坡以「披露腹心，捐棄肝膽，盡力所致，不知其他」之勇氣，援引史實，依據現實，秉筆直書行新法之弊，論證具體而雄辯滔滔。

〈教戰守策〉（文一／263〈策別・安萬民五〉）

由於西夏悍然入侵，東坡分析人心之患在「知安而不知危」，軍隊又「驕豪而多怨，陵壓百姓而邀其上」。故設喻以「農夫小民」能「輕霜露而狎風雨」，王公貴人「凡所以慮患之具，萬不備至」，以言治國宜備戰，方能禦敵，所言頗中時弊。初出道，已顯露不凡。此外尚有〈思治論〉（文一／115）等政論篇。

東坡即又由賈誼「觀之上古，驗之當今」以言「史論」。如〈留侯論〉（文一／103）就張良於博浪沙暗擊秦始皇未遂，於圯橋遇老人爲之結鞋帶受書，以至輔佐劉邦取天下之事跡，以言「忍」而襯出「勇」之意。故

呂祖謙《古文關鍵》卷二云：「一篇綱目在『忍』字」。

謝枋得《文章軌範》云：「能忍不能忍，是一篇立意。」

歸有光《文章指南》：「作文須尋大腦，立得意定，然後遣詞發揮，方能氣象渾成。」

而後東坡於殿前進策、奏議、箚子，在翰林院時所代筆之敕、書、口宣、批答等政論史篇，皆得時舉稱美。

又如〈凌虛臺記〉，嘉祐六年（1061）十一月，東坡廿六歲，初仕鳳翔，爲知府陳希亮（字公弼）所記。前半實寫築臺緣由、過程、命名。後半由實而虛，言廢興成毀，行文頓起波瀾，縱橫以言。

此文融人、景、理於一。如以「杖屐逍遙」以狀太守遊山之怡然。寫景

則運前後對比法，由山勢莽蒼之動態、遊人飄飄之淩虛而狀景生動。又善運古今正反之理以言成毀興廢。東坡初入仕途，具固國安民之思，而此文能由景物之寫以情發議，「言必中當世之過」也，此作十七年後，東坡貶黃州，途遇希亮四子陳慥，即爲作〈方山子傳〉（文二／420），即〈鳧繹先生詩集敘〉所云：「爲文要有意而發，方不爲諛文」，此亦即：「言必中當世之過也。」故東坡前期之作，立意之高，正在行道濟世，憂國惠民。

（二）辭達華美——後期之作

東坡繼歐陽修以後，文章雖仍求載道，然漸重爲文之辭達文采。如其〈與謝民師推官書〉（文四／1418）中言爲文之行止當「如行雲流水，初無定質。但常行於所當行，常止於所不可不止。」又釋孔子之「辭達」爲「了然於口與手」，則「文不可勝用矣」。且斥子雲以「艱深之辭，以文淺易之說」乃至「雕篆」之不當，則爲文但求「止於達意」。如何達意？東坡雖推美孔子尚質之「辭達」，又兼重質文，故其爲文亦有華采偉辭。

又〈答喬舍人啓〉云：「某聞人才以智術爲後，而以識度爲先；文章以華采爲末，而以體用爲本。」（文一／32）故朱熹〈答程允夫〉（《朱子全集》卷五十九諸子）云：「蘇氏文辭偉麗，近世無匹，若欲作文，自不妨模範。」則何者可爲東坡自然華美文之代表？似以其後期所作題跋、書簡等小品雜記，最具自然眞率之美。如：

〈記遊定惠院〉（文五／2257）

元豐三年（1080）東坡初至黃州，寓居黃岡縣東南之定惠院，記春游十五事，如刻寫老枳木之形、性，而點出「不爲人所喜」，正東坡自我寫照。而於海棠之培治，已見其愛心，而筆峰一轉「予忽興盡，乃徑歸」，書寫作客小憩之瀟灑，筆觸自然而情、景迭出，如置身其境，得淡遠之韻。

〈石鐘山記〉（文二／370）

石鐘山位於江西湖口鄱陽湖畔。縣南爲「上鐘山」；縣北爲「下鐘山」。此文之構思由一「疑」一「聲」而貫串呼應。首以「疑」求此山命名，次由實查而補充酈道元之「水石相搏，聲如洪鐘」之不足，進而否定李渤擊石鏗然有餘韻之說。而又由月夜親訪，自以得石與風水吞吐得「窾坎」、「鏜鞳」之聲似鐘鼓，爲山之命名。由「疑」而得「聲」爲山之命名，爲全文脈絡，目的在由景物描繪而道出「事不目見耳聞而臆斷其有無」之理，抑揚以情、景、事之合一而寫。

此乃元豐七年（1084），東坡四十九歲，因烏臺詩案再貶臨汝，與子邁遊山所記，除敘景陰森可怖，令人寒慄外，亦爲「詩案」乃御史中丞李定全等人，但憑「臆斷」而置「欲加之罪」，抒發不平。〔註19〕

東坡「辭達華美」之代表，之所以在其後「有藝」之篇。蓋自「烏臺詩案」後，東坡即深思如何處逆？衡量人世，雖謫居黃州後，信手拈來，隨口說出，漫筆寫成，已凸顯其歷經磨難，乃有曠放超越之人生。其戛戛獨造之小品，洵具眞實性靈。故袁宏道云：

余嘗謂坡公一切雜文，圓融精妙，千古無匹，活祖師也。

東坡之可愛者，多其小文（指《志林》之筆記文）小說，使盡去之，而獨存其高文大冊，豈復有坡公哉！（《蘇長公合作》引）

劉士鏻《文致・序》亦言：

予猶憶兒時，誦坡公海外遊戲諸篇，意趣猛躍，以對正心誠意之言，痛哭流涕之論，則脾緩筋懶，昏昏欲倦，夫所貴讀古人書者，借彼筆舌活我心靈，亦安取已腐之陳言、字數而句衡之哉！

第一位編選蘇軾隨筆小品集王納諫（聖俞）亦言：「余讀古文辭，諸春容大篇者，輒覽弗竟去之。」（《蘇長公小品序》）隨筆小品視「高文大冊」、「春容大篇」來，具有「圓融精妙」、「意趣猛躍」、「活我心靈」之妙。蓋得之於自然眞率。而小品雜文最易見此眞率之人品。日人布川氏說：「參五祖戒和尚後身者，先從小品始之。」（《蘇長公小品序》）東坡隨筆小品，形式多元，以雜記、題跋、書簡爲主，而兼情、事、理於一，而多成於其貶謫黃州、惠州、儋州時之作。

細繹東坡小品中，無論記人、敘事、議論，皆幅短意深，言少境多，寸山而有五岳之勢，一臠而具九鼎之美。即東坡自稱「本不求工，所以能工。」（〈跋王鞏所收藏眞書〉）。

如議論，有〈書六一居士傳後〉（文五／2048）、〈書柳子厚牛賦後〉（文五／2058）、〈書蒲永昇畫後〉，或述詩畫之眞諦、或逞機智才辯、或闡佛老玄

〔註19〕實則據王文濡《評註古文辭類纂》卷五六引曾滌生謂《求闕齋讀書錄》自咸豐四至十一年中，楚軍爲賊所敗，乃辨出石鐘山有洞，可容數百人，深不可窮，形如覆鐘，乃證石鐘山之得名，以「形」，非「聲」也。此外明羅洪〈石鐘山記〉，俞樾《春在堂隨筆》皆主此。而主以聲命名者，自李渤〈辨石鐘山記〉，東坡〈跋石鐘山後〉（《題跋》卷一），劉克莊〈坡公石鐘山記〉，清同準〈石鐘記〉主之。而以前說爲得。

理，皆別有創發。

如以「傳」體記，記人物則但取其特色速寫，除長篇傳記（如〈方山子傳〉文二／420、〈張憨子〉文五／2195、〈溫公過人〉文六／2291、〈維琳〉文六／2300 等）。題跋中有〈跋送石昌言引〉、〈題李嵒老〉、〈書劉庭式事〉、〈外曾祖程公逸事〉等，皆各具特色，且爲東坡性格好尚之投影返照。如：

〈方山子傳〉（文二／420）、〈跋送石昌言引〉（文五／2268）乃寫兩任俠之士陳慥、石昌言。又〈題李嵒老〉（文五／2252）、〈張憨子〉（文六／2295）、〈率子廉傳〉（文二／421）、〈郭忠恕畫贊〉（文二／612）四傳，乃寫四狂士。如李氏之嗜睡、張氏「見人輒罵」之狂丐、率氏乃「愚樸不遜」狂道士、郭忠恕乃不喜爲富人作書之狂書家（但於畫紙上令「小童持線車，放風鳶，引線數丈滿之」）。或以記事爲主之短跋，如〈題鳳翔東院王畫壁〉（文五／2209）云：「嘉祐癸卯上元夜，來觀王維摩詰筆。時夜已闌，殘燈耿然，畫僧踽踽欲動，恍然久之。」東坡以「恍然」以狀眞僞，乃出自不經意點染，正同杜甫〈題畫詩〉「堂上不合生楓樹，怪底江山起煙霧」、〈奉先劉少府新畫山水障〉之渲染，各有生趣。

由東坡小品常見其文學主張。如言「自然」之美。東坡晚歲作〈文說〉以「隨物賦形」概括創作貴自然之理念。又於〈自評文〉言「常行於所當行，常止於所不可不止。」與〈與謝民師推官書〉（文四／1418）以「行雲流水」狀謝氏之文。而與〈畫雁〉、〈灩澦堆賦〉（文一／1）之所言化工之失眞美，皆同一脈絡。

至東坡小品文中之博辯評論亦甚精警。如〈書摩詰藍田煙雨圖〉（文五／2209），中評王維「詩」中有「畫」；其「畫」則中有「詩」。又承《詩品》以「滋味」以評詩。如〈書黃子思詩集後〉中，言詩味似平淡，實是寄「至味」於淡泊之中、鹹酸之外，讀者必穿透過想像，方可得其神韻，如「就詩論詩」，則將陷於「形似」耳。又於〈評韓柳詩〉（文五／2109）中評陶潛、柳宗元詩云：「其外枯而中膏，似淡而實美」，乃由佛家言食蜜之「中、邊皆甜」。此與〈南行前集敘〉（文一／323）之言充中溢外之自然美。〈鳧繹先生詩集敘〉（文一／313）言爲文立意之要，皆難分軒輊。此外題跋中，東坡由《詩經》以降，如蘇武、李陵、蔡琰、蕭統、李白、杜甫、白居易、李商隱……，直至北宋作家，皆多所致評。

又東坡於題跋小品中，又多記遊之作。如〈記承天寺夜游〉（文五／2260）

元豐六年（1083）東坡時貶黃州已四年。某日解衣欲睡，見「月色入戶」而「欣然起行」，至承天寺邀張懷民漫步月下，短幅數語，己孤寂及與張之情誼。又狀月色順寫下竹柏之影，似水中藻荇縱橫曰：「庭下如積水空明，水中藻荇交橫，蓋竹柏影也。」接敘事、寫景後，又抒情曰：「何夜無月？何處無竹柏？但少閑人如吾兩人耳。」則運一「閑」以言任團練副使，爲虛銜不得簽署公事之苦楚，其情何以堪？此文僅以八十五字短篇，而合事、景、情於一，洵爲難得之筆。又如其〈記游定惠院〉（文五／2257）中，記海棠繁茂、老枳瘦韌、憩尚氏之第、訪何氏園、韓氏竹園、食酥餅、移植橘等，皆清新自然、意趣勃生。而〈記松風亭〉（文五／2271）亦云：「此間有甚麼歇不得處？由是如掛釣之魚，忽得解脫。」述東坡處逆體悟人生，言簡意深，頗似禪宗之偈語。無疑乃東坡參透得失進退之人生告白。

又〈文與可畫篔簹谷偃竹記〉（文二／356）乃論畫之題記，除論述「胸有成竹」、「心手相應」之畫論，又由二人詩畫往還、逗趣失笑，而見其親厚無間情誼。他如信筆抒意之書信，言讀書、論作文，皆娓娓以言，如〈又與王庠書〉（文四／1422），中言東坡一生受用之「八面受敵」讀書法。〈與謝民師推官書〉（文四／1418），之總結作文尚自然、貴達意之旨。故吳德旋《初月樓古文緒論》云：「蘇長公晚年之作，有隨筆寫出，不待安排，而自然超妙者。」言出其小品文自然而富於情韻之特色。

（三）翻空出奇

東坡雜記諸作，除一般記體文字有〈醉白堂記〉等六十五篇外，〈題跋〉所收有游行如〈記承天夜游〉等六十二篇。《志林》雜記二○四篇（中記人物六十八、異事廿九、修煉十四、醫藥卅五、草木飲食三十、書事廿八）。由量而言，曾南豐有記卅四、柳宗元有卅六，然東坡之記除記山水亭池，亦記宮室、書畫、碑石、瑣事，且記中有議。

1、記體寓理

除政論外，對社會人生識見，則集中於其亭臺樓閣之記體中。由外放地，方東坡政治上積極，轉化爲民生之關切，如於鳳翔作〈喜雨亭記〉因其時久旱不雨，農民受災。東坡因雨而喜，并以「喜雨」名亭，洋溢與民憂樂與共之思。

〈凌虛臺記〉（文二／350）之作，則由臺之興廢存毀而及人事得失，意在勸戒太守勿「誇世而自足」，此一曠觀達識，已見東坡於人情世態思考深足。

〈超然臺記〉（文二／351）中東坡雖有救災抗洪治績，又嚮往「無所往而不樂」乃「跟看世事力難任，貪戀君恩退未能」之進退維谷難處。故姜寶評〈超然臺記〉云：「此記有即其所居之位，東其日用之常，脫出寰之外之意，故名之曰超然，此東坡之所以爲東坡也。」（《三蘇文範》引）

〈鳳鳴驛記〉（文二／375）乃記東坡居館驛六年中不同。由「不可居」而「如歸其家」則「事在人爲」。天下之所以不治則官員之「有所不屑」，而天下之通患在爲不能盡責。爲宋太守之忠於修葺館驛而爲作此記。

〈文與可畫篔簹谷偃竹記〉（文二／365）

此記用追憶亡者手法舖寫。言畫竹不可「節節而爲之，葉葉而累之」。東坡領悟之畫竹在「畫竹必先得成竹於胸中，執筆熟視乃見其所欲畫者；急從之，振筆直遂，以追其所見；如兔起鶻落，少縱則逝矣。」此一畫竹法，晁補之於〈贈文潛甥楊克學文與可畫竹求詩〉中，即以「胸中有成竹」以概括之。東坡又接寫與文同間調侃趣事，貫事而呼應，生動而引人共鳴，皆不同他人之寫。

2、遊記發議

東坡一生「身行萬里半天下」，故其山水游記，能由超越時空之記述與情感抒發，而作理性之思考。故陳師道曰：「退之作記，記其事耳；今之作記，乃論耳。」即言東坡之作遊記即此。如〈前赤壁賦〉（文一／5），乃因被貶黃州，歷經坎坷，故因景悟理終而解脫「自其不變者而觀之，則物與我皆無盡也。」言人爲自然之一，應歸返永恒之自然。文末「洗盞更酌，肴核既屬，杯盤狼籍。相與枕藉乎舟中，不知東方之既白。」表出東坡隨遇而安，力求解脫，亦正似莊子「吾表我」之人生超脫之境。而〈後赤壁賦〉（文一／8）則借江上之孤鶴、夢中之道士以言東坡之徹悟。故《天下才子必讀書》評此二賦：「前賦是特地發明胸前一段眞實了悟，後賦是承上文以現身現境，一一指示此一段眞實了悟，便是眞實受用也。」即言東坡記游文之寓有哲理。

〈石鐘山記〉（文二／370）

東坡以一「疑」字爲線索作翻案，由賞景中悟讀書觀理，乃記文中之絕調。如述東坡與其子蘇邁月夜乘舟至絕壁之下探索，石鍾山之陰森可怖：「大石側立千尺，如猛獸奇鬼森然欲搏人。而山上棲鶻，聞人聲亦驚起，磔磔雲霄間。又有若老人咳且笑於山谷中者；或曰：『此鸛鶴也。』」狀月下巨石似猛獸奇鬼搏人，幽敻不可久留。又有棲鶻「磔磔雲霄間」，和鸛鶴「若老人咳且笑」自令人「心動欲旋」。忽而「大聲發於水上，噌吰如鐘鼓不絕」則石鐘山之得名，東坡以爲出自於「聲」也。〔註20〕

〈凌虛臺記〉（文二／350）：

由臺之築而言物之「興廢成毀」，進言「臺猶不足恃以長久，而況人事之得喪」，言足恃於世則在能爲百姓出力，而「不在乎臺之存亡」。此乃借「記」以發議。

又東坡記遊小品，多隨筆點染，非大幅舖陳。且於賞會自然外，寓寄哲理。足使讀者深窺作者內心底奧。

黃州時〈記承天寺夜遊〉、〈記遊定惠院〉、〈書臨皋亭〉、〈遊沙湖〉。

惠州時〈題羅浮〉、〈記遊松風亭〉、〈遊白水書付過〉。

儋州時〈書上元夜遊〉等。

如〈記承天寺夜遊〉作於元豐六年十月十二日之夜。與張懷民相偕步於中庭：

> 庭下如積水空明，水中藻荇交橫，蓋竹柏影也。何夜無月，何處無竹柏，但少閑人如吾兩人耳。

此首乃融事、景、情於一。其狀景與東坡〈月夜與客飲杏花下〉（詩三／926）中「褰衣步月踏花影，尙如流水涵青蘋」同，但〈記承天寺夜遊〉更能刻寫「閑人」之無奈。「良夜何其」竟專爲「閑人」而設；「月夜竹柏」已凸出其超軼空明胸襟，乃小品文中殊勝。

〈書臨皋亭〉（文五／2278）寫「酒醉飯飽，倚於几上，白雲左繚，清江右洄。重門洞開，林巒坌入」之際，「若有思而無所思，以受萬物之備」，既表心情寥寂，又表現出生活情趣。

〈記遊松風亭〉（文五／2271）謂本欲縱步亭頂，因足力疲乏，而悟出「此間有什麼歇不得處？由是心若掛鉤之魚，忽得解脫。」

3、書簡真達

東坡「書」有四一首，尺牘一二九八首。東坡書，常於自然抒情中，抒

〔註20〕東坡以「石鐘山」命名得之於聲，曾於其〈跋石鐘山記後〉重言之。又李渤〈辨石鐘山記〉、劉克莊〈坡公石鐘山記〉、清同準〈石鐘記〉皆主之。而另有以其得名即出自「形」者。如明羅洪〈石鐘山記〉、曾國藩《求闕齋讀書銘》卷九、俞樾《春在堂隨筆》卷七，皆然。

其為文創作觀。如：

〈答俞括書〉言「辭達」由外觀物妙而內察有得。即：「孔子曰：『辭達而已矣。』物固有是理，患不知之。知之，患不能達於口與手。辭者，達是而已矣。」

〈答王庠書〉、〈答謝民師書〉中，皆反復申述此言。

又東坡書簡多「信筆書意，不覺累幅」(〈答李端叔書〉)，故娓娓動人，流自肺腑。其短柬言簡而多轉，時或省去首尾稱謂，倍覺親切，足見其落拓不羈之脩然胸襟。〈答秦太虛書〉云：

> ……初到黃，廩入既絕，人口不少，私甚憂之。但痛自節儉，日用不得過百五十，每月朔便取四千五百錢，斷為三十塊，掛屋樑上，平旦用畫叉挑取一塊，即藏去叉；仍以大竹筒別貯用不盡者，以待賓客，此賈耘老法也。度囊中尚可支一歲有餘，至時，別作經畫，水到渠成，不須豫慮。以此，胸中都無一事。

此寫家用瑣事，悲苦中見怡然，卻言「胸中都無事」，故清呂葆中評此言云：「無一毫裝點，純是眞率。他文如說官話，此等文如打鄉談。官話可學，鄉談不可強也。」(《晚村精選八大家古文》)。

又〈與徐得之〉

> 得之晚得子，聞之喜慰可知，不敢以俗物為賀，所用硯一枚送上。須是學書時矣，如似太早，然俯仰間便自見其成立，但催促吾儕日益潦倒耳。恐得之惜別，又復前去，家中闕人抱孩兒，深為不皇，呵呵。

此東坡送硯祝友人得子，雖為小事，然具千溪萬壑之妙。

行文有四折，送硯致賀，或為不俗，一折。或嬰兒得硯，太早，二折；俯仰之間嬰兒長大即能學書，又不算早，三折；如此，卻似在催促父執輩潦倒，四折。此正陸游〈文章〉詩云：「文章本天成，妙手偶得之。」

東坡雜記文包羅甚廣，除亭臺樓閣記述，序跋碑銘，亦有隨筆小品、日常書啓。而篇幅兼有長短，信筆抒意皆涉筆成趣。此類記文除收錄於《東坡文集》外，還見於《東坡志林》、《東坡題跋》、《仇池筆記》、《漁樵閑話錄》等。

4、碑狀——情真

東坡自言「平生不為行狀碑傳，然偶有所作，則風神獨具」，如為陳季常傳神寫照之〈方山子傳〉(文二／420)以一「隱」字為骨，「俠」字為襯，寫活方山子先俠後隱，視富貴如浮雲之面貌，亦折射出東坡人生價值取向。〈潮州韓文公廟碑〉（文二／508）東坡以如椽大筆稱美韓昌黎「文起八代之衰，道濟天下之溺」云云，不在溢美韓愈是否足當此一贊語，乃在能寄寓東坡生平人生氣格。全文氣勢磅礴、眞情洋溢，乃碑傳文中不可多得者。

〈亡妻王氏墓志銘〉（文二／472），此東坡爲其妻王弗而作。由稱美其性格、見識入手，而以「謹肅」、「敏而靜」以及善於觀察人等舉止才德行文，文不長而情誼深摯。

二、詩

（一）詩尚新變

東坡詩作多寫貶謫中之生活情趣，及嶺南秀麗景色。如：

〈謫居三適〉中有「旦起理髮」、「午窗坐睡」、「夜臥濯足」。又〈汲江煎茶〉中寫月夜下汲水煮茶。〈倦夜〉寫破曉之偶感，皆有新意。

再讀東坡嶺海之晚年諸作，神理氣味，則近陶詩。如於惠州所作〈和陶歸園田居六首〉爲例。

第二首云：「春江有佳句，我醉墮渺莽」一聯，已視通判杭州所作「清吟雜夢寐，得句旋已忘」超出已多。查愼行《初白庵詩評》卷中亦評爲「句有神助」，紀昀批《蘇文忠公詩集》亦云：「此種是東坡獨造」，則東坡晚歲仿陶之作，已具其自然、獨到之妙。故東坡於北返時，稱美蕭世範曰：「心閑詩自放，筆老語翻疏」（〈廣倅蕭大夫借前韻見贈，復和答之二首〉其二），亦東坡嶺南得陶詩疏放自然之總評。

以之細味〈縱筆〉（詩七／2203）、〈行瓊儋間，肩輿坐睡……〉、〈十一月二十六日松風亭下梅花盛開〉（詩七／2246）、〈吾謫海南，子由雷州，……〉（詩七／2243）等篇，皆隨意吐屬，信手偶得。

1、語言創新

細味東坡詩句之妙絕，乃因熔入市語俗言。

朱弁《風月堂詩話》語參寥與客評詩，客以東坡以鄙俗之言入詩，「一經其手，似神仙點瓦礫爲黃金，自有妙處。」參寥亦言：「老坡牙頰間別有一副爐鞴也。」其「點瓦礫爲黃金」之法，《雨清詩話》引王君玉言東坡詩「三杯軟飽後，一枕黑甜餘。」、「軟飽」爲飲酒；「黑甜」爲晝寢。又有「待伴不禁鴛瓦冷。」「待伴」言「雪未消者」。又有「尋醫」、「入務」、「水肥」等辭句乃采俗入句。東坡又常以其時各行業慣用詞入詩。以下試一述之：

探支——預支下月薪俸

東坡〈和何長官六言次韻五首・之三〉（詩四／1059）：「長江大欲見庇，探支八月涼風。」王注引次公言此以官府公文語入詩，意爲於酷暑中，長江江面適時吹來八月涼風。東坡之前，姚合〈武功縣中作三十首〉之十七：「每旬常乞假，隔月探支錢。」東坡後皮日休〈新秋紀事三首〉「鶴料符來每探支」。范成大〈雪中送炭與龔養正（立春前五）〉「探借新年五日春」。楊萬里〈至後入城中雜興〉「探借桃花作面紅」。

擘岸——離開岸邊

東坡云：「平生睡足連江雨，盡日舟橫擘岸風。」與秦大虛、參寥會於松江分韻得「風」，吹舟離岸謂之「開岸」，「擘岸」乃「開岸」之義也。

又東坡與趙德麟戲湖上，舟中對月：「清夜除，燈坐孤舟擘岸橫。」陳師道〈秋懷四首〉之四，「密雨點急水，驚風擘繫舟。」皆用南中舟人此語。

捍索——桅竿邊之繩索

〈慈湖夾阻風五首〉之一，「捍索桅竿立嘯空，篙師酣寢浪花中。」王注引次公曰：「桅竿兩邊索謂之捍索，此江湖間常語也。」又〈過淮三首贈景山兼寄子由〉之一：「晚來洪澤口，捍索響如雷」，王注引曰：「舟有捍索，行則堅舟，住則爲繩」，皆合詩中之意。

注坡——騎兵訓練馬下坡直奔

東坡〈百步洪〉（詩三／892）中之句：「駿馬下注千丈坡」之「注坡」乃軍語，指馳馬下坡直奔。據《宋史・岳飛傳》云：師每休舍，課將士注坡跳壕。此乃東坡據兵練馬下山快奔以喻輕舟激流，飛馳而下之驚險。又《東坡樂府・滿庭芳（歸去來兮）敘》引其詞曰：「船頭轉，長風萬里，歸馬駐平坡」前後句意不貫，據周必大《益公題跋》卷十二〈書東坡宜興事〉言「印本誤『注』爲『駐』。」則此詞爲「歸馬注平坡」，喻歸舟乘風直下，則意道「百丈深」以見東坡用詞精確。至《詩話總龜》前集卷九，言東坡「當在黃時，有人云：千丈坡豈注馬處？及還朝，其人云『唯善走馬，方能注坡。聞者以爲注坡』。」此言小人於東坡貶黃州時多所挑剔；至東坡還朝又多所稱美。而「唯善走馬，方能注坡（注解坡詩），則所言不類。」

尋醫——因病解職不作詩也

東坡《七月五日二首》其一（詩三／690）:「避謗詩尋醫，畏病酒入務」。王注引施曰:「尋醫謂不作詩也。酒入務謂止酒不飲也。」「尋醫」乃稱病解職委婉之情。《資治通鑑》唐僖宗光啓二年:「田令孜至成都請尋醫，許之。」《新唐書・田令孜傳》則曰:「(令孜) 晝夜馳入成都，固表解官求醫藥，詔可。」則「尋醫」同「解官求醫」指「停罷」也。

東坡〈送顧子敦奉使河朔〉（詩五／1494）:

我友顧子敦，軀膽兩俊偉。便便十圍腹，不但貯書史。容君數百人，一笑萬事已。十年臥江海，了不見慍喜。磨刀向豬羊，釃酒會鄰里。歸來如一夢，豐頰愈茂美。平生批敕手，濃墨寫黃紙。

詩中「批敕」二字出自《舊唐書・李藩傳》:「制敕有不可，遂於黃敕後批卻之。」東坡用屠家語「批」戲稱其友軀體肥偉，而為有膽量之「批敕手」，顧子敦頗不樂。東坡〈諸公餞子敦，軾以病不往，復次前韻〉（詩五／1497）末句云:「善保千金軀，前言戲之耳。」此正山谷所謂東坡嘻笑怒罵，皆成文章。

手細抹——刀法

東坡〈春菜〉（詩三／789）:「茵陳甘菊不負渠，鱠縷堆盤纖手抹。」「抹」為廚師細切刀法。如《古今譚概・汰侈》廚娘條:「廚娘更團袄圍裙，銀索扳膊，掉臂而入，據坐胡床，徐起切、抹、批、臠，方正慣熟，條厘精通，眞有運斤成風之勢。」孟元老《東京夢華錄》卷四，肉行:「坊巷橋市」,「比肉案，列三五人操刀，生熟肉叢便索喚、闊切、細抹、頓刀之類。」

東坡〈和何長官六言次韻五首・其三〉（詩四／1059）:「貧家何以娛客？但知抹月批風。」王注引次公曰:「饌食者有批有抹。」即說明「批」、「抹」是饌食者行語。此「抹月批風」，施注以禪宗《傳燈錄》有薄批明月，細抹清風之語，而東坡首引入詩。

東坡「點瓦礫為黃金」之法甚多。如《西清詩話》引王君玉言東坡詩「三杯軟飽後，一枕黑甜餘」以「軟飽」為「飲酒」;「黑甜」為「晝寢」。又其〈雪詩〉:「待伴不禁鴛瓦冷」,「待伴」為「雪未消者」等，則東坡常求詩語之新變也。

舶趠風——吳人稱農曆五、六月間之季節風

東坡〈舶趠風〉（詩三／972）:「三旬已過黃梅雨，萬里初來舶趠風。」乃作於湖州任上。葉夢得《避暑錄話》卷上:

常歲五六月之間，梅雨時，必有大風連晝夕，逾旬乃止，吳人謂之「舶趠風」，以爲風自海外來，禱於海神而得之。

陳岩肖《庚溪詩話》卷下，亦有類似之言。其外用此入詩有：

徐照〈送麈老〉:「好風名舶趠，相候立江邊。」

范成大〈新荔枝四絕・其四〉:「趠泊飛來不作堆，紅塵一騎笑長安。」詩中「泊」字應是「舶」，趠舶當指乘舶趠風而至的海舟。

王應麟《困學紀聞》卷十九記載:「紹熙中，四明試〈航琛越水〉詩，有用東坡『舶趠』二字而黜者。」益見東坡用行語方言入詩之創新。

風熟——風已定向

東坡〈金山夢中作〉（詩四／1274）「夜半潮來風又熟，臥吹簫管到揚州。」馮應榴注:《海錄碎事》引熊孺登詩:「水生風熟布帆影。」紀昀批:「今海舶有『風熟』之語，蓋風之初作，轉移不定，過一日不轉，則方向定，謂之『風熟』。」乃是宋代水手行話而續至近代者。唯東坡所言泛指長江行船，而非海舶。

打頭風——乃吳人稱「逆向之風」

唐人之「打頭風」即今俗語之「頂頭風」。《詹韻》「梗韻」，打，德冷切，音近「頂頭風」，「常时低頭通經史，忽然欠伸屋打頭。」此一「屋打頭」惟談作「屋頂頭」合適。

炮車雲——大風候

東坡:「今日江頭天色惡，炮車雲起風欲作。」（〈六月七日泊金陵阻風〉詩六／2031）自東坡引入詩後，人多效之。如張來〈自巴河至蘄陽口道中得二詩，示仲達與秬同賦・其二〉，「喜逢山色開眉黛，秋對江山起炮車。」王之道〈次韻高守無隱苦熱〉:「鬱蒸還起炮車雲，旱氣方隆雨未能。」

帆飽——帆腹飽滿。水肥——水漲、水滿

東坡〈次韻沈長官三首之三〉（詩二／563）「風來震澤帆初飽，雨入松江水漸肥。」

抽象「帆飽」由帆腹聯想而來，東坡〈八月七日初入贛過惶恐灘〉（詩六／2052）「長風送客添帆腹，積雨浮舟減石鱗。」王注引次公曰:「帆以其受風，故曰收。」李清照亦言「綠肥紅瘦」。〔註21〕

由以上所引，東坡確引市語俗言，以求詩義不同。

〔註21〕此節參見項楚〈蘇詩中的行業語〉頁51～63。

2、以議論為詩

然唐詩重情，而宋詩抒情直露而有理趣，讀者具較多之想像空間。

〈和子由澠池懷舊〉（詩一／96）

人生到處知何似，應似飛鴻踏雪泥，泥上偶然留指爪，鴻飛那復計東西。

〈僧惠勤初罷僧職〉（詩二／576）云：

軒軒青田鶴，鬱鬱在樊籠。既爲物所縻，遂與吾輩同。今來始謝去，萬事一笑空。

則人生既似「飛鴻踏雪泥」，何苦自拘限，不如「萬事一笑空」之曠達。

又〈予以事繫御史臺獄・其一〉（詩三／998）：「與君世世爲兄弟，又結來生未了因。」據王文誥案：時王子立爲置家累於南部，故東坡慰之以「兄弟」、「因果」，皆欲以理服人也。

3、以才學為詩

〈臘日游孤山訪惠勤、惠思二僧〉（詩二／316）

天欲雪，雲滿湖，樓臺明滅山有無。水清石出魚可數，林深無人鳥相呼。

此詩寫景清麗，如東坡行筆，自然沁入心脾，已得鉛中之銀，乃天才之筆鋒精銳，氣魄過人之作。

至〈百步洪〉（詩三／891），之連用兔、鷹、馬、絃、箭、電、珠等七喻，即：「兔走鷹隼落，駿馬下注千丈坡，斷絃離柱箭脫手，飛電過隙珠翻荷。」以狀水流之速，洵古所未有。

4、以文字為詩

東坡「以文字爲詩」之藝術實踐，有和韻、戲題、回文、諧隱、人名、神智、集句、謎語等。

（1）和　韻

〈次韻張安道讀杜詩〉：「詩人例窮苦，天意遣奔逃。」（詩一／265）

〈次韻吳傳正枯木歌〉：「古來畫師非俗士，妙想實與詩同出。」（詩六／1961）

此言吳詩而及李畫，因歌枯木而及其畫馬，能出千古之名句。故汪師韓《蘇詩選評箋釋》卷五評此詩曰：「軒然而來，翩然而往，隨意所到。」即言東坡和韻之特色。

細味東坡「以文字入詩」多集中於五言、七言古體，約一一○○首詩（約占東坡全體詩作之1／3）。蓋長篇幅之古體，便於揮灑酬答、情景、題畫、說理等詩。故「以文字爲詩」可豐富東坡詩語之表現。

（2）戲　作

> 王元龍，父安國，字平甫，介甫之弟，與東坡交。自負其〈甘露寺〉詩：「平地風煙飛白鳥，半山雲水卷蒼藤。」坡應之曰：「精神全在卷字，但恨飛字不稱耳。」平甫請易之，坡遂易以「翻」字，平甫嘆服。(《蘇軾施注》)

此言東坡爲王元龍改詩，易「飛」爲「翻」字，境界頓出。東坡於〈記平甫詩〉一文亦言此事，且以：「大抵作詩當日煅月煉，非欲誇奇鬥異，要當淘汰出合用事。」東坡兼二者：

句律疏（「以文爲詩」「以議論爲詩」）

煅煉精（「以才學爲詩」「以文字爲詩」），即東坡要以「煅煉精」以正「句律疏」，且「以文爲詩」統帥「以文字爲詩」。

游戲之作，即以「戲題」、「戲贈」爲題之詩。此類之作乃寓莊於諧，怒極反戲之作。如〈戲子由〉：

> 宛丘先生長如丘，宛丘學舍小如舟。常時低頭誦經史，忽然欠伸屋打頭。斜風吹帷雨注面，先生不愧旁人羞。任從飽死笑方朔，肯爲雨立求秦優。（詩二／324）

此篇首極寫子由居處之陋，進用《前漢書・東方朔傳》：「侏儒飽欲死，臣朔飢欲死」及《史記・滑稽列傳》言：「優旃爲陛盾郎，雨立而求之秦始皇，曰：『陛盾郎，汝雖長何益，幸雨立。我雖短也，幸休居。』於是始皇使陛盾者得半相待。」東坡反其意而用之，言子由如雨中立之陛盾郎，豈肯爲雨立而求之優旃？

又東坡〈行瓊儋間，肩輿坐睡，夢中得句云：「千山動鱗甲，萬谷酣笙鍾」。覺而遇清風急雨，戲作此數句〉（詩七／2246）由詩題所言，則此首「夢中得句」雖爲戲作，亦有精心錘煉之工。故汪師韓《蘇詩選評箋釋》卷六云：「行荒遠僻陋之地，作騎龍弄鳳之思，一氣浩歌而出，天風浪浪，海山蒼蒼，是當司空圖『豪放』二字。」

（3）其他之出奇之詩，尚有

①人名詩

據宋趙令畤《侯鯖錄》載，東坡曾於韓繹（子華）家宴飲中作人名詩云：

子華新寵魯生，舞罷爲游蜂所螫，子華意甚不悅，久之呼出，持白團扇從東坡乞詩。坡書云：「窗白細浪魚吹日，舞罷花枝蜂繞衣。不覺南風吹酒醒，空教明月照人歸。」上句紀姓，下句書蜂事，魯公大喜。

東坡即興所作之此詩，以字謎方式言之。「魚吹日」者，魯也。次句云魯生被蜂螫之事，後兩句則是此游戲生發。全詩洋溢美感。

②回文詩

東坡曾作〈次韻回文三首〉（詩八／2530），試舉其一、其二：

春機滿織回文錦，粉淚揮殘露井桐。人遠寄情書字小，柳絲低日晚庭空。（〈其一〉）

紅箋短寫空深恨，錦句新翻欲斷腸。風葉落殘驚夢蝶，戍邊回雁寄情郎。（〈其二〉）

如反轉則爲：

空庭晚日低絲柳，小字書情寄遠人。桐井露殘揮淚粉，錦文回織滿機春。（〈其一〉）

郎情寄雁回邊戍，蝶夢驚殘落葉風。腸斷欲翻新句錦，恨深空寫短箋紅。（〈其二〉）

中「低、滿、空」等字皆爲機警之處。

（4）神智體

爲東坡首創，乃「以意寫圖」之作，詩意令人自悟。

據宋桑世昌《回文類聚》載，蘇軾曾作〈晚眺〉詩云：

長亭短景無人畫，老大橫拖瘦竹筇，回首斷雲斜日暮，曲江倒蘸側山峰。

此詩乃因北朝使者，自以能詩，東坡作此，使者則不知所云，故云：「自後不復言詩矣」。

③集字詩

如東坡喜陶潛〈歸去來辭〉，因集其字爲〈歸去來集字十首并引〉（詩七／2356），乃用陶辭之字，重組爲詩，以表一己之喜怒情愁。如：

觴酒命童僕，言歸無復留。輕車尋絕壑，孤棹入清流。乘化欲安命，息交還絕游。琴書樂三經，老矣亦何求。（〈其七〉詩七／2358）

寄傲疑今是，求榮感昨非。聊欣樽有酒，不恨室無衣。丘壑世情遠，

田園生事微。柯庭還獨眄，時有鳥歸飛。(〈其十〉詩七／2359)

如「柯」聯，意與境合，有「采菊東籬下，悠然見南山」之境。而「輕」聯，則東坡已優游陶潛所狀之自然清流孤舟中。

（二）風格多元

即以詩有寄托。蓋詩中有我，常寄寓物外趣、言外意。東坡詩多屬此類。或感君恩，刺新法，多自喻。以下試分述之：

1、感君恩

東坡一生與北宋黨爭相終始之跡。早年諷諭新法，引經據典以激執政者，遂因詩得禍。自貶謫後，常托物言志，然一己志節，隱然呈現；此後遇事則巧譬暗諭，防免文字獄之累，然詳玩詩意，其主詩貴有寄托，且以詩什印證之，熟讀自明。如東坡於元豐七年（1084）謫居黃州作〈海棠〉一首：

東風嫋嫋泛崇光，香霧空濛月轉廊。只恐夜深花睡去，故燒高燭照紅妝。(詩四／1186)

此詩以海棠喻己，以東風吹拂、高燒紅燭，言皇恩之浩蕩。以月轉迴廊，企君上回心轉意。細味之：

如首句以東風輕拂譬喻聖主恩澤，彷彿春光降臨海棠，感受皇恩之被覆。如元豐六年，曾鞏歿於臨川，京師傳聞東坡同日仙逝，神宗以此詣蒲宗孟，而有才難之歎，七年正月即以「不忍終棄」而手札徙軾汝州，此東坡之有感恩澤被。

次句則以「月轉廊」狀神宗之不我棄，正似海棠拂春風，生機無限。

末聯又以花擬人，言神宗手下恩詔，移己於汝，恰似高舉紅燭，深恐己如海棠睡去。此東坡日習以花自喻也。

2、刺新法

東坡自入仕，即逢新法之行，因與之不遇見忤當軸，故自請外放。由杭而胡、蘇、常、潤、海各州，至密州、徐州、湖州任官，東坡親見新法疾民，屬辭比類借事以言，如熙寧七年（1074）十月東坡由杭赴密，作〈王莽〉(詩二／599)：

漢家殊未識經綸，入手功名事事新。百尺穿成連夜井，千金購得解飛人。

此詩以「漢家」爲言，實暗寓「宋世」，借古以喻今。次句言新法之大事改革。

三、四句以王莽之好大喜功，卻求奇術以攻匈奴，以刺王安石之興水利、開邊隙。

熙寧六年（1073）東坡任杭，作〈八月十五日看潮五絕・其四〉（詩二／484），言其時百姓不惜輕生弄潮取利，故東坡此詩之「東海若知明主意，應教斥鹵變桑田。」沈痛以恤百姓而刺新法水利之難成。又作〈和述古冬日牡丹四首・其一〉（詩二／525）：「一朵妖紅翠欲流，春光回照雪霜羞。化工只欲呈新巧，不放閑花得少休。」此詩寫牡丹色鮮紅，乃暗指朝廷大臣正值得意之秋，而「雪霜羞」又言己之見棄也。三、四句言新法巧作，小民難閒。

熙寧四年（1071）東坡任杭，作〈和劉道原見寄〉（詩二／331）：「獨鶴不須驚夜旦，群烏未可辨雌雄。」此以劉恕（道原）比鶴，謂新法眾人爲雞，言劉恕與王介甫異論力請歸養，正似鶴在雞群。

又〈董卓〉（詩二／599）：「只言天下無健者，豈信車中有布乎？」言熙寧七年（1074）四月王安石罷相，呂惠卿參知政事，此借呂布以指惠卿，譏介甫不知用人也。

熙寧十年（1077）東坡知徐州，作〈次韻子由送蔣夔赴代州學官〉（詩三／726）：「歸來問雁吾豈敢，疾世王符解著書。」言王安石以《三經新義》取士而廢先儒傳註之欠當。東坡乃寄此言反對新法，願效後漢王符隱居著《潛夫論》三十餘篇以寄慨。此所謂「借他人酒杯，澆心中塊壘也」。

又言新法之不便民、朝廷用人不當，小民艱困、一己何苦折節求用等。如：

論畫以形似，見與兒童鄰。賦詩必此詩，定非知詩人。（〈書鄢陵主簿所畫折枝二首〉之一，詩五／1522）

平生學問只流俗，眾裡笙竽誰比數？（〈寄劉孝叔〉，詩二／631）

散材畏見搜林斧，疲馬思聞卷旆鉦。（〈新城道中二首〉其二，詩二／436）

疲民尚作魚尾赤，數罟未除吾顙泚。（〈次韻潛師放魚〉，詩三／882）

3、表自喻

靖國元年（1101），東坡度嶺至虔，遂作〈過嶺寄子由二首・其二〉（詩七／2427）云：

七年來往我何堪？又試曹溪一勺甘。夢裡似曾遷海外，醉中不覺到江南。波生渥足鳴空澗，霧繞征衣滴翠嵐。誰遣山雞忽驚起，半巖花雨落毿毿。

據《年譜》載「公以紹聖元年，自定州貶惠州，凡四年，再貶儋耳，明年改元元符，至三年，乃量移廉州，凡七年。」則此詩篇首歷數過往前塵，不堪回首。而「又試曹溪一勺甘」，言今得北歸，欣喜在不言之中。而心境之無怨，「也無風雨也無晴」之空靈，正紀昀評曰：「此言機心已盡不必相猜之意，非寫景也！」正含意深邃也。

元符三年（1100）東坡得知北歸，展顏歡笑作〈儋耳〉（詩七／2363）：「殘年飽飯東坡老，一壑能專萬事灰。」化用杜甫「但使殘年飽吃飯」及《莊子・秋水》「擅一壑之水而跨跱坎井之樂，此亦至！」東坡幾經挫折，仍寓浩然之氣，誠爲難得。

又紹聖四年（1097）謫儋州作〈糴米〉（詩七／2254）：「再拜謂邦君，願受一廛地。」願自謀衣、食，不復仕宦，托寓深微，於焉可見。

靖國元年（1101）東坡北歸作〈次韻郭功甫觀予畫雪雀有感二首・其一〉（詩七／2454）：「早知臭腐即神奇，海北天南總是歸。」言臭腐即神奇，乃由《莊子・齊物論》言我與物俱是合一，無須汲汲營營於功名利祿。而此生已爲盛名所累，應效雀鳥低飛免禍。

乃東坡由觀鳥有感，而表白心跡。

又東坡之自敘，多托「花」以自況，如紹聖元年（1094）謫居惠州作〈花落復次前韻〉（詩六／2078）：「玉妃謫墮煙雨村，先生作詩與招魂。」言屈原殷勤勸君不納，正似花墮荒村。一己生活艱困，唯日飲醇酒消愁，並無怨懟。而借花以喻，中有梅、海棠、牡丹等。而以梅花爲最多。

如元豐五年（1082）東坡謫居黃州，作〈紅梅三首・其一〉（詩四／1106）：「故作小桃紅杏色，尚餘孤瘦雪霜姿。」此由物我雙寫言己似遲開之梅，恐不爲世所容而故作桃杏之色。而「孤瘦」「雪霜」之高潔不俗，雖不容於時，亦不爲形勢所卻。

同年東坡又作〈十一月二十六日，松風亭下，梅花盛開〉（詩六／2075）：「昔年梅花曾斷魂。豈知流落復相見。」此由憶及元豐三年正月關山路上細雨梅花，而寓一己化身梅花，身處風雨荊棘之中，猶如病鶴之棲荒園，猶能潔白如縞。

又有〈梅花二首〉（詩四／1026）：「春來幽谷水潺潺，的皪梅花草棘間。

一夜東風吹石裂，半隨飛雪度關山。」以梅花居草棘間，喻己之幽獨；以花隨飛雪，言己之處境難堪，此時我即是梅，梅即是我，乃物我雙寫。

東坡於元豐三年（1080）謫居黃州，曾作七古敘事廿八句詩：〈寓居定惠院之東，雜花滿山，有海棠一株，土人不知貴也〉（詩四／1036）：「雨中有淚亦悽愴，月下無人更清淑。」「也知造物有深意，故遣佳人在空谷。」東坡以雨後日出之海棠自寓，而杜門閒散以距小人，物我雙寫，而煙波跌蕩。又有「臥聞海棠花，泥汙燕脂雪。」（〈寒食雨二首〉詩四／1112）其一設喻海棠墜地，冰清玉潔之質亦遭踐汙。「殷勤木芍藥，獨自殿餘春。」（〈雨晴後，步至四望亭下魚池上，遂自乾明寺前東岡上歸，二首・其一〉詩四／1040），則以牡丹之遲暮，寓一己之不遇，更不知起用何時！

元祐八年（1093）東坡於定州作〈鶴歎〉（詩六／2003）：「鶴有難色側睨予」，「何至以身爲子娛？」言見鶴而呼，鶴有難色，謂己出入仕宦，自知其艱，又以鶴之長脛瘦軀，一食即飽，何苦爲仕宦所羈。「戛然長鳴乃下趨，難進易退我不如。」又以鶴喻己，表高潔志節，復以問答方式出之，愈見托寓無跡。紀昀評曰：「純是自托，末以一語點睛，筆墨特爲奇恣。」

東坡元豐八年（1085）十月於登州又作〈惠崇春江晚景二首・其二〉（詩五／1401）：「兩兩歸鴻欲破群，依依還似北歸人。」乃元豐八年三月，哲宗新立，東坡以禮部郎中召回，蘇轍爲右司諫，故以歸鴻喻北歸之人。兩兩歸鴻，暗指東坡與子由。二人回首過往，今有轉機，自寓感慨萬千。

東坡又於元祐六年（1091）作〈破琴〉（詩六／1768），詩謂熙豐至元祐，屢被放逐，東坡自以如破琴，但留十三弦（似箏）而「音節如故」，而劉摯之似新琴「動與世好逐」，已失原貌。乃借《舊唐書・房琯傳》之爲相，忘其本有，以諷劉摯。則全詩似言琴事，然實借以抒感慨，托破琴、新琴以托諷。

元祐七年（1092）二月東坡於揚州，作〈和陶飲酒二十首・其三〉：「身如受風竹，掩冉眾葉驚。」言東坡自出仕三十餘年，爲獄吏所折困，正似「受風竹」，唯有效淵明持志節、飲醇酒，賦詩自娛，又〈其四〉（詩六／1884）：謂己如「食葉蟲」，但慕高飛，「一朝傳兩翅，乃得黏網悲」。暗喻己誤落塵網中，不知何時歸？〈其八〉：「我坐華堂上，不改麋鹿姿。時來蜀岡頭，喜見霜松枝。」「煌煌凌霄花，纏繞復何爲。」（詩六／1885），則東坡以「凌霄花」「麋鹿」自況，皆言欲歸思也。

而細考東坡以詩記錄其一生之思想、懷抱、足跡、喜怒，而每至一處，多集爲專冊，計有《南行集》、《岐梁唱和集》、《錢塘集》、《超然集》、《黃樓集》、《和陶詩》等。而後有詩文合成之《東坡集》等。

東坡長於七言，於長短自由詩體中舒卷自如，尤見其氣勢縱橫。如：

波平風軟望不到，故人久立煙蒼茫。(〈出潁口初見淮山是日至壽州〉詩一／282)

人似秋鴻來有信，事如春夢了無痕。(〈正月二十日與潘郭二生出郊尋春〉詩四／1105)

竹外桃花三兩枝，春江水暖鴨先知。蔞蒿滿地蘆芽短，正是河豚欲上時。(〈惠崇春江曉景〉詩五／1401)

春江曉景中，呈現自然活躍生命。

扁舟一棹歸何處？家在江南黃葉村。(〈書李世南所畫秋景〉詩五／1524)

於流動意象中，即呈現濃厚秋情。

東坡詩之特色。東坡作詩前後長達四十二年，即由嘉祐四年（1059）十月自眉山發嘉陵，下夔、巫之行，即寫下南行詩歌，到建中靖國元年（1101）七月的絕筆詩〈答徑山琳長老〉(詩七／2459)。

東坡詩風詩境常隨生活閱歷之千姿百態而呈不同面貌。東坡詩何以改轍再變，寫景則清麗、抒情則眞摯、言理則婉曲、題畫則秀美、唱和則深沉……。〈王十朋注蘇詩序〉言其除英才絕識外，復：

平生斟酌經傳，貫穿子史，下至小說雜記，佛經道書，古詩方言，莫不畢究。故雖天地之造化，古今之興替，風俗之消長，與夫山川草木禽獸，鱗介昆蟲之屬，亦皆洞其機而貫其妙。積而爲胸中之文，不啻長江大河，汪洋閎肆，變化萬狀。

由東坡作〈怪石詩〉，全用老蘇家法。鳳翔首作〈石鼓歌〉已有自家風格。故王文誥曰：「東坡自此以後，熙寧還朝一變；倅杭守密，正其縱筆時也；及入徐、湖漸改轍矣。元豐謫黃州一變，至元祐召還，又改轍矣。紹聖謫惠州一變，及渡海而全入化境，其意愈隱，不可窮也。」(王文誥《蘇文忠公詩編注集成》後《蘇海識餘》卷一)。

東坡詩體甚多，人曰「蘇海」，以下試舉其代表作以言：

①社會政治詩　主要在反映新法之弊，皆多憂虞民病之篇。

「適來三月食無鹽。」(〈山村五絕・其三〉詩二／437)，乃以詩刺新政之傷民。

〈魚蠻子〉（詩四／1124）：「人間行路難，踏地出賦租。」寫盡漁民逃稅之苦。

②敘事詩

宋音視唐調增多議論、理趣。東坡承杜甫、樂天之〈三吏〉、〈三別〉、〈新樂府〉、〈秦中吟〉，以其飽經升沉經歷，概括人物寫照，頗得古人所不到處。如：

〈贈眼醫王彥若〉（詩四／1332）：東坡由「意」刻寫眼科針炙大夫：「運針如運斤，去翳如拆屋」，「吾於五輪間，蕩蕩見空曲。」言醫者充滿臨床與自信，運細如麥芒針頭切除「翳」（白內障），猶如馬車行於大道，涇渭分明。〔註22〕

〈去年秋偶游寶山上方〉（詩二／575）：「雲師來寶山，一住十五秋，讀書常閉門，客至不舉頭。」亦由老者外在細節，反映其內心超脫。

③詠景物

東坡一生遊蹤四方，「身行萬里半天下」（〈龜山〉詩一／291）

船上看山如飛馬，倏忽過去數百群。（〈江上看山〉詩一／16）

而東坡詠景物，常有人生體悟，如：

池臺信宏麗，貴與民同賞。（〈許州西湖〉詩一／81）

東坡一生坎坷，常以「梅」自喻。其詠物代表爲詠梅之作四十餘首（幾佔其「詠花詩」之半）。詠梅之作，始於湖州。除貶黃州之九首外，則以二度守杭之廿二首爲最夥，足以呈現其時之憤懣、堅貞。如黃州作〈紅梅〉（詩四／1106）：「怕愁貪睡獨開遲，自恐冰容不入時」，已道盡東坡正「不合時宜。」

④題畫詩

東坡兼長詩畫，其題畫詩或敘或議，以言繪畫之品評、創作，頗具創發。溯題畫詩源於杜甫，清沈德潛《說詩晬語》云：「唐以前未見題畫詩，開此題者，老杜也。」由杜甫〈畫鷹〉、〈姜楚公畫角鷹歌〉至東坡〈書林逋詩後〉（詩四／1343）、〈續孟郊詩二首〉之論詩。〈石蒼舒醉墨堂〉（詩一／235）、〈孫莘老求墨妙亭〉（詩二／371）之論書，皆爲傳誦名篇，蓋東坡此作已擴大畛域。故喬億《劍溪說詩》即云：「題書詩三唐間見，入宋寖多」，至東坡已蔚成大

〔註22〕輪：五代眼科術語，血輪（屬心）、水輪（腎）、氣輪（肺）、風輪（肝）、肉輪（脾）。

觀，其可述者，試分述之：

甲、側重還原畫境

〈韓幹馬十四匹〉（詩三／767）〔註23〕，東坡以分合隱顯法以狀聲摹形，中以奚官之「騎且顧」映帶前後，統整畫面。而結於「世無伯樂亦無韓，此詩此畫誰當看」浮出「詩思」。

〈惠崇春江曉景・其一〉：「春江水暖鴨先知」、「正是河豚欲上時」，所言之春水暖意，爲畫筆所難到；河豚欲上，亦畫面所未見，東坡竟以聯想增補情趣，使鴨戲圖重現目前。

〈書李世南所書秋景・其一〉（詩五／1524）以「野水參差落漲痕，疏林欹倒出霜根」言野水疏林平遠秋景，而「扁舟一棹歸何處？家在江南黃葉村」虛設扁舟一葉飄向幽遠，映出江南黃葉村蕭散恬靜秋色，使遠韻深意溢出畫境，乃東坡老莊思想之所寄。

〈郭熙秋山平遠・其一〉（詩五／1540）：「此間有句無人識，送與襄陽孟浩然」，道出落霞孤鴻畫境之開闊，正爲孟浩然所取。

乙、側重畫意引發——道出詩人際遇之坎坷

〈陳季常朱陳村嫁娶圖・其一〉（詩四／1029）：

而今風物那堪畫，縣吏催租夜打門。

此乃寫陳季常所藏後蜀趙德元之〈五代朱陳村嫁娶圖〉。白居易《白氏長慶集》卷十有〈朱陳村〉一首長詩：「女汲澗中水，男採山上薪」、「田中老與幼，相見何欣欣。一村唯兩姓，世世爲婚姻。」「既安生與死，不若形與神。所以多壽考，往往見玄孫。」

東坡由白詩進寫畫外音，以諷新法苛政，今非昔比、具出入世之想。又東坡〈書王定國所藏煙江疊嶂圖〉（詩五／1607）：「江山清空我塵土」，不惟觸發貶謫黃州往事，且言賣田歸隱，則由以寄情畫中。

〈戲書李伯時畫御馬好頭赤〉（詩五／1590）中，以山西戰馬苦辛猶「飢無肉」，與廄馬悠閒「立杖歸來臥斜日」對比，托出其不戀於朝，欲力請外放之情已馳騁畫外。

又〈高郵陳直躬處士畫雁〉（詩四／1286）中，東坡將一己迭遭打擊而不隨俗之情，寄寓於俯仰自得之野雁。

丙、側重畫論之闡述

〔註23〕南宋樓鑰《攻愧集・題趙尊道渥注圖序》，言曾見李公麟摹本，畫中馬凡十六匹。

文同長於墨竹之繪，《欒城集．墨竹賦》即述其隱於崇山修竹之中：「朝與竹乎為游，暮與竹乎為朋，飲食乎竹間，偃息乎竹陰，觀竹之變也多矣。」東坡〈書晁補之所藏與可畫竹．其三〉（詩五／1523）言文同「身與竹化」之凝神專注而「無窮出清新」。則已合言文同之畫品與人品。

又〈書鄢陵王主簿所畫折枝二首．其一〉（詩五／1525）中，言王氏善畫折枝，能具「天工與清新」之特色。〈其一〉則申言「論畫形似」，言作畫不能囿於清新，匯通詩畫一律之意，且以「瘦竹如幽人，幽花如處女」且能曲傳畫中態，畫外意。

故清沈德潛《說詩晬語》即言東坡題畫：「其法全不在粘圖上發論，如題畫馬、畫鷹，必說到眞馬、眞鷹，復從眞馬、眞鷹開出議論。」其言正是。

丁、評畫標準——在畫中有無「詩意」

〈書摩詰藍田煙雨圖〉（文五／2209），謂圖意與其山中詩所云同。其詩曰：「藍溪白石出，玉川紅葉稀，山路原無雨，空翠濕人衣。」則秀景深情自合拍。

又〈王維吳道子畫〉（詩一／108）稱美吳道子畫具雄放之氣，又能「出新意於法度之中」，如所作〈至人談寂滅圖〉中所繪之至人、悟者、迷者、蠻君，皆人所不同，詩意新出，故吳氏誠能妙絕丹青。而〈王維吳道子畫〉，中言王維「畫中有詩」。如其所繪之〈祇園弟子像〉所繪人物骨瘦似鶴、具恬淡清寂象外意。至所繪兩叢竹、雪節霜根、交柯動葉，亦具高潔之味外味。則其清新脫俗畫風，正似其人。

至黃庭堅有〈題陽關圖〉，但點出「斷腸聲裏無形影，畫出無聲亦斷腸」之離情別緒，而東坡詞評李公麟〈陽關圖〉則云：「龍眠獨識殷勤處，畫出陽關意外聲」，此「意外聲」在陽關水濱之悠然釣客，哀樂不關其意，目的在諷刺輕離別之「名利客」。

又黃庭堅有〈題歸去來圖〉言陶潛有歸隱之欣喜曰：「月月言歸眞得歸，迎門兒女笑牽衣」。而李公麟有〈歸去來圖〉，東坡題詞：謂能將陶淵明畫於田園松蘇間，以湍流顯現其高士急於求去之意，東坡兼長詩畫，故於「不在粘圖上發論」，頗能凸現李公擇畫中詩意。

又東坡於〈書鄢陵王主簿所畫折枝〉（詩五／1526），中言畫作當重「神似」，故評王主簿畫中具詩意曰：「若人富天巧，春色入毫楮，懸知君能詩，寄聲求妙語。」則王氏筆下之瘦竹、幽花、雙翎……形神兼得，皆具詩意。

至東坡由詩畫一律「天工與清新」以題惠崇〈春江曉景〉之畫中詩趣，今仍萬江流布。

⑤考古詩——東坡七言長詩〈石鼓歌〉（詩一／100）議論滔滔，波瀾壯闊。即嘉祐六年十二月，東坡初任鳳翔簽判，謁孔廟所作：

> 舊聞石鼓今見之，文字鬱律蛟蛇走。細觀初以指畫肚，欲讀嗟如箝在口。
> 強尋偏旁推點畫，時得一二遺八九。
> 憶昔周宣歌〈鴻雁〉，當時籀史變蝌蚪。
> 興亡百變物自閑，富貴一朝各不朽。細思物理坐歎息；人生安得如汝壽！

篇首言親見石鼓文，欲讀則詰口。次以秦暴虐以襯周之忠厚。蓋秦有詩書之毀，而獨留石。末以四句收煞，餘韻無窮，足見才局天成。

三、詞

（一）詞能達意

東坡詞有三百餘首。〔註 24〕

「詞」乃東坡創作中最傑出者。清陳廷焯《白雨齋詞話》卷七即云：

> 人知東坡古詩古文，卓絕百代，不知東坡之詞，尤出詩文之右。蓋仿九品論字之例，東坡詩文縱列上品，亦不過上之中下。若詞則幾爲上之上矣。此老生平第一絕詣，惜所傳不多也。

詞之爲東坡創作「上之上」、「第一絕詣」，與他作相較，數量不多，然已爲北

〔註 24〕此據石聲淮、唐玲玲箋注《東坡樂府編年箋注》，1993，臺灣：華正書局出版，又唐圭璋編《全宋詞》，南京師範大學計算機檢索爲 362 首。而龍榆生《東坡樂府箋》則有三四四闋。《東坡樂府》今存最早刻本爲元延祐《東坡樂府》本二卷。1957 年、1978 年，大陸古典文學、上海古籍出版社即以元刊本爲底本，且以《宋六十名家詞》、《四印齋所刻詞》、《疆村叢書》等書所收《東坡樂府》作校，標注再版，而以朱祖謀校編《東坡樂府》三卷爲東坡編年之始。朱氏乃合傅藻《東坡紀年錄》、王宗稷《東坡年譜》、王文誥《詩總案》證以題注，加以審，可考者十之六七。1936 年，龍榆生又據朱祖謀編年圈點，編寫《東坡樂府箋》三卷。1958 年由商務印書館重印。凡 344 首（各卷爲 131、144、112 首）。唐圭璋《全宋詞》本有《蘇軾詞》350 首，近年經曹銘校編《東坡詞》，增補龍本之詞題、本文、分段及編年，編年詞視龍本多 14 首；不編年詞少 8 首，凡 350 首，本文卷次依龍氏《東坡樂府箋》凡三卷，卷一 106 首、卷二 100 首、卷三 138 首，共 344 首。

宋之冠。細味其題材既有弔古今、眷念親故、譏諷事物、理想追求、失落苦悶。亦有繁華都市、靜謐漁村、孤寒客館……。題材之廣，超越前人。由於東坡能捕捉瞬間所感。正如〈臘日遊孤山訪惠勤惠思二僧〉（詩二／316）詩中：「作詩火急追亡逋，清景一失後難摹。」故所作正如劉熙載《藝概》：「無意不可入，無事不可言。」如古今絕唱〈念奴嬌・赤壁懷古〉：

大江東去，浪淘盡，千古風流人物。故壘西邊，人道是，三國周郎赤壁。亂石崩雲，驚濤裂岸，捲起千堆雪。江山如畫，一時多少豪傑。遙想公瑾當年，小喬初嫁了，雄姿英發。羽扇綸巾，談笑間，檣櫓灰飛煙滅。故國神遊，多情應笑我，早生華髮。人間（「人間」有本作「人生」）如夢，一樽還酹江月。（詞二／152）

此詞乃東坡被貶黃州，面對江山古跡寫景詠史，追古撫今之作，由周瑜之雄姿英發、火攻之灰飛煙滅，而抒發一己流貶江湖，事業無成之浩歎。故金元好問〈題閑閑書赤壁賦後〉云：「詞才百許字，而江山人物無復餘蘊。」其言正是。

細味東坡詞之能「極天下之工」，得眞善美之譽，在能以其放曠心胸，一吐爲快。即〈錄陶淵明詩〉（文五／2111）所言如陶淵明，以「逆人」之言，一吐爲快。亦許昂霄《詞綜偶評》所謂東坡文：「如萬斛泉源，不擇地而出，唯詞亦然。」

〈定風波・沙湖道中〉：

莫聽穿林打葉聲，何妨吟嘯且徐行。竹杖芒鞋輕勝馬。誰怕。一蓑煙雨任平生。　　料峭春風吹酒醒，微冷。山頭斜照卻相迎。回首向來蕭瑟處，歸去，也無風雨也無晴。（詞二／138）

（二）詞作更新

東坡用力詞作較少，尋源溯流，其於詞作之貢獻，詞史之地位，卻自具定論。如：

胡寅《酒邊詞序》云：

眉山蘇氏，一洗綺羅香淨之態，擺脫綢繆宛轉之度，使人登高望遠，舉首高歌，而逸懷浩氣，超乎塵垢之外。

王灼《碧雞漫志》亦謂：

東坡先生心醉於音律者，偶爾作歌，指出向上一路，新天下耳目，弄筆者始知自振。

《四庫全書提要》亦云：

詞自晚唐、五代以來，以清切婉麗爲宗，至柳永而一變，如詩詞之有白居易，至軾而又一變，如詩家之有韓愈，遂開南宋辛棄疾等一派。

東坡於詞作之更新，可述者如次：

林斷山明竹隱墻，亂蟬衰草小池塘。翻空白馬時時見，照水紅葉細細香。(〈鷓鴣天〉詞二／181)

風壓輕雲貼水飛，户晴池館燕爭泥。(〈浣溪沙〉詞三／336)

東坡既「以詩入詞」，有見於其詞作更新之例，試舉如下：

東坡詞之運「以詩入詞」甚多，或「原文照搬」、「引己詩入詞」或「括諸作組新詞」，以下試舉例以言：

（1）原文照搬——如〈沁園春·赴密州〉（詞一／59）下片：「用舍由時，行藏在我，袖手何妨閒處看。身長健，但優游卒歲，且鬥尊前。」即融入《論語》「用之則行，舍之則藏，惟我與汝有是夫。」《孔子家語》「優哉游哉，可以卒歲」，及牛僧孺詩「休論世上升沈事，且計尊前見在身」之語句於詞，而聲情口吻，若由己出。

又如〈漁家傲·七夕〉云：「皎皎牽牛河漢女，盈盈臨水無由語」（詞一／117）。引用自〈古詩十九首〉中之「迢迢牽牛星，皎皎河漢女，……盈盈一水間，脈脈不得語」，皆精妙切當，故《於湖詞·序》云：「寓以詩人句法，無一毫淫靡之氣。」

（2）引己詩入詞——如〈南鄉子·重九涵輝樓呈徐君猷〉（詞二／157）云：「佳節若爲酬，但把清尊斷送秋。萬事到頭都是夢，休休，明日黃花蝶也愁。」若與東坡〈九日次韻王鞏〉（詩三／870）詩比對而觀：「聞道郎君閉君閤，且容老子上南樓。相逢不用忙歸去，明日黃花蝶也愁。」按詩依王文誥《蘇文忠公詩編注集成》，作於元豐元年（1078），詞依傅藻《東坡紀年錄》，作於元豐五年（1082），可見東坡乃以前詩入後詞。

另將東坡〈定風波·詠紅梅〉（詞三／306）詞：

好睡慵開莫厭遲，自憐冰臉不時宜。偶作小紅桃杏色，閒雅。尚餘孤瘦霜雪姿。　休把閒心隨物態，何事，酒生微暈沁瑤肌。詩老不知梅格在，吟詠，更看綠葉與青枝。

與其〈紅梅〉詩三首之一相較：

怕愁貪睡獨開遲，自恐冰容不入時。故作小紅桃杏色。尚餘孤瘦雪霜姿。寒心未肯隨春態，酒暈無端上玉肌。詩老不知梅格在，更看綠葉與青枝。

不僅命意相同，且遣詞用字相似。詩據王文誥言，作於元豐五年（1082），詞作則稍晚於詩，亦引己詩入詞之證。

（3）括詩作，改寫爲詞以合眾

如東坡〈水調歌頭・昵昵兒女語〉（詞二／213），即由韓愈〈聽穎師彈琴〉詩而來。如東坡〈念奴嬌・中秋〉（詞二／155）：「舉杯邀明月・對影成三客。」用李白〈月下獨酌〉詩句。

〈定風波・元豐五年七月六日・王文甫家〉（詞二／148），即言集古句作墨竹詞。

〈定風波・重陽括杜牧之詩〉（詞三／303）即擷杜牧〈九日齊安登高詩〉，加數語而成。

〈浣溪沙・西塞山前白鷺飛〉（詞三／330）即由張志和〈漁歌子〉而來。

〈戚氏〉（詞三／259），有212字長調，乃由〈山海經〉而來。〈哨遍〉（詞二／145）即掇拾陶潛〈歸去來辭〉。至東坡亦有齊言體。如〈瑞鷓鴣・寒食未明至湖上〉（詞一／5）。〈生查子・送蘇伯固〉（詞二／256）。〈陽關曲・贈張繼愿〉（詞一／107），形式雖同詩，然有腔板可歌，仍屬「詞」。至東坡詞，一如詩，亦運俗言口語。如：〈江城子・密州出獵〉（詞一／67）云：「老夫聊發少年狂」，以俗語「老夫」自稱。

〈減字木蘭花・贈勝之〉（詞二／162）云：「天然宅院。賽了千千并萬萬。說與賢知。表德元來是勝之」，以口語敷寫，直抒胸臆，不同詞語之精細幽微，反與宋詩好用俗語、口語之習氣相合。

〈浣溪沙・覆塊青青麥未蘇〉（詞一／126）云：「雪床初下瓦跳珠」，「雪床」即「霰」，乃京師俚語。〈蝶戀花・簌簌無風花自墮〉（詞一／88）云：「憑仗飛魂招楚些」，「些」字寫兩湖地區末詞。（以上參陳師滿銘《詩詞新論》）

（三）詞律自然

東坡詞是否協律？人多評其「間有不入腔」者。正如《漁隱叢話・後集》所謂「曲子縛它不住」，然細繹東坡於詞律，惟求自然合律，以下試舉由他體改爲詞體例以明：

1、隱括陶淵明〈歸去來〉為〈哨遍〉

東坡〈與朱康叔〉之十三云：

舊好誦陶潛〈歸去來〉，常患其不入音律，近輒微加增損，作〈般涉調·哨遍〉雖微改其詞，而不改其意。

又〈哨遍敘〉（詞二／145）亦云：

陶淵明賦〈歸去來〉，有其詞而無其聲。余既治東坡，築雪堂於上，人俱笑其陋；獨鄱陽毅夫過而悅之，有卜鄰之意。乃取〈歸去來辭〉，稍加檃括，使就聲律，以遺毅夫。使家僮歌之，時相從於東坡，釋耒而和之，扣牛角而爲之節，不亦樂乎？

元豐五年三月，東坡又試將散文化辭賦改寫爲歌詞，略加改動即合於聲律，足見東坡於詞體與音律之融貫。而同年七月、十月，東坡前後〈赤壁賦〉作成，則陶淵明〈歸去來辭〉爲唐宋文賦前驅，自屬順勢。至東坡之愛〈哨遍〉，直至其晚年「在儋耳，常負大瓢行歌田間，所歌皆〈哨遍〉也。」（見《坡仙集外紀》）

宋末張炎《詞源》云：「〈哨遍〉一曲，隱括〈歸去來辭〉更是精妙，周、秦諸人所不能到。」張氏精研音律，周邦彥、秦觀乃宋人公認審音協律權威詞家，由此足見此詞所受評價之高。

2、東坡又將韓愈〈聽穎師琴〉（論音樂之詩）改為合律可唱之詞。

東坡〈水調歌頭敘〉云：

歐陽文忠公嘗問余：「琴詩何者爲善？」答以退之〈聽穎師琴〉詩。公曰：「此詩固奇麗，然非聽琴，乃聽琵琶也。」余深然之。建安章質夫家善琵琶者，乞爲歌詞。余久不作，特取退之詞稍加檃括，使就聲律，以遺之云。

東坡改詩爲詞，使合聲律可唱〔註25〕

東坡深於音律，又在能改文爲詞。

如改歐陽修〈醉翁亭記〉與楚辭體〈醉翁引〉爲詞，而諧合沈遵〈琴曲〉。即東坡〈醉翁操琴曲外編序〉（文六／2417）中云：

琅琊幽谷、山川奇澀、泉鳴空澗、若中音會，醉翁喜之……恨此曲

〔註25〕歐陽修以〈聽穎師琴〉爲論琵琶之詩。而《苕溪漁隱叢話·前集》卷一六引《西清詩話》載：「僧義海曾謂韓此詩『皆指下絲聲妙處，琵琶格上聲，烏能爾耶？退之深得其趣，未易譏評也。』」則以此是琴音。

之無辭，乃譜其聲，而請於東坡居士以補之云。

王文誥《蘇詩總案》卷三五載有〈蘇文忠公眞跡石刻〉文，爲多年後蘇軾書〈醉翁操〉以與沈遵之子者。石刻文字視〈醉翁操敘〉尤詳。其言曰：

慶曆中，歐陽公謫守滁州，琅玡幽谷，山川奇麗，鳴泉飛瀑，聲若環佩。公臨聽忘歸。僧智仙作亭其上，公刻石爲記，以遺州人。既去十年，太常博士沈遵聞而往游，以琴寫其聲，爲《醉翁吟》，蓋宮聲三疊。後會公河朔，遵援琴作之，公歌以遺遵，並爲《醉翁引》以敘其事；然調不注聲，爲知琴者所惜。後三十餘年，公薨，遵亦沒。有廬山道人崔閑，遵客也，妙於琴理，常恨此曲無詞，乃譜其聲，請於東坡居士以補其缺。然後聲詞皆備，遂爲琴中絕妙。好事者爭傳其詞，曰：「琅然，清圓，誰彈？響空山，無言，惟有醉翁知其天。月明，風露娟娟。人未眠，荷蕢過山前，曰：有心也哉此賢。醉翁嘯詠，聲和流泉；醉翁去後，空有朝吟夜怨。山有時而童巔，水有時而回淵，思翁無歲年。翁今爲飛仙，此意在人間，試聽徽外三兩弦。」方補詞，閑爲弦其聲，居士依爲詞，頃刻而就，無所點竄。

據此，則其要爲：

慶曆中，歐陽修謫守滁州，聞琅琊鳴泉若珮，樂而忘歸。此正其〈醉翁亭記〉云：「醉翁之意不在酒，在乎山水之間也。」

十餘年後，太常博士沈遵慕歐公賞泉之樂，親臨之，而以琴寫其聲，作〈醉翁吟〉（〈醉翁操〉），惜有聲無辭。

後歐陽修於河朔，沈遵援琴作之，歐公歌以遺遵，並作〈醉翁引〉以敘其事，惜調不注聲，又與琴聲不合。後雖有人製曲，非天成也。

後三十餘年，廬山道人崔閑，妙於琴理，及譜其聲，而請東坡塡詞。東坡深契歐公，又諳樂律，故一揮而作〈醉翁操〉詞合琴曲。

〈蘇文忠公眞跡石刻〉附曾鞏跋云：

公（指歐陽修）沒後，子瞻復按譜成〈醉翁操〉，不徒調與琴協，即公之流風餘韻亦於此可想焉。後人展此，庶尚見公與子瞻之相契者深也。

黄庭堅〈跋子瞻醉翁操〉云：「彼其老於文章，故落筆皆超逸絕塵耳。」都是。

鄭文焯曰：「讀此詞，髯蘇之深於律可知。」

《澠水燕談錄》：

居士倚爲詞，頃刻而就，無所點竄。尊之子爲比丘，號本覺眞禪師。居士書以與之云：「二水同器，有不相入；二琴同聲相應。」沈君信手彈琴，而與泉合；居士縱筆作詞，而與琴會；此必有眞同者矣。

所謂「眞同」者，乃天然合一也。東坡之深於音律是可想而知。

東坡於詞雖言自然合律，由時人記載，亦知其可歌。如：

〈水調歌頭・明月幾時有〉——蔡絛《鐵圍山叢談》言命袁綯歌之。

〈水調歌頭・昵昵兒女語〉——詞序：「建安章質夫家善琵琶者乞爲歌詞，余久不作，特取退之詞，稍加爭括，使就聲律以遺之。」

〈七夕詩（詞）〉——陸游《渭南文集》卷二十八跋東坡詞後。

〈陽關四〉——《歷代詩餘》卷二十八〈跋東坡詞後〉。

〈念奴嬌・大江東去〉——俞文豹《吹劍錄》。

〈水龍吟・楊花〉——沈義父《樂府指迷》

〈賀新郎・乳燕飛華屋〉——《漁隱叢話》引《古今詩話》。

〈蝶戀花・花褪殘紅青杏小〉——《林下詞談》。

則東坡詞，可歌也。

（四）詞境擴大

詞由五代至宋初，題材狹小、內容單調，格調亦近低俗。東坡承范仲淹、歐陽修，以其豪放飄逸以代婉約柔靡之詞風，將香詞艷語、哀怨別情，擴大至無所不寫，如弔古傷時、悼亡送別、時事史跡、說理詠史、山水田園等皆可以入詞。風格又有蘊藉雅逸、穠麗峭拔不同。故既不可以「豪放」概括；亦不能以「婉約」包舉。

王易《詞曲史》指出：蘇詞「上承樂府，遠紹風騷，理宜不限一途，傳情萬態。況剛柔迭用，喜慍分情，志動於中，則歌詠外發。豈可自小其域，而區區以『婉約』爲正哉！」

東坡詞何以風格多樣？理由有三：

東坡學識淵博，閱歷豐富，以「思接千載，視通萬里」之眼力剖析，是以能開拓詞域、擴大手法、轉換詞風。

1、豪放詞——一點浩然氣，千里快哉風。

而細繹其豪放詞亦各有不同。如密州作〈江城子・密州出獵〉（詞一／67）

的「酒酣胸膽尚開張」，抒發「會挽雕弓如滿月，西北望，射天狼」報國熱情，即標識著豪放詞成熟。而黃州所作〈念奴嬌・赤壁懷古〉（詞／152）「大江東去」，更是豪放詞千古楷模。由歷史人物描述，寄寓一己流貶江湖，事業無成之慨。又以雄厚筆力寫活赤壁月夜如畫之亂石驚濤，千堆雪浪，將「懷古」、「傷今」合而爲一。

〈水調歌頭・黃州快哉亭贈張偓佺〉（詞二／172）的「一點浩然氣，千里快哉風」的獨來獨往。

又豪放詞多沉鬱蒼涼，寄慨萬端，如〈滿江紅・寄鄂州朱使君壽昌〉、〈八聲甘州・寄參寥子〉等。南宋辛棄疾即承此而發東坡詞之豪放，人多稱之：

馮煦《蒿庵論詞》即言歐詞：「疏雋開子瞻」。

王鵬運《半塘遺稿》稱東坡詞具「軼塵絕跡」之豪放。

曾慥《東坡詞拾遺》中言東坡詞：「豪放風流，不可及也。」

細味東坡豪放之作，又有疏放遣興，超然高曠之不同。

如東坡〈西江月・三過平山堂〉（詞一／111）下云：「仍歌楊柳春風」即指歐陽修〈朝中措〉云：「手種堂前垂柳，別來幾度春風」之詞句。

則歐之遣興遊玩與東坡發自內心哲理妙悟的疏放不同。如：

東坡〈行香子過七里瀨〉（詞一／3）云：

　一葉舟輕，雙槳鴻驚，水天清影湛波平。

〈虞美人有美堂贈述古〉（詞／19）云：

　夜闌風靜欲歸時，惟有一江明月碧琉璃。

已有疏放曠遠之風，亦與歐作不同。

此外，東坡另有嬉笑謔浪之詞。

如〈減字花木蘭・維熊兆夢〉（詞一／41）云：「多謝無功，此事如何著得儂」、〈少年遊・玉肌鉛粉傲秋霜〉（詞一／124）云：「誰能借箸，無復似張良。

東坡之前詞作多寫閨情閨怨，乃纏綿繾綣之作，而呈綺艷詞風。或爲閑情之作，則多歲月不居之嘆，呈委婉之風。〔註 26〕李後主詞作，雖有亡國之恨，然但宜低吟淺唱。東坡三十餘首豪放詞，有清剛之風，可挾海上風濤雲氣，而可「登高高遠望，舉首高歌」，「覺天風海雨逼人」吟唱。

〔註 26〕宋自太祖「杯酒釋兵權」，曾與石守信言：「人生如白駒過隙，……直日又飲酒相歡，以終天年。」《宋史紀事本末》卷三。

2、婉約詞

東坡三百餘闋詞作中，豪放曠達之作不多，而細賦纖柔之作不少，寫景清麗，狀情眞摯。如〈卜算子・別意三首之一〉：

水是眼波横，山是眉峰聚。欲問行人去（一作在）那邊，眉眼盈盈處。　　纔是送春歸，又送君歸去。若到江南趕上春，千萬和春住。

以山水作擬人之寫，而「千萬和春住」又多情意重。〈蝶戀花〉：

花褪殘紅青杏小，燕子飛時，綠水人家繞。枝上柳綿吹又少，天涯何處無芳草？架上鞦韆牆外道，牆外行人，牆裡佳人笑。笑漸不聞聲漸悄，多情卻被無情惱！（詞三／347）

惜春、傷春之情，綺麗絕綸。〔註 27〕

〈江城子・十年生死兩茫茫〉（詞一／64），以白描手法悼念一往情深亡妻王夫人，纏綿悱惻。自異花間詞人之香詞艷語，洵提高情詞之格調。

〈江城子・鳳凰山下雨初晴〉、〈西江月・玉骨那堪愁瘴〉、〈南鄉子・繡鞅玉鐶遊〉、〈阮郎歸・綠樹高柳咽新蟬〉等篇詠人詠物，皆極柔美。

詠讚歌姬舞女詞——贈妓之作之纖艷，則構成陰柔婉麗之美。

向子諲〈酒邊詞序〉以東坡詞能「一洗綺羅香澤之態」。未知東坡詞中正有「綺羅香澤」詞作百餘首。如〈水龍吟・趙晦之吹笛侍兒〉、〈減字木蘭花・琴〉寫其曲其音，亦狀操樂者之技藝不凡。〈南鄉子・贈田叔通舞鬟〉寫其人「春入腰肢金縷細」之曼妙舞姿。〈殢人嬌・王都尉席上贈侍兒〉寫歌女柔媚多情，是以東坡詞兼豪放、婉約。

張耒〈東山詞序〉稱美賀鑄詞具盛麗、妖冶、幽索、悲壯之特色，東坡詞則具多元性。

故馮煦爲朱祖謀注《東坡樂府》作序，即言蘇詞「剛亦不旺，柔亦不茹」、「纏綿」、「樹秦、柳之前旃」，「導姜張之大輅」，言兼得剛柔。

3、其他——詞作多元

東坡詞廣度甚大，言志、抒情、詠物寫景，各種風貌，尤多身世感歎之篇。如有「大江東去，浪淘盡千古風流人物」之引吭高歌，熱情歡唱。（〈念奴嬌〉詞二／152）。「有筆頭千字，胸中萬卷，致君堯舜，此事何難」之內心

〔註 27〕蝶戀花詞，據傳乃東坡於惠州時，其愛姬朝雲應聲吟唱，迨唱至「枝上柳綿吹又少，天涯何處無芳草」時，不覺淚流滿面，蘇軾一時不察，竟笑謂：「吾正悲秋，而汝又傷春矣！」不久，朝雲病逝，蘇軾即不再聽此詞（《林下談詞》）。

私語。(〈沁園春〉詞一／58)。「千里孤墳，無處話淒涼。」(〈江城子〉詞一／64)曠達似「一點浩然氣，千里快哉風」，有直來直往，無掛無礙。

(1)抒情詞

東坡詞之題材曾涉艷情玩戲之篇，故有人以為東坡乃「短於情」，陳師道則云：

嗚呼！風韻如東坡，而謂不及於情，可乎！(王若虛《滹南詩話》引)

則東坡詞並非泥於狹義之艷情，而能推及親情、友情、愛情。以下試舉例以言：

愛　情

北宋名臣司馬光、歐陽修等詞作，所思念者多為姬妾、歌妓。唯東坡有對亡妻之悼念。如〈江城子・乙卯正月二十日夜記夢〉「千里孤墳」，故而情致纏綿，曲折深摯。

〈殢人嬌・贈朝雲〉(詞二／270)，「朱唇箸點，更髻鬟生彩」，寫愛妾朝雲之朱唇彩髮，柔媚聰慧。

師　情

如〈西江月・平山堂〉(詞一／111)稱道歐公之文曰：「十年不見老仙翁，壁上龍蛇飛動」，而於十一年後又作〈木蘭花令・次歐公西湖韻〉(詞二／250)亦表深切懷念曰：「與予同是識翁人，唯有西湖波底月」。又〈醉翁操〉追憶歐公飛揚騰舞字跡，師生志趣相投。

友　情

東坡又與詩僧參寥過從甚密。由〈八聲甘州・寄參寥子〉(詞二／245)以「記取西湖西畔，正春山好處，空翠煙霏」，懷念游蹤；「算詩人相得，如我與君稀」，已見深情。

(2)詠物詞

東坡〈卜算子・缺月挂疏桐〉(詞二／168)亦塑造一孤鴻：「驚起卻回頭，有恨無人省，揀盡寒枝不肯棲，寂寞沙洲冷。」黃庭堅《山谷題跋》即評此首語意高妙，似非吃煙火食人語。

東坡詠物詞不惟章法巧敷，情思深遠，且多有意外之意。如東坡〈水龍吟〉一詞，乃元豐四年(1081)貶黃州時次韻章質夫〈楊花詞〉而作。

似花還似非花，也無人惜從教墜。拋家傍路，思量卻是，無情有思。縈損柔腸，困酣嬌眼，欲開還閉。夢隨風萬里，尋郎去處，又還被鶯呼起。　　不恨此花飛盡……，細看來不是楊花，點點是離人淚。

全首意在憐惜楊花，花雖離柳枝依傍路旁，似為無情之物。卻有百折柔腸、朦朧媚眼之愁思。而隨風飄蕩之楊花，又似夢中萬里尋夫之思婦。（乃化用金昌緒〈春怨〉詩：「打起黃鶯兒，莫教枝上啼。啼時驚妾夢，不得到遼西。」）承上下片言無人惜楊花，難再綴枝頭。晨風一起，楊花入水已成破碎浮萍，東西飄游。則東坡於層次詠物詞，抒貶謫惜己之思。

東坡除於〈卜算子・缺月挂疏桐〉託詠雁以表一己不俯仰隨俗。〈賀新郎〉詠榴花明媚鮮妍。〈蝶戀花〉「花褪殘紅青杏小」之蘊，〈水龍吟〉詠楊花以托意。他首詠物詞如〈念奴嬌・中秋〉、〈水調歌頭〉借詠月托意。而〈定風波・詠紅梅〉、〈南鄉子・寒雀滿疏籬〉借梅之神韻仙風表嘆概。〈阮郎歸〉〈西江月・回文詞〉借詠梅以表高格。〈洞仙歌〉詠柳，〈減字木蘭花〉寫凌宵花，〈訴衷情〉詠海棠，〈浣溪沙〉詠橘，皆由詠物以托意。此正開拓北宋以來詠物詞之題材。故陳廷焯《白雨齋詞話》卷一，言東坡詞「寄慨無端別有天地」，則詠物詞乃個中絕構，至南宋，姜白石承之。

（3）寫景詞

東坡部分詞以描寫山川風物，皆寓激情於平淡。有陶潛清淡、王維幽逸，且留餘韻無窮。如：

又〈永遇樂・明月如霜〉（詞一／104）上片寫秋夜萬籟俱寂，一葉墜地鏗然有聲，而下闋「黃樓夜景，為余浩嘆」，令人嘆息。則寫景工麗，別有寓意。

〈鷓鴣天〉（詞二／181）：「林斷山明竹隱牆」，東坡以閒情賞自然生趣——蟬長鳴、鳥展翅、池中紅蕖清香。

〈行香子・過七里瀨〉寫魚舟輕點之景。又〈西江月〉寫「一溪風月」。

（4）詼諧詞

宋楊萬里《誠齋詩話》載：

> 東坡談話善謔。過潤州，太守高會以餉之。飲散，諸妓歌魯直〈茶詞〉云：「惟有一杯春草，解留連佳客。」坡正色曰：「邸留我吃草」，諸妓立東坡後，憑東坡古床者，大笑絕倒，胡床遂折，東坡墮地，賓客一笑而散。

元豐六年，作〈漁家傲・贈曹光州〉中以「也應勝我三年貶」，表出被貶黃州三年內心之積鬱。

次年，東坡離黃州赴汝州，經泗州，浴於雍照塔下，戲作〈如夢令〉（此首詞牌原名「憶仙姿」，唐莊作此，卒章云：「如夢、如夢，和淚出門相送」，東坡以爲不雅，改爲「如夢令」)，尤能表出被貶黃州五年「一片冰心在玉壺」之心情。其詞爲：

> 水垢何曾相受，細看兩俱無有。寄語揩背人，盡日勞君揮肘。輕手，輕手，居士本來無垢。

(5) 其　它

東坡又有檃括詞(新體詩)，掇拾眾作(見前引)，檃括爲詞，清張德瀛《詞徵》中亦舉賀方回長於此，可以配樂，廣爲傳佈。則雜體詞目的在以詩、詞、文入之，稍作易動而易配樂，托情也。

此外尚有詠史、游仙等題材，眞乃「無意不可入，無事不可言」之寫作。

劉辰翁《須溪集》卷六〈辛稼軒詞序〉：「詞至東坡，傾蕩磊落，如詩如文，如天地奇觀。」此言東坡得外物奇觀，皆可入詞。

四、賦

最能代表東坡貶嶺南者，爲賦體之作。

溯杜牧〈阿房賦〉已開文賦先河。東坡承之。文賦之駢散結合，押韻不嚴，用典較少，較之漢賦摛藻華麗、唐賦舖陳，聲律自由，無論狀物寫景，議論抒情，皆具理趣，東坡之作，乃個中姣姣者。

東坡賦凡卅六篇，現存賦廿三篇、又近賦之詞(辭)十三篇，雖數量不多，然能洞悉東坡其時政爭、一生之坎坷與其相應而具之思想跌宕變化。

東坡一生經歷北宋仁宗、英宗、神宗、哲宗。由賦則可分爲五期：

五期——仁宗、英宗。神宗熙寧。神宗元豐。哲宗元祐。哲宗紹聖、元符。以下試分述之：

(一) 仁宗、英宗朝

東坡曾作五賦——除〈太白詞〉、〈上清辭〉外，〈灩澦堆賦〉、〈昆陽城賦〉、〈屈原廟賦〉皆能反映東坡此時思想之起伏。

〈屈原廟賦〉(文一／2)

乃嘉祐六年，東坡初仕京師，遭父喪而浮江歸蜀，過屈原廟而抒怨。在此東坡既仰屈原「高節不可企及」，又爲其「違國去俗死而不顧」之精神所激勵，始終堅持操守。

〈昆陽城賦〉（文一／3）

昆陽城爲劉秀敗王莽之古戰場。賦中分析王莽因驕縱而敗，乃因「盡市井之無賴；貢符獻瑞一朝而成群兮」，王莽以拉幫結派法，糾集市井無賴，又以貢符獻瑞法以登帝位，故義軍一起，紛紛就死。東坡之吊故城，乃在「增志士之永慨」，即由追慕漢光武之功業，而渴望一己壯志待酬，急於建功。

〈灩澦堆賦〉（文一／1）

嘉祐四年，東坡服母喪滿，由水路返回京師，沿長江至三峽入口，豪情壯志以寫此賦，人或以瞿塘峽口「灩澦堆」爲天下「至險」，最能「覆舟」，然「有功於斯人」，何也？蓋江水「行千里而未嘗齟齬兮，其意驕逞而不可摧，忽峽口之逼窄兮，納萬頃於一盃」，銳氣耗盡，故能入峽「安行而不敢怒」。東坡即以灩澦堆自況，決心於政爭激流中求「有功於斯人」。

（二）神宗朝

熙寧八年七月，東坡知密州作〈後杞菊賦〉（文一／4），以齋廚索然，日與通守劉君廷式，循古城廢圃，求杞菊食之，而於賦中以王萬食糠、曹植食粱肉，何曾日食萬錢、庾杲食韭並列，以言貧富美陋「同歸一朽」。又以《莊子・齊物論》語笑傲人生，直似《抱朴子》中之南陽人飲菊漿而至百四五十歲。作此賦後三年，東坡貶黃州，而有〈前赤壁賦〉（文一／5）、〈後赤壁賦〉（文一／8）、〈黃泥詞〉（詩／2643）詩、〈歸來引送王子立歸筠州〉（詩／2642）、〈錢君倚哀詞〉（文五／1964）等作。

熙寧二年，東坡作騷體賦〈李仲蒙哀詞〉（文五／1963），時王安石正以勇銳巧進之人以行變法。東坡雖稱美李仲蒙之樸拙篤實，卻不屑其「欺世幻俗，內弗安兮，久而不堪，厭則遁兮」，故東坡因之而求外放。

元豐八年三月，東坡爲年僅十歲哲宗之侍讀。時作〈延和殿奏新樂賦〉（文一／22）、〈蘇子美哀辭〉（文五／1964）等，中以〈明君可與爲忠賦〉（文一／24）爲代表。東坡似屈原諍懷王，又反復勸戒哲宗虛心納諫，進而爲明君，所謂「有至明而爲本」，如日月之照臨，惜乎哲宗則蔽於一曲而悟行大理。

（三）哲宗朝

嘉祐三年，東坡以翰林學士權知禮部貢舉。

〈復改科賦〉（文一／29）中稱美司馬光恢復詩賦明經取士，廢除經義論策取士。元祐四至八年，東坡又以反對司馬光廢除免役法而外放四州郡，因而作〈秋陽賦〉（文一／9）、〈洞庭春色賦〉（文一／11）、〈中山松醪賦〉（文一／12）等。如：

〈秋陽賦〉（文一／9）東坡即斥越王之孫以「生於華屋之下」公子，何知秋陽？且以四季之日，嘲解仕宦之辛酸。如元祐七年被召回京任侍讀，即感受冬陽之溫。而一年後被迫出知定州，亦感夏陽之炎畏。

〈中山松醪賦〉（文一／12），則言晚歲任官之難以回朝，然仍以具「千歲之妙質」松木自厲。

紹聖元年四月，新黨再起，東坡貶惠州、儋州，又得夏日之酷烈，時有〈酒子賦〉（文一／14）、〈沈香山子賦〉（文一／13）、〈天慶觀泉賦〉（文一／15）、〈思子臺賦〉（文一／30）等。又如：

〈黠鼠賦〉（文一／9），以道政客「以形求脫」之狡黠。

〈菜羹賦〉（文一／17），言煮蔓菁而食，而能心平氣和。

〈濁醪有妙理賦〉（文一／21），言與田間父老往還，以酒消愁。

〈颶風賦〉（文一／18），言得海南民之助，勝颶風。

〈老饕賦〉（文一／16），言「一笑而起，渺海闊而天高」。

東坡賦何以能眞誠反映其襟懷，敘說其平生？

以想像狀物寫景、議論抒情。如：

東坡以赤壁二賦狀寫貶居黃州兩年之感歎。具似詩之美語。

〈前赤壁賦〉（文一／5）寫七月既望後「水光接天」、「萬頃茫然」之江景，縱一葦，凌萬頃而飄飄欲仙、主客歡暢，扣舷高歌。以幽怨簫聲引發「一世之雄」人物之流逝。而於主客答問「變」與「不變」中，悟得清風明月下，解脫之自得。

〈後赤壁賦〉（文一／8）寫於七月既望後之三月，於「江流有聲，斷岸千尺。山高月小，水落石出」之中，攀援危崖，末以夢境作結。

故〈前賦〉由實情實景抒寫懷抱；〈後賦〉以幻想幻境寄托情思，皆具異曲同工之妙。

東坡又長以托夢、醉酒以揭示哲理、寄托襟懷，掩飾苦悶。如：

〈濁醪有妙理賦〉（文一／21）通篇借醉夢以言人生得失禍福：「常因既醉之適，方識此心之正」，言醉夢中，始能窮理歸樸。唯蕭規曹隨，方可「無為而治」，且學酒中聖徐邈全身遠害。然醉後而貴醒，或似劉伶狂飲，或學李白醉於君側，如醒而不醉則必如屈原入「汨羅之道」，如以酒為幌子，則如高陽之企時主重用。

又〈黠鼠賦〉（文一／9）之托假寐言宦海苦楚。〈洞庭春色賦〉（文一／11）托醉夢，言失意之愁顏。〈後赤壁賦〉（文一／8）托夢幻以言人生泡幻。又由〈灩澦堆賦〉（文一／1）悟「危而求安」。〈颶風賦〉（文一／18）言「憂喜因於相遇」。〈秋陽賦〉（文一／9）指出「炎虐溫慈」之未必。

東坡又善由古今聯想以言人生哲理。如：

〈屈原廟賦〉（文一／2），由人之非屈原，悟「人固有一死」，但持高節，則「夫我何悲，子所安兮。」

〈昆陽城賦〉（文一／3），由憑吊古戰場，而悟任人不當，驕兵必敗之理。

〈思子臺賦〉（文一／30），由信讒殺子之歷史，悟出「暱奸而敗國之理」。

〈明君可與爲忠言賦〉（文一／24），言「諛臣乘隙而匯進；智士知微而出走。」

又〈洞庭春色賦〉（文一／11）、《中山松醪賦》（文一／12）、《菜羹賦》（文一／17）和《濁醪有妙理賦》（文一／21）中，通篇幾運歷史掌故，由萬卷詩書，隨意拈來，連綴成章，評論適宜，發人深思。

另東坡又常用寓言，不以莊語以言理。如：

〈黠鼠賦〉（文一／9）言黠鼠始而「嘐嘐聱聱，發聲橐中，舉燭而索，中有死鼠」，變幻聯翩，進申「不一於汝，而二於物」之理，明黠鼠之以形求脫，一也。

〈老饕賦〉（文一／16），言東坡元符二年於儋州貶所，窮愁至極，苦中作樂，賦中老饕即爲東坡反映。庖丁爲之鼓刃、易牙爲之效技、姬姜爲之彈奏、仙女爲之歌舞。飲美酒，吃佳肴，聽音樂，看舞蹈，美人告退，「先生方兀然而禪逃」，「一笑而起，渺海闊而天高。」

東坡賦中，又多用比喻。如：

> 勃乎若萬騎之西來，忽孤城之當道。鉤援臨衝，畢至於其下兮，城堅而不可取。矢屬劍折兮，迤邐循城而東去。（〈灩澦堆賦〉文一／1）

用以喻灩澦之回瀾。

> 列萬馬而并騖，會千車而爭逐，……類鉅鹿之戰，殷聲呼之動地；似昆陽之役，舉百萬於一覆。（〈颶風賦〉文一／19）

用以喻颶風之猛烈。

> 方是時也，如醉而醒，如暗而鳴，如痿而行，如還故鄉初見父兄。（〈秋

陽賦〉文一／10）

用以喻陰雨後之秋陽。

皎如日月之照臨，罔有遁形之蔽。（〈明君可與爲忠言賦〉文一／24）

此喻君主之明察也。

吾觀摒酒之初泫兮，若嬰兒之未孩；及其溢流而走空兮，又若時女之方笄。（〈酒子賦〉文一／14）

比喻酒子之初成也。

湛若秋露，穆如春風，疑宿雲之解駮，漏朝日之暾紅。（〈濁醪有妙理賦〉文一／21）

比喻濁醪之神功也。

凡此種種，或模物擬人，或譬事明理，五光十色，班爛奇目。

則東坡詩文之作，洵與其起伏一生步趨同調。

五、民　歌

東坡之文尚自然，除文、詩、詞外，亦及深廣之民俗文學。而民俗文學中以民歌代表。

（一）古代民歌

東坡潛心於古代民歌之風格，欲以移用於創作。如東坡於〈記孫卿韻語〉（文五／2054）中，言荀子晚作〈成相篇〉乃古人日用之語，故「其言都近」。「成相篇」之淺白，又押韻，每篇以「請成相」爲發語，以言荀子政治理想。至東坡所謂「莫曉其（成相）義」，實出自古籍。〔註28〕

〔註28〕1、「成」

《說文》：「成，就也。」

《尚書・皋陶謨》：「簫韶九成」，鄭注：「備作謂之成。」

《禮記・樂記注》：「成，猶奏也。」

2、又釋「相」

《小雅・廣詁》：「相，治也。」

《呂覽舉難》：「相也者，百官之長也。」

《禮記・檀弓》：「鄰有喪，舂不相；里有殯，不巷歌」注：「相，謂以音相勸。」

《曲禮注》：「相，謂送杵聲。」

3、「成相」合解時，含義一般有二說，一謂成就相治國家的偉業，二謂合唱舂米歌。（詳參見近人梁啓雄《荀子簡釋》）

故東坡即應用〈成相〉篇之語調以進行創作。如宋朱翌《猗覺寮雜記》(上)即云:

> 東坡作〈鍾子翼詞〉,用四字七字爲句,「崆峒磨天,章貢漱石致雨确」,荀子〈成相篇〉格也。句皆協韻,如「人王無賢」,如「瞽無相,何倀倀。」王文考〈魯靈光殿賦〉:「彤彤靈宮,巋嵂穹崇,紛厖鴻兮」,其下皆協韻,但加兮字。

(二)楚　辭

楚辭原爲楚地民歌,經文人加工,蔚爲傳誦之詩體,然至東坡之北宋時,已鮮有所存,時東坡友鮮于子駿作「楚辭九誦」致送東坡,東坡於〈書鮮于子駿楚辭後〉(文五/2057)即有不傳之嘆。

(三)竹枝歌

指聲如吳地之婉轉民歌,具濃鬱之鄉土之情。

東坡於〈上王兵部書〉(文四/1386)中謂,於仁宗嘉祐四年(1059)父子三人赴京,曾首度過楚曰:「自蜀至於楚,舟行十日,過郡十一,縣三十有六。」由是東坡熱愛能表楚地風土人情楚地古樸之歌。

東坡有〈歸朝歡・和蘇堅伯固〉詞,即追竹枝歌而作。

東坡有〈竹枝歌〉(詩一/24)之作。其序言著作之旨,在因楚聲之幽怨惻怛,或「傷二妃而哀屈原,思懷王而憐項羽,此亦楚人之意,相傳而然者」或具「山川風俗鄙野勤苦之態」,東坡遂循楚人疇昔之意態,而作一篇九章之〈竹枝歌〉以道楚地之心聲。如寫憶虞舜二妃之情曰:「萬里遠來超莫及,乘龍上天去無蹤,草木無情空寄泣。」頗具質樸之美。

(四)荊州民歌

東坡有〈荊州十首〉,亦留意荊州楚地之民歌傳唱。

如東坡任杭時,聞人傳唱民歌〈陌上花〉,乃據之改寫爲〈陌上花三首〉(詩二/493)。東坡改寫後之〈陌上花三首・其三〉:「生前富貴草頭露,身後風流陌上花。已作遲遲君去魯,猶教緩緩妾還家。」東坡據民歌韻致、民間傳說,詠歎人生盛衰,情意纏綿婉轉,已爲民俗文學注入雅正之音。

(五)黃州民歌

神宗元豐二年(1079)東坡因烏臺詩案,被貶黃州五十月。東坡此時甚留意黃州民歌。〈書雞鳴歌〉(文五/2089):「余來黃州,聞黃人二三月皆群聚謳歌，其詞固不可分，而其音亦不中律呂，但宛轉其聲，往返高下，如雞唱爾。」黃州雞鳴歌雖不合音律，但宛轉動聽，聲音往返高下有如雞唱。因楚地黃州爲文化古城，故「雞鳴歌」即爲「黃州山歌」。

民歌不惟具幽怨惻怛、含思宛轉聲調、迷人傳說、質樸語言。

故東坡評〈竹枝調〉則云有：「山川風俗鄙野勤苦之態」。論〈陌上花〉，即曰「其詞鄙野」，道〈雞鳴歌〉，亦言「但極鄙爾」。東坡由關懷民瘼而愛民歌；又由民歌之質樸可喜，而雅化其詞，拓廣豐富一己之創作。亦可觀也。

第五節　東坡文學思想與創作之相關

東坡創作時期長達四十餘年，有詩二千餘首、詞三四四闋、文四千餘篇。〔註29〕

東坡一生歷北宋仁宗、英宗、神宗、哲宗、徽宗五朝之黨爭起伏，從政44年、外放10州，已見宋由盛強至積貧積弱。窮其一生皆坎坷。就東坡創作時間長，作品多，欲深入探討其思想與作品，似應分階分期爲宜。前人已多言之，有分爲前後二期、八期等。〔註30〕

〔註29〕東坡最早所作之文爲嘉祐二年（1057）廿二歲應試作〈刑賞忠厚之至論〉。
東坡最早所作之詩爲嘉祐四年（1059）廿四歲再次赴京途中，父子三人合編《南行集》中之四十二首。（雖查慎行、馮應榴、王文誥均謂蘇詩最早之作，爲嘉祐四年出蜀前之〈詠怪石〉、〈送宋君用游輦下〉兩詩，然有人疑是僞作。）
最早塡之詞爲熙寧五年（1072）卅七歲通判杭州時之作。

〔註30〕1、子由：〈東坡先生墓誌銘〉中言東坡「初好賈誼、陸贄書，論古今治亂，不爲空言」；「既而讀《莊子》」，有深得其心之嘆：「謫居於黃，杜門深居，馳騁翰墨，其文一變，如川之方至，而轍瞠然不能及矣」；又云「公詩本似李杜，晚喜陶淵明」。已有「初好」、「既而」之時間斷限，除言黃州爲文一變外，分期並不明確。
2、《苕溪漁隱叢話・後集》卷三十云：「余觀東坡自南遷以後詩，全類子美夔州以後詩，正所謂『老而嚴』者也」。則分南遷前後二期。
3、陳師道《後山詩話》亦云：「蘇詩初學劉禹錫，故多怨刺，學不可不慎也；晚學太白，至其得意則似之矣，然失於粗。」
4、參寥《曲洧舊聞》卷九亦云：東坡「少也實嗜夢得詩，故造詞遣言，峻峙淵深，時有夢得波峭。然無己此論施於黃州以前可也。……無己近來（指建中靖國時）得（蘇軾）渡嶺越海篇章，行吟坐詠，不絕口吻。常云：『此老深入少陵堂奧，他人何可及！』其心悅誠服如此，則豈復守昔日之論乎？」亦分其詩爲廣州、嶺海二期。
5、清王文誥於《蘇文忠公詩編注集成・識餘》中，將東坡一生創作分爲八思想上——儒、釋、道三教混融消長。

生活上——大起大落，除初入仕外，呈兩度「在朝——外任——貶居」之循環。

即初入仕（嘉祐、治平間）、兩度在朝任職（熙寧初、元祐初）、兩度外任（熙寧、元豐在杭、密、徐、湖；元祐、紹聖在杭、潁、揚、定）、兩度被貶（黃州、惠州、儋州）。

詩文創作上——具發軔、發展、豐收三段不同特色。

由微觀言，東坡任職貶居時，思想（由儒而佛道之混融）、與詩文創作（生活取材、詩風轉變，由豪健勁放、清奇深遠而淡然），具互動互變之相因。以下試一一析論之：

一、東坡創作發軔期——即嘉祐、治平間之初入仕

東坡早歲思想即具儒家經世濟民、積極進取之思想。如：

> 丈夫重出處，不退要當前。（〈和子由苦寒見寄〉文一／215）
>
> 屈原古壯士，就死意甚烈。……大夫知此理，所以持死節。（〈屈原塔〉詩一／22）

又佐以子由〈東坡先生墓誌銘〉：「奮厲有當世志」，則東坡初入仕即有舍身報國之志。觀其政論文〈進策〉二十五篇、〈思治論〉等，具革新時局之心。〈郿塢〉（詩一／132）、〈饋歲〉（詩一／159）、〈和子由蠶〉（詩一／162）等反映民生之作，雖仍粗率，已是論辯滔滔。故：

汪師韓評東坡〈辛丑十一月十九日，既與子由別於鄭州西門之外……〉為「詩格老成如是」。（《蘇詩選評箋釋》卷一）

紀昀評東坡〈和子油澠池懷舊〉等近體詩，為「意境恣逸，則東坡本色。」（紀批《蘇文忠公詩集》卷三）

王士禛亦評東坡古體〈鳳翔八觀〉為「古今奇作，與杜子美、韓退之鼎峙」，「此早歲之作」可與黃州後所作匹敵。（《池北偶談》卷十一「岐梁唱和

期：《南行集》與簽判鳳翔、熙寧還朝、倅杭守密、入徐湖、謫黃、元祐召還、謫惠、渡海；且以「謫黃」、「謫惠」為兩大變，「渡海」時則「全入化境」。

6、依施宿《東坡先生年譜》、王水照《蘇軾選集・前言》（群玉堂：八十年十月）中，則分為嘉祐、治平初入仕及兩度「在朝——外任——貶居」七期，即初入仕外，有在朝、外任，被貶各二。（本文此節多參王說）

集」條）其「恣逸」、「老成」之奇作，已近任職時之豪健詩風。

二、東坡創作歉收期——兩度在朝任職

東坡熙寧時反對王安石變法，元祐時又與司馬光、程頤等論爭，故今存熙寧前三年之詩作，不足廿首（不及鳳翔任職三年一三○首之 1／7）。而元祐初所作近二百首，亦多爲題畫應酬之篇。

東坡在職時創作不多，而又思想積進、生活狂放、用筆豪健。如：文同追憶熙寧初，於汴京訪晤東坡，直似李白之狂放。即〈往年寄子平〔即子瞻〕〉曰：

> 雖然對坐兩寂寞，亦有大笑時相轟。顧子（蘇軾）心力苦未老，猶弄故態如狂生。書窗畫壁恣抓倒，脫帽褫帶隨縱橫。諠呶歌詩□文字，蕩突不管鄰人驚。

而細味東坡熙寧之作，無論記人物、論書藝、抒感慨，皆由豪放勁健以道，筆力縱橫。如：

> 吾州之豪任公子，少年盛壯日千里。（〈送任伋通判黃州兼寄其兄孜〉詩一／233）

> 興來一揮百紙盡，駿馬攸忽踏九州。我書意造本無法，點畫信手煩推求。（〈石舒蒼醉墨堂〉詩／235）

> 君不見阮嗣宗臧否不挂口，莫誇舌在齒牙牢，是中惟可飲醇酒。讀書不用多，作詩不須工，海邊無事日日醉，夢魂不到蓬萊宮。（〈送劉攽倅海陵〉詩／242）

又元祐初，東坡於京師所作題畫詩亦多酣暢以言，淋漓盡至。如〈次韻子由書李伯時所藏韓幹馬〉（詩五／1502）、〈郭熙畫秋山平遠〉（詩五／1540）、〈書王定國所藏煙江疊嶂圖〉（詩五／1607）、〈虢國夫人夜游圖〉（詩五／1462）、〈趙令晏崔白大圖幅徑三丈〉（詩五／1482）等。

故胡應麟《詩藪・外編》卷五云：

> 子瞻雖體格創變，而筆力縱橫，天眞爛熳。集中如虢國夜游、江天疊嶂、周昉美人、郭熙山水、定惠海棠等篇，往往俊逸豪麗，自是宋歌行第一手。〔註 31〕

〔註 31〕中除詠周美人圖之〈續麗人行〉（詩三／811）作於徐州。定惠海棠作於黃州，餘皆此時「筆力縱橫」作之代表。

三、東坡創作發展期

熙寧、元豐與元祐、紹聖之兩度外任期，其間凡三十餘年。

思想上，以儒家積極入世爲主導，時見積極報國思想。

自杭赴密途中，東坡作〈沁園春・赴密州，早行，馬上寄子由〉云：

> 當時共客長安，似二陸初來俱少年。有筆頭千字，胸中萬卷，致君堯舜，此事何難！用舍由時，行藏在我，袖手何妨閒處看？身長健，但優游卒歲，且鬥尊前。

勃勃英氣，洋溢待時而沽、「天生我才必有用」之自信與豪情。

由於政治視野、社會閱歷擴大，故創作詩文多爲反映社會、抨擊時政之作。如其杭州賑濟疏湖、密州收養「棄子」、徐州抗洪開礦、潁州紓民飢寒，皆有政績、個人抒慨之作。如〈吳中田婦嘆〉（詩二／404）、〈水調歌頭〉等作。又有描繪各地風上人情之作，如〈新城道中〉（詩二／436）、〈無錫道中賦水車〉（詩二／557）。以下試分於本期中，由文、詞、詩作中以見之：

（一）文

時創作重在議論文（政論、史論）與記敘文兩類之創作。前者如以奏議、策論、進論以表達政見；後者如以亭臺樓堂記而立碑上石，以抒所感。如鳳翔所作〈喜雨亭記〉（文二／349）、〈淩虛臺記〉（文二／350）、密州所作〈超然臺記〉（文二／351）、徐州所作〈放鶴亭記〉（文二／360）等。又雜記〈日喻〉（文五／1980）、〈石鐘山記〉（文二／370）等則予人哲理之啓迪。

（二）詩

東坡一生失意窮愁，故方能由「靜」「空」而得精工之詩。以下試由其生平歷程之詩篇中印證其自然成文：

杭州外放時，東坡詩呈豪健勁放。如：

嘉祐二年（1057）東坡廿四歲，至熙寧二年（1069）二月還朝，皆欲於仕任中，奮發有爲。所謂「讀書萬卷不讀律，致君堯舜知無術。」（〈戲子由〉文二／324）。熙寧三年，議論與新法不合，東坡見忤於當朝，遂請外任，於杭四十一月、密州廿九月、徐州十八月。元豐二年（1099）赴湖州知軍州事，旋即因「烏臺詩案」被禍，於窮愁中以景寄情。以下試舉例明：

如熙寧四年七月，離京赴杭州，途經鎮江，作〈遊金山寺〉（詩二／307），初言「微風萬頃靴文細，斷霞半空魚尾赤。」以靴紋喻江上波紋。以魚尾赤狀斷霞半空，意象鮮明；又言「江神見怪驚我頑。我謝江神豈得已」設想江神已知其執意不辭官，乃因返鄉難以維生。

又熙寧六年正月作〈飲湖上初晴後雨二首・其二〉（詩二／430），以「水光瀲灩晴方好，山色空濛雨欲奇。」概括西湖四時景之形神風華。又「若把西湖比西子，淡粧濃抹總相宜。」已言政局清明與否，正似西湖之晴陰，一己之幻化爲西子，或可一展長才、或似美人見棄，皆其時心境之返照。故陳衍《宋詩精華錄》言此詩「遂爲西湖定評」。

又同時作〈法惠寺橫翠閣〉（詩二／426）：「春來故國歸無期，人言秋悲春更悲。」由吳山山景似畫，而曲折設問何時可爲國用。

同年七月，東坡至杭已兩年，投閑置散，益寄情山水。「有美堂」位於吳山上，爲杭州知州梅摯，於嘉祐二年所建，仁宗贈梅摯詩云：「地有吳山美，東南第一州」，因命名「有美」。東坡於暴雨漫天中至堂，作〈有美堂暴雨〉（詩二／482），篇首言墨風飛雨如「海立」、「雨飛」。「十分瀲灩金樽凸，千杖敲鏗羯鼓催。」言雨中西湖，似樽酒溢滿之金盞，而聲響恰似千杖敲鼓之急促。云：「喚起謫仙泉灑面，倒傾鮫室瀉瓊瑰。」東坡忽發奇想，自詡爲受傾水灑面之謫仙，漫天大雨亦如鮫人之出室，但以瓊瑰餽贈東坡，東坡激蕩之愁，遂隨風雨化入湖水，此借人酒杯，澆心中塊壘之磅礴大作。

熙寧五年，王安石新法逐次施行，東坡行經湖州，見新法不便於民，作〈吳中田婦歎〉（詩二／402）：「眼枯淚盡雨不盡，忍見黃穗臥青泥。」言收成不佳。乃化用杜甫〈新安吏〉詩「莫自使眼枯，收汝淚縱橫」，以言稻穗之傾頹泥田。「價錢乞與如糠粞。賣牛、維稅拆屋炊」言米賤傷農，苛政之虐，與子美「三吏」、「三別」同調。此時窮愁失意之作尚有：

> 羨子去安閑，吾邦正喧鬨。（〈劉貢父〉詩一／294）
>
> 今我身世兩悠悠，去無所逐來無戀。（〈泗州僧伽塔〉詩一／289）
>
> 作隄捍水非吾事，閑送苕溪入太湖。（〈贈孫莘老七絕〉詩二／406）
>
> 無象太平還有象，孤煙起處是人家。（〈山村五絕其一〉詩二／437）

東坡此時詩風之健勁豪放，乃由窮愁失意而來。

（三）詞

東坡於通判杭州初試詞筆，運用詩之意境、題材、筆法、語言入詞，初步顯示出「以詩爲詞」之傾向，打破「詩莊詞媚」（王又華《古今詞論》引李東琪語）之傳統。如：

觀潮，〈瑞鷓鴣・碧山影裏小紅旗〉寫錢塘弄潮兒搏江潮習俗。

寫鄉情，〈卜算子・蜀客到江南〉。又徐州所寫〈浣溪沙〉五首，即寫出泥土芳香、淳樸眞摯之鄉愁。

記游，〈行香子・一葉舟輕〉寫浙江七里瀨「重重似畫，曲曲如屏」之景色。

感身世，〈南歌子・苒苒中秋過〉，亦具暢明、疏宕之詩情。

尤如贈別杭州知州陳襄之系列詞作，如〈行白子・丹陽寄述古〉、〈虞美人・有美堂贈述古〉、〈訴衷情・送述古、迓元素〉、〈清平樂・送述古赴南都〉、〈南鄉子・送述古〉等，皆語言清新，意境明遠，直與設色濃豔、抒情纖細之傳統送別詞不同。

由此傾向繼續發展，又有於密州時之〈江城子・密州出獵〉與〈水調歌頭・丙辰中秋，歡飲達旦，大醉，作此篇，兼懷子由〉此一豪放詞之作，因而樹立「自是一家」之旗幟。

四、東坡創作豐收期

於多變中豐收。元豐黃州與紹聖、元符嶺海之兩次長達十餘年之生活迭變謫居。茲分黃州與惠州、儋州二期以言：

（一）黃州

「烏臺詩案」，東坡被貶黃州，生活遽變，東坡思想、詩文皆生一大轉折。

1、思想上

由「雜」而趨於「佛」。

（1）雜

此時東坡反映詩文中之思想爲「雜」，儒、道、佛三家思想之貫融與否定。如〈韓非論〉（文一／102）中，以老莊爲「猖狂浮游之說」。蓋其視「君臣父子」爲「萍游於江湖而適相値」則「父不足愛而君不足忌」。而仁義、禮樂皆不足用，天下遂置於無有，則何足治天下哉！

然又於〈議學校貢舉狀〉（文二／273）中又重儒之治世，以斥佛老曰：「今士大夫至以佛老爲聖人」。且以莊子「齊死生、一毀譽、輕富貴、安貧賤」者，乃「人主」用以「礪世磨鈍」、「名器爵祿」者。又於〈和文與可洋川園池三十首・二樂榭〉（詩三／671）中謂：「仁智更煩訶妄見，坐令魯叟作瞿曇。」「二樂榭」之命名即源自於孔子「知者樂水，仁者樂山」之說（《論語・雍也》），文同由是疑之曰：「二見因妄生，仁智何常用？」東坡和詩亦意謂佛理高於儒學。

則東坡時而重儒，又時而重佛、老。究其思想爲何？

細繹東坡初至黃州，仍有濟世輔國之意。如其〈初到黃州〉（詩四／1031）中云：「自笑平生爲口忙，老來事業轉荒唐。」「只慚無補絲毫事，尙費官家壓酒囊。」無奈生活困頓、仕途多蹇，東坡惟以「孤鴻」、「海棠」以況其高潔孤獨。〔註32〕故東坡又時而至佛寺「歸誠佛僧」。〔註33〕

又時而傾心道家之養生術，曾往黃州天慶觀養煉多日，且與知己滕達道等互相研討。元豐五年東坡曾作〈前赤壁賦〉（文一／5）、〈後赤壁賦〉（文一／8）、〈定風波・莫聽穿林打葉聲〉、〈浣溪沙・山下蘭芽短浸溪〉、〈西江月・照野瀰瀰淺浪〉、〈臨江仙・夜飲東坡醒復醉〉等。如由〈前赤壁賦〉中，見東坡以主客對話，寫出苦樂，即以樂——悲——樂（曠）爲黃州期思想之主調，而交織悲苦與曠達、出世與入世、消沈與豪邁。

（2）佛

東坡究重「佛」？重「釋」？抑重「道」？

儒家入世、佛家超世、道家避世，三者原有矛盾，東坡此時卻以「外儒內道」，將三者統合。而傾向以「佛」爲主。

王十朋《集注分類東坡詩》卷二引師（尹）曰：「白居易晚年自稱『香山居士』。」東坡有詩云：「定似香山老居士，世緣終淺道根深。」正類宋釋智圓云：「儒者飾身之教，故謂之外典也；釋者修心之教，故謂之內典也。」「故吾修身以儒，治心以釋。」（《閑居編・中庸子傳上》）

則東坡言以儒飾其身，佛教治其心，道教養其壽。而以佛老超然物外、隨緣自適爲主軸。

然細繹黃州前，東坡已具退避之想。如：

〈夜泊牛口〉（詩一／9）於描寫風土人情後，歸隱之意搖筆而來：「人生本無事，苦爲世味誘」，「今予獨何者，汲汲強奔走」。自屬因題而發。又於〈凌

〔註32〕初寓居定惠院時所作之〈卜算子〉中「有恨無心省」、「揀盡寒枝不肯棲」中之孤鴻。〈寓居定惠院之東，雜花滿山，有海棠一株，土人不知貴也〉詩中，地處炎瘴「幽獨」高潔之海棠。

〔註33〕見〈黃州安國寺記〉中言往來其寺五年，自得其樂曰：「間一二日輒往（安國寺）焚香默坐，深自省察，則物我相忘，身心皆空。」

虛臺記〉（文二／350）、〈超然臺記〉（文二／351）中，亦因臺名而據老莊出世以發書生之議。

然東坡於黃州，則直接面對貶謫，如何自處？又何以深悟佛老？蓋其時雖未能忘情政事，已難有所施展。而東坡生活，除收穫之喜（〈東坡八首〉詩四／1079）中躬耕「墾闢之勞」與「玉粒照筐筥」）、出游、訪友之樂（如〈黃泥詞〉之「初被酒以行歌兮，忽放杖而醉偃」），又有養生與參禪（堅持五年每一二日一往安國寺參禪——〈黃州安國寺記〉文二／391），則東坡之信佛，正其自云：「中年忝聞道，夢幻講已詳」（〈去歲九月二十七日，在黃州，生子遯，……病亡於金陵，作二詩哭之・其二〉詩四／1239。）如參之子由〈東坡先生墓誌銘〉中云：「後讀釋氏書，深悟實相，參之孔老，博辯無礙，浩然不見其涯也。」則東坡中年貶黃州，佛老思想正爲主導。

然「主導」並非意味東坡已成爲「佛徒」或「道徒」。東坡〈答畢仲舉書〉（文四／1671）等文中，一再明言不沉溺於玄奧難測之佛學教義，但取其「靜而達」之方，以保持達觀處世態度，與美好事物追求。試觀〈定風波〉中「吟嘯徐行」曠達自適之東坡，正能貫通三教，故既異於屈原、杜甫失意時仍忠君；亦異於韓愈、柳宗元於貶謫時難以自抑，則東坡已於消極佛老、積極儒家思想中，取得其平衡。故東坡於染濡於宋代三教合一思想，是以其任職時，以儒家思想爲主導；貶居時則入佛老思想，二者交替，正合儒家「窮則獨善其身，達則兼善天下。」（《孟子・盡心》）

（3）受陶潛、白居易影響

如「東坡」之命名源自白氏「忠州東坡」。〔註34〕或以「東坡」比之陶潛之「斜川」。而〈與王定國四十一首・其十三〉（文四／1521）中，躬耕其地而「欣欣，欲自號鏖糟陂裏陶靖節」，〈江城子〉中云：「夢中了了醉中醒，只淵明，是前生。」由仰慕白、陶之「人」而重其「文」。如東坡不惟檃括〈歸去來兮辭〉爲〈哨遍〉，一再吟唱，故能於〈東坡八首〉中呈現出陶詩之自然淡遠。

2、創作上

於思想雜有儒、道、佛之聯繫，黃州時之詩文，具現以下特點：

〔註34〕參見《容齋三筆》卷五「東坡慕樂天」條：「蘇公責居黃州，始自稱『東坡居士』，詳考其意，蓋專慕白樂天然。」

（1）**題材上，抒寫個人貶謫複雜感慨。**

如東坡於赴黃途中，與子由會於陳州，即有受讒被謫之怨，即曰：「別來未一年，落盡驕氣浮。」（〈子由自南都來陳三日而別〉詩四／1018）。此時邁往進取，不可一世之「驕氣」，已轉爲佛老隨遇而安。比並此首與東坡早年離蜀赴京時所作〈荊州十首．其十〉（詩一／67）云：「北行連許鄧，南去極衡湘。楚境橫天下，懷王信弱王！」正紀昀評云：「此猶少年初出氣象方盛之時也。黃州後無此議論也。」故黃州所見，已非抑鬱不平，而是超逸曠達。又如：

同是重陽述懷，元豐元年徐州所作〈千秋歲〉雖有「明年人縱健，此會應難復」慨嘆，卻有與玉人交映之「金菊」，「蜂蝶」與滿袖「秋露」；而於黃州所作〈南鄉子〉卻以「萬事到頭都是夢，休休，明日黃花蝶也愁」作結，〈醉蓬萊〉又言「笑勞生一夢，羈旅三年」。又〈還重九〉起首，亦言對世事無常：「人生如夢」之喟嘆，更有諸緣盡捐之曠遠。

又同是中秋抒情，密州所作〈水調歌頭〉即有入世和出世矛盾，既嚮往「瓊樓玉宇」又嫌其寒冷。既憎惡現實之惡濁，而又留戀人世之溫暖，卒以月下起舞，祝願千里嬋娟作結。

時隔六年，東坡又於黃州作〈念奴嬌．中秋〉，又兼言「人在清涼國」之澄澈，與「水晶宮裏，一聲吹斷橫笛」之絕響遺韻。其時所作〈前赤壁賦〉有「羽化而登仙」之句，所作〈卜算子〉爲「非吃煙火食人語」（黃庭堅語，見《苕溪漁隱叢話．前集》卷三十九引），相互印證，足見其時複雜之感喟。王國維《人間詞話》卷上云：「東坡之詞曠，稼軒之詞豪」，「曠」「豪」之別即在於蘇東坡接受佛家靜達圓通、莊子〈齊物論〉等世界觀和方法論之深刻影響。

（2）**風格上，清奇深遠**（乃漸由「豪健勁放」過度至嶺南之「平淡自然」）。

黃州爲「在朝——外任——貶居」之過程呈現。

文——具情、事、景、理結合之特色，不同於任職時期以議論文（政論、史論）與記敘文爲主，而以散文賦、隨筆、題跋、書簡等成就爲高。

赤壁三賦，題名爲賦，文體爲散文，而實爲詩情、畫意、理趣之融而爲一。亦爲此思想融貫之反映。

而筆記小品如〈記承天寺夜游〉（文五／2260）、〈記遊定惠院〉（文五／2257）、〈題白水山〉（文五／2270），皆〈與陳季常十六首．其十六〉（文四／

1570）所謂：「信筆而書，紙盡乃已。」皆信手拈來自然成文。

又爲數甚多之書簡，字裏行間，皆見活脫脫之「坡公」在。此外，又有佛教之作，乃由其思想變化所致。

詩——以「清眞」「入化境」爲特色。東坡不惟生活清苦，時念廟堂，欲早日返歸。東坡至黃州後之次年（元豐四年）追憶往日言送別：

數畝荒園留我住，半瓶濁酒待君溫。去年今日關山路，細雨梅花正斷魂。（〈正月二十日，往歧亭，郡人潘、古、郭三人送余於王城東禪莊院〉詩四／1077）

言昔日藩雨、古耕道、郭遘三人送東坡至（北麻城西北之女王城）東禪莊院，由「海花斷魂」襯寫好友「留我住」、「待君溫」之質厚深情。

次年東坡重訪故地，大有「人似秋鴻來有信，事如春夢了無痕。」（〈正月二十日，與潘、郭二生出郊尋春，忽記去年是日同至女王城作詩，乃和前韻〉詩四／1105），則嚮往「江城白酒三杯釅，野老蒼顏一笑溫。」具悠然歡聚之隨緣解脫。

至東坡於黃州五載之潦倒，此時詩篇，頗多描繪。如其〈自題金山畫像〉（詩八／2641）中云：

心似已灰之木，身如不繫之舟，問汝平生功業，黃州、惠州、儋州。

其時東坡之饑寒憔悴，隻影單形，於似絕筆之〈別子由〉（詩四／1225）中，自喻爲「魂驚湯火命如雞」。又〈梅花〉（詩四／1334）詩中，似梅花化身，而「的皪梅花草棘間」。又於〈黃州安國寺記〉（文二／391）：「間一二日輒往，焚香默坐」，寺中獨坐求「物忘」。覃思於《易》、《論語》，端居深念。居黃州，東坡生活貧困，即〈答秦太虛書〉（文四／1536）所謂：

「每月朔，便取四千五百錢，斷爲三十塊，掛屋梁上。平旦用畫叉挑取一塊」用之，困乏可知。

「嗟予潦倒無歸日，今汝蹉跎已半生。」（〈姪安節遠來夜坐三首・其一〉詩四／1094）

「誰能伴我田間飲，醉倒惟有支頭磚。」（〈次韻孔毅父久旱已而甚雨三首〉詩四／1121）。每日與僧道談禪說理，時偕野老遊賞臨釣，頗爲悠閑，然猶不能忘卻廟堂。

「東坡」位於黃州黃岡城北，乃馬正卿見東坡生活乏食困窘，爲請營地以紓困。東坡於墾闢之勞，筋力殆盡。又於此築雪堂，榜之曰「東坡雪堂」，自號「東坡居士」。且於元豐六年作〈東坡〉詩一首：「莫嫌犖确坡頭路，自愛鏗然曳杖聲。」言清幽月色下步行，崎嶇中唯拄杖鏗燃直往，與〈承天寺夜遊〉（詩五／2260）、〈定風波〉中，皆見閒散而曠達。

東坡初至黃州，居定惠院，後遷臨皋亭，復築雪堂，居臨皋。元豐六年作〈六年正月二十日，復出東門，仍用前韻〉（詩四／1154）乃指南堂所見，「五畝漸成終老計」，乃引〈南堂五首之四〉（詩四／1167）云：「山家為割千房蜜，稚子新畦五畝蔬」。意不為朝廷所用，惟有終老於黃。第三聯「豈惟見慣沙鷗熟，已覺來多釣石溫。」言此間風物，甚合己意。沙鷗之無機心，釣石之已坐溫。末聯「長與東風約今日，暗香先返玉梅魂」，乃以梅之暗香返魂，喻朝廷當有用己之時，此乃化用韓偓〈湖南梅花一冬再發偶題〉「玉為通體依稀見，香號返魂容易回。」正王文誥注云「公〈歷陳仕跡狀〉云：先帝復封左右，哀憐獎激，意欲復用……，正此句之本意。」東坡誠能化典於無形，以表一己之抑鬱。

元豐七年八月，東坡與王勝之（名益柔，河南人，乃樞密使王晦叔之子。為人抗直尚氣，曾因詩得罪當朝，黜監復州酒）出遊，作〈同王勝之遊蔣山〉（詩四／1258）：「到郡郡不暖，居民空惘然。」指勝之才至江陵，復有南都之命，遂使此地居民，空餘欣喜之情。此指熙寧初，王勝之忤王安石出守。東坡赴江陵訪王安石；勝之亦遇於途，才一日，移南都。中言：「朱門收畫戟，紺宇出青蓮」，言豪門官府，今昔不同。如荊公之宅，今亦已化為青蓮寺宇；「峰多巧障日，江遠欲浮天。」言小人干政，亦隱指民生疾苦。不同離黃之漸趨豪放，故東坡之任職、貶居，胸襟筆量皆異。

詞

東坡於黃州所作詞，多有豪曠空靈特色。如〈卜算子・黃州定惠院寓居作〉以及元豐五年〈定風波・莫聽穿林打葉聲〉諸作，則出以空靈蘊藉。而以〈念奴嬌・赤壁懷古〉、〈滿江紅・寄鄂州朱使君壽昌〉、〈水調歌頭・黃州快哉亭贈張偓佺〉等篇為代表。東坡〈與陳季常十六首〉（其九）中，即自評云：「近者新闋甚多，篇篇皆奇。」（文四／1567），而又於〈荷花媚〉一首中自云：「乃天然地，別是風流標格。」

蓋其時詞作，能寫出作者獨特之思想與生活。如〈西江月〉之小序云：

> 頃在黃州，春夜行蘄水中，過酒家飲酒。醉，乘月至一溪橋上，解鞍曲肱，醉臥少休。及覺已曉，亂山攢擁，流水鏘然，疑非塵世也。

書此語橋柱上。

此東坡仿淵明，文前有短序，雋永可讀。此詞狀東坡於黃州蘄水縣行走，見溪水淺浪月光波動，「我欲醉眠芳草」，見青青芳草，解鞍曲肱，且醉臥溪橋，「可惜一溪風月，莫教踏碎瓊瑤」，爲珍愛清風明月，勿令馬蹄聲踏碎。寫盡東坡於黃州生活之率眞與瀟灑。

〈卜算子．黃州定惠院寓居作〉：

缺月挂疎桐，漏斷人初靜（一作定）。時有幽人獨往來，縹緲孤鴻影。驚起卻回頭，有恨無人省。揀盡寒枝不肯棲，寂寞沙洲冷。（一作「楓落吳江冷」）

東坡初至黃州，借住定惠院禪寺，似離群孤雁驚魂未定，故如幽人「驚起卻回頭」。而「揀盡寒枝不肯棲，寂寞沙洲冷」即暗示一己孤高，寧可寂寞清冷，亦不向惡勢力低頭。參看〈記承天寺夜遊〉（文五／2260）亦爲同一心境寫照。而或有「憶往事」、「興到」等說，然爲「語意高妙」之作，則無疑也。〔註 35〕

（二）惠州、儋州

1、思想上

以「佛、老」思想爲主導，視黃州時更爲明顯。如：

〈遷居〉（詩七／2194）中云：「吾生本無待，俯仰了此世。念念自成劫，塵塵各有際。下觀生物息，相吹等蚊蚋。」一念之間世界頓生成壞（劫），世

〔註 35〕據王文誥《蘇詩編註集成》總案所紀。惠州有溫都監女超超，年方二八，頗具姿色，聞蘇學士東坡至，甚喜，每夜東坡諷詠，則徘徊窗下，東坡覺而推窗，則女踰牆去。東坡查明究竟後曰：「吾當呼王郎與之子爲姻。」未幾，東坡就食常州，超超則誓死不嫁，尋抑鬱以終，卜葬沙洲。東坡經黃州，憶往事，乃塡此〈卜算子〉詞。

又《東坡樂府箋》卷二僅載係東坡於黃州定惠院寓居時所作。詞選評爲：「此東坡在黃州作。鮦陽居士云：『缺月，刺明微也。漏斷，暗時也。幽人，不得志也。獨往來，無助也。驚鴻，賢人不安也。回頭，愛君不忘也。無人省，君不察也。揀盡寒枝不肯棲，不偷安於高位也。寂寞沙洲冷，非所安也，此詞與考槃詩極相似。』」（鮦陽居士語，見《唐宋諸賢絕妙詞選》卷二）

王國維《人間詞話》以此詞與溫飛卿之〈菩薩蠻〉、歐陽修之〈蝶戀花〉並列，謂皆係「興到之作」，且引阮亭《花草蒙拾》所謂：「坡公命宮磨蝎，生前爲王珪、舒亶輩所苦，身後又硬受此差排。」意即不同意東坡寫此詞係有所寓意，謂鮦陽居士係以深文羅織。

王漁洋則譏爲「村夫子強作解事」。對詞之水準而言，黃山谷評爲「語意高妙，似非喫煙火食者語。但亦有人謂係張耒謫貶黃州時所作者。」參見《中國文學史．五代及兩宋文學》頁 345 至 346。

界（塵）又無所不在，東坡由佛家之時間觀與道家之空間觀等，以觀萬物。或由地處羅浮，東坡於道家葛洪更為傾倒：「東坡之師抱朴老，眞契久已交前生。」（〈遊羅浮山一首示兒子過〉詩文／2069），「愧此稚川翁，千載與我俱。畫我與淵明，可作三士圖。」（〈和陶讀山海經〉詩七／2129）。

東坡與黃州，猶豪氣偶現，時有怨憤；謫於嶺南則習佛較深，而有因任自然，胸無芥蒂之想。如子由〈子瞻和陶淵明詩集引〉即云：

> 東坡先生謫居儋耳，置家羅浮之下，獨與幼子過負擔渡海，葺茅竹而居之，日啗藷芋，而華屋玉食之志，不存於胸中。

然東坡之於佛老，並非沉迷，乃是自我解脫，消遣老境。如其北歸時亦言未能眞悟佛。於〈乞數珠贈南禪湜老〉（詩七／2432）云：「從君覓數珠，老境仗消遣。未能轉千佛，且從千佛轉。」〔註36〕

又由此時雖仍有關懷國事之想，徘徊於出世、入世之中。然由悟道，於君王態度已有所改變。如以君王使其由黃遷汝，已是大恩。即〈別黃州〉（詩四／1201）詩中云：「病瘡老馬不任鞿，猶向君王得敝幃。」〔註37〕

又此時所作〈和陶・詠三良〉起首即云：「我豈犬馬哉，從君求蓋帷」；而結云：「仕宦豈不榮，有時纏憂悲。所以靖節翁，服此黔婁衣！」言寧可似黔婁，臨死得一「覆頭則足見，覆足則頭見」者，亦不向君王乞求。於君王態度已大不相同。

而此首〈和陶・詠三良〉（詩七／2184）又一反陶詩原作之意，竟嚴厲批判「三良」（指奄息、仲行、鍼虎三人）為秦穆公殉葬之愚忠。力主君命可能有「亂」，臣子可以有「違」，而云：「君為社稷死，我則同其歸。顧命有治亂，臣子得從違。」如與東坡早年鳳翔所作之〈秦穆公墓〉（詩一／118）相較，其一面為君主開脫曰：「昔公生不誅孟明，豈有死之日而忍用其良」，一面又稱美「三良」：「乃知三子徇公意，亦如齊之二子從田横。」

則同一事，思想不同，則東坡早年晚歲思想已由「儒」漸趨「佛老」。

2、創作上

貶謫嶺南，東坡此時創作內容以抒寫貶居之感慨為主，所運題材更趨生

〔註36〕《傳燈錄》卷五載慧能為法達禪師說法，有「心迷《法華》轉，心悟轉《法華》」之語。

〔註37〕「敝幃」典出《禮記・檀弓下》：「敝帷不棄，為埋馬也；敝蓋不棄，為埋狗也。」

活化。此時東坡思想仍受佛老影響，雖處逆仍熱愛生活。又受陶潛自然平淡詩風影響，創作亦趨於清新淡泊。以下試由其詩文中尋其與思想之相關，列述於次：

（1）文

以雜記及書簡為主，多寫謫居相關者。〈記游松風亭〉外，有〈在儋耳書〉、〈書海南風土〉、〈書上元夜游〉，亦有不少佛教相關文字。至隨筆小品亦清新流暢。即——

〈與歐陽元老書〉（文四／1756）云：「使人耳目聰明，如清風自外來也。」

子由〈子瞻和陶淵明詩集引〉即評此時東坡之作為「精深華妙，不見老人衰憊之氣。」

黃庭堅〈答李端叔〉亦評東坡嶺外文「時一微吟，清風颯然，顧同味者難得爾。」

（2）詞

東坡此時詞作較少，今可考知者不足十首。而多設色素淡，信筆直遂。如〈蝶戀花・花褪殘紅青杏小〉、〈減字木蘭花・春牛春杖〉「樸而愈厚，淡而彌麗，無限深情，蘊寓其中。」

（3）詩

東坡貶嶺南，詩文創作尤豐，蓋其厄苦逾常。茲以其惠州、儋州之詩作為代表，分述於次：

甲、惠州

自元豐七年（1084）三月，東坡調任汝州、常州、登州，迄元祐八年（1093）至定州、杭州、穎州、登州，東坡皆不時外放。元祐九年（1094）章惇、沈括等人又執訕謗之說，東坡遂被貶惠州安置，生活貧困。

哲宗即位，新黨責東坡制誥、詔令「語涉譏訕」、「譏斥先朝」，故由定州而英州，降一級，未到任所，再貶為寧遠軍節度副使，惠州安置。於赴任途中，東坡經惶恐灘險阻。即紹聖元年作〈八月七日初入贛，過惶恐灘〉（詩六／2052）：

> 七千里外二毛人，十八灘頭一葉身。山憶喜歡勞遠夢，地名惶恐泣孤臣。長風送客添帆腹，積雨浮舟減石鱗。便合與官充水手，此生何止略知津。

此詩巧於設對，如以「七千里」對「十八灘」，皆極危之地；「二毛人」對「一葉身」，又極微之喻，以言萬里飄零，孤寂無依。是以夢歸故鄉。又一「勞」字寫其歸鄉無由；一「泣」字言報效無門，又以「喜歡」與「惶恐」暗示仕宦之顯晦。而頷聯筆鋒由淒苦而雄放，「添帆腹」、「減石鱗」則言舟行順風，遇險化夷。末自詡能爲官府充水手，此生經歷之風浪，豈止略識路途而已？對新黨之加害，並不爲意，故紀昀評此詩云：「眞而不俚，怨而不怒」，是也。

紹聖元年十月，東坡作〈寓居合江樓〉（詩六／2072）：

> 海山葱曨氣佳哉，二江合處朱樓開。蓬萊方丈應不遠，肯爲蘇子浮江來。江風初涼睡正美，樓上啼鴉呼我起。我今身世兩相違，西流白日東流水。樓中老人日清新，天上豈有癡仙人。三山咫尺不歸去，一杯付與羅浮春。

東坡初至惠州「氣佳哉」之「哉」字已見其爲山容海色所懾，加之二江匯此，已近蓬萊，心境遂平，何苦「癡情」於流俗時譽，且「留戀」於故鄉山居，飲自釀之「羅浮春酒」以解憂。紀昀評此詩云：「起勢超忽，以下亦皆意節諧雅，雖無深意而自佳。」

細味之「我今身世兩相違，西流白日東流水」句，乃極悲慟語。蓋東坡自二十四歲歷仕宦，幾經浮沉，今得親侍君王講讀五年，甚而守定州，竟不蒙上殿面辭，此乃人情之所不堪，故惟將滿腔悲憤，托付流水，其中窮愁，絕非外人所能體會！

紹聖二年，東坡作〈四月十一日初食荔支〉（詩七／2121），先以「白華青葉冬不枯。垂黃綴紫煙雨裏」，言荔枝花白葉青，垂黃綴紫之形；又以「海山仙人絳羅襦，紅紗中單白玉膚。」狀其肉白皮紅之傾城風骨。而自詡一生遍嘗珍果。細味此詩之言荔枝形神，實又「垂黃綴紫」，暗喻一己之榮寵，「雲山得伴松檜老，霜雪自困樝梨麤」，隱喻一己志節。「風骨自是傾城姝」，「遣此尤物生海隅」言此歸於天意之賜。末歸於「人間何者非夢幻，南來萬里眞良圖」，乃言因禍得福，已言其一生窮愁。

紹聖三年，東坡作〈縱筆〉（詩七／2203）云：

> 白頭蕭散滿霜風，小閣藤床寄病容。報道先生春睡美，道人輕打五更鐘。

據曾季貍《艇齋詩話》云：東坡〈海外上梁文口號〉曰，「爲報先生春睡美」，章子厚見之，遂將其再貶儋耳，以爲安穩。細味此詩言歷風霜、有病容、居小閣、倚藤床、聞嘉祐寺晨鐘，感邊地吏民之相得，豁達而解脫，不意章惇乃以其貶居仍安穩，故於紹聖四年四月，祖述沈括等人訕謗，欲置東坡死地而後快，遂貶至儋耳。而陳師伯元評此詩能避險惡政風，而出以達觀。〔註 38〕

此外尚有：

無衣粟我膚，無酒嚬我顏。（〈和陶貧士七首其五〉詩七／2136）

未敢叩門求夜話，時叨送米續晨炊。（〈答周循州〉詩五／2151）

夜半飲醉，無以解酒，輒擷菜煮之。味含土膏，氣飽風露。（〈擷菜〉詩七／2201）

吾紹聖元年十月二日，至惠州，寓居合江樓。是月十八日，遷於嘉祐寺。二年三月十九日，復遷於合江樓。三年四月二十日，復歸於嘉祐寺。時方卜築白鶴峰之上，新居成，庶幾其少安乎？（〈遷居・序〉詩七／2194）

東坡餔糟啜醨，居無定所，且須人接濟等苦況，企早日去厄運，於焉已見。

乙、儋州——東坡以六十二歲，責授瓊州別駕，昌化軍安置，不得簽書公事。遭此斥逐，心境蕭索，其苦況視黃州、惠州爲甚。自儋州後，東坡厄苦尤甚，即：

東坡於紹聖四年作〈吾謫海南，子由雷州，被命既行，了不相知，至梧乃聞其尚在藤也。旦夕當追之，作此詩〉（詩七／2243），篇首言此地爲一方孤城，嶺外再貶，情悲何以堪。而

江邊父老能說子，白鬚紅頰如君長。

言目見父老白鬚紅頰，與子由年相彷彿，遂化悲爲喜。

平生學道眞實意，豈與窮達俱存亡。天其以我爲箕子，要使此意留要荒。他年誰作輿地志，海南萬里眞吾鄉。

言平生學道，已悟生死窮達，願循天意教化蠻夷。則意氣煥發全不見衰老疲憊。

東坡又於元符二年承前惠州所作〈縱筆〉（詩七／2203）續作〈縱筆三首〉

〔註 38〕陳氏評「東坡在惠州寫的這首〈縱筆〉詩，完全顯示出他的達觀、超脫、閒適的境界，能隨遇而安，不怨天，不尤人。……這樣的超脫、開解，不止是對當朝險惡的政治現實的迴避，更是對現實極具意味的抗議！」參見陳師伯元《道人輕打五更鐘》，中央日報四月廿二日《長河》。

（詩七／2327）：

寂寂東坡一病翁，白鬚蕭散滿霜風。小兒誤喜朱顏在，一笑那知是酒紅。（〈其一〉）

父老爭看烏角巾，應緣曾現宰官身。溪邊古路三叉口，獨立斜陽數過人。（〈其二〉）

北船不到米如珠，醉飽蕭條半月無。明日東家當祀灶，隻雞斗酒定膰吾。（〈其三〉）

詩其一，乃沿前惠州〈縱筆〉所言「白頭蕭散滿霜風」，易以「鬚」，益見其衰老，此時東坡憔悴老病，又復貧寂，乃有此歎。朱顏無奈緣酒而紅。全詩曲折以言，幽默中寓悲涼。其二則緣於前〈十月二日初到惠州〉（詩六／2071）詩：「父老相攜迎此翁」，東坡以才名之大，斥新法，遠謫蠻村，爲吏民愛戴，所至處，父老爭相迎送，然獨立溪邊斜陽，不無落寞。故紀昀評曰：「含情不盡。殆謂其憂喜參半。」其三承惠州〈縱筆〉詩「報道先生春睡美，道人輕打五更鐘」，言吏民之敬重。如東坡〈和陶勸農六首・序〉（詩七／2254）即言海南荒田多，米貴如珠，民不足於食，然儋民，每逢祭灶之日，不忘斗酒隻雞以遺東坡，則此三詩，亦平淡中寓有真意。

東坡又於元符二年作〈六月二十日夜渡海〉（詩七／2366），中云：

參橫斗轉欲三更，苦雨終風也解晴。雲散月明誰點綴，天容海色本澄清。空餘魯叟乘桴意，粗識軒轅奏樂聲。九死南荒吾不恨，茲游奇絕冠平生。

哲宗病逝，東坡遇赦北還，自海南島歸。一生遭逢黨爭傾軋，猶如苦雨終風，故篇首言此時終見曙光乍現，不禁感慨萬千！次以「月明」對「雲散」，以「海色」對「天容」，以景中情對句以狀。且以「雲散月明」、「天容海色」寫景，「誰點綴」、「本澄清」以言情，述遭人迫害而俯仰無怍。且化孔子「道不行，乘桴浮於海」之典，言事與願違，空留悵惘。後引《莊子・天運》言以黃帝咸池之樂，波濤起伏，暗喻一己心中憂喜，又言自渡海以來，九死一生，處此蠻貊之地亦無所恨，皆以平淡語道悲痛。

年來萬事足，所欠惟一死。（〈贈鄭清叟秀才〉詩七／2321）

殘年飽飯東坡老，一壑能專萬事灰。（〈儋耳〉詩七／2363）

淒涼一生，顚躓萬狀。恍若醉夢，已無意於生還。（〈移廉州謝上表〉

文二／716）

綜東坡一生，迭經憂患，乃集老病窮愁困厄於一生，唯其窮愁，故能有「靜」、「空」之境，而所作詩自然而成，臻於化境。

其放杭州時，東坡年少，有志難伸。

貶謫黃州時，心似驚鹿，命如湯雞，親友幾絕，囊空如洗，是故詩中多憂患語，然是時猶有報效朝廷之心，間亦有思鄉之意。

至登臺閣，多應酬、次韻之作，鮮有寄托。

貶至惠州，日益困窘，此時隨遇而安，苦中作樂，詩亦怨而不怒，有詩人「溫柔敦厚」之旨。

渡海後，食芋飲水、典衣乞味以維生，詩篇了然不見慍喜，深得淵明詩「澹而實美」之旨，此亦合「詩窮而後工」之意，正由悟靜、空，斯得佳篇也。

東坡生活，在朝在野，起伏甚大，而坎坷日多，承平日短。其思想亦隨生活順逆而遽變，由在職得意之重儒而外任、貶居之重佛老，消長混融互見，影響詩文之創作亦有豪健、清奇、平淡之不同。故東坡創作四十餘載，以貶居十餘年與任職三十餘年相比，則成就尤高，即「秀語出寒餓，身窮詩乃亨。」（〈次韻仲殊雪中西湖〉詩六／1750）。又如由其〈自題金山畫像〉（詩八／2641）所云：「問汝平生功業，黃州、惠州、儋州。」如由興邦治國之積極言，或為自嘲，而由詩文創作言，又為「自豪」之總結。

第六節　東坡文學思想之影響

東坡一生皆致力協進於歐陽修所倡導之詩文改革中。不惟具詩文創作之煌煌，且於詩文中寓有文學創作之理論、價值。梳理之，亦成完整之思想體系。由以上之析論，分由思想理論與創作實踐而歸綜其貢獻與影響。

一、思想上

（一）文學功能在反映現實

東坡論文、道之相關言「有道有藝」、「技道兩進」，尤重能「致道」。而「致道」之方在有濟世之言。如〈題柳子厚書〉中云「有為而作」（文五／2109）。〈鳧繹先生文集敘〉（文一／313）中云：「有為之作」外，更要「言必中當世之過」，且以其憂國之心，以斥為文「多空文而少實用」（〈答王庠書〉文四／

1422)。皆言爲文重致用。

（二）文學創作過程——重「辭達」

何謂「辭達」？東坡遠承孔子，近接老泉、陸機、歐陽修，進言乃「能道意之所欲言者。」(〈答王庠書〉文三／1422)。如何可以「辭達於意」？必由事達、理達、情達以求適其「意」。〈答喬舍人啓〉（文四／1363)、〈跋文與可墨竹〉(文五／2209)、〈和陶飲酒二十首〉(詩六／1889）等，皆言之甚詳。

（三）尚風格自然之文

東坡〈上梅龍圖書〉(文四／1424）中，反對求深務奇之時文，主張「以西漢文辭爲宗師」，尙「詞語甚樸，無所藻飾」文風。

而東坡爲文奔騰波迭，似行雲流水，故其爲文與評文皆重行止自然，而囿於前人之舊規昔軌，而重文質一統之「活法」，〈文與可畫篔簹谷偃竹記〉(文二／356)、〈超然臺記〉(文二／351)〈書蒲永昇畫後〉等，皆言靈感得自靜空觀物、成竹在胸之道，而又舉宋初畫家孫知微欲畫湖灘水石，構思一年，未肯下筆。「一日倉皇入寺，索紙筆甚急，奮快如風，須臾而成。」「倉皇」「甚急」、「如風」、「須臾」，正是靈感爆發、創作激情之時。然如無長期構思，經營度歲，又何能「須臾而成」，自然成文？

（四）文尚新變——求新意於法度之中。

東坡於〈答張文潛書〉(文五／1427）中，反對王安石「好使人同己」。又於〈與張嘉父〉(文四／1562）中尙「成一家之言」。而其一生論文、創作，皆努力實踐此一主張。

如爲「文」求文體、命意、章法、手法之變。

爲「詩」則重「以文入詩」、「詩能議論化」、「才學爲詩」。

爲「詞」亦重「以詩入詞」求清新、自然。

1、形神相依

詩文既由情采以反映現實，然反映時，非純求客觀之形似，必由主觀精神求其「神似」。東坡既由〈傳神記〉(文二／400）中言「隨物賦形」得物常形之「形似」，又言得「意」之「神似」。且於〈南行前集敘〉(文一／323）中，言爲文當由客觀事物「有觸於中而發於詠嘆」，進而以主觀之「情」動人。即〈夜讀孟郊詩〉中云：「詩從肺腑出，出則感肺腑。」

2、風格多元

東坡既反對王安石之「使人同己」，故重爲文之多元性與獨創性。如宋詩尙理重議，自不同於唐詩之重情尙意。東坡則能兼融眾美而另闢蹊徑。

如於〈李太白碑陰記〉（文二／348）中重其「豪氣」、〈和陶詩〉中重其「不爲五斗米折腰」。又稱揚子美之「一飯未嘗忘君」、太白之謫仙浪漫。且於〈評韓柳詩〉（文五／2109）中比並諸人之作，欲取長補短。東坡雖重韓愈詩之「豪放奇險」，亦重吳道子畫之「出新意於法度之中」。又肯定歐陽修、張先、柳永等情思婉麗之篇。是以東坡詩文創作中，或類莊子，凌雲超塵；或追陸、賈，議論雄放，齊聚眾長於其一身，目的在多元中具獨創之美。

二、創作上

（一）文

1、文學價值觀

東坡於文學價值之判評，具涵於其總體之思想理念與各自品類之認知與創作實踐。文學作品，美如金玉，其價值評定在何？東坡於〈答毛澤民書〉（文四／1571）云：「文章如金玉，各有定價。」「其品目高下，蓋付之眾口，決非一夫所能抑揚。」則文章之判定非由主觀之所能抑揚，而由眾人客觀之判定。「文章爲精金美玉」之言，始自歐陽修，東坡〈答謝民師推官書〉（文四／1418）中承之云：「歐陽文忠公言文章如精金美玉，市有定價，非人所能以口舌定貴賤也。」

東坡又以此而品評他人之作。其〈答黃魯直書〉（文四／1532）評黃庭堅云：「此人如精金美玉，不即人而人即之，將逃名而不可，何以我稱揚爲！」又於送秦少游之弟秦少章時評論張文潛、秦少游，即〈太息一章送秦少章秀才〉（文五／1979）：「張文潛、秦少游此兩人者，士之超逸絕塵者也，非獨吾云爾。……士如良金美玉，市有定價，豈可以愛憎口舌貴賤之歟。」

則其人其作自有價值，不隨人愛憎而有不同。東坡既將文章喻爲「精金美玉」又喻爲「百貨」，於〈與張嘉父〉（文四／1562）云：「公文章自已得之於心，應之於手矣。譬之百貨，自有定價，豈小子區區所能貴賤哉。」

2、小品文上

東坡古文爲後世崇尚。如明代公安派標舉「獨抒性靈」，反對擬古，即由東坡《志林》中抒情小品。至而清代袁枚、鄭板橋之小品中，亦可見其承襲之跡。

（二）詩

論東坡詩之影響則有：

東坡詩不惟影響當時「蘇門四學士」（黃庭堅、秦觀、晁補之、張耒），其弟蘇轍，中表文同，以及孔文仲、唐庚、孔平仲、張舜民、參寥子（僧道潛）諸人，皆受其影響。

東坡之詩與江西詩派鼻祖黃庭堅齊名，人稱「蘇黃」。其習詩，嘗效白居易、劉禹錫、李太白，晚年則最愛陶淵明。蓋其詩體完備，其中最足以代表其詩歌成就者，乃五、七言古體，絕句次之，律詩又次之。而以七古尤勝。其詩之獨卓自具特色。蓋東坡不惟識才學過人，言行有為、節義有守，以之為文，獨立千古，歷來皆稱美其自成一家。如

宋嚴羽《滄浪詩話・詩辯》：「自出己意以為詩」。

元陳秀明《東坡詩話錄》曰：「此東坡體也。」

清汪師韓《蘇詩選評箋釋・序》：「卓然自成一家而雄視百代」，「其詩地負海涵，不名一體。」

清趙翼《甌北詩話》卷五：「昌黎之後，放翁之前，東坡自成一家。」

清沈德潛《說詩晬語》卷下云：

> 性情面目，人人各具。讀李太白詩，如見其脫屣千乘；讀少陵詩，如見其憂國傷時。其世不我容，愛才若渴者，昌黎之詩也。其嬉笑怒罵，風流儒雅者，東坡之詩也。

清葉燮《原詩》卷一：

> 舉蘇軾之一篇一句，無不可見其凌空如天馬，遊戲如飛仙，風流儒雅，無入不得，好善與樂與，嬉笑怒罵，四時之氣皆備。此蘇軾之面目也。

東坡以詩可以「文」化、又以議論入詩、才學入詩，歷來評論者甚多。如南宋張戒、嚴羽卻病其「以文為詩」。

明袁宏道即以：「蘇公詩高古不如老杜，而超脫變怪過之，有天地來一人而已。」譚元春選本十二卷，有中郎評語，即盛行於明末。

清初王士禎，推重東坡古詩謂：「蘇文忠七言長句之妙，自子美、退之後一人而已。」乾隆中紀昀，曾於五年中五閱蘇集，定有評點本，雖稱美其詩，然亦譏評其詩俚鄙。如：東坡〈岐高五首〉（詩四／1203）之一云：「西鄰椎甕盎，醉倒豬與鴨。」竟以俗語入詩。

再如其〈被酒獨行，遍至子雲、威、徽、先覺四黎之舍三首・其一〉（詩七／2322）云：「半醒半醉問諸黎，竹刺藤梢步步迷。但尋牛矢覓歸路，家在牛欄西復西。」亦然。故參寥云：「世間故實小說，有可以入詩者，有不可以入詩者。惟東坡全不揀擇，入手便用，如街談巷說鄙俚之言，一經其手，似神仙點瓦礫爲黃金，自有妙處。」〔註 39〕其言正是。

又王國維重「意境」，亦或受東坡啓發。如其〈文學小言・六〉評四大詩人云：「三代以下之詩人，無過於屈子、淵明、子美、子瞻者。」有東坡無李白。又第十二條中云：「宋以後之能感自己之感，言自己之言者，其惟東坡乎！」〔註 40〕

細繹東坡詩影響當代及後人者，試分述如下：

張耒〈答李推官書〉云：「江河淮海之水，理達之中也，不求奇而奇至矣。」遠承老泉風水相依說，即〈上曾子鞏龍圖書〉所謂君子之文「一出其誠」「其心不浮乎其心」，亦東坡爲文尚自然之意。

李之儀〈折滑州文集序〉所謂：「庖丁之解牛、輪斫之斷輪，非得之心，則豈能應之手乎？其用雖不同，要之非勉強而至者也。」亦遠承莊子，近得之東坡。

江西派始祖黃庭堅亦受東坡影響，金人又有所謂「蘇詩運動」。而黃庭堅文藝思想雖不同東坡，而常受其影響。如東坡〈題柳子厚詩〉（文五／2109）云：「用事當以故爲新，以俗爲雅」，黃庭堅由之形成「點鐵成金」「脫胎換骨」理論。

東坡以爲文至多，而未嘗有敢作之意。黃庭堅〈大雅堂記〉亦云：「子美詩妙處，乃在無意於文。」

東坡始以禪說詩，其〈送參寥詩〉（詩二／329）中云：「詩法（佛法）不相妨。」韓駒〈陵陽室中語〉據此而演成禪悟說，進言：「詩道如佛法。」

南宋陸游〈上辛給事書〉云：「君子之有文也，如日月之明，金石之聲，江海之濤瀾，虎豹之炳蔚，必有是實，乃有是文。」此正東坡〈南行前集敘〉之理念。

南宋楊萬里言要成一家之言，於〈跋徐恭仲省於幹近詩〉中云：「傳派傳

〔註 39〕參見梁容若著《文學二十家傳》，北京中華書局，1991 年，頁 211。
〔註 40〕參見郭紹虞主編《中國歷代文選論》第四冊，上海古籍出版社，頁 379，1993 年。

宗我替羞，作家各自一風流」，又〈見蘇仁仲提舉書〉中云：「舍己以徇於人，與夫信己以倿於人，其巧拙未易以相過也。」又〈答徐賡書〉云：「顧愷之曰：『傳神寫照，正在阿堵中。』又曰：『額上加三毛，殊甚。』得愷之論畫之意者，可與論文矣。」亦東坡〈傳神記〉中理念再現。

明、清兩代文壇有所謂宗唐與宗宋之爭，宗宋一派，亦崇東坡，如明代三袁（宗道、宏道、中道）、鍾惺、譚元春。清代之王禎、袁枚、錢謙益、查愼行等詩文理念，亦近東坡，是以東坡詩文思想影響甚爲深遠。

東坡天才橫溢，以千鈞萬馬之勢，左旋右抽，融文入詩，增拓詩歌內容深度，於後人確有貢獻。試觀其繼元、白、歐、梅之後，詩歌由傳統典雅而別出新創，開白話詩之先聲，其功偉矣。

進而言之，東坡揭出「詩畫本一律」——由重「形似」而「神似」，突破詩畫界限，而概括詩文畫畫之創作思想，亦爲文壇一大家。（此於本書美學思想中再申論）。

（三）詞

影響後代言，東坡諸作皆然，以下試以「詞」作爲代表言其承先啓後：

陳廷焯《白雨齋詞話》卷七，激賞東坡詞之「超逸而忠厚」，言其詞宜列爲「上之上」，而其他詩文則列爲「上之中下」，蓋東坡七古詩多淺俗，才氣縱橫中猶有霸氣云云。東坡詞究於詞史中評價如何？其承前啓後又如何？

東坡爲宋詞崛起之代表人物，乃因其順應時風，以奔放熱忱、兼以詞情哲理以剖解錯綜複雜人生。

溯隋唐兩代，士人思想言三合一，東坡《毗陵易傳》、子由《老子解》即爲個中代表作，如《易傳》卷七云：「此有自然而然者，天地且不能知，而聖人豈得與其間而制其予奪哉！」則東坡否認天地間有鬼神主宰，亦否認人之意志可以支配天地萬物。又〈祭龍井辯才〉（文五／1961）中以孔老儒釋：「江河雖殊，其至則同。」又於〈跋子由老子解後〉（文五／2072）以「孔老爲一」，則蜀學不同洛黨。

東坡思想上融合儒、道、釋，體現於文學中，則諸多別出蹊徑之實踐：

溯詞興於唐、盛於宋，而宋初由於社會繁榮，詞已由上層社會宴飲吟唱而普遍反映民眾悲喜。由張先等人清麗小令，而柳永艷情長調，至東坡開拓詞境，詞有突破性進步。即《四庫全書提要》云：

> 詞自晚唐五代以來，以清切婉麗爲宗，至柳永而一變，如詩家之有

白居易。至蘇軾而又一變，如詩家之有韓愈。

東坡詞之所以傑出，乃承前人所得而向前推進。人或引俞文豹《吹劍錄》、《高齋詩話》以言東坡輕視柳永，欲秦少游勿學柳七。實則東坡亦稱美柳永。如《侯鯖錄》卷七即稱美柳永〈八聲甘州〉中「漸霜風淒緊，關河冷落，殘照當樓」三句乃「唐人佳處，不過如此。」故東坡乃承前人有所突破，東坡並非與柳七對立而出豪放詞派。

如東坡於〈與鮮于子駿書〉（文四／1559）中以〈江城子・老夫聊發〉一首「自是一家」，乃因「無柳七郎風味」。又〈與陳季常十六首・其九〉（文四／1565）中云：「近日新闋甚多，篇篇皆奇。」詞之能「掩眾制而盡其妙」，柳永也。詞之能「一洗綺羅香澤之態，擺脫綢繆宛轉之度」而「逸懷浩氣，超乎塵垢之外」，乃東坡詞也。雖蘇、柳各有特色，東坡貴能於前人基礎上，有所突破。如其詞體兼備，正胡仔《苕溪漁隱叢話》卷四十二引《呂氏童蒙訓》謂東坡詞，變化不測，似馬「振鬣長鳴」，詞調除用柳永外，自度曲中多以詩、詞、文入詞。「而詞之內容反映廣闊，其連蹇廿年之生活，一一入詞。」其言是也。

至其詞之精粹處，馮煦〈東坡樂府序〉中即言有「四難」——獨來獨往，如列子御風。兼有剛柔，空靈、絕諧。文不苟作，寄托寓焉。又涉樂必笑，言哀以嘆。則東坡詞，眞乃意境超逸，情韻眞摯。以下試由宏觀、微觀細言東坡詞之影響。

1、由宏觀言

（1）新變詞境

東坡詞作重詞體「詩」化、詩作「文」化，詞律自然，皆欲有所新變。北宋詞除前期二晏、范仲淹、歐陽修之眞摯清雋小令，後期爲重格律之周邦彥外，則以中期柳永創長調（佔《教坊記》中7／8），詞作纏綿及東坡開拓詞境，創作豪放詞爲代表。而柳永影響多在當代，東坡影響及於後代。

東坡之前，詞作多被視爲末技小道、詩文之餘、謔浪遊戲，自東坡後則「一洗綺羅香澤之態。」（胡寅〈向子諲酒邊詞序〉：「詞體之尊自東坡始」）則東坡於詞境拓廣、詞體益尊、詞文散行上，頗能影響詞學興衰。

然東坡詞亦有被視爲「正宗」（正聲）、別格（變調）之說。如《四庫提要》即以東坡力主「詩法入詞」，不合詞作「清切婉鴻」之傳統，而列爲「不諧音律」「要非本色」「長短句詩」之評。至王若虛亦引後山之言謂「坡公以詩爲詞，大是妄論」（見《滹南詩話》，收入《百種詩話類編前編》頁 1179）。

而東坡詞以其詞氣才情落筆塵，列爲「豪放」派，（即爲張炎所分「豪放」、「婉約」——柳、姜爲代表。甚而「閒適」——以陸放翁爲代表之一）。然東坡之開拓詞境，究如古文運動之有心，或如陳宗敏〈論蘇東坡詞〉宗王灼言所謂以「超越才情」「放懷自遺」自然觸發？或如龍沐勛《東坡樂府綜論》、薛厲若《宋詞通論》所謂東坡有心與柳七校量。

正似老泉〈祭亡妻文〉:「我知母心，非官是好，要以文稱」（《嘉祐集》卷十四），亦東坡〈沁園春〉詞「孤館燈青……有胸中萬卷，筆頭千字，致君堯舜。」則蘇氏父子於政治文教多有抱負，其時柳詞風靡天下，東坡將浩氣眞情注入以啓新機運，未必全然出於無心也。此其一也。

又東坡每每慨嘆「詩至杜工部，書至顏魯公，畫至吳道子，天下之能事盡矣（盡一作畢），能事盡而衰生焉。故自云於詩而得曹劉、書而得鍾顏、爲其能事未盡畢也。更長嘆『噫！此未易道也。』」（見〈弇州山人蒿・告史全節語帖〉，《東坡事類》廿二章 18 頁）有見於此，東坡於此新興詞體，有意一盡心，亦不無可能，人或見其雄文大手，不與流俗爭勝，則或略其時代使命感。此其二也。

進由《高齋詞話》知東坡不欲後學少游學柳七詞。則東坡或無心與柳七一爭長短，未必無心振天下詞之沈溺。

（2）改變詞作

東坡除於詞語烹煉柳永等綺艷俚俗之詞爲典雅、清新。又善爲檃括回文等作。又倡豪放詞風，「以詩爲詞」等，開拓詞境，而具體可見者爲詞作立題及綴以小序。據王國維《人間詞話》謂詞發展前期之五代、北宋僅有調名，詞意與之未必盡合。

東坡作詞最早爲廿九歲（治平元年，1064）所作〈華清引〉，〔註 41〕乃賦楊貴妃華清舊事，此一創調，調名、題名相合，乃唐代詩詞不甚分明時作法，東坡取「即事名篇」法，已爲「以詩爲詞」之端倪。

而後東坡詞作前有題或小序，乃受歐陽修、張先影響。熙寧四年（1071）東坡卅六歲至穎州探望歐陽修及赴杭州通判任後，開始較多作詞。據《東坡樂府編年箋註》，自熙寧五年至七年，東坡赴密州前，所作五十首詞已有題或

〔註 41〕石聲淮、唐玲玲《東坡樂府編年箋注》的編年部分二百四十首中，最早之詞爲〈華清引〉。

小序，乃受歐公影響。直至元祐六年（1091），東坡重遊穎州西湖，作〈木蘭花令・次歐公西湖韻〉有云：「佳人猶唱醉翁詞」，足見對歐詞愛慕之深。

熙寧間，東坡知杭，張先已致仕，二人猶有詩詞相和。張詞部份詞有題或小序，亦予東坡若干影響。熙寧五年，東坡即有〈和致仕張郎中〉云：「淺斟杯酒紅生頰，細琢歌詞穩稱聲。」即是對張先詞精緻修辭、諧合音律之贊美。東坡尤進而豐富「題」、「小序」之發展。

東坡於詞史中之創新，使詞不復爲樂曲歌詞附麗，而成獨立抒情詩。使詞情蘊藉婉約一變而爲氣象恢宏之豪放，予後人影響甚大。如：

胡寅〈題向子諲酒邊詞〉即云：

> 及眉山蘇氏，一洗綺羅香澤之態，擺脱綢繆宛轉之度，使人登高望遠，舉首高歌，而逸懷浩氣，超然乎塵垢之外，於是《花間》爲皁隸，而柳氏爲輿臺矣。

（3）詞作獨立

東坡詞不拘於音律拘限，而求自然合律，使詞成爲獨立抒情詩，即於詞譜失傳後，詞人亦能循東坡路數塡詞，詞一變爲生動之作。故王灼《碧雞漫志》亦指出東坡革新詞作之價值在：

> 東坡先生非心醉於音律者，偶爾作歌，指出向上一路，新天下耳目，弄筆者始知自振。

由是不必爭「別格」「正宗」協律，東坡詞之革新，自具價値。

2、由微觀言

東坡詞學思想之影響個人者：

（1）當代

東坡拓詞境、變詞風，又熱心獎掖後輩，影響所及，在蘇門四學士及六君子。其詩文詞學方面不僅成文壇主流，且爲南宋啓開重要學派，故東坡乃繼歐陽修爲北宋政壇與文壇主導人物。宋熙豐間，詞學稱盛，蘇長公爲一代斗山，倡風雅作詞，黃山谷、秦少游、晁無咎乃至陳師道、毛滂、賀鑄，風格皆近東坡，一時匯成元祐詞林。如：況周頤《蕙風詞話》云：「黃山谷、秦少游、晁無咎皆長公之客也。山谷、無咎皆工倚聲，體格於長公爲近。」

東坡影響當代詞家尚有王安石（有《臨川先生歌曲》三卷，存詞不多），亦似東坡豪放或飄逸，王灼《碧雞漫志》亦云：「晁無咎、黃魯直皆學東坡，得七八，黃晚年間於狹放，故有少疏蕩處。」黃山谷（有《山谷詞》一卷存詞百餘首，現存詞二十餘首），晁補之（有《琴趣外篇》六卷，存詞百餘首），毛滂（有《東堂詞》一卷存調近二百首）。乃至晁補之、毛滂，體格除部分艷詞，其飄逸者皆近於東坡。後來學東坡者，葉少蘊、蒲大受亦得六七。以下試舉其一、二言之：

東坡後，詞人出於蘇門有「蘇門四學士」與「六君子」，皆深受東坡影響。如況周頤《蕙風詞話》即以東坡爲詞之「一代斗山」而「山谷、無咎皆工倚聲，體格於長公（東坡）爲近。」

蘇門中受東坡影響最深爲黃庭堅。山谷自元祐三年（1088）即入蘇門。王灼《碧雞漫志》卷二，即言山谷詞「學東坡韻制得七八。」細繹二人生活閱歷同，如山谷因修《神宗實錄》失實而責授涪州、黔州後，「句法尤高，筆勢放縱」，正同東坡黃州後「馳騁翰墨，其文一變」。又東坡詞兼及懷古詠史，乃至閑遣戲謔；山谷詞以大自然千姿百態及貶地風情入詞。

如東坡元豐五年（1082）貶黃州作〈念奴嬌・中秋〉（詞二／155），言「長空萬里」、「一天秋碧」與山谷貶舒州作〈念奴嬌・斷紅霽雨〉云：「萬里青天」「淨秋空」之秋夜月下醉舞何等相類。而東坡「欲乘風，翻然歸去」正山谷詞「老子平生，江南江北」。又山谷詞「孫郎微笑」，東坡〈念奴嬌・赤壁懷古〉中，亦有孫郎「談笑間，檣櫓灰飛煙滅」，雄姿英發，則山谷此詞之題材，正其自稱「可繼東坡赤壁之歌」也。

又據宋吳曾《能改齋漫錄》卷十六，引徐師川謂東坡、山谷〈浣溪沙〉皆由括張志和〈漁父詞〉而來，則二人共有審美感受。又東坡、山谷詞共有相同情韻。如東坡七夕和蘇堅之〈鵲橋仙詞〉（詞三／228）言「織女」「天放」、「朱樓綵舫」與山谷〈鵲橋仙・席上賦七夕〉言「朱樓綵舫」、「鴛鴦機綜」亦如出一轍。而東坡〈滿庭芳〉（詞／279）言「蝸角虛名，蠅頭微利」與山谷〈醉落魂〉：「爭名爭利休休莫」同，故東坡詞之情韻格調，山谷亦步亦趨。又如東坡〈定風波〉（詞三／303）：「與客攜壺上翠微」，「塵世難逢開口笑」與山谷〈鷓鴣天・重九日集句〉「人情世事半悲歡」、〈南鄉子〉：「黃菊滿東籬」、「不用登臨恨落暉」基調正類。

東坡在錢塘口，曾攜妓謁禪師，大通慍，東坡作〈南歌子〉（詞三／337）以戲曰：「溪女方偷眼，山僧莫皺眉，」山谷亦作〈南歌子〉贈郭詩翁有句「秋蒲橫波眼」、「普陀岩畔夕陽遠」。而東坡〈行香子・茶詞〉（詞三／364）詠茶，山谷亦有〈滿庭芳・詠茶〉。東坡有〈醉翁操〉，山谷有〈瑞鶴仙〉，皆寫歐陽修。貶黔中之山谷作〈南歌子〉言「坐想羅浮山下羽衣輕」，與東坡自有心靈共鳴。

晁無咎（補之）有《琴趣六篇》六卷，詞百餘首。多寫艷詞，而其飄逸之風亦類東坡。如〈八聲甘州・揚州次韻和東坡錢塘作〉、〈滿庭芳・用東坡韻題自畫蓮社圖〉。又〈摸魚兒〉、〈賣陂塘〉寫淡薄功名，故《四庫全書總目提要》即云：「其詞神姿高秀，與軾實可肩隨。」而王灼《碧溪漫志》亦云：「晁無咎、黃魯直，皆學東坡，得七、八。後來學東坡者，葉少蘊、蒲大受亦得六七。」

（2）後代

詞至南宋，東坡影響更加擴大，如葉夢得、朱敦儒、李清照、張孝祥、陸游、辛稼軒、陳亮、劉過、劉克莊，乃至向子諲、陳與義等。成為南渡詞壇主流，而與重重格律之白石詞派抗衡。

又葉夢得之詞能步東坡之妙。如〈賀新郎〉一首，簡淡出雄傑，與東坡詞氣相似，故清朱祖謀即云：「學得東坡眞髓者，惟夢得一人。」（引自龍沐勛《東坡樂府綜論》）。

朱敦儒《樵歌》三卷，詞作二五○首，兼豪放、婉約之長，亦受東坡詞風若干影響。

朱敦儒詞作多小令，其閒放之什多出塵曠達，不及東坡者，惟少見逸懷浩氣。〈鷓鴣天〉：「我是清都山水郎。天教懶散帶疏狂。」即留有東坡之詞風。

黃昇《花庵詞選》論陳與義之詞，亦曾云：「議者謂其摩坡仙之壘也。」

李清照亦激賞東坡詞，常取東坡詞意新變成婉麗之篇。如〈聲聲慢〉：

> 乍暖還寒時，最難將息。三杯兩盞淺酒，怎敵他晚來風急。

即得意於東坡〈浣溪沙〉：「天氣乍涼人寂寞，光陰須得酒磨。」又

> 天上星河轉，人間簾幕垂，涼生枕簟淚痕滋，起解羅衣，聊問夜何其。

亦取意於東坡〈洞仙歌〉「冰肌玉骨……時見疏星渡河漢，試問夜如何，夜已三更。」

又李清照〈臨江仙〉詞「春歸秣林樹，人老健康城。」取意於東坡之〈蝶戀花〉：「寂寞山城人老矣。」

張孝祥為氣節之士，其詞駿發踔厲，以詩為詞，雄放與飄逸俱似東坡，

有《于湖詞》行世。其詞意境開闊，詞風近東坡，如〈念奴嬌．過洞庭〉含蓄蘊藉，空靈有奇氣，亦類〈赤壁賦〉。

陸游詞多悲懷故國之思，故楊愼言其「雄快處似東坡」。晚年生活轉閒適，其詞亦多詠自然情趣意境，即楊愼《詞品》云：「放翁纖麗處似淮海；雄快處似東坡。」

辛棄疾有《稼軒長短句》四卷，約六百首左右，以長調寫壯志豪情；用小令抒溫柔傷感，由於南渡多感慨，詞境擴大，又以詩入詞、以文入詞，故爲東坡豪放詞人最大一家，恒與東坡並稱「蘇辛」。

至蘇氏與辛氏詞之區別，王國維《人間詞話》云：「東坡之詞曠；稼軒之詞豪。無二人之胸襟而學其詞，猶東施之效捧心也。」誠然。蘇軾之詞，音律上似不講求，蓋不喜翦裁以就聲律。

葉嘉瑩〈論蘇軾詞〉中言辛承東坡「無意不可入、無事不可言」之魄力眼界，而以「縱橫不羈之才、抑塞難平之氣，突破蘇詞範疇。」（《中國社會科學》一九八五年第三期）。

王鵬運《半塘手稿》直道：「辛猶人境也；蘇藝殆仙乎！」

陳廷焯《白雨齋詞話》亦以辛詞魄力大；蘇詞氣體高。

而周濟〈宋四家詞選序〉曰：「東坡天趣獨到，殆成絕詣，而苦不經意，完壁甚少。稼軒則沈著痛快，有轍可循。」《介存齋詩詞雜著》中亦云：「蘇之自在處，辛偶能到之。辛之當行處，蘇必不能到。」則東坡、棄疾詞大同而小異也。

由詞學發展言，「詩」言志、「詞」寫情，然由晚唐以降，詞漸由綺靡而雅正，東坡「以詩爲詞」、稼軒「以文爲詞」之功不可滅。

細繹東坡、稼軒詞作之音律、字句、內容、境界，足見二人之同調繼軌處甚多。陳宗敏〈三部最影響稼軒詞的作品〉一文統計，稼軒承東坡詞語達90則以上。

東坡才情過人，能超越綺靡俚俗之詞風，自立新局。綰合詩人之重「情」，與「經世」之志，一一發之於詞。

而稼軒身當弱宋之朝，懷高世之才，負濟時之策，志切匡復，情多激昂，然未能一復中原大業，由是亦將忠憤鬱勃，宣洩於詞。故毛晉〈稼軒詞跋〉云：「宋人以東坡爲詞詩，稼軒爲詞論，善評也。」言東坡以詩入詞、稼軒以文入詞，在申情志、發議論也。

東坡、稼軒之爲同調繼軌，前後輝映，人多言之，以下試由二人詞作之音律、字句、內容、境界，以言之，或益可見其影響與價值：

音律上

東坡性情曠放，詞作尚自然。乃王灼《碧雞漫志》所謂：「以文章餘事作詩，溢而作詞曲。」李清照言東坡雄詞爲唱，「皆句讀不葺之詩爾」。晁无咎所謂：「多不諧音律」，乃至萬樹《詞律》列〈定風波〉等十二首不合律。《聽秋聲館詞話》、《賭棋山莊詞話》、《詞潔輯評》皆有類似之言。

東坡詞何以不入律？

皇甫牧《玉匣記》歸因於東坡「不能唱曲故耳」。然〈哨遍〉、〈醉翁操〉、〈賀新郎〉、〈蝶戀花〉諸詞皆可唱，則晁無咎之以東坡爲「曲子中縛不住耳」，乃因東坡性情曠放，即陸游所謂「不喜剪裁以就聲律耳。」之詮釋最爲合理。

而稼軒詞因南渡後，大晟遺譜散佚，詞樂不應，且國多動亂，一腔忠憤，故詞多越韻，乃欲藉詞佈臆，自疏音律。

字句上

東坡、稼軒二人同以俗言口語、虛字散句入詞。東坡尚新巧、重諧語；稼軒尚化用典故，皆欲詞語雅正，以表情志。以下試一述之：

如東坡〈江城子・密州出獵〉（詞一／67）即以俗語「老夫」自稱。〈浣溪沙・覆塊青青麥未蘇〉（詞一／126）中，以「雪床」指「霰」。

稼軒亦善用口語以直抒，如〈念奴嬌・中秋〉中，以「吹斷橫笛」以喻家國之危在旦夕。〈沁園春〉以「疊嶂西馳，萬馬回旋」，以狀雪山之狀偉。

東坡詞常用虛字「矣」「也」「兮」「耳」「哉」等入詞，以流轉文氣。而稼軒尤善用虛字。如詞集中用「了」字 27，「也」字 26，「矣」字 20，「耳」字 14。而〈滿江紅〉一首連用「而已」「矣」「耳」三虛字，以言志業難伸，「詞」已如「文」之用虛字。

東坡詞中，常見散文句式。如〈河滿子・見說岷峨淒愴〉（詞一／43）連用「見說」、「旋聞」、「但覺」、「自有」、「莫負」、「何妨」、「試問」、「空教」、「應須」等虛詞貫串成文。〈哨遍〉（詞三／289）亦用「這些」「百歲」「而已」「但」「耳」字相承。至〈更漏子・水涵空〉（詞一／55）連六句，〈永遇樂・孫長憶別時〉（詞一／61）連十二句，皆用字累累如貫珠，聲聲欬唾。故劉辰翁〈辛稼軒詞・序〉即言東坡詞「如詩如文，如天地奇觀。」

稼軒詞多運古文篇法。如〈沁園春・將止酒〉以「今在」「已非」「更」「方」

「又」等副詞，及「況」、「則」等關係詞，傳神達意。〈鷓鴣天〉由太公望、黃菊、蜂兒三例，以分言「出」「處」之「從來自不齊」爲提柱分應法。而〈清平樂〉以橋畔形勝以言「興亡」。故譚獻〈復堂詞話〉即言此得「古文篇法」之「旋撇旋挽法」。東坡又於〈定風波・常羨人間琢玉郎〉（詞二／179）中以對話言嶺南是吾鄉。稼軒於〈西江月〉與「松」對答，〈祝英臺近〉與天女言「靜」，皆善用對答。

東坡句法求新化，如〈南鄉子〉中，以「冰雪透香肌」狀「仙人」淡雅。〈滿庭芳・三十三年〉中以「凜然蒼檜」狀人之風骨。乃至〈減字木蘭花・惟熊佳夢〉中言鄭莊好客，以諧語入詞，乃鄭文焯〈手批東坡樂府〉所謂：「不事雕鑿，字字蒼寒。」

而稼軒詞則善徵引典故，《論》《孟》《南華》《世說》李杜詩皆用之。故《靈谿詞說・論辛棄疾詞》即言其〈賀新郎〉一首同李白〈擬恨賦〉，〈沁園春〉一首如〈賓戲〉等。然劉辰翁〈辛稼軒詞序〉則以其用典如「禪宗棒喝，頭頭皆是」「賓主酣暢，談不暇顧」，則稼軒用典雖多而能自如，視東坡詞之「未至用經用史，牽雅頌入鄭衛」，已見軒輊。

內容上

東坡詞取材寬，據〈宋詞評註〉言人物，有英雄、村姑、情侶等。論景觀有戰場、農場、瓊樓玉宇等。中說理、詠物、表情言志，無一不及。故劉熙載〈詞概〉即謂東坡詞「以其無意不可入，無事不可言也。」如〈千秋歲〉：「未老身先退」言出世、入世之矛盾。〈滿庭芳〉：「蝸角虛名，蠅頭微利」以嘲諷名利。且加詞序以明詞，則使詞之「言情」亦能「言志」。至其〈水龍吟〉之詠笛。〈浣溪沙〉由豐收，關懷民生。〈鵲橋仙〉由鵲橋歡會寫眞情，使人「覺天風海雨逼人」。又以詞序以凸顯詞之言志。

稼軒詞亦承東坡，取材亦廣，無一不可入。如〈賀新郎〉之嘆年事、斥古事、嘆知音，皆由家國之嘆而及人生襟懷。又〈夜遊宮〉斥貪富貴，〈最高樓〉亦言「富貴是危機」。故宋潘紫《稼軒詞編年箋注・最高樓》即以稼軒詞之多議論爲「詞論」。

細繹東坡有〈漁家傲・金陵賞心……移南部〉、稼軒亦有〈念奴嬌・登建康賞心亭〉，二詞同寫登亭懷古。東坡詞靈動飄逸；稼軒詞則噴薄而出，不惟議論性強，且運虛詞「只有」「誰勸」，散文化視東坡益強。皆承東坡「詞以言志」之軌範。

此外稼軒詞有〈滿江紅〉由詠西湖而引發國家之痛。〈永遇樂〉言送別，而道盡「忠門之後」苦悲。乃至〈水龍吟〉借題抒發憂國，〈沁園春〉之「意倦須還」之言無奈歸田，皆辛詞之內容。

境界上

東坡詞兼有豪放、婉約。如〈南鄉子〉和楊元素〈梅花詞〉之蕭疏淡雅。〈水龍吟〉之詠楊花，皆清麗舒徐，高出人表。故周濟《介存齋論詞雜著》即稱美東坡詞「韶秀」。而吳梅《詞學通論》亦稱美其詞婉約。然東坡〈江城子．密州出獵〉寫抗敵壯志。〈念奴嬌．赤壁懷古〉狀人生如夢。故胡寅《酒邊詞序》言其「一洗綺羅香澤」而得「逸懷豪氣」。而《柯亭詞論》則以東坡「闊大處」能「涵蓋一切」；而其小令則「清麗行徐」，兼豪放、溫婉二者之長。

而稼軒詞亦呈多元面貌。如〈祝英臺近．晚春〉〈臨江仙．金谷無煙宮樹綠〉則昵狎溫柔。而〈賀新郎．別茂嘉十二弟子〉敘別離，頗爲蒼涼。〈水龍吟．登建康賞心亭〉由登樓而慨報國無門，「豪壯」中有「悲涼」。〈永遇樂．京口固亭懷古〉由懷舊而寫壯士暮年，則稼軒詞除柔婉外，豪雄中見悲鬱。

二人詞境多元，兼豪壯、婉約於一。稼軒詞以身受國難，詞風雄豪中具悲涼。

又東坡詞重「眞情」之發，提昇詞至詩之地位。故王灼《碧雞漫志》嘗云：

> 長短句雖至本朝盛，而前人自立與眞情衰矣。東坡先生心醉於音律者，偶爾作歌，指出向上一路，新天下耳目，弄筆者始知自振。

則東坡「指出向上一路，新天下耳目」使詩入詞，一新詞之耳目，至稼軒承而言「以上爲詞」，使詞風雅正，詞作能言志，則詞之薪傳發展，自具深遠影響。

又東坡有詠物詞，南宋姜白石即承此而有大量創作。

金元好問承金絳人孫安常注東坡詞之基礎，編輯《東坡樂府選集》，而其序即云：

> 樂府以來，東坡爲第一。金元一代，蘇學盛行，有「金元一代一坡仙」之說。

又蘇學盛於北，東坡豪放雄奇與「深裘大馬之風」相融，開金源之盛。蔡松年、趙秉文、元好問則爲個中代表。直至金與南宋皆亡，蘇軾詞的影響未滅。

詞歷元、明、清，雖脫離音樂而有「詞」長存，由曲子詞成文學詞，東坡爲詞加題（見「意」），又以詩爲詞之培育。「詞」與「詩」則同能表情言志，抒意寄興。至清一代，詞論增多，又有宗南宋之浙西陽羨派、宗北宋之常州詞派。皆予東坡詞極高評價。

又陳維崧、曹貞吉、顧貞觀、蔣士銓等人皆效法蘇辛。其中，胡寅爲向子諲寫《酒邊詞序》，即曾言：「薌林居士步趨蘇堂而嚌其胾者」。常州派開山之祖張惠言亦標榜「拙」，「重」，「大」，學北宋之渾涵。經王鵬運、鄭文焯、朱祖謀、王國維等人倡導，詞作鼎盛。

以上所舉王安石、山谷、補之、毛滂諸家，或似蘇之豪放，或得蘇之飄逸。〔註42〕

王鵬運著有詞刊《半塘定稿》，其詞幻渺義隱而指遠，蓋導源碧山，復歷稼軒夢窗以上追東坡之清雄。

鄭文焯原致力於白石，晚年兼涉夢窗以上追清眞，又謂「東坡詞氣韻格律，並到空靈妙境」，則是受王鵬運影響。王鵬運後，鄭文焯不求世聞，詞家群推宗王鵬運之朱祖謀、況周頤爲詞宗。

朱祖謀於詞初學吳文英，晚又肆力於東坡、稼軒。於東坡詞尤有所嗜喜，其輯《彊村叢書》，特重《東坡樂府》，遂校刊《東坡樂府》，而囑馮煦爲序。馮煦亦嗜東坡詞，推讚東坡詞有四難得之處。朱祖謀去後，傳其學於龍沐勛（榆生）。龍沐勛爲箋校《東坡樂府》、謀徵博稽，足爲近之研究東坡詞者參考。又著《東坡詞綜論》云：「蓋自宋以來未有主蘇不及辛者，至周濟自作聰明（胡適評語），標舉宋四家詞，屈東坡於稼軒之下，從而爲之說『東坡天趣獨到，殆成絕詣，而苦不經意，完璧甚少，稼軒則著痛快，有轍可循。』」（〈宋四家詞選序論〉，見民國二十四年《詞學季刊》）。此暢言四十年詞風升降，而引周濟之揚辛抑蘇，但由「當行」「沉著痛快」言，未知東坡之空靈蘊藉，氣格意境則過之。此王鵬運、鄭文焯、朱祖謀、王國維相繼特重東坡，而常州周濟之所以終不能臻於極詣也。

〔註42〕故《中國文學發展史·蘇軾與北宋詞人》即云：「他們雖無東坡的氣魄與風格，卻深受著蘇詞那種開拓解放的影響。到了南宋，蘇派的詞更形發展。由於張孝祥、陸游、辛棄疾、陳亮、劉過、劉克莊諸家及其他詞人們的努力，得到很大的成就，尤其是辛棄疾，領袖群英，是南宋詞人的代表。」（頁615、616）

爲龍本《東坡樂府箋》作序之葉恭綽云：「論詞而尊蘇，實爲正法眼藏，非旁門左道。」

今日新詩尚反傳統，似受西洋影響，如何於現實中悟得生活哲理，以抒發情志，由傳統中攝取營養，使東坡詞與現代詩之眞氣一貫，正東坡詞之「指出向上一路，新天下耳目，弄筆者始知自振」，則東坡詞之於詞壇之建樹與貢獻將得延續與永生。

第七節　小　結

東坡享年六十六歲，而文學創作時間長達四十餘年，作品七千餘篇。由以上之析論，東坡一生坎坷、思想起伏，皆與其窮達密切相關。

東坡自爲舉子，至出入侍從，必以愛君爲本。忠規讜論，挺挺大節，群臣無出其右。但爲小人忌惡擠排，不使久安朝廷之上。至南宋高宗即位，始追贈之爲資政殿學士，以其孫符爲禮部尚書，並置其文左右，讀之終日忘倦，謂爲文章之宗，親製集贊，賜予其曾孫嶠。始崇贈爲太師，謚文忠。

言其爲人則清廉自守，氣量恢宏。除忠君外，一時文人如黃庭堅、晁補之、秦觀、張耒、陳師道，舉世未之識，軾待之如朋儔，未嘗以師資自予。

言其思想，則以儒爲主，又參以老莊哲學，陶淵明詩理，佛家解脫，故能以順處逆，以理化情，尤於逆境中，亦得山水田園之趣，友朋詩酒之樂，哲理禪機參悟。其與生活密切相關。

系統其詩文中之思想，則奏議文多立意「有爲而作」。謀篇辭達除見於「文」適情、事、理兼外，亦見「情眞」於詞、「神似」於詩畫。而自然運思成文，尤見於隨筆小品書簡。而各體遍及之風格多元、文尚新變，及才情獨得東坡之專擅。中主「以詩入文」「詞之詩化」「賦外寓意」尤息息與其風采獨絕、「一生九遷」相應。是以馬馳〈蘇軾文藝美學思想的系統〉總結云：蘇軾「不僅是一位在詩、文、詞、賦、書論、畫論等方面凌跨百代、曠世而不遇的全才，而且也是一位有著世界意義的思想家。」（《學術月刊》一九九五年第一期），洵爲知言。

第六章　東坡詩文中之美學思想

中國美學思想由先秦而降，宋代已臻成熟。東坡以其詩文書畫豐醇之創作成就，承老莊而融貫儒釋，兼及詩、畫論述，故美學思想豐醇。

本文除前言後結外，全文共分六節。先言東坡美學哲學，以見其基本理念。第三、四、五節次第由其美學思想之自然感興，隨物賦形。寓意於物在自得。成竹在胸——由虛靜、辭達於口手、言至味於平淡新化，由形神而象外六項，分由溯源、內涵、影響以言。第六節且由其創作成就以證之。則東坡詩文中之美學思想或可一得。

第一節　導　論

一、美學之對象及範疇

美學原由哲學分出，乃因以往美學家，輒依心中哲學理念推出美學原理。除早期希臘哲學家蘇格拉底、柏拉圖、亞里斯多德等，已有某些美學理念。「美學」體悟較明確，乃以「美」為一愉悅，即是 17 世紀法國笛卡兒所云：「美是一種恰到好處的協調和適中。」18 世紀德國汎爾夫云：「美在一件事物的完善，這種完善能引起快感。」（見朱光潛譯《西方美學家論美與美感》第 95 頁及 107 頁）。而「美學」（Aesthetica）之成獨立學科，亦較能清晰說明人類形象直覺美感，乃是德國哲學家姆嘉通（A. G. Baumgdrten, 1714～1762）於 1750 年出版《美學》一書之後（參朱榮智《莊子的美學與文學》）。而今日言美學探究，已較普遍，然如「美學」但集於大作家（如王羲之書法、李白詩篇、吳道子之畫作等），則過狹。蓋美學對象常隨時代發展而改變擴大，是以「美學」研究對象，當以其時作家作品所呈現之審美意識（審美理想，審美趣味等等）之發生、轉化為依歸。其常凝聚於各代名家之思想總合中，如其美學概念（如道、氣、意、味）、美學命題（如傳神寫照，觀物取象，澄懷味象、滌懷味象、滌除玄鑒）。以朝代言，如唐代美學之言「境」；宋代美學之重「韻」等。〔註1〕如言中國美學之邏輯發展，約可分為秦漢、六朝、清代，以下試簡要臚陳中國歷代美學發展。

二、東坡於美學發展之承傳地位

（一）秦漢美學

先秦時禮壞樂崩、百家爭鳴，理論思維活躍，乃中國美學史第一黃金期。

時以儒、道兩家為主，儒家以仁發端再拓至美、善之和諧統一。如孔子言興、觀、群、怨與美善文質。孟子論人格美與共同美感，荀子論「化性起偽」。《易傳》言「立象盡意」、「觀物取象」。《樂記》言音樂本質與社會生活，皆承孔子而有持續發展。道家以老莊為代表，老子美學言道、氣，以「玄鑒」虛靜體「象」求「境」，由形似而神似，求恬淡至妙。莊子以「道」為天下至美，必由「心齋」「坐忘」之虛靜得之。

漢代美學以道家為主體，吸取儒家思想，重新詮釋道家「無為」思想。即由儒、道兩家所重之內在人格向外推擴。至漢武帝罷黜百家獨尊儒術後，儒家美學遂躋登正統。如董仲舒之「天人相通」重人與自然統一、王充「論眞美」、「駁虛妄」之重直美，與揚雄之倫理道德美，文質關係等。六朝顧愷之「傳神寫照」直承此而來。東坡重神似，亦遠源於此。〔註2〕

（二）六朝美學

此時社會經濟及政治皆有重大變動，儒家思想亦告崩潰，出現繼先秦後思維活躍之百家爭鳴。是以六朝乃繼先秦為中國美學史上第二個黃金時代。

宗白華《美學散步》中，對六朝美學，曾作概括描繪：

> 政治上最混亂、社會上最苦痛，就是最富於藝術精神的一個時代。

〔註1〕參見葉朗《中國美學史》頁105。

〔註2〕參見李澤厚、劉綱紀編《中國美學史》卷一，谷風出版，民國80年，頁39、40，是以漢代美學是先秦美學和魏晉南北朝美學之間過渡。

王羲之之字，顧愷之、陸探微之畫，戴逵與戴顒之雕塑等，皆是「奠定後代文藝之根基與趨向」。

由美學而言，六朝「重美輕善」，一反先秦但重「善」。是以審美特徵趨向於由玄學、佛學以探討人生。如：

宗炳〈畫山水序〉由佛學尋繹自然美之根源、實質。又言賢人「澄懷味象」可得自然山水之愉悅。而「味」之得，在「應目會心」。又曹丕《典論・論文》提出審美與文學創造之主體之個性、氣質、天賦相關。《世說新語》之人物品藻，已由實用、道德而轉向審美。如〈巧藝〉篇言顧愷之「傳神寫照」之關鍵在「神」。（即東坡所謂「意思」所在。）

至謝赫《古畫品錄》以「氣韻生動」爲畫法六訣之首，影響審美意象分析，後人言「傳神」之論。而劉勰由審美意象之創作過程，言「神思」——靈感是「思接千載，視通萬里」之想像活動，故「陶鈞文思，貴在虛靜」，又要得外物感興。〈明詩〉:「人稟七情，應物斯感」，而「積學」、「酌理」、「研閱」、「馴致」則可力致。故由先秦「觀物取象」至六朝「神思」，已是創作心理極大突破。東坡遠承此而奠定其美學趨向—— 如言「會心」「意思」「神似」等。

（三）唐代美學

唐代美學在矯六朝門閥豪族之審美頹風，歸向先秦儒家美之趨向於善。如：

柳宗元〈邕州柳中丞作馬退山茅亭記〉中云:「美不自美，因人而彰」，言審美活動在人之感興（後王夫之即承此審美體驗在「相値而相取」之溝通）。柳氏又於〈始得西山宴遊記〉中云:「心凝形釋，與萬化冥合」，言審美感興之「神合感」。唐末張彥遠《歷代名畫記》爲自成系統之繪畫通論，其承謝赫〈論畫山水樹石〉所言六法中之「氣韻生動」落實至「骨法用筆」，亦即將六朝之重空靈虛玄，落實至唐代重充實尙勁健。又張氏重繪畫之自然性、山水畫之「境與性會」，至東坡〈題淵明飲酒詩後〉即言「境與意會」，自然成文。

唐代美學另一成果爲「意境說」之產生（而非遠至清代王國維）。如王昌齡《詩格》言「久用精思，未契意象。」分境爲物、情、意三境。詩歌意境產生於「生思」、「感思」、「取思」。司空圖《二十四詩品》:「意象欲出，造化已奇。」即承老莊言虛靜，至東坡言「虛故納萬境」，亦承此。

（四）宋代美學——詩文上並重自然平易、與書畫之逸韻。

蓋士人生活安定，科考後多入職而詩文有平易之風、與書畫之逸韻。如王禹偁《小畜集‧再答張扶書》：「句之易道，義之易曉」，承韓愈兼重詩文，且取平易。其後歐、王、東坡亦言之。而柳開、穆脩、石介、尹洙、孫復等，則力主尊儒衛道、道統爲一，且倡平易文風。又文學受理學影響，多哲理。即柳開〈應責〉言：

> 吾之道，孔子、孟子、揚雄、韓愈之道；吾之文，孔子、孟子、揚雄、韓愈之文。

宋初畫風重逸格。如黃休復《益州名畫錄》中，繼朱景玄《唐朝名畫錄》，重「逸格」，乃張懷瓘《畫斷》以「逸品」居「神」、「妙」、「能」三品上。乃是針對畫院「富貴」畫風之反動，直有所謂「黃家富貴，徐熙野逸」，「筆簡形具，得之自然」，爲在野畫家最大特色。又宋重「韻」，范溫《潛溪詩眼》言之最詳，東坡承而言「妙在筆墨之外」、至味澹泊。與張彥遠《歷代名畫記‧論顧、陸、張、吳用筆》言：「筆不周而意周」者正同。

又嚴羽《滄浪詩話》重藝術形象（興趣）、藝術範疇（氣象——作者精神風貌）。宋中葉自仁宗、哲宗朝，連戰失利，是而政治、哲學、文學、美學皆言改革。先是范仲淹、歐陽修溫和改革，繼之是王安石猛烈變法，伴隨著政改風潮，哲學思想更變（王安石之新學與新儒學諸流派——洛學、關學、蜀學等爭強），理學定於一尊。影響所及，詩文詞畫則面貌趨向平易理趣，東坡詩文即如是。又詞於東坡改革下，不惟有新題材，亦有自我表現之新內容。而畫壇上亦尚清新平淡（拋卻唐以來金碧輝煌之藝術追求。如郭熙之《林泉高致》之言山水畫，郭若虛《圖畫見聞誌》之言人物畫。孫忠恕畫「天外數峰」在「筆墨之外」。李公麟畫鞍馬，以白描見長。又文同善隸、篆、行、草、飛白，尤善畫竹，筆法勁削，別具風味。）

東坡新變之風，承上有所謂畫朱竹者，與墨竹相輝映，能作枯木、怪石、佛像，筆皆奇古，且畫竹師文同。故米芾《畫史》云：「蘇軾子瞻作墨竹……運思清拔，出於文同與可，自謂與文拈一瓣香。」

又東坡書藝，早期學〈蘭亭集序〉，學顏眞卿、楊凝式、李邕、徐浩等。尤擅長行、楷，且以行書最多。尚米芾戲墨，不專用筆，或以紙筋，或蔗滓，或以蓮房入畫，故其畫多氣韻生動。

總之，東坡言美重自然，得自莊子、六朝宗炳，故書藝、行書、醉草及詩文皆重此。

東坡言美重神似，得自顧愷之傳神寫照，謝赫之氣韻生動。→王夫之審美意象。

東坡言美重虛靜，得自道家虛靜觀物，及唐張彥遠「氣韻生動」。→王國維境界說及公安性靈說。

東坡言美重平易重質，得自宋代重白描畫風。→明李贄「童心說」與葉燮理、事、情。

又東坡詩文書畫上之推新，上承唐宋，而影響明、清。

（五）明代美學

社會經濟變動，思想重新活躍，而重人之特性。如

李贄《藏書・世紀列傳總目前論》反對人人「以孔子之是非為是非」，又反對理學家之「存天理，去人欲」之說教。力倡「童心說」——於《焚書》中言人如全學六經等儒典，即失童心，人成「假人」，文成「假文」，必由一己之情性、閱歷出發，方為佳文，上承東坡為文重質，亦影響明小說美學之發展。

湯顯祖「唯情說」，重藝術之「情」與「趣」。湯氏於《牡丹亭還魂記》標目詩中突出「世間只有情難訴」之「情」，且塑出「有情人」之典型杜麗娘「因情成夢，因夢成戲」。

而公安派性靈說——袁宏道〈敘小修詩〉中云：「獨抒性靈，不拘格套」，人之本色有真情實感，方有真文、真聲。

（六）清代美學

清代前期乃中國美學史上第三個黃金時代。亦是中國古典美學總結期。出現王夫之與葉燮美學體系。小說美學與戲劇美學、雕刻美學亦有甚大發展，主要在以「審美意象」為中心之王夫之美學體系與以「理」、「事」、「情」、「才」、「膽」、「識」、「力」為中心的葉燮美學體系中，中國古典美學範疇體系已得充分展開。〔註 3〕

鴉片戰後，中國歷史進入近代。我國近代美學發展除受民初蔡元培先生任教育總長，以「美育」為天下倡外，先光潛《文藝心理學》更正式引進義

〔註 3〕以上參見鄭昶《中國畫學全史》，中華，民國 76。中國美術全集編委會《中國美術五千年》，上海人民，1991 年。

人美學家克羅齊（Benedetto Croce）之《美學原理》（民國 36 年：正中），中國近代文學談美學，由是漸進。（參見王師更生《文心雕龍研究・文心雕龍之美學》）。又中國近代美學家（如王國維）的特點，乃是熱心於學習與介紹西方美學。如王國維《人間詞話》重境界（意境）說——審美對象（重意勝、境勝、意境兩渾）。描寫對象（意境只用於藝術作品，境界指人心中之審美對象），細繹之，皆承東坡重自然、神似等詩文美學理念，而有所推進。

第二節　東坡美學基本理念

一、與時風同步

東坡所處之時代，政治上積貧積弱，社會動亂不堪，民生疾苦。其時文風如何？是否影響東坡詩文及美學理念？以下試分言之：

宋代禮制未修，奢靡相尚，社會風潮，非重「欲」，即崇道。如《朱子語類》卷十三曰：「革盡人欲，復盡天理，方始是學。」程顥〈陳治法十事〉謂人欲橫流曰：「人人求厭其欲而後已。」

宋代古文運動，承韓愈言「文以載道」，而以「文」爲「道」用，以有用之文，反映社會。如周敦頤《通書》第廿八曰：「文所以載道也。」故文但依附於道，爲宣傳道德工具。

王安石〈上人書〉直道：

> 文者，有補於世而已；以適用爲本。

宋初，梅堯臣、歐陽修力倡古文，反對西崑。東坡年廿一，即中進士，而於〈謝歐陽內翰書〉中抨擊五代以來之頹風曰：

> 罷去浮巧輕媚叢錯采繡之文，將以追兩漢之餘，而漸復三代之故。（文四／1423）

又熙寧五年（1072）東坡於杭州監試時，作〈監試呈諸試官〉（詩四／1000）斥科舉之抄襲模仿、怪譎浮華之風云：

> 緬懷嘉祐初，文格變已甚。千金碎全璧，百納收寸錦。調和椒桂釅，咀嚼沙礫磣。廣眉成半額，學步歸踔踸。

又中舉後作〈謝館職啓〉（文四／1326）亦云：「疾時文之靡弊。」。於〈議學校貢議狀〉蓋策論之取士，難得忠清鯁亮之士。（文二／723）東坡斥時文之弊而投身美文創作，乃合一理論與實踐。

由宋代爲文重用、自然、至味，其美學重「韻」與「逸」。即：

（一）宋代美學重「韻」

味兼「韻」與「逸」。而論「韻」始自六朝。《世說新語》中有「韻」、「風韻」、「風氣韻度」、「體韻」等概念。至唐五代，司空圖、荊浩等亦言「韻」。

宋人言「韻」，以北宋范溫《潛溪詩眼》所言最詳。然范氏詩話，已亡佚。〔註 4〕

范溫於「韻」之論述，主要具有以下三層之意：

1、「韻」之歷史演變

「韻」，最早乃指「聲韻」，後用於書畫，宋代則推廣至一切藝術領域，且作爲評論作品標準。范溫則詳述「韻」之歷史演變：

> 自三代秦漢，非聲不言韻；捨聲言韻，自晉人始；唐人言韻者，亦不多見，惟論畫者頗及之。至近代先達（按：即蘇軾、黃庭堅等人），始推尊之以爲極致；凡事既盡其美，必有其韻，韻苟不勝，亦亡其美。

此言天下以「韻」最美。故曰：「韻者，美之極。」

2、「韻」之涵義推新

王偁（定觀）概括宋以前「韻」之涵義爲「不俗」、「瀟灑」、「生動」（傳神）、「簡而窮理」。范溫推「韻」之涵義爲「有餘意」。即所謂「大聲已去，餘音復來，悠揚宛轉，聲外之音。」而爲「有餘韻」，則必「簡易平澹」。如陶潛詩之「質而實綺，癯而實腴，初若散漫不收，反覆觀之，乃得其奇處」。「夫綺而腴，與其奇處，韻之所從生。」

3、「韻」可存於各種風格之作

范溫以巧麗、雄偉、奇、巧、典、富、深、穩、清、古等各種風格之作品，惟「行於簡易閑澹之中，而有深遠無窮之味」，皆可以有「韻」。則據范溫言，凡意象「有餘意」，或「行於簡易閑澹之中，而有深遠無窮之味」皆具「韻勝」之美，則「韻」自成。概括梅堯臣、歐陽修、蘇軾、黃庭堅等人之

〔註 4〕錢鍾書：《管錐編》第四冊中云：「宋人談藝書中偶然徵引，皆識小語瑣，惟《永樂大典》卷八〇七『詩』字下所引一則，因書畫之『韻』推及詩文之『韻』，洋洋千數百言，匪特爲『神韻說』之弘綱要領，抑且爲由畫『韻』而及詩『韻』之轉捩進階。嚴羽必曾見之，後人迄無道者。」中華書局，1979 年版，頁 1361。

美學思想重要關鍵。如黃庭堅主張書畫文章皆以「韻」勝。其〈題摹燕郊尚父圖〉與〈題絳本法帖〉中，即以觀書畫、人物重韻勝，皆謂：

> 凡書畫當觀韻。往時李伯時爲余作李廣奪胡身兒馬，挾兒南馳，取胡兒弓引滿，以擬追騎。觀箭鋒所直，發之，人馬皆應弦也。伯時笑曰：「使俗子爲之，當作中箭追騎矣。」余因此深悟畫格。此與文章同一關紐，但難得人入神會耳。

此言六朝人論事語少意密；論人物則重韻勝，東坡言美之重自然，貴神似，與此甚近。

（二）宋代美學重「逸品」

最早將書法分品爲南朝梁庾肩吾（487～551）。其著有《書品》一卷，將漢至梁之著名書法家一百二十三人分爲上之上、上之中、上之下等，一共九品。

唐李嗣眞（？～696）著《書後品》，又於《書品》九品上加「逸品」。

張懷瓘（八世紀時人）著《書斷》則分「神」、「妙」、「能」三品。

畫品之言「逸」，則始自南朝梁謝赫《古畫品錄》（約成於552～553間）已將二十七位畫家分成六品。

唐代張懷瓘《畫斷》中，則分「神」、「妙」、「能」三品。

朱景玄（約760前）著《唐朝名畫錄》，則於張氏三品上加「不拘常法」之「逸品」。

張彥遠《歷代名畫記》卷二〈論畫體工用拓寫〉中則將畫分成五等：自然、神、妙、精、謹細。（自然即「逸品」）

北宋黃休復《益州名畫錄》（成於1006年），將畫分爲「逸」、「神」、「妙」、「能」四格，且將「逸格」列於其他三格之上。相當張氏之「自然」。

黃休復言繪畫四格：

能格——重在畫技之形似寫貌，能畫出形象之生動。

妙格——承老、莊言能「曲畫玄微」，能寫出無限之道體。

神格——言「思與神合」，承莊子「用志不分」，而將創作升至神化。

逸格——具「筆簡形具，得之自然」特色。

中「逸格」兩大特色爲：

筆簡形具——乃反對儒家煩瑣之禮，而歸向道家任自然之簡。

得之自然——乃尚《莊子・天下篇》「上與造物者遊」之超脫，遠勝《論語》

長沮、桀溺、楚狂接輿、荷蓧丈人等隱者逸民，而同莊子「逸的哲學」。〔註5〕

六朝莊學大興，《文心・明詩篇》曰：其時皆「嗤笑絢務之志，崇盛忘機之談」，《世說新語》以及劉孝標之注中皆見其時超逸人生。而就作品而言，又有所謂得之自然之「逸格」、「逸品」產生。而此一「自然」則合於嵇康所謂「越名教而任自然」之「自然」相仿，而與「神品」、「妙品」之「自然」（「創意立體，妙合化權」、「筆精墨妙，不知所然」）則有所不同。是以黃氏四格中以「逸品」最近道家，再造自然。東坡重自然平淡之風，類此。

至元代逸品漸成風潮，有元四家（倪瓚、吳鎮、黃公望、王蒙）出現，以逸筆寫胸中逸氣。明末清初，寫意畫發展甚大，出現徐渭、朱耷、石濤、鄭板橋等寫意大畫家，然所表現，已非「胸中逸氣」，而是狂，是怪，是呵神罵鬼，是血淚斑斑。其人寫意畫，已非「逸品」所能範圍。

至「味」兼「韻」與「逸」，則據張戒《歲寒堂詩話》云：「韻有不可及者，曹子建是也，味有不可及者，淵明是也。」宋代重「韻」「逸品」，二者實相關，蓋有韻之「逸品」，常反映作家脫俗之生活態度與精神境界。鍾嶸《詩品》卷中推重陶潛爲「古今隱逸詩人之宗」，亦爲東坡奉爲「韻」之典範，則「逸品」、「韻」二者洵相關。

而「逸品」又兼入世出世之統一。蓋「逸品」既能表現作家之超俗（東坡稱爲「高風絕塵」），故遠離人生，具審美意象「簡古」、「澹泊」、「平淡」。又「逸品」之脫俗又植根於作家對人生、歷史之感悟，故審美意象自具較深意蘊，即所謂「餘意」、「眞味」、「至味」、「深遠無窮之味」。東坡之作，最具此一深入人生之體悟，是以「逸品」兼具出世與入世。

故宋以後美學家雖言「韻」，皆及「韻」之一，涵義多所不同。

二、美醜之認定——藝術價值認定

美醜標準何在？前人之說已多。

如：老子以美惡（醜）相對而並存。莊子承之，而以「道」爲絕對之美，現象界之美醜則未必。

美醜具相對性

如河伯初以一己能集「天下之美」，見海若而自知爲醜。又《莊子・齊物

〔註5〕徐復觀《中國藝術精神》，臺北：學生，1983年，頁317。

論》，人之以「毛嬙、麗姬」爲美；魚、鳥、麋、鹿則以之爲「非正色」。〈山木篇〉，言陽子以「逆旅人」二妾，「美者自美」故醜；「醜者自醜」故美。

否定美醜之差別性

《莊子・秋水篇》言，「海」雖大，比之天地則似「小石小木之在大山」。中國雖大，比之天下，亦猶「稊米之在太倉」。故而天下之美醜、貴賤、是非、生死，又可「因其所大而大之，則萬物莫不大；因其所小而小之，則萬物莫不小。」又〈齊物論〉「故爲是舉莛與楹，厲與西施，恢恑憰怪，道通爲一。」以草莖、屋柱、醜女、美女，乃其詭譎萬狀，自可各美其美。

美醜可以轉化

〈知北遊〉以「人之生，氣之聚也。」故曰：「通天下一氣耳。」因美、醜之本質爲「氣」，惟「一氣運化」，美、醜亦可互換。如鄭板橋〈題畫〉謂米元章論石，能盡石之妙。然：

> 東坡又曰：石文而醜。一「醜」字則石之千態萬狀，皆從此出。彼元章但知好之爲好，而不知陋劣之中有至好也。東坡胸次，甚造化之爐冶乎。

東坡由石之醜而言，胸次又異。劉熙載《藝概・書概》：「怪石以醜爲美，醜到極處，便是美到極處。一『醜』字中丘壑未易盡言。」則美、醜皆出於「氣」，如具生命元氣，無分美醜。如唐代韓昌黎詩用艱澀之句、杜甫詩運「醜」字。清傅山曰「寧醜毋媚」。

醜之真義——內在美

《莊子》〈人間世〉、〈德充符〉中描繪醜者甚多。如面頰隱於肚臍、五官在上之形體殘缺（支離）、斷足（兀者）或頸上生瘤（甕㼜）、缺唇（支離）等。《莊子・德充符》：「道與之貌，天與之形，無以好惡內傷其身。」王夫之《莊子解》釋之曰：「道與之貌，則貌之美惡皆道也。天與之形，則形之全毀皆天也。」〔註6〕蓋美、醜皆由「天」、「命」、「道」，有德者不應計較美與醜、全與毀、得與失，此謂之「坐忘」，能「坐忘」，方能自由。莊子不以人之外形爲重，而重人之內在。即〈德充符〉所謂「德有所長而形有所忘」。聞一多《古典新義・莊子》〔註7〕「文中之支離疏、畫中的達摩，是中國藝術裏最有

〔註6〕《莊子解》，中華書局，1964年版，第54頁。
〔註7〕《聞一多全集》，三聯書店，1982年版，第289頁。

特色的兩個產品，都代表中國藝術中極高古、極純粹的境界。」。

宗白華《美學散步》亦云：「莊子文章所寫的那些奇特人物大概就是後來唐、宋畫家畫羅漢時心目中的範本。」〔註8〕是以東坡文中具美、醜等不同風貌者，亦如是。

東坡於藝術價值認定原則，乃承前人有所推進曰：

（一）藝術價值——在眾口之評定，非個人主觀所能抑揚。

藝術價值評定具客觀性，常取決於眾人。故東坡〈答毛澤民書〉（文四／1571）中云：

> 世間惟名實不可欺。文章如金玉，各有定價。先後進相汲引，因其言以信於世，則有之矣。至其品目高下，蓋付之眾口，決非一夫所能抑揚。

東坡以「文章如金玉」，其言承其師歐陽修。東坡〈與謝民師推官書〉（文四／1418）中即曰：

> 歐陽文忠公言文章如精金美玉，市有定價，非人所能以口舌定貴賤也。紛紛多言，豈能有益於左右。

由是東坡由其人之作而置評。故於〈答黃魯直書〉（文四／1531）中評黃庭堅曰：

> 此人如精金美玉，不即人而人即之，將逃名而不可得，何以我稱揚爲！

又於〈太息一章送秦少章秀才〉（文五／1979）中評張、秦二人：

> 張文潛、秦少游此兩人者，士之超逸絕塵者也，非獨吾云爾。二三子亦自以爲莫及也。士駭於所未聞，不能無異同，故紛紛之言，常及吾與二子，吾策之審矣。士如良金美玉，市有定價，豈可以愛憎口舌貴賤之歟。

言張、秦二人「如良金美玉」，何能以愛憎之口，任意定其貴賤？

又〈與張嘉父〉（文四／1562）中評張氏曰：

> 公文章自已得之於心，應之於手矣。譬之百貨，自有定價，豈小子區區所能貴賤哉！

東坡以人之作是否如「金玉」、「精金美玉」、「良金美玉」，皆乃取決之於

〔註8〕上海人民出版社，1981年版，第1頁。

眾口。

（二）文章如金玉，各有定價

游國恩等之《中國文學史》以東坡此論具「美學價值」。而羅根澤《中國文學批評史》則以東坡此論「卑視批評」。試梳理東坡詩文所言，以見其原意：

東坡於〈答黃魯直書〉（文四／1531）中評黃庭堅之詩文「如精金美玉」，自足成名，無須稱揚。

東坡又於〈答毛澤民書〉（文四／1571）中云：

> 世間惟名實不可欺。文章如金玉，各有定價，先後進相汲引，因其言以信於世則有之矣；至其品目高下，蓋付之眾口，決非一夫所能抑揚。

此書論點有三：

「名實不可欺」，言文章價值決定於「實」而非「名」。而「褒貶」決定於「眾口」而非「一夫」。而「一夫」之抑揚作用，僅在於先進（能取信於世之意）汲引後進。然決定仍在「眾口」、在「實」。東坡由「名」「實」、「一夫」「眾口」對批評之分析，頗有見地。

〈太息一首送秦少章秀才〉（文五／1979），以三例以明批評自有定論，即三國孔融盛贊盛孝章，人或譏之。而歐公黜險怪奇澀之文，錄取辭語甚樸之東坡兄弟，亦受「成市」之人「聚而訕之」。而東坡之獎掖秦觀張耒亦遭攻擊，東坡由是感慨曰：「士如良金美玉，各有定價，豈可以愛憎口舌貴賤之歟！」

東坡又於〈與謝民師推官書〉（文四／1418）中云：

> 歐陽文忠公言：文章如精金美玉，市有定價，非人所能以口舌定貴賤也。紛紛多言，豈能有益於左右！

言此一理念得自歐公〈蘇氏文集序〉中「文章，金玉也」之言。而以稱揚無益於謝民師。

由以上析論，東坡言「文章」價值如金玉，有待「眾口」據實以評，東坡所卑視者並非「批評」，此乃是喜謗人而與草木同腐之人。

三、「詩畫一律」之獨創

東坡重詩畫一律，乃因其身通詩、文、書、畫，畫中題詩，詩中有畫意，故以詩畫具相通性。蓋早期之「書法」即是「繪畫」。如：唐張彥遠《歷代名畫記・敘畫之源流》云：「書畫異名而同體」。又邵雍《伊川擊壤集・詩畫吟》

亦云：「畫筆善狀物，長於運丹青；詩則善狀情，長於運丹誠。」

東坡則善於概括詩情畫意，除於〈書鄢王主簿所畫折枝二首‧其一〉（詩五／1525）中云：「詩畫本一律」。又於〈書摩詰藍田煙雨圖〉（文五／2209）中云：「味摩詰之詩，詩中有畫；觀摩詰之畫，畫中有詩。」則東坡能由兼長詩畫，而體悟詩畫本同律。蓋詩畫二者因有共通，故「畫」則求詩之情致；而「詩」亦重畫之形態，故「詩」稱爲「無聲畫」，「畫」稱爲「有形詩」「無聲詩」。（詳見下節〈美學思想探源〉）

四、尚「文章自一家」

三蘇論文重風格多元化，反對單一化。如子由〈開窗〉云：「文章自一家」。老泉〈史論〉中稱美司馬遷之辭「淳健簡直，是稱一家」，又於〈上歐陽內翰第一書〉中稱美孟子、韓愈之文「如長江大河，渾浩流轉。」歐陽修之文「紆餘委備」，「條達疏暢」，則三家「皆斷然一家之文也。」

東坡進言自成一家風格新穎。故於〈書唐氏六家書後〉（文五／2206）評書法六家，謂：

永禪師則「骨氣深穩，體兼眾妙，精能之至，反造疏淡。」歐陽詢則「妍緊拔群」「勁嶮刻厲」。褚遂良則「清遠蕭散，微雜隸體。」張旭草書則「頹然天放」，「號稱神逸」。顏眞卿則「雄秀獨出，一變古法」。柳公權則「本出於顏，而能自出新意」。則東坡以「獨出」、「自出新意」，爲「自一家」之意。

又杜甫〈八分小篆歌〉中言「書貴瘦硬方通神」。東坡於〈孫莘老求墨妙亭詩〉（詩二／371）中言此論未公，蓋「短長肥瘠各有態，玉環飛燕誰敢憎？」則東坡並不反對瘦硬，然亦未否定其他風格。

（一）繪畫上——

東坡〈憩寂圖〉（詩八／2541）中云：「東坡雖是湖州派，竹石風流各一時」。東坡與文同皆屬湖州派，然其所繪竹石，各具其「風流」。

（二）詩文上——東坡亦重「一家之言」。

其〈答張嘉父書〉（文四／1562）中云：「凡人爲文，至老，多有所悔，僕嘗悔其少作矣。若著成一家之言，則不容有所悔。」人之所以悔其少作，乃因少時未有獨特「一家之風」。東坡詞作亦於婉約詞外，另闢蹊徑，創立豪放詞。故又於〈與鮮于子駿書〉（文四／1559）中云：「近作小詞，雖無柳七風味，亦自是一家。」

而子由亦重「文章自一家」、「凜然自一家」，以壯馬之「步驟風雨百夫靡」之剛勇，與「女能嫣然笑傾國」之柔美等同。故東坡〈王維吳道子畫〉（詩一／108）中言王維畫「得之於象外」，不同吳道子畫「猶以畫工論」。子由即反駁曰：「誰言王摩詰，乃過吳道子」，則與東坡反駁子美貴瘦硬書法，如出一轍，二人評書論畫見地雖異，而同重風格多元，則一同也。

由以上，則東坡美學基本理念在與時風同步、具藝術美醜之認定，又創發「詩畫一律」及尚文章「自一家」之風格多元性。

第三節　東坡美學思想探源

東坡美學思想多得自老莊，且受儒、佛、時風、家學、師友影響。以下試一一分述：

一、受時風影響——重意味

東坡為文重「至味」，除源自老莊，亦與宋代時風，尚平淡、平易相契。以下試舉例明之：

南朝宗炳承老子美學「象」、「味」、「道」、「滌除玄覽」，而言「澄懷味象」（「澄懷觀道」）。此言由主體「澄懷」（空明虛靜之心）體自然之道，自具「味象」（得審美愉悅）。而非孔子「知者樂水，仁者樂山」，求合於主體道德之道，始具審美愉悅。細味宗炳所「味」之象具有二特性：其一為「以形媚道」（指山水形質能顯現「道」，而令人怡身、暢神），此即老子所謂「滌除玄覽」；莊子所謂「朝徹」「見獨」。另一乃宗炳所味之山水形質能「趣、靈」，此即王微《敘畫》所云：「古人作畫也，……本乎形者融靈」，此言人之「味象」能顯「道」，故味、象合一。

而六朝宗炳前後，多人皆以「味」以言創作。如：

陸機〈文賦〉：「每除繁而去濫，闕大羹之遺味」。《文心雕龍》〈聲律篇〉：「滋味流於下句」。〈宗經篇〉：「餘味日新」。〈物色篇〉：「味飄飄而輕舉，情曄曄而更新。」

又鍾嶸〈詩品序〉評當時玄言詩「平典似道德論」，「淡乎寡味」，推崇五言詩乃「眾作之有滋味也」；又云：「宏斯三義（按指「賦」、「比」、「興」），酌而用之，干之以風力，潤之以丹彩，使味之者無極，聞之者動心，是詩之至也。」

又顏之推《顏氏家訓・文章》云：「陶冶性靈，入其滋味，亦樂事也。」

故「味」之概念、內涵，於唐宋兩代已得到進一步發展。故宗炳言「澄懷味象」，乃其發展中，最具關鍵者。

蘇舜欽所云：「不肯低心事鑴鑿，直欲淡泊趨杳冥。」（《蘇學士文集》卷二〈贈釋秘演〉）

梅堯臣所云：「作詩無古今，惟造平淡難。」（〈讀邵不疑詩卷杜挺之忽來因出示之且伏高致輒書一時之語以奉呈〉《宛陵先生集》卷六四）

由是梅氏重「外枯而內美」之風格。是以〈答中道小疾見說〉曰：「詩本道性情，不須大厥聲，方聞理平淡，昏曉在淵明。」又據〈林和靖先生詩集序〉評林逋云：「其順物玩情，為詩則平淡邃美，讀之令人忘百事也。」歐陽修《居士集》卷五〈再和聖俞見答〉：「古淡有眞味」。吳充〈歐陽修行狀〉亦云：「平淡典要」（《歐陽永叔集・附錄》），歐陽修《六一詩話》稱梅堯臣詩「以深遠閑淡為意」「有如妖韶女，老自有餘態」，「又如食橄欖，眞味久愈在。」又邵雍主「因言成詩」，然但及於平淡耳。

又王安石以好詩為：「看似尋常最奇崛，成如容易卻艱辛。」歐陽修《六一詩話》亦云：「聖俞平生苦於吟詠，以閑遠古淡為意。」朱子以作詩要「平淡，不費力」。陸九淵弟子包恢強重「意味風韻」，以「詩家者流，以汪洋淡泊為高。」故尚「黑而深」，以斥「表而淺」。

宋代此一美學思想。《陸九淵集》卷卅四，引王順伯語謂宋人之過唐，唯美學思想與人物評議。由是東坡重「味」，除源自老莊，亦契合於宗炳、陸機、鍾嶸、顏之推，乃至梅堯臣、歐陽修、王安石。平淡自然之「韻」自成掌握梅堯臣、歐陽修、蘇軾、黃庭堅等人美學思想之關鍵。

二、家學與師友影響——知畫好畫

（一）得自家庭

宋代文人畫論，以東坡為中心，而東坡之能畫知畫，又得自其家庭與親友，如東坡〈四菩薩閣記〉（文一／385）中有謂：

> 始吾先君（蘇洵）於物無所好，燕居如齋，言笑有時。顧嘗嗜畫，弟子門人無以悅之，則爭致其所嗜，庶幾一解其顏。故雖為布衣，

而致畫與公卿等。

證之子由〈汝州龍興寺修吳畫殿〉中謂：「余先君宮師（蘇洵）平生好畫。然家居甚貧，而畫尚若不及。」(《欒城集卷廿一》)則老泉確嗜畫。然於老泉《嘉祐集》中，唯卷十四有〈吳道子畫五星贊〉云：「唯是五星，筆勢莫高。」則老泉嗜畫，或在中唐後，大批畫人避難入蜀，存留大批畫蹟相關。東坡知畫嗜畫，自承自老泉。又東坡之弟子由亦知畫意。東坡於〈文與可畫篔簹谷偃竹記〉（文二／356）中即云：「子由未嘗畫也，故得其意而已。」參之子由〈汝州龍興寺修吳畫殿記〉「余兄子瞻，少而知畫，不學而得用筆之理。轍少聞其餘；雖不得深造之，亦庶幾焉。」同記中又云：「蓋道子之跡比范（瓊）趙（公祐）爲奇，而比孫遇爲正。其稱畫聖，抑以此耶？」(《欒城集》卷廿一）則子由非謂能畫，而得自東坡、吳道子之「超逸」，自視孫遇爲高（黃休復《益州名畫記》中言其人「縱橫放肆，出於法度之外」)。

此外東坡又受姻親文與可（子由之媳，爲與可之女）影響。文與可長墨竹。子由〈墨竹賦〉言其承莊子由技進道之深化。因好道而托於竹，愛竹而畫竹。蓋飲食偃息其中，久而忘筆紙之在前，勃然而興「身與竹化」。

元豐二年，子由作〈祭文與可〉：「昔我愛君，忠信篤實……發爲文章，實似其德。風雅之深，追配古人。」（卷廿六）元祐七年，又有〈祭文與可學士文〉一首：「遇物賦形，怪石巑列。翠竹羅生，得於無心，見者自驚……。公居其間，澹乎忘言。」文氏人格之高，乃由「身與竹化」，故入於「逸」。唯與可之「逸」乃通過法度而忘其法度之「逸」，而非如孫遇之放肆法度之外。即文與可亦重畫家之謹於良法。故於〈彭州張氏畫記〉中言唐人所習已淺曰：「苟於所利，而不自取重；其所爲之，技耳。」(《丹淵集》卷廿二）

（二）得自師友

又東坡之好畫，除家庭外，亦與交往相關。如與當時名畫家文與可（同）爲親戚；與李公麟（伯時）、王詵（晉卿）、米芾爲友；與郭熙、李迪，同時相接。東坡又以「知畫」「能畫」自許。如於〈石氏畫苑記〉中云：「余亦善畫古木叢竹」。(詩二／364）

又於〈次韻李端叔謝送牛戩鴛鴦竹石圖詩〉中云：「知君論將口，似余識畫眼。」（詩六／2018）

與東坡不十分友善之朱子，於〈跋張以道家藏東坡枯木怪石〉中謂「蘇公此紙，出於一時滑稽詼笑之餘，初不經意。而其傲風霆、閱古今之氣，猶足以想見其人也。」（《朱文公文集》卷八十四）亦可爲東坡「自負能畫」之佐證，則東坡美學思想除得自親友，亦貴在一己融貫。

東坡對「畫」之基本態度來自「詩」。即〈書鄢陵王主簿所畫折枝〉二首（詩五／1525）謂「詩畫本一律」。

東坡「寄寓論」遠承老、莊，近承繼歐陽修。

歐陽修〈學眞草書〉中言「寓意」之論曰：「十年不倦當得名。然虛名已得而眞氣耗矣。萬事莫不皆然。有以寓其意，不知身之爲勞也；有以樂其心，不知物之爲累也。」言人如能寓寄情意則能樂心不爲物累。

歐陽修又於〈學書靜中至樂說〉中言學書之樂，且分人爲三——至人（不寓心於物）、君子（寓於有益者）、愚惑之人（寓於伐性汨情而爲害者），此即東坡所謂「不假於物」「寓意於物」「留意於物」三者。而歐公又進言，唯學書者除「不害情性」外，亦可得「靜中之樂」，則歐陽修、東坡皆有寄寓情意之論。

歐陽修亦重超然物外之情意寄托。於其〈有美堂記〉中謂人不能得兼「山林之樂」、「富貴者之樂，猶不能得兼山水登臨之美」、「覽都邑之雄富」。然於〈浮山水記〉中，歐公傾向「放心於物外」之「山林者之樂」，言富貴者缺少「游心物外」之想，故雖營營孜求天下物欲，但不能「放心於物外」得兼山林之樂。而「貧賤之士」雖不得富貴者物欲之樂，然可得山林之樂而爲「自足而高士」。

歐公又於〈答李大臨學士書〉中云：「足下知道之明者，固能達於進退窮通之理，能達於此而無累於心，然後山林泉石可以樂。」以言得山林之美者，必能明進退窮通，放心物外。

東坡承繼歐公之說而有進焉。歐公以貧士得山林之樂、富貴者得物欲之樂，皆「各有適焉」。而東坡以「寓意於物」以待眾物（微物、尤物、山水泉石、都邑繁華）則自有賞美之樂，非由實用功利佔有言，方能賞其美、得其樂。由美學而人生亦然，故孜孜求物欲、重佔有，則難有精神上之賞樂。

故由《莊子》〈逍遙〉〈齊物〉、歐公傾向「山林之美」、東坡重「書藝」之能寓情，皆一脈相承。

三、受儒家思想啓迪

東坡「寓意論」乃結合儒、道、釋三家之思想。取之儒家者爲多：

（一）取儒家超越物欲思想

《論語・先進》中言，孔子願與曾點於暮春「浴乎沂，風乎舞雩，詠而歸。」〈雍也〉：孔子云：「智者樂水，仁者樂山。」且寓仕隱。〈述而〉：「用之則行，舍之則藏。」〈公冶長〉：「道不行，乘桴浮於海。」

司馬光〈訓儉示康〉由「儉廉寡欲」以言「不役於物」，「君子多欲則貪慕富貴，枉道速禍；小人多欲則多求妄用，敗家喪身。」（《溫國文正司馬公文集》卷六九）

子由《欒城集》卷廿四〈黃州快哉亭記〉言心情不同所見事物亦異。即：

> 士生於世，使其中不自得，將何往而非病？使其中坦然，不以物傷性，將何適而非快？

蘇舜欽《蘇學士文集》卷十三〈滄浪亭記〉謂逍遙園林最能寄寓情意曰：

> 形骸既適則神不煩，觀聽無邪則道以明；返思向之汩汩榮辱之場，日與錙銖利害相磨戛，隔此眞趣，不亦鄙哉！噫！人固動物耳。情橫於內而性伏，必外寓於物而後遣。

東坡雖不言退隱，而寓情於眾多之美，視蘇舜欽更具廣闊審美胸襟。

（二）取儒家「述意抒情」思想

即〈詩大序〉以：「詩者，志之所之也。在心爲志，發言爲詩，情動於中而形於言。」即重「情志一致」。孔穎達於《左傳》昭公廿五年《正義》中申言之曰：「在己爲情，情動爲志，情志一也。」然東坡並未強調〈詩大序〉要以禮義節制感情之說：「發乎情，止乎禮義。發乎情，民之性也。止乎禮義，先王之澤也。」亦未強調教化作用：「故正得失，動天地，感鬼神，莫近乎詩。先王以是經夫婦，成孝敬，厚人倫，美教化，移風俗。」

東坡取〈詩大序〉中重「情志統一」，此又得自《樂記》重詩之抒情言志。（但未取《樂記》言感性得自「人心之動，物使之然也。感於物而動，故形於聲。」「其本在人心感於物」。）

此言東坡不惟吸取《樂記》以「美教化」精神，亦超越〈詩大序〉，故於〈南行前集敘〉（文一／323）中進言：「山川之秀美，風俗之樸陋，賢人君子之遺跡，與凡耳目之所接者，雜然有觸於中，而發於詠嘆。」則情意得之於中。

（三）取儒家「辭達於口手」

「辭達於口手」論，東坡雖得自儒家，亦近道家自然觀，惟秦漢以來，儒家只重爲文之經學模式。使文學有獨立生命，溯其遠源，則《論語・衛靈公》云：「辭，達而已矣」，但重辭之質實而不重文采。

故《正義》云：「凡事莫過於實。辭達則足矣，不煩文艷也。」

朱子《集注》亦云：「辭取達意而止，不以富麗爲工。」

《左傳》襄公二十五年引孔子說：

> 志有之：「言以足志，文以足言」。不言，誰知其志？言之無文，行而不遠。

此所言之「文」與〈雍也〉所云：「君子博學於文」之文相通，即《正義》所云：「先王之遺文」，乃典章制度、文化之屬（與後世所言之文章、文采不同。）故於「文」並未有明確之義涵。

東坡則自「文學」以言辭達應兼及作品內涵，即求物之「妙」（事物再現情理之「妙」，本來面目之「眞」），而非傳統經學模式，只求「止於達意」。則東坡「辭達」論，來自「寓意於物」，乃遠承老莊，而近得之歐陽修。

四、受道家思想影響

細繹東坡哲學、政治、教育思想以儒學爲主導，而美學則揉合儒學、老莊，且以莊學爲核心。如東坡重平淡至味。《老子》十九章曰：「見素抱樸」，卅一章云：「恬淡爲上，勝而不美。」《莊子》〈刻意〉：「淡然無極而眾美從之。」〈天道〉：「素樸而天下莫能與之爭美。」以下舉老莊美醜之認定於次：

（一）自然感性，隨物賦形

東坡爲文，崇尚自然，雖與《孟子》：「予豈好辯哉，予不得已也」近，然其主源來自道家之「因任自然」。以下試分述之：

老子倡法自然。以域中四大自然爲大。即：

《老子・二十五章》云：「人法地，地法天，天法道，道法自然。」

《老子・五十一章》云：「道之尊，德之貴，夫莫之命而常自然。」

莊子重天道無爲，天地萬物本來之「常然」。即《莊子・駢拇》：

> 天下有常然。……故天下誘然皆生，而不知其所以生，同焉皆得，而不知其所以得。

《莊子・知北遊》：「天地有大美而不言，四時有明法而不議，萬物有成理而不說。」《莊子・田子方》亦言自然，借老聃之言曰：「水之於汋也，無爲而才自然矣。至人之於德也，不修而物不能離焉。若天之自高，地之自厚，日月之自明。」

郭象《齊物論注》云：「物各自生而無所出焉。」「起索眞宰之朕跡，而亦終不得，則明物皆自然，我既不能生物，物亦不能生我，則我自然矣。自己而然，則謂之天然。」

郭象既以萬物之生，神秘莫測，得之於天，具宿命色彩，而東坡以自然爲文，非「天命」，重得自先天之蓄積。如是「凡耳目所接」自「有觸於中而發於詠嘆。」正如魏禧《魏叔子文集》卷十〈文瀫敘〉中云：「爲文之生如水下流，煙上升，風運動」，故曰：「其遭也而文生焉」。又《文心雕龍》之

〈定勢篇〉曰：「如機發矢眞，澗曲湍回，自然之趣也。」

〈情采篇〉亦有類似之言：「夫以草木之微，依情待實，況乎文章。」

〈原道篇〉曰：「心生而言立，言立而文明，自然之道也。」

又〈體性篇〉曰：「情動而言形，理發而文見。」

故東坡爲文必待情眞感實，而自然抒作。

除道家外，東坡重自然，又得自眾賢。

傳爲王維所撰之〈山水訣〉首唱：「夫畫道之中，水墨最爲上」，言水墨畫乃運玄素黑白，即可陶蒸萬象，乃「肇自然之性」也。而張彥遠《歷代名畫記》進言「山不待空青而翠；鳳不待五色而綷。」能運墨使五色俱足，不必「意在五色」而以人爲「吹雲潑墨」，皆重製作能「發於天然。」又柳宗元言「美不自美，因人而彰」，以言感與得於自然。柳宗元於〈邕州柳中丞作馬退山茅亭序記〉一文「夫美不自美，因人而彰。蘭亭也，不遭右軍，則清湍修竹，蕪沒於空山矣。」自然景物（清湍修竹）客觀存在，「美不自美，因人而彰」，美在人與物之體驗感興溝通，即王夫之《詩廣傳》卷二〈豳風〉三，所謂心物之「相值而相取」。

又老泉〈仲兄字文甫說〉以「文」如風水相激而自然成之。即：「此二物者豈有求乎文哉？無意乎相求，不期然而相遭，而文生焉。」東坡由儒家「不得已」而取道家順應自然。而感興範圍擴大於「凡耳目之所接」，山川、風俗、遺跡，一皆在內。

東坡之所以能「自然成文」，得自道家與王維、張彥遠、柳宗元等眾賢。又來自「般若」，釋德洪爲之釋曰：

> 東坡蓋五祖戒禪師之後身，以其理通，故其文渙然如水之質，漫衍

浩蕩，則其波亦自然而成文。蓋非語言文字也，皆理故也。自非以般若中來，其何以臻此！

細味東坡〈日喻〉一文，言潛水者之長期識水之理，潛沒之道，合言之，則東坡之重自然，得自長期實踐。

東坡爲文得自平日之蓄積，如沈德潛《說詩晬語》言東坡：「其筆之超曠，等於天馬脫羈，飛仙游戲，窮極變幻，而適如意中所欲出。」其言正是。則東坡重自然之意，得自道家、眾賢及一己實踐是也。

（二）寓意於物之美學思想亦得自於道家之超越物欲

此一「寓意於物」之思想，源自老莊。如：

《老子》第十二章言五色、五音、五味、田獵，難得之貨，引人貪求。是以「聖人爲腹不爲目」。老子以人當棄去聲色之累，求「爲腹養色」。

《老子》十九章言「少私寡欲」，言毋貪私欲，以成病患。

《老子》八十一章言「甘其食，美其服，安其居，還其俗。」

《左傳》昭公元年載晉侯之病在「煩手淫聲，慆堙心耳」，聲色之樂。

《國語》亦載單穆公：「聽樂而震，觀美而眩，患莫甚焉。」

東坡引述老子美學思想，而有所推進者有三：

要自然合人性之欲求，即或爲微小之物，或特異尤物，皆應「寓意」。

《老子》主「爲腹不爲目」，東坡以「爲腹爲目」皆應寓意。

《老子》以應去色、味、音等之樂，而取「爲腹」之事。

東坡則以「聖人未嘗廢此四者，亦聊以寓意焉耳」。言如能寓意此四者以悅己，則四者仍可不廢。否則聲色「爲腹」等，亦予人禍害。

〈超然臺記〉（文二／351）中進言：「凡物皆有可觀。苟有可觀，皆有可樂，非必怪奇瑋麗者也。」此言可觀可樂之物甚多——尤物、微物、怪奇瑋麗、自然質樸……如能合乎人性、不爲物累，自能寄寓情意，皆能令人怡悅。人如「游於物之內」，則物又高又大，令人目眩。如「游於物之外」，則不爲物所役累，自得怡悅。

然道家之超然物外，無欲無爲，東坡與之有同有異：

《老子》第十六章：「致虛極，守靜篤」。

《莊子》以梓慶「必齋以靜心」，「不敢懷慶賞爵祿」，「不敢懷非譽巧拙」，皆是要超脫物欲，勿「留意於物」。此言老、莊不重物欲，輒以玄念面對山水，使山水成爲寓寄情意之審美對象。此與東坡所言，自不同。

又《莊子‧山木》:「物物而不物於物，則胡可得而累耶？」言不爲物累，則可隨緣自適。而《莊子‧人間世》:「知其不可奈何而安之若命。」與東坡不累物役、隨遇而安之意亦近。

則東坡「寓意於物」之思想，多受老、莊影響。

（三）成竹在胸——由虛靜物化

爲文能有觸於中，了然於心，方能以口、手而辭達。東坡概括美學原理在「身與竹化」而後「成竹在胸」，乃由融變儒道思想而來，尤得之於老莊，東坡於〈送參寥師〉（詩三／905）中云:「欲令詩語妙，無厭空且靜。靜故了群動，空故納萬境。」欲令詩語妙，必處於靜境而制動，處於空境而納萬。

1、東坡「虛靜」思想來自老子：

《老子》第十章:「滌除玄鑒，能無疵乎？」

何謂「玄鑒」？〔註9〕言以虛靜之心，去成見欲念，方能以心如鏡，觀照「道」。蓋如《老子》第一章云:「常『無』，欲以觀其妙；常『有』，欲以觀其徼」，言「道」之觀照所以高，乃因可以認識萬物之本體及根源。即所謂:「致虛極，守靜篤。萬物並作，吾以觀復。」又：

《老子》十二章:「五色令人目盲；五音令人耳聾。」

《老子》十六章:「夫物芸芸，各其根，歸根曰靜，是曰復命。」

《老子》五十六章:「塞其兌，閉其門，挫其銳，解其紛，和其光，同其塵，是謂『玄同』。」

《老子》四十七章:「不出戶，知天下；不窺牖，見天道。其出彌遠，其知彌少。是以聖人不行而知，不見而名，不爲而成。」

老子不重以感官識物，唯以「玄覽」靜觀而識物悟道。

戰國時哲學家皆承老子此一「玄鑒」而有所發揮。如：

《荀子》言「虛壹而靜」。

《韓非子‧解老篇》云:「思慮靜故德不去，孔竅虛則和氣日入。」

〈主道篇〉云:「虛則知實之情，靜則知動之正。」

東坡承老子言「寓意於物」言以虛靜得物，寓寄情意。

〔註9〕「玄鑒」，《老子》通行本作「玄覽」，帛書乙種本作「玄監」。高亨、池曦朝說:「『監』字即古『鑒』字。」「『鑒』與『鑑』同，即鏡子。」「後人不明『監』字本義，改作『覽』字。」（〈試論馬王堆漢墓中的帛書老子〉，《文物》，1974年11期）

2、東坡虛靜思想來自《莊子》

莊子承老子「滌除玄鑒」以言「心齋」、「坐忘」。蓋由此即可得天下之至美。

〈知北遊〉以天地大美在「道」，唯聖人方能由「靜觀」而得之。即：

> 天地有大美而不言，四時有明法而不議，萬物有成理而不說。聖人者，原天地之美而達萬物之理，是故至人無爲，大聖不作，觀於天地之謂也。

〈田子方〉莊子舉孔、老對話以言人生至樂在觀「道」。即：「夫得是，至美至樂也。得至美而遊乎至樂，謂之至人。」莊子又於〈逍遙遊〉中言至人、神人、聖人之能遊心於道，先決條件在於「無己」、「無功」、「無名」。莊子進申此義，又於〈大宗師〉中借「女偊」以言欲遊心於「道」，必經歷

「外天下」（即排除對世事之思慮）。

「外物」（即拋棄貧富得失等之計較）。

「外生」（即將生死置之度外）。

人能如此「外天下」、「外物」、「外生」，即是「無己」、「無功」、「無名」，則可以「朝徹」（自己之心境如初升太陽清明澄澈），如是方能「見獨」（獨立無恃之「道」）。莊子將此一「無己」、「無功」、「無名」之精神狀態，稱之爲「心齋」，又稱之爲「坐忘」。莊子於〈人間世〉云：

> 一若志，無聽之以耳而聽之以心，無聽之以心而聽之以氣。聽止於耳，心止於符。氣也者，虛而待物者也。唯道集虛。虛者，心齋也。

故「心齋」即是指以空虛之心觀照「道」。因耳目知覺與「心」之邏輯思考，但能把有限之事物，而無限之道，必以空虛之心去「直觀」。

莊子又於〈大宗師〉中提出「坐忘」之概念。即：

> 墮肢體，黜聰明，離形去知，同於大道，此謂「坐忘」。

所謂「離形」、「墮肢體」，即於意識中由生活慾望中解脫出來。所謂「去知」、「黜聰明」，即解脫人是非得失。

莊子又於〈逍遙遊〉中言「遊」之「無窮」，與「遊乎四海」之「無己」、「喪我」並無功利目的。又於〈在宥篇〉，借鴻蒙（喻自然元氣）「雀躍而遊」以言遊之「不知所求」「不知所往」之自由。如是方能獲得審美愉悅。

六朝時，宗炳〈畫山水序〉言「聖人含道應物，賢者澄懷味象。」即承老、莊之言，以「賢者」能自山水中得精神之愉悅。又《宋書・隱逸傳》亦

言宗炳以「澄懷觀道」臥遊名山。此一「澄懷」即老子所言之「滌除」，莊子所言之「心齋」「坐忘」（亦即以虛靜空明之心）「味象」（即實質之「觀道」）。「觀道」即老子所謂「玄鑒」，即莊子所謂「朝徹」、「見獨」、「遊心於物之初」。故宗炳所言指審美觀照實質乃是對於宇宙本體與生命（「道」）之觀照，而觀照者必具審美的心胸。宗炳於老子命題之發揮，已進由「味象」（就是感覺經驗）以觀照「道」。

朱自清亦以老莊之神妙哲理對文藝影響極大。〔註 10〕此前陸機〈文賦〉之首亦云：「佇中區以玄覽，頤情志於典墳。」亦以文學創造，必先要以虛靜空明之心境，以觀照萬物之本體與生命。此即《莊子・知北游》：

> 孔子問於老聃曰：「今日宴閒，敢問至道。」老聃曰：「汝齋戒，疏瀹而（爾）心，澡雪而（爾）精神，掊擊而（爾）知。」

劉勰《文心雕龍・神思篇》亦云：「是以陶鈞文思，貴在虛靜；疏瀹五藏，澡雪精神。」即直接引用《莊子・知北游》之言，強調虛靜對於審美文學觀照與構思之重要性。又唐人劉禹錫〈秋日過鴻舉法師寺院便送歸江陵引〉「虛而萬景人」。宋代畫論家郭熙《林泉高致・畫意》亦言必以「林泉之心」（審美心胸）、「萬慮消沉」（胸中寬快，意思悅適），去創造意象，皆此意也。故東坡〈送參寥師〉（詩三／905）亦云：「欲令詩語妙，無厭空且靜。靜故了群動，空故納萬境。」則《老子》之「滌除玄鑒」、《莊子》之言「心齋」「坐忘」、宗炳之言「澄懷」，乃至陸機言「玄覽」、劉勰言「虛靜」、劉禹錫言「虛」、郭熙之言「林泉之心」，皆東坡所謂「空」與「靜」，如是成能「味象」、「納萬境」，此皆承老莊以言審美觀照，然以虛靜空明之心胸為前提。

（四）東坡「辭達」論——源自道家

東坡〈與謝民師推官書〉云：「求物之妙，如繫風捕影。」（文四／1418），何以「辭達」在「妙」？又「意境之最」，亦在「妙」！以下試探其源：

〔註 10〕見《朱自清古典文學論文集》上冊 129 頁，上海古籍出版社，1981 年版。朱自清云：「《莊子》也是一部「韻致深醇」的哲理詩，卻以「豐富」見長。那豐富的神話或寓言，那豐富的比喻或辭藻，給了後世文學廣大的影響；特別是那些故事裏表現著的對藝術或技藝的欣賞，以及從那中間提出的「神」的意念，影響後來文學和藝術，創造和批評都極其重大。比起儒家，道家對於我們的文學和藝術的影響的確廣大些。那「神」的意念和通過了《莊子》影響的那「妙」的意念，比起「溫柔敦厚」那教條來，應用的地方也許還要多些罷？」

1、遠源：自老子之言「道」

《老子》所謂：「道可道，非常『道』；名可名，非常『名』。無名，天地之始；有名，萬物之母。故常『無』，欲以觀其妙；常『有』，欲以觀其徼。此兩者，同出而異名，同謂之玄。玄之又玄，眾妙之門。」

道有「妙」「徼」二屬性。由「天地之始」言，道是「無」；由「萬物之母」言，「道」轉化爲「有」（能把握「道」之「無」，則自有觀照道之「妙」之屬性；又能把握「道」之「有」，自有觀照道之「徼」之屬性）。道之所以「玄」，據子由《老子解》云：「凡遠而無所至極者，其色必玄，故老子常以玄寄極也。」爲釋「道」之「玄」則可由「妙」「徼」（據《經典釋文》之解釋，「徼」，邊也。界也），而「妙」尤近「道」之「無」，可以體現「道」之無名、無形、無限。故曰：「玄之又玄，眾妙之門。」且因「道」之特點爲「自然」，故「道法自然」，「妙」亦出於「自然」。

老子雖否定「美」而不否定「妙」，故於《老子》第十五章曰：

> 古之善爲道者，微妙玄通，深不可識。夫唯不可識，故強爲之容：豫兮，若冬涉川；猶兮，若畏四鄰；儼兮，其若客；渙兮，其若凌釋；敦兮，其若樸；曠兮，其若谷；混兮，其若濁。

此言古之善士，「微妙玄通」在其能取法「道」，體現「道」之「無」，蓋道「深不可識」。而愼重，警覺，端莊，融和，淳厚，空間，混沌等等，乃強加之形容，惟體道之人，方可「微妙」也。

老子之後，《易傳》與《莊子》等書，亦常用「妙」字，但偏重於哲學之意味。蓋「妙」出於「自然」，「不可以形詰」，「不可尋求」。

漢代，「妙」已成常用之審美評語與美學範疇。如《漢書・賈捐之傳》中，楊興稱賈捐之「言語妙天下」。班固〈離騷序〉稱屈原爲「妙才」等即是。

而「妙」常用於「境」，皎然即言「境」或「境象」。如《詩議》云：「夫境象非一，虛實難明。」又《詩式・取境》云：

> 取境之時，須至難至險，始見奇句。成篇之後，觀其氣貌，有似等閑，不思而得，此高手也。

《詩式・辨體有一十九字》一節亦言「取境」：

> 夫詩人之思初發，取境偏高，則一首舉體便高；取境偏逸，則一首舉體便逸。

皎然又言「境」「情」，且以「情」由「境」生。於《詩式》中云：「緣境不盡曰情。」又於〈秋日遙和盧使君遊何山寺廟揚上人房論涅槃經義〉:「情緣境發。」

劉禹錫明確以言「境」,於〈董氏武陵集記〉:「境生於象外,故精而寡和。」皎然亦有類似之言。於其《詩式・取境》中云:

又云:不要苦思,苦思則喪自然之質。此亦不然。夫不入虎穴,焉得虎子。取境之時,須至難至險,始見奇句。

又〈詩評〉中云:

或曰:詩不要苦思,苦思則喪於天眞。此甚不然。固當繹慮於險中,採奇於象外,狀飛動之句,寫冥奧之思。夫希世之珠,必出驪龍之頷,況通幽含變之文哉!

司空圖〈與極浦書〉:

戴容州云:「詩家之景,如藍田日暖,良玉生煙,可望而不可置於眉睫之前也。」象外之象,景外之景,豈容易可談哉?然題紀之作,目擊可圖,體勢自別,不可廢也。(《司空表聖文集》卷三)

是以「意境」由實寫之象,推引出虛寫之深旨,由有限而無限。由美學範疇言,故「意境」同於「象外」,輒以「妙」以狀之。

2、近源:在六朝之重「神」「妙」「逸」

魏晉之後,此一「妙」字使用,更爲廣泛。不惟清談者重「妙」,又佛學盛,更重「虛無」,故有妙詩、妙句、妙音、妙味、口妙、妙雲、妙土、妙容、妙舌等。人輒以此「妙」字或由「妙」字派生之「微妙」、「神妙」等概念,以品評藝術作品。如書畫有「神」、「妙」、「能」三品,後又增「逸」品,卻無「美」品。

朱自清於「妙」之廣用,亦概括以言:「妙」之廣泛使用,以審美領域爲最多。〔註11〕

〔註11〕《朱自清古典文學論文集》上冊第131頁,上海古籍出版社,1981年版。中云:「魏、晉以來,老莊之學大盛,特別是莊學;士大夫對於生活和藝術的欣賞與批評也在長足的發展。清談家也就是雅人,要求的正是那『妙』。後來又加上佛教哲學,更強調了那『虛無』的風氣。於是乎眾妙層出不窮。……至於孫綽〈游天臺山賦〉裏說到『運自然之妙有』,更將萬有總歸一『妙』。至於『妙舌』指的會說話,『妙手空空兒』(唐裴鉶《聶隱娘傳》)和『文章本天成,妙手偶得之』(宋陸游詩)的『妙手』,都指的手藝,雖然一個是武的,一個是文的。」

魏晉以降，於歷代書論、畫論、詩論中亦多用之。而於明清小說美學家如金聖嘆、張竹坡及脂硯齋等小說評點中，亦常見「妙極」、「神妙之極」之評語。

「妙」之用，貴在能體現「道」之無規定性與無限性。蓋「妙」出於自然，歸於自然。故「妙」不惟超出有限之物象（所謂「象外之妙」），亦難以「名言」（概念）、把握（所謂「妙不可言」）。如：

《世說新語・巧藝》引顧愷之言：

四體妍媸，本無關於妙處，傳神寫照正在阿堵中。

謝赫《古畫品錄》：

若拘以體物，則未見精粹，若取之象外，方厭膏腴，可謂微妙也。

姜夔《白石道人詩說》：

非奇非怪，剝落文采，知其妙而不知其所以妙，曰自然高妙。

嚴羽《滄浪詩話・詩辨》：

盛唐諸人，惟在興趣，羚羊掛角，無跡可求。故其妙處，透徹玲瓏，不可湊泊，如空中之音，相中之色，水中之月，鏡中之象，言有盡而意無窮。

東坡〈與謝民師推官書〉則承之言：「求物之妙，如繫風捕影。」（文四／1418），此皆以不能執著於有限的物象，以求「妙」。故此一「妙」字不在意味、奇特、美，而在與「道」、「無」、「自然」等範疇關係密切。故「妙」之內涵，不惟通向全宇宙之本體與生命，直接間接影響以後美學之範疇與命題。故東坡所言之「辭達」在「妙」。如包恢〈答曾子華論詩〉中即云：「狀理則理趣渾然、狀事則事情昭然、狀物則物態宛然。」能狀物之常理常態，即爲佳妙。故「辭達」爲綱，能言及事物之理、形、意、境皆求至於「妙」境爲目的。由美學發展史言，東坡重「辭達」，以求文學獨立義涵，不失文學自身發展史要求，亦能將傳統辭達說，由經學範疇引至文學思維中，突破古文「文統」觀念。求物意理之眞，能表達出事物本來面目，甚具價値。

（五）至味在平淡與新化

1、至味在平淡

東坡於〈書吳道子畫後〉（文五／2210）中云：「寓至味於淡泊之中，寄妙理於豪放之外」，則東坡所重之「味」在「平淡」與「新化」。

「平淡」之言，遠承自《老子》第卅五章云：「『道』之出口，淡乎其無味，視之不足見，聽之不足聞，用之不可既。」老子爲「味」畫出審美範疇，定出審美標準。然此所謂之「味」，不同「五味」之味（吃食之味道），而是聽人（言語之味，乃是審美享受之味），爾後中國美學之言「淡乎其無味」即言此特殊平淡之味。而此「平淡之味」乃「至高無上」之味。即老子曾云：「爲無爲，事無事，味無味」者，言如「無爲」乃「爲」，「無味」亦爲「味」，且爲最高之味。王弼注：「以恬淡爲味。」又如《老子》卅一章云：「恬淡爲上，勝而不美」，其意在如能表述「道」之自得恬淡之味，斯以爲上。

《老子》四十五章又云：「大巧若拙，大辯若訥。」言眞正巧智，在不外露。而耐人尋者正在「恬淡之味」。

《莊子》亦重平淡之味。如：

〈漁父〉中言「法天貴眞」。〈人間世〉中以「凡溢之類妄」。〈天道〉云：「夫虛靜恬淡，寂寞無爲者，萬物之本也。」〈刻意〉：「淡然無極，而眾美從之。」〈山木〉：「既雕既琢，復歸於樸。」

又《淮南子·說林訓》重「白玉不琢、美珠不文。」「寓至味於淡泊之中；寄妙理於豪放之外。」此即東坡化「外露豪放」爲「內在含蓄」，化「粗獷熱烈」爲「外表平淡」，正乃「百煉鋼化爲繞指柔」之意。其後晉之陶潛，唐之王維、司空圖，宋之梅堯臣、東坡，皆承接發展此「平淡」思想。

2、至味在新化——出新意於法度之中

東坡於官場傾軋、案牘繁雜中，嚮往創作自由，欲於法度中出新意。東坡五十八歲時，於〈子由新修汝州龍興寺吳畫壁〉中，評吳道子畫曰：「細觀手面分轉側，妙算毫釐得天契。」又於〈書吳道子畫後〉中評唐代畫家吳道子之畫如子美詩、退之文、魯公書之能極天下之變，即：

> 道子畫人物，如以燈取影，逆來順往，旁見側出，橫斜平直，各相乘除，得自然之數，不差毫末，出新意於法度之中，寄妙理於豪放之外，所謂遊刃餘地，運斤成風，蓋古今一人而已。（文五／2210）

其中「出新意於法度之中」即提出「法度」與「新意」二者之相關。而錢鍾書《宋詩選注》進申此言爲「自由與規律」相關，則可以「概括」東坡「詩歌裡的理論和實踐」，即：

> 自由是以規律性的認識爲基礎，在藝術規律的容許之下，創造力才有充分自由活動。（人民出版社，1958年9月）

此即言須於藝術創造法度中，具充分自由。即《莊子・養生主》所謂「遊刃餘地，運斤成風」，子由爲東坡作〈墓誌銘〉即言，東坡受莊書影響，讀《莊子》，有感於「得吾心矣」。貶黃州後，莊學已融入其思想，故而「杜門深居，馳騁翰墨」，又「如川之方至」，爲文一變。至儋州，莊學之虛、靜、明益涵攝而入，東坡作品，由《莊子》深化。此「遊刃」諸語，則出自《莊子・養生主》「恢乎其於遊刃必有餘地」言庖丁能解牛之妙。而「運斤成風」。亦《莊子・徐無鬼》:「匠石運斤成風」，皆言技巧熟練，自可入自由之境。

美之創作雖可自由而不拘法度，如「游刃餘地，運斤成風」，然亦常有所拘限。即《莊子・天道》又云:「不徐不疾，得之於手而應於心，口不能言，有數存焉於其間。」，此言「數」即「法度」，亦指出神入化之規律、分寸，乃至「火候」之意。東坡又於〈鹽官大悲閣記〉（文二／386）中進言:

> 古之爲方者，未嘗遺數也。能者即數以得其妙；不能者循數以得其略。

此言輪扁運斤能於不徐不疾中，掌握分寸火候，故能得心而應手。又接舉「羊豕以爲饈，五味以爲和，秫稻以爲酒，酵母曲蘗以作之，天下之所同也。」以言用糯米釀酒、酵母爲媒劑等材料，其水分、火候天下皆同，而成品精粗不一，乃因能者「即數以得妙」，即於原有法度中，推出新意也。

東坡之重「數」，乃言爲文弦外之音，象外之境，除承自《莊子》，亦同於《文心雕龍》。如〈神思〉篇:「拙辭或孕於巧義，庸事或萌於新意。……至於思表纖旨，文外曲致，言所不追，筆固知止。至精而後闡其妙，至變而後通其數。」又〈聲律〉篇云:「故外聽之易，弦以手定；內聽之難，聲與心紛；可以數求，難以辭逐。」是以東坡以「數」言有形事物之火候規律，已視《莊子・天道》所言「有數存焉於其間」、《文心雕龍》・〈神思〉所言「通其數」、〈聲律〉篇所言「可以數求。」更爲具體以言——爲文於「數」中求新變之意。

東坡又以何掌握度數?

東坡兼重道、藝之合一，如於〈眾妙堂記〉（文二／361）中借夢中張易簡之言，進闡「庖丁之理解，郢人之鼻斲」謂:「蜩登木而號，不知止也。」「雞俯首而啄，不知仰也」乃「技與習之助」，言技道能合一，方能臻於得心應手。又於〈書李伯時山莊圖後〉（文五／2211）言「使後來入山者，信足而行，自其道路，如見所夢，如悟前世。」言畫家之能與物交，則所得之畫必能逼眞。

東坡首言創作時需重「意」之適，即得心應手捕捉外在美感。東坡又於〈書朱象先畫後〉（文五／2211）中言「文以達吾心，畫以適吾意。」又於〈與張嘉父〉（文四／1562），言藝術創作重內心體悟：「公文章自已得之於心，應之於手矣。」此正同歌德評狄德羅《畫論》重繪畫貴在於以內心感悟，將美於「瞬間定形」，〔註 12〕作畫求適意。東坡則屢致其意，如：元符三年（1100）東坡北歸，致書廣州推官謝民師，稱美其人詩文：

> 如行雲流水，初無定質，但常行於所當行，常止於不可不止。……求物之妙，如繫風捕影，能使是物了然於心者，蓋千萬人而不遇也。而況能使了然於口與手者乎？是之謂辭達。（〈與謝民師推官書〉文四／1418）

> 作詩火急追亡逋，清景一失後難摹。（〈臘日遊孤山訪惠勤惠思二僧〉詩一／316）

又：

> 空腸得酒芒角出，肝肺槎枒生竹石。（〈郭祥正家醉，畫竹石壁上，郭作詩爲謝，且遺二古銅劍〉詩四／1234）

又言繪畫之：

> 成竹在胸，作畫時如兔起鶻落，少縱則逝（〈文與可畫篔簹谷偃竹記〉文二／356）

此言把握瞬間靈感掌握度數，亦陸機〈文賦〉云：「應感之會」之「來不可遏，去不可止」。亦東坡〈自評文〉（文五／2069）：「行於當行」，此皆言其數。故至味之得，於自由中，掌握法度，方有所得。

（六）由形神而象外

1、形似與神似

中國美學，始自老子，老子美學重在言「道」、「氣」、「象」。如：

道——《老子》第廿五章言「道爲天下母」「先天地生」，具有無屬性。

氣——「道」雖恍忽而實存，具「象」與「氣」。〔註 13〕由二氣交感而生萬物。

〔註 12〕恩斯特．卡西爾《人論》頁 186～211。

〔註 13〕《管子．內業》：「精也者，氣之精者也。」

象——老子以「象」可顯現「道」(指萬物之生命、本體)。

神——莊子重「神」，即：

〈在宥篇〉:「抱神以靜，形將自正。」「神將守形，形乃長生。」

〈德充符篇〉以「神」為「使其形者也。」則莊子重「神」。

漢人承老、莊，進言「形」「神」:

司馬談〈論六家要旨〉言形、神不可離，曰：

凡人所生者，神也，所托者，形也。神大用則竭；形大勞則敝；形神離則死。

《淮南子·說山訓》承老、莊言「君形」曰:「畫西施之面，美而不可說(悅)，規孟賁之目，大而不可畏：君形者亡焉。」以畫西施之美、孟賁之勇，貴在得「神」。又〈覽冥訓〉言雍門周之歌之令人感動，在得「君形」。而〈說林訓〉言「吹竽者之不可聽」在「無其君形者」。而〈精神訓〉、〈原道訓〉、〈詮言訓〉又進言「氣」可主宰人之形、神，而「神」又能制「形」。此乃出自《管子》四篇(〈內業〉、〈心術上下〉、〈白心〉)之言。則已言「形」「神」「氣」之相涉。

東漢王充承《淮南子》進申「元氣自然論」。即《論衡·訂鬼篇》:「夫人所生者，陰陽氣也。陰氣生為骨肉；陽氣生為精神。」〈論死篇〉云:「形須氣而成，氣須形而知。」此言形、神、氣三者之相依。

漢人之言「形」「神」「氣」之論述，影響六朝甚大。中尤以《淮南子》之「君形論」直接影響顧愷之「傳神寫照」。則已由「形似」而及「神似」。

2、東坡又言「境」與「意」會

「意境」一詞，由佛教「境界」一詞衍生。如《俱含疏疏》:「實相之理，為妙智游履之所」，通過「得玄即眞」之虛構理想，使人忘卻現實，進入心所能游履之色相俱空之境。文藝創作亦求於虛靜之境中，由實相而進入虛空相外。

老子言「道」為至理妙言，只能心悟，不可言傳，不可名狀。

莊子有「言意論」。即：

《莊子·秋水》云:「可以言論者，物之粗也；可以意致者，物之精也。」又〈天道篇〉:「語之所貴者，意也。意有所隨；意之所隨者，不可以言傳也。」〈外物篇〉:「荃者所以在魚，得魚而忘荃，蹄者所以在兔，得兔而忘蹄，言者所以在意，得意而忘言。」「言」雖可達「意」，然必由形象誘入曲妙之情境。

陸機之言意相得，但求克服「文不逮意」。而鍾嶸〈詩品序〉云:「文已盡而言有餘」。梅堯臣則云：「含不盡之意，見於言外。」（歐陽修《六一詩話》）此皆由莊子「言意論」所引申。

東坡雖無專論「意境」之篇。然於〈書淵明飲酒詩後〉（文五／2112）言「境與意會」，而能申言莊子「言意論」，進言「境與意會」。即於〈書諸集改字〉（文五／2098）言陶淵明〈飲酒〉第五首「悠然望南山」改為「悠然見南山」時，曾為之詮釋云：

> 采菊之次，偶然見山，初不用意，而境與意會，故可喜也。今皆作「望南山」，覺一篇神氣索然也。

《雞肋集・卷三三・題陶淵明詩後》又進而闡釋則曰：

> 陶淵明意不在詩，詩以寄其意耳。「采菊東籬下，悠然望南山」，則既采菊又望山，意屬於此，無餘蘊矣，非淵明意也。「采菊東籬下，悠然見南山」，則本自采菊，無意望山，適舉首而見之，故悠然忘情，趣閑而景遠。

此僅一字之差，已涉及悠然自得、象外意境、閒靜自適之意趣。由是東坡所言象外意境論，頗為精當。如以前後赤壁賦言之：

〈前赤壁賦〉（文一／5）：寫東坡與客泛舟游赤壁之「清風徐來，水波不興」「縱一葦之所如，凌萬頃之茫然」，已有飄飄然之想。而引出曹孟德「固一世之雄，而今安在哉」之感慨，又由「哀吾生之須臾，羨長江之無窮」之自適矛盾，使人進入象外曠達之境。

而〈後赤壁賦〉（文一／18）由月白風清之良夜，履巉岩，登虬龍，使人有不平之孤愁，亦由孤鶴道士之幻，令人有自我解脫、象外之想。則東坡之詩文，已承漢魏言「境」與「意」之得。

五、得自禪佛思想引發

（一）取自禪宗重超脫思想

禪宗重心靈超脫，頓悟成佛，與老莊重自然意同。所謂「拈花微笑」，即是以審美眼光領悟事物所存之意蘊。即：

> 世尊在靈山會上，拈花示眾。是時，眾皆默然。唯迦葉尊者破顏微笑。世尊曰：「吾有正法眼藏，涅槃妙心，實相無相，微妙法門，不立文字，教外別傳，付囑摩訶迦葉。」

又《壇經・般若品》中即云：「前念迷即凡夫，後念悟即佛。前念著境即煩惱，後念離境即菩提。」故以「寓意於物」看人生，則人生亦飽含情意。

禪宗似過平凡生活，然一經悟道，生活即有不同意義。如《景德傳燈錄》云：

> 曰：「一切人總如是，同師用功否？」師曰：「不同。」曰：「何故不同？」師曰：「他吃飯時不肯吃飯，百種須索；睡時不肯睡，千般計較。」

此同老、莊因任自然之意，言吃睡時不必留意物欲利害，方能於吃睡中，享有自由愉悅之意。

又禪宗有一著名公案，言：「老僧三十年前參禪時，見山是山，見水是水；後來親見親識，有個入處，見山不是山，見水不是水。」此一螺旋哲理，以言超脫，正似東坡詩云：

> 廬山煙雨浙江潮，未到千般恨不消。及至到來無一事，廬山煙雨浙江潮。（詩六／2048）

此一超脫意由禪宗言以「留意於物」賞景，是「心迷法華轉」；由「物欲」觀景，所見乏味。如以「寓意於物」訴諸情意以觀景，則是「心悟轉法華」。是以東坡言「寓意於物」，正得自禪宗「超脫」之意。

（二）東坡虛靜思想來自佛釋

六朝僧肇由老莊玄學轉向「般若空宗」。如其言：

〈不眞空論〉：以「萬物之自虛」言萬物本身虛空不眞。

〈物不遷論〉：「若動而靜，似去而留，可以神會，觀以實求。」言世界似動而實靜，必由精神上體會「即動而求靜」。又「聖人虛其心而實其照，終日知而未嘗知也。故能默耀韜光，虛心玄鑒，閉智塞聰，而獨覺冥冥者矣。」欲明世界本體之「空」，必以「般若」之虛靜進行深遠之「照」（直觀）。

又佛教《四十二章經》云：「人懷愛欲不見道」，言以「欲」見道，心中自有塵念雜思。

東坡承之，如〈送參寥詩〉（詩三／905），言以「虛靜之心」，以行直觀，而悟眞諦言「高閑上人」以行僧人苦行，求超乎色相之空境，似「百念已灰冷」、「頹然寄淡泊」，實則有其眞情在內，故欲創作必面對現實，「閱世走人間，觀身臥雲嶺」面對現實。此東坡乃取佛家之空靜觀，運用於詩歌創作中，蓋以空靈之心，投入現實，掌握人世之動態。

東坡又言靜以制動，然須掌握不同角度。如：

〈朝辭赴定州論事狀〉（文三／1018）中言操舟者不見「水道曲折」；而立觀者則常見之，以故言一動一靜。而奕棋者「有意」於爭，而袖手旁觀者「無心」，故於奕棋之術有「盡」「不盡」者。此正與〈題西林壁〉所言「身在此山」之理正同。而〈超然臺記〉（文三／351）言「游於物之外」方能以虛靜以觀萬物，亦此意也。

又東坡虛靜思想亦源自佛家「心量說」。即《壇經》二十四云：「心量廣大，猶如虛空」，佛家以虛空無邊，可以包容萬心，東坡承之而言創作時如內心虛空，則可自由運思，正如〈次韻僧潛見贈〉（詩三／879）中云：「道人胸中水鏡清，萬象起滅無逃形。」即此意也。

又皎然〈中序〉亦言「靜」。如曰：「孤松片雲，禪坐相對，元言而道合」，言主觀之寂靜空無（六根清淨）。然東坡所言之「空靜」，非指詩中表現之「空靜」，而指創作前心態之虛靜。

劉勰「虛靜說」，由莊子論技藝神化之「虛靜論」引入創作。劉勰於〈滅惑論〉中云：「尋柱史嘉遁，實惟大賢，著書論道，貴在無為，理歸靜，化本虛柔。」《文心雕龍・養氣篇》：「清和其心，調暢其氣，煩而即舍，勿使壅滯，意得則舒懷以命筆。」皆充分肯定老莊之虛靜無為。故劉勰之能融貫儒佛，以言創作，亦如東坡之以虛靜氣旺，感興而作。

又陸機〈文賦〉：「情曈曨而彌鮮，物昭晰而互進。」

張彥遠《歷代名畫記》：「凝神遐想，妙悟自然，物我兩忘，離形去智，身固可使如槁木，心固可使如死灰。」如是方能「臻於妙理。」

司空圖《詩品・高古》：「虛心神素」。皆言虛靜之心方能容納萬千境象，皆有類似之言。

東坡〈涵虛亭〉（詩三／673）云：「惟有此亭無一物，坐觀萬景得天全」，只因亭子空虛，故可納萬景，即張宣題雲林畫〈溪亭山色圖〉詩「江山無限景，都聚一亭中。」

故東坡之言創作時必虛靜，除得自老莊外，得自六朝僧肇、佛家「心量說」，亦與皎然、劉勰、司空圖相侔。

六、一己融貫——詩畫一律

東坡重詩畫一律，故於〈書鄢陵王主簿所畫折枝二首〉（詩五／1525）即云：「詩畫本一律。」蓋東坡身通數藝，畫中題詩，詩中有畫意，故以詩畫具相通性。

蓋早期之「書法」即是「繪畫」。如：唐張彥遠《歷代名畫記・敘畫之源流》云：「書、畫異名而同體」。又引陸機之言繪畫（在存形）雅頌之（在宣言）別在「宣物莫大於言；存形莫善於畫。」邵雍《伊川擊壤集・詩畫吟》：「畫筆善狀物，長於運丹青；詩畫善狀物，長於運丹誠。」東坡則善於概括詩情畫意，乃至書藝。而於〈書鄢陵王主簿所畫折枝二首〉之一云：「詩畫本一律，天工與清新。」詩畫之共同在「天工與清新」。又於〈書摩詰藍田煙雨圖〉（文五／2209）中云：「味摩詰之詩，詩中有畫；觀摩詰之畫，畫中有詩。」詩畫二者因有共，故「畫」則求詩之情致；而「詩」亦重畫之形態。故「詩」稱爲「無聲畫」，「畫」稱爲「有形話」「無聲詩」。

又如黃庭堅《山谷詩集注・次韻子瞻子由〈憩寂圖〉》云：「李侯有句不肯吐，淡墨寫作無聲詩。」

孔武仲《宗伯集・東坡居士畫怪石賦》云：「文者無形之畫，畫者有形之文，二者異趨而同趣。」

張舜民《畫墁集・跋百之詩畫》云：「詩是無形畫，畫是有形詩。」

馮應榴《蘇文忠公詩合注・韓幹馬注》云：「少陵翰墨無形畫，韓幹丹青不語詩。」

葉燮《己畦文集・赤霞樓詩集序》云：「畫者，天地無聲之詩，詩者，天地無形之畫。」

詩畫一致之說，西方亦然。如：

古羅馬詩人賀拉斯（B.C. 65～8）亦云：「詩歌就像圖畫」（《詩學・詩藝》第 156 頁）。

希臘詩人西蒙奈底斯（B.C. 556～B.C. 496）且言：「詩是有聲畫，就如畫是無聲詩。」而十七世紀法國畫家弗列斯諾埃在《繪畫・雕刻的藝術》中也說：「繪畫時常被稱爲無聲詩，詩時常被稱爲無盲畫。」〔註 14〕十八世紀萊辛《拉奧孔——論繪畫和詩的界限》中尤概括以言詩是時間藝術，宜於表現動作或情事；繪畫是空間藝術，宜於表現物形。

今人錢鍾書《舊文四篇》頁 29 中，引萊氏言繪畫只能表平列之空間，而不能達時間之後續，故引《太平廣記》卷 213 引《國史補》云王維指出《霓裳》第三、第一拍之聲。宋沈括《夢溪筆談》卷 17 斥此言：「畫奏樂，止能

〔註 14〕轉引自吳蠡甫〈畫中詩與藝術想像〉，《藝術美學論文集》，第 3～4 頁。

畫一聲。」而徐凝〈觀釣臺畫圖〉中云:「畫人心到啼猿破,欲作三聲出樹難。」言連續三聲之猿啼,畫面上終難呈現。

是以詩情與畫意仍各有特色,東坡貴能一統之。

自東坡「詩畫一律」提出,幾爲詩畫創作評論之圭臬。然自中國詩畫發展史言,東坡「詩畫一律」實前有所承,後有所發之言。如漢以前之詩畫同具教化功能。自東晉顧愷之、唐王維重詩畫合流於「重神寫意」。東坡又承歐陽修以言「詩畫本一律」。而其影響遠及明清。東坡「詩畫本一律」之意爲何?於中國詩畫史上之承傳地位又如何?以下試述之:

東坡於其〈書鄢陵王主簿所畫折枝二首・其一〉(詩五/1525)中云:

> 論畫以形似,見與兒童鄰。賦詩必此詩,定非知詩人。詩畫本一律,天工與清新。

東坡以邊鸞畫雀、趙昌畫花爲例,否定以「形似」論畫,以「狀物」論詩,而以「詩畫一律」貴在清新之「寫意」,遠勝「寫形」之「天工」。

東坡又於〈書摩詰藍田煙雨圖〉(文五/2209)中稱美王維「詩中有畫,畫中有詩」,言詩中之意,能化爲具象之畫;而畫中之意,亦可凝鍊爲詩。東坡此一「詩畫一律」,乃前有所承。即:

(一)漢以前

1、詩畫重教化之功能如何?

最早見於《尚書・堯典》之「詩言志」與《論語》之言修身平天下。〈爲政篇〉言「思無邪」。〈陽貨篇〉言興、觀、群、怨。〈子路篇〉言可「使於四方」。

漢代獨尊儒術,詩之教化,已有所謂「溫柔敦厚,詩教也。」(《禮記・經解》之言。)

除《詩經》具教化功能外,他如《先秦漢魏南北朝詩》〈漢詩・卷五〉班固〈詠史〉詩言孝女緹縈救父,〈漢詩・卷七〉孔融〈六言詩〉寫董卓亂政與辛延年〈羽林郎〉言:「女子重前夫」「貴賤不相踰」等人倫教化。

而畫之功能亦重教化。如《昭明文選》卷十一,載後漢王逸〈魯靈光殿賦〉言圖畫群生像,目的在「惡以誡世;善以示後。」

又俞劍華《中國畫論類編》上卷、頁 12(北京:人民美術。1986)錄有魏曹植〈畫贊序〉,言畫之功能在「存乎鑒戒」。

入唐以後，裴孝源《貞觀公私畫史》前十三卷中，列宋明帝等聖君賢臣像，目的即在「以存乎鑒戒。」此即張彥遠於《歷代名畫記》卷一〈敘畫之源流〉中明言：「夫畫者，成教化，助人倫，窮神變，測幽微，與六籍同功。」則中國早期詩畫同於重「教化」。

2、詩畫非重「神」尚「意」

漢以前之詩作，多於景中寓情。如六朝重巧構形似詩風，詩作多借客觀之景以寓主觀之情。如宋葉夢得《石林詩話》卷中，即舉謝靈運「池塘生春草，園柳變鳴禽」句「在無所用意，猝然與景相遇，借以成章。」而《詩品》卷中亦言謝靈運自認：「此語有神助，非吾語也。」則謝詩偶出眞意，已非時風所尚。

而畫中之寫意，似應遠溯自《莊子・田子方》載一後至眞畫者之「解衣般礴，羸」，即言其脫除衣服，箕踞而坐，因任自然以作畫，或爲重神寫意論之先聲。

而韓非〈外儲說〉中言「鬼魅無形，易畫；犬馬有形，難畫。」亦偏重以「形似逼眞」與否，以定難易。

而漢王充於《論衡・雷虛篇》中，雖以否定「虛妄之象」爲主，亦足見其時繪畫重「形似」之例。其由形貌以狀「雷公」爲力士，但以左引鼓、右作椎擊狀以摹抽象雷聲。

又唐張彥遠於《歷代名畫記》卷四中，舉劉褒畫〈雲漢圖〉〈北風圖〉已令人感出熱、涼。又因曹不興畫屛風過於逼眞，孫權竟疑所落墨點爲「蠅」。則漢以前，所繪人物，但重形似。故南齊謝赫《古畫品錄》第一品「衛協」條下云：「古畫皆略，至協始精。」

此言漢代以前人物，偏重描繪貌，至衛協時，方稍精審。如佐以長沙出土馬王堆三號墓中之帛畫〈導引圖〉、一號墓中出土之〈軑侯妻墓帛畫〉，皆重以線條勾繪形象，則漢以前人物畫多類此。

（二）東晉——始重「傳神」

眞正倡言「傳神」理念，始於號稱畫、才、痴三絕之東晉顧愷之。《世說新語・巧藝》中言顧氏之畫裴叔則曰：「頰上益三毛」「傳神寫照，正在阿堵中。」「手揮五弦易，目送歸鴻難。」

又唐張彥遠於《歷代名畫記》卷五，亦引顧愷之所作〈魏晉勝流畫贊〉

云：「凡畫，人最難，次山水，次狗馬；臺榭一定器耳，難成而易好，不待遷想妙得也。」

則後人之「重神寫意」畫論，正源出於此。至顧氏此論，如何由「畫」而影響「詩」？

張彥遠《歷代名畫記》卷五〈顧愷之〉條下載有：「重嵇康四言詩，畫爲圖」之語。顧氏之選嵇康四言詩爲作畫素材，乃因嵇詩合於傳神寫意。

嵇康四言詩內容如何呢？《先秦漢魏晉南北朝詩》卷九〈魏詩〉中收有嵇康題爲〈四言詩〉者，計有十二首。以下試舉其二。

> 淡淡流水，淪胥而逝。汎汎柏舟，載浮載滯。微嘯清風，鼓檝容裔。放櫂投竿，優游卒歲。(〈一〉)
>
> 泆泆白雲，順風而回。淵淵綠水，盈坎而頹。乘流遠逝，自躬蘭隈。杖策答諸，納之素懷。長嘯清原，惟以告哀。(〈七〉)

則「水」「風」「雲」「嘯」等詩意，實難入畫，顧氏能以「神」「意」以寫，於六朝重巧構形似時風，已屬匪易。又自時代言，顧愷之（345～411）已重「意」；謝靈運（385～433）之偶成「池塘」句，自覺有神助，則六朝時，重「意」並未蔚成風潮，是以陶潛詩，《詩品》未列上品，亦可體會。

（三）唐　代

唐詩重抒情寫意，詩畫易於合流於「神」「意」，中以王維影響較大。

《宣和畫譜》卷十「王維」條下載云：「觀其思致高遠，初未見於丹青，時時詩篇中已有畫意」，已然明言王維能詩畫合一。試觀王維〈輞川集〉詩與〈輞川圖〉多詩畫合一。如王維嘗自作〈輞川圖〉，宋代董逌於《廣川畫跋》卷六〈書輞川圖後〉云：

> 維自罷官居輞口者十年，日與裴迪浮舟往來，彈琴賦詩，此圖想像見之。然詩有南垞、北垞、華子岡、欹湖、竹里館、茱萸沜、辛夷塢，此畫頗失其舊，當依其說改定。

又王維詩：

> 木末芙蓉花，山中發紅萼。澗户寂無人，紛紛開且落。(〈辛夷塢〉)
>
> 輕舸迎上客，悠悠湖上來。當軒對樽酒，四面芙蓉開。(〈臨湖亭〉)

則王維詩、圖合一，則能以詩意作畫，以畫境爲詩，詩畫已合流。

又唐末山水畫名家荆浩，曾將其自作山水圖之意境，取而爲〈畫山水圖答大愚〉一詩云：

> 恣意縱橫掃，峰巒次第成。筆尖寒樹瘦，墨澹野雲輕。巖石噴泉窄，山根到水平。禪房時一展，兼稱苦空情。(《御定歷代題畫詩類》卷十六)。

則「恣意」「筆尖」句已呈畫意，則唐代詩、畫合流已漸成熟。

(四) 宋　代

至宋代，詩畫合一，漸成共識，且漸擴大。如宋初即仿南唐、西蜀，設置翰林圖畫院，用以獎勵天下藝士，自是詩與畫關係益密切。至宋徽宗，尤以古人詩句命題考選畫家，俞成《螢雪叢說》卷一即云：

> (宋徽宗) 政和中，建設畫學，用太學法，補試四方畫工，以古人詩句命題。時試「竹鎖橋邊賣酒家」，人皆可以形容，無不向酒家上著工夫，惟一善畫，但於橋頭竹外，掛一酒帘，書酒字而已，便見酒家在內也。又試「踏花歸去馬蹄香」，不可得而形容，何以見得親切。有一名畫，克盡其妙，但畫數蝴蝶，飛逐馬後而已，便表得馬蹄香出也。果皆中魁選。

此以畫藝取前程，即於飽讀詩文後，將詩境融入心胸，再以畫意出之。

其時郭若虛《圖畫見聞誌》卷五，言段贊善則採鄭谷之詩為〈雪詩圖〉曰：

> 唐鄭谷有雪詩云：「亂飄僧舍茶煙濕，密灑歌樓酒力微。江上晚來堪畫處，漁人披得一簑歸。」時人多傳誦之。段贊善善畫，因採其詩意景物圖寫之，曲盡蕭灑之意，持以贈谷。

以詩考畫、采詩為圖，皆意味詩畫之合一。

又歐陽修明言「見詩如見畫」。故於《歐陽文忠公文集》卷六〈盤車圖〉詩中云：「古畫畫意不畫形，梅詩詠物無隱情。忘形得意知者寡，不若見詩如見畫。」所謂「見詩如見畫」即言詩畫之「寫意」重於「寫形」。東坡承而推言「詩畫本一律」，則前有所承也。

第四節　東坡詩文之美學思想

東坡美學思學，承上分析，其來有自，而多於其詩文中得見。以下試逐一分述之：

一、自然感興

東坡「尚自然」重隨物賦形之論，遠溯老莊，近得歐陽修。前已述之，今試將其內涵，析論於次：

（一）東坡美學追求之境界——在自然

東坡崇尚自然，乃承繼父洵「風行水上，渙」之自然觀。此一自然指深入形象內蘊，所得之「象外自然」，此開拓之自然，已非動物性存在「第一自然」，乃黑格爾推稱之由人類自覺能力所開拓出之「第二自然」。〔註 15〕

而東坡之「重自然」，尋繹其文，可得有三：

〈南行前集敘〉（文一／323）云：

> 夫昔之爲文者，非能爲之爲工，乃不能不爲之爲工也。山川之有雲霧，草木之有華實，充滿勃鬱而見於外，夫雖欲無有，其可得耶？……己亥之歲，侍行適楚……，山川之秀美，風俗之樸陋，賢人君子之遺跡，與凡耳目之所接者，雜然有觸於中，而發於詠歎。蓋家君之作與弟轍之文皆在，凡一百篇，謂之《南行集》。將以識一時之事，爲他日之所尋繹，且以爲得於談笑之間，而非勉強所爲之文也。

此東坡言爲文，所謂「非能爲之爲工，乃不能不爲之爲工也。」實指爲文時，作者有感則隨心所欲，發而爲文，蓋耳目交接之美「有觸於中」，乃乘興抒感，即《文心雕龍・物色篇》云：「情以物遷，辭以情發」。而作者之美感「充滿勃鬱」乃指「胸有成竹」，亦即郭紹虞《中國文學批評史》云：

> 已指一種興會淋漓不可遏制的狀態。此種興會淋漓不可遏制的狀態，未嘗不由於道，也未嘗不由於學，而道與學均所以積之於平時。蓋由興到神來，至口手相應成文，雖極自然，仍恃平日蓄積工夫足，則爲文自然可得之於談笑之間。

又《宋史・蘇軾傳》云：「軾嘗謂作文如行雲流水，初無定質，但常行於所當行，止於所不可不止。雖嬉笑怒罵之辭，皆可書而誦之。」東坡爲文特色在「如行雲流水」，乃得之於自然。

又東坡〈與謝民師推官書〉（文四／1418）云：

〔註 15〕 參見陶國璋《開發精確的思考》，書林出版，民國 82 年，頁 5。又參見黑格爾《美學》，朱光潛譯。北京：商務，1979 年。

所示書教及詩賦雜文，觀之熟矣。大略如行雲流水，初無定質，但常行於所當行，常止於所不可不止，文理自然，姿態橫生。……求物之妙，如繫風捕影，能使是物了然於心者，蓋千萬人而不一遇也。而況能使了然於口與手者乎？是之謂辭達。

此文作於東坡晚年由海外北歸途中。言為文者得乎事物之理，先了然於心，情思已蘊積胸臆，自然了然於口手，而自然為文。亦元陳秀明《東坡文談錄》中言東坡以為文在能達意曰：

某平生無快意事，惟作文章，意之所到，則筆力曲折，無不盡意，自謂世間樂事無逾此者。

參之東坡所言「信手拈來俱天成」（〈次韻孔毅父集古人句〉詩四／1155），又「覺來落筆不經意，神妙獨到秋亮顛」（〈僕曩於長安陳漢卿家見吳道子畫佛，碎爛可惜，其後十餘年復見於鮮于子駿家，則已裝背完好。子駿以見遺，作詩謝之〉詩三／829），則自然得之於虛靜之心，涵納自然，蓄涵而出。

則東坡所言之自然不同於老莊，蓋老莊所言之「自然」是摒除「人巧」；而東坡所言之「自然」，乃經由天工轉化後的人巧，再經由人巧之通透，而達於天工之自然。

又東坡〈自評文〉云：

吾文如萬斛泉源，不擇地皆可出。在平地滔滔汩汩，雖一日千里無難。及其與山石曲折，隨物賦形，而不可知也；所可知者，常行於所當行，常止於不可不止，如是而已矣。（文五／2069）

言為文之自由抒寫，可隨物賦形，創作時之行止自由，表現之作品自能如行雲流水。

東坡既重「自然」論之美學觀，並非不重文采，乃欲由發自內心之情眞而作，而非一味堆砌辭藻。

東坡於〈與謝民師推官書〉（文四／1418）反對揚雄「好為艱深之辭，以文淺易之說」。「說」既無新意妙理，徒飾以繁縟之藻采，亦屬枉然。此東坡亦不同意揚雄之斥「賦」為雕蟲篆刻。至屈原之《離騷》乃有感而發，自具新意妙理，何能視為雕蟲小技。而揚雄仿作之《太玄》、《法言》則仿自古人，自易為雕蟲小技，是以東坡以內容先於形式。

東坡並非全然反對「淺易」。有一絕題為〈世傳徐凝瀑布詩云一條界破青山色，至為塵陋。又偽作（白）樂天詩稱美此句，有賽不得之語。樂天雖涉淺易，然豈至是哉！〉（詩四／1215），徐凝詩確為淺易，而樂天詩則以淺語表新意，則為深入淺出，東坡反對以外飾美藻掩蓋內容之空洞無物，正似李白稱美韋太守之詩為「清水出芙蓉，天然去雕飾」。沈德潛言「鏤刻太甚，轉傷眞氣」，皆重自然之美。

（二）隨物賦形

如何可以自然為文？東坡以為得自「隨物賦形」，其〈自評文〉曰：「吾文如萬斛泉源，不擇地皆可出。」「及其與山石曲折，隨物賦形而不可知也。」又〈答謝民師推官書〉（文四／1418）云：「常行於所當行，當止於所不可不止。」則東坡以為文自然，必隨物行止。亦即按事物原本面貌刻畫其形象。

東坡嘗愛梁武帝評書善取物象。於〈跋王鞏所收藏眞書〉（文五／2177）中云：「其為人儻蕩，本不求工，所以能工此，如沒人之操舟，無意於濟否，是以覆卻萬變而舉止自若，其近於有道者耶？」並於〈答虔倅俞括一首〉（文四／1793）中云：「不志於耳目之觀美」，又於〈評草書〉（文五／2183）中云：「無意於佳乃佳爾」，皆重自然之美。此一重自然之意，正同於張耒〈賀方回樂府序〉云：「文章之於人，有滿心而發，肆口而成，不待思慮而工，不待雕琢而麗者，皆天理之自然，而情性之至道也。」又〈答李推官書〉：「理勝者，文不期工而工。」（皆見《張右史文集》卷五）。

而葉燮《原詩・內篇》言作詩之法，重「有所觸而興起也。其意、其辭、其句，劈空而起，皆自無而有，隨在取之於氣皆備，此蘇軾之面目也。」

張戒《歲寒堂詩話》卷上：「詩人之工，特在一時情味，固不可預設法式也。」

鄭燮《鄭板橋集・補遺》亦云：「我有胸中十萬竿」，自然「信手拈來都是竹」。

即東坡〈書蒲永昇畫後〉（《經進東坡文集事略》卷60），言作者能善於捕捉物象之動態。即：「唐廣明中，處士孫位始出新意。畫奔湍巨浪，與山石曲折，隨物賦形；盡水之變，號稱神逸。」孫處士畫之所以號為「神逸」，乃能得水之動態。而「隨物賦形」亦須循主客觀事物變化情意及規律。如東坡〈灩澦堆賦〉（文一／1）云：「江河之大，與海之深，而可以意揣，唯其不自為形，而因物以賦形，是故千變萬化，而有必然之理。」此兼言主觀情意與客觀外物因應而變。此聯繫到前東坡〈自評文〉（文五／2069）、〈與謝民師推官書〉（文四／1418），所謂「隨物賦形」、「隨物行止」，則為文當隨意向所，繪水浪何獨不然？東坡既承陸機〈文賦〉所云：「其爲物也多姿，其爲體也屢迁」，更發展《文心・定勢篇》云：「（文勢）如機發矢直，澗曲湍洄，自然之趣也。」則東坡尚自然之意，頗合事物變化規律，故能狀形事物之百態。

（三）如何「隨物賦形」？

「隨物賦形」，並非一無所取，乃在平日之積學儲寶，而用時之取精用宏。故東坡爲文，似興會所至而無意出之，實得自其學養與歷鍊。

東坡〈次韻孔毅父集古人句見贈五首〉亦謂取精用宏，在於平日儲備。即：

> 詩人雕刻閑草木，搜抉肝腎神應哭。不如默誦千萬首，左抽右取談笑足。（詩四／1155）

即〈與張嘉父七首・其七〉中云：

> 當且博觀而約取，如富人之築大第，儲其材用，既足而後成之，然後爲得也。（文四／1564）

亦〈雜說送張琥〉云：

> 博觀而約取，厚積而薄發，吾告子止於此矣。

是以黃庭堅〈與王觀復書〉中言東坡爲文：「但熟讀《禮記・檀弓》當得之。」又李日華《竹懶墨君題語，與孔論論畫散語》云：

> 子瞻雄才大略，終日讀書，終日談道，論天下事，……止因胸次高朗，涵浸古人道趣多，山川靈秀，萬物之妙，乘其傲兀恣肆時咸來湊其丹府，有觸即爾迸出，如石中爆火，豈有意取奇哉！

歐陽修以爲，文重事前「道」之充足，曰：「其充於中者足，而後發乎外大以光。」（《居士外集》卷一九）又：「若道之充焉，雖行夫天地，入於淵泉，無不之也。」（《居士集》卷四十七）蘇洵則以自然爲文之原則在「學」之充足。〈上歐陽內翰書〉云：「兀然端坐，終日以讀之者七八年矣。……及其久也，讀之益精，而其胸中豁然以明。」故嚴恩紋言東坡承前人而推進，故於〈東坡詩淵源之商榷〉云：「東坡膽識卓絕，復長於持論。胸有所蘊，故不覺觸緒而發，肆口而談。」〔註16〕

又方東樹《昭昧詹言》云：「思積而滿，乃有奇觀，溢出爲奇」，由於思積而滿，觸物自能[illegible]吐爲快。〔註17〕東坡又於〈稼說〉（文[illegible]／339）中言「博

〔註16〕《文史雜志》第五卷第一～二期合刊，民國卅四年，中華書局。
〔註17〕《昭昧詹言》卷一，人民文學出版社，1961年。

觀約取」之道云：

> 古之人，其才非有以大過今之人也。……弱者養之，以至於剛；虛者養之，以至於充。三十而後仕，五十而後爵；信於久屈之中，而用於至足之後；流於既溢之餘，而發於持滿之末。此古之人所以大過人。

李贄《焚書・雜說》亦言境會感興之狀曰：

> 既已噴玉唾珠，昭回雲漢，爲章於天矣，遂亦自負，發狂大叫，流涕慟哭，不能自止。

何以自然感興而不能自已？

錢謙益《牧齋初學集》卷卅三〈瑞芝山房初集序〉亦云：

> 其胸中無所不有，天地之高下，古今之往來，政治之污隆，道藝之醇駁，苞羅旁魄，如數一二，及其境會相感，情僞相逼，鬱陶駘蕩，無意於文而文生焉。

此正類似由平日積累而感發爲文，亦沈德潛《歸愚文續》卷八〈吾友于齋詩序〉云：

> 隨觸而發，如決水之放溜，如大塊之噫氣，如萬卉之遇春而坼，鵬翼之久息而飛。

以上皆重自然爲文，隨觸而發。

以下試列東坡言〈隨物賦形〉之例：

東坡〈歐陽少師令賦所蓄石屏〉（詩一／277）即以七、九、十一、十六句詩綴成歌行體，乃隨激情抒發，謳歌石屏山上之蒼松，行文迴腸蕩氣，自然抒感。故葉燮《原詩・內篇》云：「如蘇軾之詩，其境界開辟古今所未有。天地萬物，嬉笑怒罵，無不鼓舞於筆端，而適如其意之所欲出。」而《春渚紀聞》卷六亦引東坡自評曰：「某平生無快意事，惟作文章，意之所到，則筆力曲折，無不屬意。」

又東坡〈石蒼舒醉墨堂〉（詩一／235）亦云：「自言其中有至樂，適意無異逍遙游。……興來一擇百紙盡，駿馬倏忽踏九州。」

東坡作詩在「將百篇詩，一吐千文氣。」（〈與頓起、孫勉泛舟，探韻得未字〉詩三／865）

東坡〈密州通判廳題名記〉（文二／376）：「余性不慎語言，與人無親疏，輒輸寫肺臟，有所不盡，如茹物不下，必吐出乃已。」

故趙翼《甌北詩話》卷五云：「蘇軾才思橫溢，觸處生春，胸中書卷繁富，又足以供其左旋右抽，無不如志。其尤不可及者，天生健筆一枝，爽如哀梨，快如并剪，有必達之隱，無難顯之情。」即《文心．體性篇》：「各師成心，亦如人面。」

東坡又以自然感興得自長期鍛煉，〈崔文學甲攜文見過……復用前韻賦一篇示志舉〉云：「清詩要鍛煉，乃得鉛中銀。」（詩七／2111）

又提高品格，要自生活閱歷之游歷、逃難、耕田中得之：如

> 游遍錢塘湖上山，歸來文字帶芳鮮。（〈送鄭戶曹〉詩三／791）
>
> 詩人例窮苦，天意遣奔逃。（〈次韻張安道談杜詩〉詩一／265）
>
> 謫仙竄夜郎，子美耕東屯，造物豈不惜，要令工語言。（〈次韻和王鞏〉詩五／1441）

則隨物感興，來自生活提煉、創新，因創作需有新意方能感人，如無超群之見，所作自平庸。

二、寓意於物

（一）「寓意於物」

不惟凸出審美特徵，亦其審美態度。乃東坡否定時風「重欲」及兼取儒、道、佛思想而得。

東坡於〈寶繪堂記〉（文二／356）中云：

> 君子可以寓意於物，而不可以留意於物。寓意於物，雖微物足以爲樂，雖尤物不足以爲病；留意於物，雖微物足以爲病，雖尤物不足以爲樂。老子曰：「五色令人目盲，五音令人耳聾，五味令人口爽，馳騁田獵令人心發狂。」然聖人未曾廢此四者，亦聊以寓意焉耳。

東坡於此言審美態度有二：「寓意於物」、「留意於物」。人如「留意於物」則易執求物欲，貪得無厭而招致禍患。如能「寓寄情意」則能興感怡悅。此一超脫功利實用之審美態度，乃承自老、莊，而有所新發。蓋東坡以爲不論微小之物，或優異之物，皆應寓意取悅，而不滯於物欲。老子以「爲腹不爲目」，故言五色、五音等應皆去。東坡以爲腹、爲目皆可取，唯應「寓意」而非「留意」。東坡又云：

> 凡物之可喜，足以悅人而不足以移人者，莫若書與畫。然至其留意而不釋，則其禍有不可勝言者。鍾繇至以此嘔血發冢；宋孝武、王

僧虔至以此相忌；桓玄之走舸；王涯之複壁；皆以兒戲害其國、凶其身，此留意之禍也。

此言好書、畫，則不涉富貴功利，亦不假外物，可使人怡悅。如鍾繇等人只重物欲佔有，則禍害無窮。東坡此一思想遠承老莊，近繼歐陽修。如歐公區分至人、君子、愚者，亦主寓寄情意，放心於物外，窮山水之美，關鍵亦在是否爲物欲所累、「都邑之麗」所惑。此一「寓意」美學思想，正可推及人生態度。

而東坡「寓意」論又揭示審美特徵。如

康德（1724～1804）以審美特徵在不涉及利害計較，不涉及物質欲念，而面對喜愛對象，產生愉悅。

席勒（1759～1804）亦以審美當擺脫物質功利之束縛。故審美特徵在非功利實用，而重在精神之眞切移情。

至東坡「寓意論」意味之美學意義在——由主體言，人能袪去功利佔有，精神方能自由審美。又由客體言，萬物之成「審美對象」，只因其呈「意蘊形式」、成審美觀照，全然超脫其實際功用。

黑格爾《美學》（第一卷，第147頁）中以「審美對象保持其自由無限，未將其作爲有利於有限需要與意圖之工具，而起占有欲而加以利用。」是以「審美」乃是具無限自由之心靈淨化。如李斯托威爾《近代美學史評述》中譯本第216頁中即云：「觀賞者被帶入到一種獨特無二的、顯著的、沒有利害感的狀態，雖然是暫時地使他從實用的態度中解脫出來。」

（二）寓意論

爲東坡結合儒、道、佛思想及自我實踐之產物。

儒家亦有超越功名羈絆與物質功利思想，力主寡欲。如孔子云：「乘桴浮於海」。司馬光承之云：「不役顧物」，蘇轍云：「不以物傷性」，「窮耳目之勝以自適」。蘇舜欽亦云：「不要摩戛『利害』」，情要「寓於物而後遣」。

老、莊亦有超然物外思想。如老子云：「致虛極」、莊子曰：「物物而不物於物」。除儒、道外，佛禪亦不言功利思想。此外東坡「寓意論」亦體現於其生活與創作中。如游松風亭，頓悟解脫欣賞自然山水。於〈前赤壁賦〉（文一／5）中亦有類似之「寓意論」，然其所言之寓意不同於道家禁欲，亦異於當時社會之追求物欲，乃是將「情」、「欲」分開，主克服人欲橫流，而反對道家禁欲，使感情具愉悅之積極意義。故不惟融和儒、道、佛，亦繼承梅堯臣、邵雍、宗炳、王徵、郭熙等人思想，而影響王夫之、王國維「寓意於物」之美學理念。

東坡主張「寓意於物」，並非反對實用，乃力主藻飾之唯美，而繼承發展北宋詩文運動，反對內容空洞，外表浮華藻飾之作。故〈淨因院畫記〉（文二／367）云：「世之工人，或能曲盡其形；而至於其理，非高人逸士不能辨。」〈跋漢傑畫山〉（文五／2215）又云：「觀士人畫如閱天下馬，取其意氣所到。」則東坡唯以高人逸士，方能盡形得「意」，重神似氣韻。細繹其意，要者有三：

1、文當有為而作

於古文運動中，有「載道說教」之論，即將文學視爲政教工具，亦否定唯美者只重外表華飾，而主有爲而作，故文當具充實內容。

蘇籀《欒城遺言》云：東坡自以「某平生無快意事。惟作文章，意之所到，則筆力曲折，無不屬意。」

即羅根澤云：「載道失去了重要性，代之而來的是述意。」〔註18〕

葛立方《韻語陽秋》卷三，亦舉東坡作文以言：

> 天下之事，散在經子史中，不可徒得，必有一物以攝之，然後爲己用；所謂一物者，「意」是也。不得錢不足以取物；不得「意」不可以用事，此作文之要也。

此言作文之要在以「意」攝事，由經、子、史中得之。

2、為文當述意抒情

東坡以文當抒情，此承《詩大序》：「情志一致」觀點，然卻以所感之內容不應局限於「厚人倫」，而可以廣及山川之秀美……與凡耳目之所接者。又承繼《淮南子》之「徒弦則不能悲」，必「憤於中而形於外」之眞情流露。故東坡吸取儒、佛思想，主要在道家精神。而東坡之重「情」見於〈揚雄論〉（文一／110）：

> 人生而莫不有飢寒之患，牝牡之欲。今告乎人曰：飢而食、渴而飲，男女之欲不出於人之性也，可乎？是天下知其不可也。

東坡雖贊成道家以意攝文，文以盡意之自然流露，然亦反對道學家「存天理、滅人欲」以禮法抑制感情。如：

〈和小船上題詩〉：「我詩雖云拙，心平聲韻和，年來煩惱盡，古井無由

〔註18〕《中國文學批評史》三，第105頁，中華書局，1961年。

波。」（詩二／337）

〈郭祥正家醉畫竹石壁上〉（詩四／1234）:「空腸得酒芒角（目前鋒芒）出，肝肺槎牙生竹石，森然欲作不可回，吐向君家雪色壁。」

東坡以詩文之發，重在一吐抑鬱，使心胸平和。東坡又以相馬言傳神之馬，能一吐胸中鬱積。

由以上論述，或可加深加大對東坡「不可留意物欲」之美學思想認知，文以盡「意」之「意」，在重審美精神之愉悅。則千年前東坡已具如是通透之美學思想，洵爲可貴。

東坡又承《莊子‧駢拇》:「任其性命之情」、「仁義非人物」之意。於〈禮以養人爲本論〉（文一／49）中以「言」可「率吐」曰:「言發於心衝於口。」其欲一吐爲快之意，又見於〈南行前集敘〉（文一／323）:「耳目之所接者，雜然有觸於中而發於詠嘆。」〈密州通判廳題名記〉（文二／376）中云:「余性不謹語言，與人無親疏，輒輸寫腑臟。有所不盡，如茹物不下，必吐出乃已。」而抒情表意，則貴在「眞」與「新」。如〈答陳師仲主簿書〉（文四／1428）:「人生如朝露，意所樂則爲之，何暇計議窮達。」〈書李簡夫詩集後〉（文五／2148）:「陶淵明之欲仕則仕，……叩門乞食，古今賢之，貴其眞也。」

東坡爲文自然而發，承自老泉「文如風水相激，自然而生」之意，不同孔孟爲禮崩樂壞，異端橫行而「不得已」而說。

黃庭堅雖主詩可表現情性，但不贊成表怒罵、侵凌之情。於〈書王知載朐山雜詠後〉:「詩者，人之性情也。非強諫爭於廷，怨忿詬於道，怒憐罵坐爲之也。」又於〈答洪駒父書〉中斥東坡:「文章妙天下，其短處在好罵，愼勿襲其軌也。」則東坡主張發自眞情，嘻笑怒罵，自然成詩文，已視黃庭堅過之。

東坡主爲文除情眞外，貴能獨立思考。如其〈上曾丞相書〉云:「幽居默處而觀萬物之變，屬其自然之理，而斷之於中。」〈樂全先生文集序〉（文一／314）中亦云:「未嘗以言徇物，以色假人。上不求合於人主；下不求合於士大夫。」又不贊成盲隨人。故於〈送錢塘僧思聰歸孤山序〉（文一／325）中云:「有目而自行，則蹇裳疾走，常得大道；無目而隨人，則車輪曳踵，常撲坑阱。」

東坡以爲文貴己出，故反對安石以一家之學，強令天下接受。故於〈送人序〉（文一／325）中云:「王氏之學，正如脫槧，案其形模而出之，不待修飾而成器耳，求爲桓壁彝器，其可得乎！」又於〈謝秋賦試官啓〉（文四／1334）中反對「王公大人顧雕蟲而自笑」，又於〈謝歐陽內翰書〉（文四／1423）中反對「浮巧輕媚、叢錯采繡之文。」則東坡力主爲文重在「眞」「新」之意。

3、詩畫意境

東坡善於詩、文中揭示繪畫意境。如

〈書鄢陵王主簿所畫折枝二首〉（詩五／1522）云：「詩畫本一律，天工與清新。」其言詩中，皆能畫通寓意，又有：

〈書摩詰藍田煙雨圖〉（文五／2209）云：

味摩詰之詩，詩中有畫；觀摩詰之畫，畫中有詩。詩曰：：「藍溪白石出，玉川紅葉稀，山路元無雨，空翠濕人衣。」

〈又跋宋漢傑畫山〉（文五／2216）云：

唐人王摩詰，畫山川峰麓，自成變態。雖蕭然有出塵之姿，然頗以雲物間之。作浮雲杳靄，與孤鴻落照，滅沒於江天之外。

〈惠崇春江晚景二首・其一〉（詩一／1401）云：

竹外桃花三兩枝，春江水暖鴨先知，蔞蒿滿地蘆芽短，正是河豚欲上時。

由是東坡重「逸士」以寫「意氣」，與其重神似氣韻相侔，北宋黃休復《益州名畫錄》中將繪畫分爲逸、神、妙、能四等，而以逸格居首之意同。

三、成竹在胸

「成竹在胸」思想源自老、莊及釋佛。以下試言其內涵：

（一）「成竹在胸」得自虛靜之心

文與可何以能得竹之情，畫竹之性？蓋文氏有虛靜之心，能使竹入心中，不惟使竹擬人化，人亦「身與竹化」。此即《莊子・齊物論》中所謂之「物化」。能物化，則所畫之竹，自能得其性情。東坡於〈書晁補之所藏與可畫竹三首・其一〉（詩五／1522）謂「身與竹化」，即與《莊子・達生篇》言技藝神化，「指與物化」，皆由虛靜以得之。即：「與可畫竹時，見竹不見人。豈獨不見人，嗒然遺其身。其身與竹化，無窮出清新。莊周世無有，誰知此凝神。」〔註19〕東坡貴能由莊子「物化」以言「身與竹化」。此與《宣和畫譜》卷七「李公麟

〔註19〕紀評《蘇文忠公詩集》卷二十九。

（伯時）」條下有謂「公麟初喜畫馬，大率學韓幹，略有增損。有道人教以不可習，恐流入馬趣；公麟晤其旨，更爲佛道，尤佳。」畫馬之所以流入馬趣，乃因身先與馬化，方可畫得好馬。又接言公麟之畫山水而「皆以胸中所蘊」。

以「胸中所蘊」，則必先具虛靜之心，以寫胸中丘壑，便能生動以畫。即東坡於〈書王定國所藏王晉卿畫著色山二首・其一〉（詩五／1638）中云：「煩君紙上影，照我胸中山。……我心空無物，斯文何足關。君看古井水，萬象自往還。」東坡言飲酒微醉時，可去人生俗累，心中空無一物，得美之觀照。故云：「空腸得酒芒角出，肝肺槎牙生竹石。森然欲作不可回，吐向君家雪色壁。」〔註 20〕是以酒與詩與畫，常結有不解之緣。故黃山谷題子瞻畫竹石詩中，即有所謂：「東坡老人翰林公，醉時吐出胸中墨。」（《豫章黃先生文集》卷六）。蓋已內化之竹，具生命形相，自易由胸中噴薄而出，

（二）振筆以追

周必大〈題張光寧所藏東坡畫〉，引用以上詩作之後，又接言曰：「英氣自然，乃可貴重。五日一石，豈知此耶。」（《益公題跋》卷二）欲成「成竹在胸」之意，東坡於又〈文與可畫篔簹谷偃竹記〉（文二／365）中，述之尤詳。即：

> 竹之始生，一寸之萌耳，而節葉具焉。自蜩腹蛇蚹（按指筍籜而言），以至於劍拔十尋者，生而有之也。今畫者乃節節而爲之，葉葉而累之，豈復有竹乎？故畫竹必先得成竹於胸中，執筆熟視，乃見其所欲畫者，急起從之，振筆直遂，以追其所見，如兔起鶻落，少縱則逝矣。與可之教予如此。予不能然也，而心識其所以然。夫既心識其所以然，而不能然者，內外不一，心手不相應，不學之過也。

此言精神上把握竹之整體（而非分解），方能掌握其生命。即由精神上得統一性觀照，而後付之於反省，再通過認知而表出。然因此時由觀照所得之藝術形相，亦將漸歸於模糊，故必「急起從之，振筆直遂，以追其所見。」即莊子中所言「運斤成風」，「解衣磅薄」者也。

（三）成竹在胸與神乎其技

如何能創造出優美作品？除「成竹在胸」外，必配合技藝純熟，方至神妙「道」之境界。莊子有一系列寓言以說明：

〔註 20〕見〈郭祥正家醉畫竹石壁上，郭作詩爲謝，且遺二古銅劍〉（詩四／1234）

1、〈養生主篇〉述庖丁解牛，遊刃有餘，由初時「所見無非全牛者」，三年後「未嘗見全牛」至「以神遇而不以目視」、「十九年而刀刃若新發於硎」，即創作境界漸達自由，至「砉然嚮然，奏刀騞然，莫不中音，合於《桑林》之舞，乃中《經首》之會」，則解牛節奏已合殷湯「桑林」之樂、堯帝《咸池・經首》。其時創作之愉悅已臻「提刀而立，爲之四顧，爲之躊躇滿志」，即已超越實用技藝而昇華至「道」之審美境界。莊子又以他例以明至此境，必經由實踐。即：

2、〈達生篇〉又以「梓慶削木爲鐻」（鐻，通「簴」，乃懸鐘磬等樂器之木架）。梓慶之所以能精雕神化之鐻，乃因「齋以靜心」，不懷爵祿、是非（外物。無名、無功）、及「四肢形體」（外生、無己）之想，故有空明之心，自然之性，而能「胸有成鐻」，製作精巧。

3、〈達生篇〉「痀僂者承蜩」言痀僂文人因「用志不分，乃凝於神」，全神貫注，一心以竿黏蟬，自易如反掌。然其神奇乃經艱苦訓練，如「五六月累丸，二而不墜，則失者錙銖；累三而不墜，則失者十一；累五而不墜，猶掇之也。」

4、〈達生篇〉言「津人操舟若神」及「善游者數能」，皆得自演練純熟，臨事虛靜，故能「忘水」。

5、〈達生篇〉又言「呂梁丈夫蹈水」言其人日與水處而「安於水」，則能於呂梁二十丈上直瀉而下，飛流濺沫於四十里之瀑布中。

6、〈達生篇〉亦言「工倕旋而蓋規矩」，言堯之巧臣工倕，以手運旋，純熟自如，心物合一，自於無法中合法。

7、〈達生篇〉，又以「賽箭者」因賭注（瓦、鉤、金）之不同，得失之心（巧、憚、殙）之異，而「外重內拙」。

8、〈知北游篇〉:「大馬之捶鉤者」由二十歲即鍛造兵器之能者，「於物無視也，非鉤無察也。」故年至八十，仍「不失毫芒」。

9、〈田子方篇〉:「列禦寇爲伯昏瞀人射」，言列子表演射箭，雖臂肘置水，箭箭中的。

10、〈田子方篇〉舉「眞畫家」，雖後至（遲至）而「儃儃然不趨，受揖後不立」（安閒緩步，受揖不即就位）。之舍，則「解衣般礴，羸」（返回住所而光身盤坐），其不拘於禮乃無意「慶賞爵祿」、「非譽巧拙」，故能以虛靜之心得佳製也。

11、〈天道篇〉言輪扁斲之得心應手，「有數存焉」。此一微妙之「數」即「成竹在胸」、「胸有全鏤」，故得感性經驗之領悟，非僅由理性語言以傳授。正曹丕《典論・論文》所謂「父兄不能以移子弟」者也。亦即東坡於〈書蒲永昇畫後〉中所言孫知微畫水：乃「始，知微欲於大慈寺壽寧院壁作湖灘水石四堵，營度經歲，終不肯下筆。一日，倉皇入寺，索筆墨甚急。奮袂如風，須臾而成，作輪瀉跳蹙之勢，洶洶欲崩屋也。」（《經進東坡文集事略・卷六十》）正東坡於〈臘日遊孤山訪惠勤惠思二僧〉（詩二／316）尾兩句：「作詩火急追亡逋，清景一失後難摹」，正是「詩畫本一律」之最佳明證。

東坡又於〈眾妙堂記〉中言「技」與「學」，正《莊子・養生主》所謂得心應手，乃有待於由「巧」而進於「忘巧」。即：

> 子亦見夫蜩與雞乎？夫蜩登木而號，不知止也。夫雞俯首而啄，不知仰也。其固也如此。然至蛻與伏也，則無視無聽，無飢無渴，默化於荒忽之中，候伺於毫髮之間，雖聖智不及也。是豈技與習之助乎。（文二／361）

美學史中，眾人常酣醉創作，乃因其多有超越世俗之得失。如：

竇冀〈懷素草書歌〉：懷素「枕糟藉麴猶半醉，忽然大叫三五聲，滿壁縱橫千萬字。」

杜甫〈飲中八仙歌〉：「李白斗酒詩百篇」。又描寫張旭創作：「張旭三杯草聖傳，脫帽露頂王公前，揮毫落紙如雲煙。」比並《新唐書》言張旭「每大醉，呼叫狂走，乃下筆，或以頭濡墨而書，既醒自視，以爲神，不可復得也。」可與東坡言「技」之神相參。

（四）「追其所見」

與「十日畫一石」乃申「成竹在胸」之意。

東坡言成竹在胸，然郭熙《林泉高致》畫訣中，則言畫山水可由二度醞釀而得，似與東坡之言不同。即：「畫之志思，須百慮不干，神盤（聚）意豁。老杜詩所謂五日畫一水，十日畫一石，能事不受相蹙逼，王宰始肯留眞跡，斯言得之矣。」郭氏所言之「百慮不干，神盤意豁」，亦正莊子所言之虛靜之心。則畫山水與畫竹同用虛靜此心，使精神山水化，至醞釀成熟，即振筆直追。然山水是大物，不同於木、竹之小物，可一氣呵成，必五日、十日方成。加之郭熙反對時人畫山水之「畫山則峰不過三五峰，畫水則波不過三五波」，則畫山水正似東坡所謂「節節而爲之，葉葉而累之」，片斷地生湊，何能有一氣呵成之活山水。則郭氏以作畫，必使受俗慮干擾之「神」與「意」，再次集中（盤）與開朗（豁），使所需創作之山水，能再度入於精神上之觀照，則山水與精神融爲一體，畫機遂醞釀成熟；創作亦再度開展。由第一次至第二次作畫，其間或需五日，或十日，此即「五日畫一水，十日畫一石」之眞意。即至萬事皆忘，則作畫已醞釀成熟，可乘興而作。則郭氏所言，表面不同東坡，實則除繪畫對象不同（「山水」與「竹」）外，其內涵需醞釀成熟則同。

後人不能得東坡立言本旨，但將東坡所言文同畫竹重「成竹在胸」移用於畫大幅山水，重再度「醞釀成熟」，故不能合一。

四、辭達口手

（一）何謂「辭達」？

1、「辭達」為何？

東坡文集中，多處論及「辭達」。如：

〈與王庠書〉（文四／1422）云：

孔子曰：「辭達而已矣」。辭止於達，止矣，不可以有加矣。

〈答虔倅俞括奉議書〉（文四／1793）：

孔子曰：「辭達而已矣」，物固有是理，患不知，知之患不達之於口與手。所謂文者，能達是而已。

〈與謝民師推官書〉（文四／1418）中，進而詳言：

孔子曰：「言之不文，行之不遠」。又曰：「辭達而已矣」。夫言止於達意，則疑若不文，是大不然。求物之妙，如繫風捕景，能使是物了然於心者，蓋千萬人而不一遇也。而況能使了然於口與手乎？是之謂辭達。辭至於能達，則文不可勝用矣。

司馬光〈答孔文仲司戶書〉中亦云：

孔子曰：「辭達而已矣」，明其足以通意斯正矣，無意於華藻宏辯也。必以華藻宏辯爲賢，賢則屈、宋、唐、景、莊、列、楊、墨、蘇、張、范、蔡皆不在七十子之後也。顏子不違如愚，仲弓仁而不佞，夫豈尚辭哉。（《溫國文正司馬公文集》卷六十）

司馬光與道學家以文僅足載道明理，故重邏輯語言，不重具美感之文采。張耒〈答李推官書〉亦云：「理勝者，文不期工而工。」（《張右史文集》卷五十八）東坡申言「言止於達意」，以欲「達物之妙」必有具美感之文辭。例如〈書子厚夢得造語〉中云：

> 「每風自四山而下，震動大木，掩冉眾草，紛紅駭綠，蓊葧薌氣」，柳子厚、劉夢得皆善造語，若此句，殆入妙矣。又夢得云：「水禽嬉戲，引吭伸翮，紛惊鳴而決起，拾綵翠於沙礫」，亦妙語也。

文采重能達意，達意又具文采，方能流行廣達，而欲得事物妙理、形神，則必由了然心口而辭達。

2、辭達在「有道有藝」

東坡於〈書李伯時山莊圖後〉（文五／2211）中，言創作必先「神與萬物交」。即由心感外物，物象了然於心，方能以技藝表出此一意象。

東坡又於〈送錢塘思聰歸孤山序〉言「有道有藝」。而其所言之「道」，非儒家之道，而是指對物之理、意、妙，能了然於心。又〈日喻〉（文五／1980）曰：「日與水居，十五而得其道」，言此非孔孟儒家之道，乃指「物固有是理」之「理」。故東坡又言此「道」，乃萬物之理。故曰：「古之學道，無自虛空入者。輪扁斫輪，痀僂承蜩，苟可以發其智巧，物無陋者。」

東坡又云：「有道有藝，有道而無藝，則物雖形於心，不形於手。」

東坡又自美學言「有道」爲心物神交後，心所得之「成竹」物形，即「成竹在胸」之「物固有之理」（萬物之理而非傳統道學家、哲學家之釋「道」爲「玄妙之本體」或「心所感發之玄妙冥悟」）。而釋「有藝」爲使內心所得之「成竹」物形，再巧適表達之於口手。此一卓見，若與唐宋人所言作比較。即：

歐陽修〈答吳充秀才書〉云：「道勝者，文不難而自至也」、〈答祖擇之書〉云：「中充實（有道）則發爲文者輝光」。又〈代人上王樞密求先集序〉：「言以載事，而文以飾言。」

曾鞏則言應「志於道」，「勿汲汲乎詞」。

王安石〈上人書〉云：「文者，務有補於世而已。……適用爲本，以刻鏤繪畫爲之容而已矣」。

細繹東坡所言之「有道有藝」與歐、曾所言之「道」、「用」基本精神相同，且超越之。如「形之於手」「了然於心」「了然於口手」並非人人可得（如歐陽修所謂「文不難而自至」。）必經功夫學習。如「執筆熟視，乃見其所欲畫者」，熟視後能浮現意象，亦「千萬人而不遇」，即「急起從之，振筆直遂，以追其所見，如兔起鶻落，少縱即逝矣。」如何捕捉靈感，舖成佳製，必兼具「有道」與「有藝」。

東坡又進言心手不應，內外不一，乃「不學之過」也。內心所見，未必口手能應，故欲充分表達，必具熟練之技巧。

（二）如何「辭達」？

「辭達」靠長期實踐鍛煉，上文〈成竹在胸與神乎其技〉，已引《莊子》寓言 11 則以言，即方能至庖丁解牛、輪扁斲輪之「得心應手」。

如東坡於〈日喻〉（文五／1980）中言南方人之善潛水，乃「日與水居也」，故曰「道可致而不可求」，求則如循規律，反復實踐以求之。

又〈次韻水官詩〉（詩一／86）云：「高人豈學畫，用筆乃其天。譬如善游人，一一能操船。」而〈次韻子由論書〉（詩六／2514）亦云：「吾雖不善書，曉書莫如我。苟能通其意，常謂不學可。」〈石蒼舒醉墨堂〉（詩一／235）亦云：「我書意造本無法，點畫信手煩推求。」「石君得書法，弄筆歲月久，經營妙在心，舒卷功隨手。」又〈書唐氏六家書後〉（文五／2206）：「未有未能行立而能走者也。」此言用筆之意在久經營、下苦功。

即袁守定《佔畢叢談》中亦云：

> 文章之道，遭際興會，摅發性靈，生於臨文之頃者也。然須平日餐經饋史，霍然有懷，對景感物，曠然有會，嘗有欲吐之言，難遏之意，然後拈題泚筆，忽忽相遭，得之在俄頃，積之在平日。

東坡〈書蒲永昇畫後〉（《經進東坡文集事略》卷 60）云：「始，知微欲於大慈寺壽寧院壁，作湖灘水石四堵，營度經歲，終不肯下筆。一日倉皇入寺，索筆墨甚急，奮袂如風，須臾而成，作輪瀉跳蹙之勢，洶洶欲崩屋也。」此言「須臾而成」、「得之在俄頃」，亦得自「積之在平日」之「營度經歲」。又〈書晁補之所藏與可畫竹三首〉（詩五／1522）：「與可面竹時，見竹不見人。豈獨不見人，嗒然遺其身。其身與竹化，無窮出清新。莊周世無有，誰知此凝神。」

此言「身與竹化」之凝神之境，可至子由〈墨竹賦〉所云：「忘筆之在手與紙之在前」之境。

東坡又於〈虔州崇慶禪院新經藏記〉中云：

> 嬰兒生而導之言，稍長而教之書，口必至於忘聲而後能言，手必至於忘筆而後能書，此吾之所知也。口不能忘聲，則語言難於屬文，

手不能忘筆，則字畫難於刻琱，及其相忘之至也，則形容心術酬酢萬物之變，忽然而不自知也。自不能者而觀之，其神智妙達，不既超然與如來同乎？故《金剛經》曰：一切賢聖，皆以無爲法，而有差別。以是爲技，則技疑神；以是爲道，則道疑聖。

則隨心所欲之說寫，必經歷艱苦歷程，而後能忘聲、忘筆、忘法、忘物、忘我而不自知，則已臻技神道聖之境。

（三）自然與辭達

東坡重「自然」爲文，勝於「辭達」。如：

〈與謝民師推官書〉（文四／1418）中言爲文「因任自然」云：「常行於所當行，常止於所不可不止，文理自然，姿態橫生。」

又〈策總敘〉（文／225）：「意盡而言止者，天下之至言也。」東坡以「辭達」需自然而達，自是妙文，蓋能了然於心、口、手，以之自然辭以達物之理、物之妙，何須雕飾？

又以爲文之技在能轉化表達，它與了解事物之理、意、妙，實凝而爲一，非明物之理、意、妙再進求表現手法。如「節節而爲之，葉葉而累之」則難「成其竹」。必事前了然於心，熟能生巧，以口、手表之。正東坡〈自評文〉（文五／2069）所云：

如萬斛泉源，不擇地皆可出。在平地滔滔汩汩，雖一日千里無難。

明王聖俞云：「文至東坡眞是不須作文，只隨事記錄便是文。」〔註21〕

孫過庭《書譜》：「夫心之所達，不易盡於名言；言之所通，尚難行於筆墨。」

歐陽修〈蘇子美論書〉云：「非知之難，而行之難。」〔註22〕

故東坡言「辭達」，則兼有「了然於心」、「了然於口與手」。即通萬物之理與通萬物之語言修辭。

吳曾棋《涵芬樓文談・修辭》：

夫達正未易言也。吾心不能知其所以然，必不能達；吾心能知其所以然，而入吾文者不能如吾心之所欲出，猶之不能達也。是皆不善修辭之過也。

「有道有藝」必經鍛鍊，「口必至於忘聲而後能言」、「手必至於忘筆而後

〔註21〕王聖俞選輯《蘇長公小品》批〈書天慶觀壁〉語。

〔註22〕《歐陽文忠公文集》卷一三〇。

能書」，抒情達意，即渾然天成，自然妙達。「技進乎道」言「心」必先「知其所以然」，入於「文」又能如「心之所欲出」，方能謂之「達」也。

又「辭達」要由學習及自然二者得之。如

東坡〈文與可畫篔簹谷偃竹記〉（文二／356）中云：「夫既心識其所以然而不能然者，內外不一，心手不相應，不學之過也。」言欲辭達，必由學習得之。能學自如莊子輪扁斫輪之得心應手，否則即如陸機所云：「意不稱物，物不逮意。」《文心，神思篇》所謂：「意授於思，言授於意，密則無際，疏則千里。」必如袁宏道〈識雪照澄卷末〉云：「如舞女走竿，如市兒弄丸，橫心所出，腕無不受者。」故東坡〈贈寫玉容妙善師〉云：「夢中神授心有得，覺來信手筆已忘。」又〈鮮于子駿以吳道子面佛見遺〉云：「吳生畫佛本神授，夢中化作飛空仙。覺來落筆不經意，神妙獨到秋毫顛。」皆以必經長期學習，積蓄努力。正如東坡〈稼說送張琥回京〉言種莊稼「種之常不後時，而斂之常及其熟。」自然水到渠成，正合於道家之自然觀。

東坡重自然，又於〈日喻〉（文五／1980）中云：「道可致而不可求」，子由〈上樞密韓太尉書〉所云：「文不可以學而能，氣可以養而致。」董其昌《書旨》中云：「氣韻不可學，此生而知之，自然天授。」「然亦有學得處。讀萬卷書，行萬里路，胸中脫去塵濁，自然邱壑內營，成立鄞鄂，隨手寫出，皆爲山水傳神。」

此言由天賦之基礎上，加平日蓄積，自能邱壑在胸，自然成渠。

《歷代名畫記》卷十記張璪云：「外師造化，中得心源。」言爲文貴在物之神，以我之神接之。故「自然形成」，乃東坡「辭達」說精義所在。

五、至味在平淡與新化

（一）平　淡

東坡審美，雖倡「各美其美」。如〈孫莘老求墨妙亭詩〉（詩二／371）言顏公重筋骨，杜陵尚瘦硬曰：「短長肥瘠各有態。」又〈子由論書〉云：「端莊雜流麗，剛健含婀娜。」然東坡重「味」之求。

如〈書黃子思詩集後〉云：

> 予嘗論書，以鍾、王之跡，蕭散簡遠，妙在筆畫之外。至唐顏、柳，始集古今筆法而盡發之，極書之變，天下翕然以爲宗師，而鍾、王之法益微。至於詩亦然。蘇、李之天成，曹、劉之自得，陶、謝之

超然，蓋亦至矣。而李太白、杜子美以英瑋絕世之姿，凌跨百代，古今詩人盡廢，然魏晉以來高風絕塵亦少衰矣。李、杜之後，詩人繼作，雖間有遠韻，而才不逮意。獨韋應物、柳宗元發纖穠於簡古，寄至味於澹泊，非餘子所及也。唐末司空圖，……其美常在鹹酸之外。（文五／2124）

此論「書」之平淡有鍾、王、顏、柳。論「詩」之平淡有蘇、季之「天成」，陶、謝之「超然」，李、杜之「絕塵」。尤以韋、柳之能「寄至味於澹泊」，司空圖之重「美在鹹酸之外」。至鍾、王之「蕭散簡遠，妙在筆墨之外。」宗元之「發纖穠於簡古，寄至味於澹泊。」，此即「韻」亦「味」。東坡復於他篇反復推重平淡。如〈評韓柳詩〉：「所貴乎枯澹者，謂其外枯而中膏，似澹而實美，淵明、子厚之流是也。若中邊皆枯澹，亦何足道。」

〈書唐氏六家書後〉（文五／2206）一文中亦云：「永禪師書骨氣深隱，體兼眾妙，精能之至，反造疏淡。如觀陶彭澤詩，初若散緩不收，反覆不已，乃識其奇趣。」（《經進東坡文集事略》卷60）。此皆重絢爛、纖穠、奇趣，皆發之於平淡、疏淡、枯淡。東坡以爲此即爲「韻」，亦爲美。正如陳善《捫虱新語》所云：「讀淵明詩頗似枯淡，東坡晚年極好之，謂李杜不及也。此無他，韻而已。」

東坡由詩文而書、畫皆重「平淡」之美。故於〈書鄢陵王主簿所畫折枝二首〉：「邊鸞雀寫生，趙昌花傳神。何如此兩幅，疏淡含精勻。」此言邊鸞之寫雀、趙昌之繪花，與上引二文之言諸詩文之重疏淡傳神，其意一也。

細味東坡理論上求平淡，實踐上又多豪放。試觀〈書吳道子畫後〉（文五／2210）云：「寄妙理於豪放之外」。又錢鍾書《宋詩選註》中云：

「豪放」要耐人尋味，並非發酒瘋似的胡鬧亂嚷。「豪放」的定義，用蘇軾所能了解的話來說，就是「從心所欲，不踰矩」；用近代術語來說，就是：自由是以規律性的認識爲基礎，在藝術規律的容許之下，創造力有充分的自由活動。這正是蘇軾所一再聲明的，作文該像「行雲流水」或「泉源湧地」那樣自由活潑，可是同時候很謹嚴的「行於所當行，止於所不可不止」。李白以後，古代大約沒有人趕得上蘇軾這種「豪放」。〔註23〕

東坡既重平淡，又言「從心所欲」「流水行雲」，究重豪放或平淡？就美學思

〔註23〕北京：人民出版社，1958年9月。

想而言，東坡實結合豪放與平淡，而將外在平淡與內在至味結合深化。此一內寓至味之平淡，即司空圖《詩品·沖淡》所謂「素處以默」。又鍾嶸《詩品》亦反對「理過其辭，淡乎寡味」之「玄言詩」，蓋以情寫物必兼內在蘊藉與外在丹彩，方能動人。如東坡晚歲喜陶、柳，既承老、莊清、虛、淡、遠，亦欲寄至味於淡泊。如將〈赤壁賦〉原係濃麗之賦體，變爲蕭散雅淡之散篇。

細味東坡所主之「平淡」，並非拙易之平淡，而是歷練後自然圓熟之平淡，即表象平淡而內韻雋永。如子由〈追和陶淵明詩引〉:「淵明作詩不多，然其詩質而實綺，癯而實腴。」此言陶詩外似質樸而內綺腴。《竹坡詩話》又引東坡〈與二郎姪一首〉（文六／2523）云:「……凡文字，少小時須令氣象崢嶸，彩色絢爛，漸老漸熟，乃造平淡。其實不是平淡，絢爛之極也。」言如內濃外淡，乃絢爛之極歸於平淡，斷非表面粗淺之平淡。又宋人劉攽進言曰:「詩以意爲主，文詞次之，或意深義高，雖文辭平易，自是奇作。世效古人平易句，而不得其意義，翻成鄙野可笑。」則文辭平易而「意深義高」之作方爲佳製。

吳可《藏海詩話》釋之曰：

> 凡文章先華而後平淡，如四時之序，方春則華麗，夏則茂實，秋冬則收斂，若外枯中膏者是也。蓋華麗、茂實已在其中矣。

又葛立方《韻語陽秋》卷一，亦釋之曰：

> 大抵欲造平淡，當自組麗中來，落其華芬，然後可造平淡之境，如此則陶謝不足進矣。今之人多作拙易語，而自以爲平淡，識者未嘗不絕倒也。

故東坡所重之「味」，乃「似淡而實美」。故〈記廬山〉中言徐凝〈廬山瀑布詩〉末句「一條界破青山色」「至爲塵陋」，即承《詩品》重平淡形式中，寓有深長情理爲上。試觀〈書黃子思詩集後〉（文五／2124）中謂魏晉以來，少有高風絕塵之作，「獨韋應物，柳宗元發纖穠於簡古，寄至味後淡泊。」又於〈評韓柳詩〉（文五／2109）中云:「所貴乎枯淡者，謂其外枯而中膏，似淡而實美。」〈南行前集敘〉（文一／323）:「草木之有華實，充滿勃鬱而見於外。」則東坡所重爲外表平易質樸，而內在膏腴豐美者，此一平淡乃經熟練後之平淡勝境。

又周紫芝《竹坡詩話》中言：

> 有明上人者，作詩甚艱，求捷法於東坡，東坡作兩頌以與之。其一

云：「字字覓奇險，節節累枝葉，咬嚼三十年，轉更無交涉。」其一云：「銜口出常言，法度法前軌，人言非妙處，妙處在於是。」乃知作詩到平淡處，要似非力所能。東坡嘗有書與其侄云：「大凡為文當使氣象崢嶸，五色絢爛，漸老漸熟，乃造平淡。」

1、新　化

東坡以「清新」得自「知變」、「知化」。其於《經進東坡文集事略》卷六十〈書蒲永昇畫後〉（或〈畫水記〉文二／408）云：

唐廣明中，處士孫位，始出新意，畫奔湍巨浪，與山石曲折，隨物賦形，盡水之變，號稱神逸。……近歲成都人蒲永昇，嗜酒放浪，性與畫會，始作活水，得二孫本意。……如往時董羽，近日常州戚氏畫，世或傳寶之。如董、戚之流，可謂死水。未可與永昇同年而語也。

言「出新意」在能變、能畫。東坡比並孫位之「畫水之變」、蒲永昇承之而「始作活水」。自與「董、戚之流」死水不同。

而「成竹在胸」「身與竹化」亦能言由無窮出清新。如〈文與可畫篔簹谷偃竹記〉云：

竹之始生，一寸之萌耳，而節葉具焉。自蜩腹蛇蚹，以至於劍拔十尋者，生而有之也。今畫者乃節節而為之，葉葉而累之，豈復有竹乎？故畫竹者必先得成竹於胸中，執筆熟視，乃見其所欲者，急起從之，振筆直遂，以追其所見，如兔起鶻落，少縱則逝矣。（文二／356）

此言畫竹不能節節而為，葉葉而累。乃在累積經驗中，了然竹之千姿百態，靈感湧現時振筆急追，則易得清新之畫意。

至「身與竹化」乃由「成竹在胸」之「有」，而入於「無」，作者已融入「竹」中，不知尚有我，即《莊子・齊物論》中所言之「物化」。亦即董逌《廣川畫跋》：「古之人化形於無，入乎無有，故能得其無間。」又〈書李營丘山水圖〉所云：「為畫而至相忘畫者」。〈書時記室藏山水圖〉曰：「初若可見，忽然忘之。」與〈書范寬山水圖〉曰：「神凝智解，無復山水之相」。又〈書李成畫後〉曰：「積好在心，久而化之。舉天機而見者山也，其畫忘也。」〔註24〕

〔註24〕見虞君質編《美術叢刊》卷三，國立編譯館，民國75年。

由「有」而「無」，乃積久而「化之」「忘之」，則物我爲一，如是作畫，自有新意。又羅大經《鶴林玉露》卷六記曾無疑論畫草蟲曰：「不知我之爲草蟲耶，草蟲之爲我也。」曰：「安識身有無」，曰「嗒然遺其身」，曰「相忘」曰「不知」。積存在心，久而化之。如不能先入爲主，則難見萬殊之物態。如就物寫物，何得新意？

2、平　淡

細繹「平淡」與「新化」，實亦相契。蓋有生命者，皆有變化，而繪畫之生動，亦需由外在「形似」而進求其精神、性情之豐富多變。而此一變化之藝術效果，或稱爲「淡泊」、「清新」，或稱爲「神逸」，東坡屢言之。如〈戲詠子舟畫兩竹兩鸜鵒〉（詩八／2732）云：「其身與竹化，無窮出清新。」「子舟之筆利如錐，千變萬化皆天機。」〔註25〕〈淨因院畫記〉（詩二／367）：「千變萬化，未始相襲。」又前引〈書蒲永昇畫後〉中云：「二孫之隨物賦形，畫水之變，故得神逸」等皆是。

至如何可以淡泊與新化？即掌握「意」通物理。蓋物理之求，在由外在之「形似」而內在「神似」。畫工不同於畫家，形似亦異於神似。如何由法度形跡之中，隨物賦形、統一形神，而能得其眞？即東坡於〈與何浩然〉（文四／1795）中云：「十分形神，甚奪眞也。」〈書吳道子畫後〉（文五／2210）：「即數以得其妙」「求精於數外，而棄跡以逐妙」。如能「通意於物理」自能出新意。如：

東坡〈書李伯時山莊圖後〉（文五／2211）云：「醉中不以鼻飲，夢中不以趾捉，天機之所合，不強而自記也。」

東坡〈評草書〉（文五／2183）：「吾書雖不甚佳，然自出新意，不踐古人，是一快也。」

又東坡評曹吳之畫能傳神，君謨能兼善眞、行、草、隸、飛白，於〈跋君謨飛白〉（文五／2181）中云：「非通其意，能如是乎！」

東坡比莊子「有數存焉於其間」更進一步。此因東坡已由「形似」而「神似」。蓋莊子絕聖棄智，以爲不可「棄跡以逐妙」。而東坡重在「形似」之上求「神似」，於法度之外求新意，故曰：「論畫以形似，見與兒童鄰」、「妙算毫釐得天契」。因妙合自然亦未必有佳作。如東坡重「形式美」之軼事，見引於葛立方《韻語陽秋》卷十六引《詩評》云：「王郊〈大夫竹詩〉示東坡，其

〔註25〕《紀評蘇文忠公詩集》卷四十九。

一聯云：『葉排千口劍，幹聳萬條槍。』坡曰：『十條竹一個葉也。』若郊者又何足以語詩乎？坡公曰：『人看王郊詩，若能忍笑，誠爲難事。』蓋謂此爾。」十條枝共有一葉，非常理，亦不合自然之數，只能引人一笑。然枝葉之數即使合理，亦未必爲佳作。蓋爲文貴在於法度外妙出新意。

3、次求意法之合一

而「法度」「新意」似矛盾而能統合，則在以「意」運法。

東坡於〈跋山谷草書〉（文五／2202）中，曾引書法名家張融名言以求創新，即：「不恨臣無二王之法，恨二王無臣法。」

東坡又稱美子由之文能新創，於〈答張文潛書〉（文四／1538）中云：「其文如其爲人，故汪洋淡泊，有一唱三嘆之聲，而其秀杰之氣，終不可沒。」

東坡貴新創，作詩馳騁舒卷。如其詩中屢致其意曰：

> 當其下手風雨快，筆所未到氣已吞。（〈王維吳道子畫〉詩一／108）
>
> 覺來落筆不經意，神妙獨到秋毫顛。（〈僕曩於長安陳漢卿家見吳道子畫佛〉詩六／1400）
>
> 好詩眞脫兔，下筆先落鶻。（〈送歐陽推官赴集州監酒〉詩六／1806）
>
> 興來一揮百紙屬，駿馬倏忽踏九州。我書意造本旡法，點畫信手煩推求。（〈石蒼舒醉墨堂〉詩一／235）

而東坡之新創，又在暗合法度，故趙翼《甌北詩話》卷五稱美之曰：「才思橫溢，觸處生春，胸中書卷繁富，又足以供其左旋右抽，無不如志。」

是以東坡之求新並非「怪奇」，如於〈與謝民師推官書〉（文四／1418）中反對揚雄求艱深詞藻。如評其姻親王禹錫，於〈賀知縣喜雨詩〉云：「打葉雨拳隨手去，吹涼風口逐人來」則云：「十六郎作詩，怎得如此不入規矩」。足見東坡重法斥奇險。又於〈書所作字後〉（文五／2180）云：「浩然聽筆之所之，而不失法度，乃爲得之。」亦見東坡不好繁枝累葉。

東坡以「意」運法，影響後人甚大。如

王昱《東莊論畫》：

> 有一種畫，初入眼時，粗服亂頭，不守繩墨，細視之則氣韻生動，尋味無窮，是爲非法之法。

沈德潛《說詩晬語》卷上：

> 詩貴性情，亦須論法。亂雜而無章，非詩也。然所謂法者，行所不

得不行，止所不得不止，而起伏照應，承接轉換，自神明變化於其中。

王原祁《麓臺題畫稿・仿設色大痴長卷》：

吮毫揮筆時，神與心會，心與氣合，行乎不得不行，止乎不得不止，絕無求工求奇之意，而工處奇處，斐於筆墨之處。

由上，則東坡重「平淡」又重「新化」。而儒家重法度規矩，道家否定人爲之法度、規矩。佛、禪不需定法，追求頓悟。東坡欲透過佛、老而貫融儒、道，卻由人爲之學習法度，掌握「意」，以達到自然，頓悟化用，則已統合儒、道、釋三家思想。

六、形似、神似與象外

東坡詩文書畫論之基本觀，言形神（形似、傳神），亦言象外意境。東坡既重「曲盡其形」之「形似」；亦重「傳出神采」之「神似」，亦兼重「常形與常理」。

（一）東坡重形似——言為文貴在能忠實反映

老泉〈議修禮書狀〉中重「不擇善惡，詳其曲折」之實錄。〈史論〉中責《漢書》《三國志》「貴諛僞」修史失實。〈與楊節推書〉中反對墓銘之誇大。

東坡承之而於〈書李伯時山莊圖後〉稱美其繪圖之能眞實反映山莊之一草一木。然如實反映現實，有外在眞實之「形似」與內在精神之「神似」。又如〈書黃荃畫雀〉（文五／2213）云：

黃荃畫飛鳥，頸足皆展。或曰：「飛鳥縮頸則展足，縮足則展頸，无兩展者。」驗之，信然。

又〈書戴嵩畫牛〉（文五／2213）言牧童拊掌笑指蜀士戴嵩之牛圖云：

此畫鬥牛也。牛鬥力在角，尾搐入兩股間。今乃掉尾而鬥，謬矣。

此二例皆言隨物賦形必曲畫其形。又東坡〈書吳道子畫後〉（文五／2210）言吳道子畫人物，「如燈取影」「不差毫末」，能「得自然之數」。〈評詩人寫物〉中稱美林逋吟梅、皮日休頌白蓮，皆具「體物之妙，寫物之功。」

（二）神似

東坡繪畫理論兼重二者。如〈書吳道子畫後〉（文五／2210）中言道子畫人物「如燈取影」、「不差毫末」，僅爲「形似」。而〈書鄢陵王主簿所畫折枝〉

（詩五／1525）中即云：「論畫以形似，見與兒童鄰。」則言繪畫僅及「形式」之不足，必進言「神似」。東坡又於〈書吳道子畫後〉比並吳、王之畫。吳道子畫能「出新意於法度之中，寄妙理於豪放之外」，已高出一般畫工，然不及摩詰（王維）之能「得之於象外」，則「神似」遠超過「形似」。

東坡、子由評韓幹畫馬——

〈韓幹三馬〉中，子由稱美韓幹「畫馬不獨畫馬皮」，而能「畫出三馬腹中事。」東坡〈書韓幹牧馬圖〉（詩三／721）中言「肉中畫骨誇尤難」。〈次韻子由書李伯時所藏韓幹馬〉（詩五／1502）則以「幹惟畫肉不畫骨，而況失實空餘皮？」則「畫肉」、「畫皮」只至「形似」；而「畫骨」、「畫出腹中事」，則得「神似」，畫出馬之神情意態，東坡兄弟評畫標準一致。

東坡又於〈書蒲永昇畫後〉（文二／418）中言古今畫「水」但言其「平遠細皺」「波頭起伏」之死水，而不及畫「奔湍巨浪，與山石曲折，隨物賦形」之「活水」，此一「活水」，能予人「洶洶欲崩屋」「毛髮為立」，乃因能盡水之變，得其「神似」。

子由亦重為文之能提煉加工，以得「意思」，如其〈論詩五事〉中稱頌《詩經》用比興手法，烘托「征伐之盛」。而且斥韓愈〈元和聖德詩〉描繪叛軍首領劉闢「赤立傴僂」、「牽頭曳足」被殺一段，雖「寸步不遺」眞實而殘忍。而述周太王遷豳一事，似文不連屬，而「氣象聯絡」。則與東坡重「神似」，而不必「舉體皆似」，意脈一貫。

又東坡〈傳神記〉（文二／400）中云：

> 凡人意思各有所在，或在眉目，或在鼻口。虎頭云：「頰上加三毛，覺精彩殊勝。」則此人意思蓋在鬚頰間也。優孟學孫叔敖抵掌談笑，至使人謂死者復生。此豈舉體皆似，亦得其意思所在而已。使畫者悟此理，則人人可以為顧陸。吾嘗見僧惟眞畫曾魯公，初不甚似。一日往見公，歸而喜甚。曰：「吾得之矣。」乃於眉後加三紋，隱約可見，作俛首仰視眉揚而頞蹙者，遂大似。

「神似」重在傳神，如優孟學孫叔敖抵掌、僧惟眞畫曾魯公眉後加三紋。則東坡重「神似」過於「形似」。

又東坡〈書鄢陵王主簿所畫折枝二首之一〉（詩五／1525）云：

> 繪畫以形似，見與兒童鄰。賦詩必此詩，定非知詩人。詩畫本一律，天工與清新；邊鸞雀寫生，趙昌花傳神。何如此兩幅，疏淡含精勻；

誰言一點紅，解寄無邊春。

清方薰《山靜居畫論》云：「爲坡老下一轉語。」又繪畫工整「院體畫」之晁以道，於其〈論畫詩〉云：「畫寫物外形，要物形不改。詩傳畫外意，貴有畫中態。」

東坡重「神韻」，即由「形似」（入其形而超其形，在形似之外又非遺其形似，進而神似）由超越「形」而得「神」。東坡云：「論畫以形似，見與兒童鄰。」即有一種神韻意識自覺。〔註26〕正如鄧椿《畫繼》卷九云：「世徒知人之有神，而不知物之有神。」是以物之神、性、情與作者之相通，在通過移情而得，終難辨物我。王若虛《滹南遺老集》卷三九《滹南詩話》卷上：

夫所貴於畫者，爲其似耳。畫而不似，則如勿畫。命題而賦詩，不必此詩，果爲何語？然則坡之論非歟？曰：論妙在形似之外，而非遺其形似；不窘於題，而要不失於題，如是而已耳。世之人不本其實，無得於心，而借此論以爲高。……豈坡公之本意也哉！

是以東坡本意在詩畫除以「形似」狀物外，尚需有題外寓言，象外傳神。

（三）常形與常理——形神合一在「常理」

東坡又於〈文與可畫篔簹谷偃竹記〉（文二／356）中評與可畫竹曰：「夫子之托於斯竹也，而予以爲有道者。」何謂常形？常理？東坡進於〈淨因院畫記〉（文二／367）中云：

余嘗論畫，以爲人禽宮室器用，皆有常形。至於山石竹木，水波煙雲，雖無常形而有常理。……世之工人，或能曲盡其形；而至於其理，非高人逸士不能辨。與可之於竹石枯木，眞可謂得其理者矣。

何謂「常形」？乃指人所公認之人禽宮室器用之「常形」，客觀上之規準。自然景色之水波煙雲、山石竹木，乃至物之生死、繁茂之變，乃各具其邏輯之「道」。畫者如能妥於創造「曲變其形」而「不失常理」，則隨物賦形，必各有所當，而所繪之物象，亦當具神采。如〈書黃筌畫雀〉（文五／2213）中即舉五代後蜀名畫家繪飛鳥「頸腳皆展」之失常理，無神采、意思。不知「飛鳥縮頸則展足；縮足則展項，無兩展者。」

宋張放禮亦釋「常理」云：

惟畫造其理者，能因（物）性之自然，究物之微妙，心會神融，默

〔註26〕參見成復旺著《神與物遊》，商鼎文化出版社，民國82年，頁41。

契（物之）動靜，察於一毫（按指某物之特徵特點），投乎萬象。（按此一毫乃物之理、性、神，故可通於物之全體。）則形質動蕩（形與神相融，有與無相即，故動蕩），氣韻飄然矣（按造其理，即得其氣韻。氣韻是神，是靈，故飄然）。〔註 27〕

是以「常理」之「理」字正與「傳神」一脈相傳，指能畫出物之生命形神。如以西方名言說，乃是由突破山水之第一自然而畫出其第二自然。而此第二自然即為「象外」。東坡亦屢言之。如於〈題王維吳道子畫〉中云：「吳生雖妙絕，猶以畫工論。摩詰得之於象外，有如仙翮謝籠樊。」（《紀評蘇文忠公詩集》卷四、頁 6）又於〈題文與可墨竹〉（詩五／1439）中云：「詩鳴草聖餘，兼入竹三昧。時時出木石，荒怪軼象外。」

所謂「得之象外」、「軼象外」，即是突破形似，以得出竹之「常理」。即由深入物之形象而得其特性，再將一己所追求之理想，融入此一擬人化之形象中，則此時之「象」，已成為「美的觀照」之象外常理，而非常人所見之「象」。

東坡又於〈墨君堂記〉（文二／356）中云：

然與可獨能得君（竹）之深，而知君之所以賢。雍容談笑，揮灑奮迅而盡君之德，稚壯枯老之容，披折偃仰之勢。風雪凌厲，以觀其操。崖石犖确，以致其節。得志，遂茂而不驕；不得志，瘁瘠而不辱。群居不倚，獨立不懼。與可之於君，可謂得其情而盡其性矣。

由入竹之深，得竹之賢、德、性、情，則是得其象外之常理也。

由以上之論述，東坡既重形似，尤重神似。又〈書竹石〉（文六／2572）中云：「形理兩全，然後可以言曉畫。」又東坡於〈書鄢陵王主簿所畫折枝二首〉（詩五／1525）中又稱美王主簿之畫「一點紅」「解寄無邊春」已是「疏淡含精勻」形神兼備之作。而「瘦竹如幽人，幽花如處女，低昂枝上雀，搖蕩花間雨」之句，又具形神合一之動感。

（四）畫論中之形神

細繹東坡所言之有足「常理」，並非當時理學家所謂有規範性之倫理物理之「理」。而是《莊子・養生主》「庖丁解牛」所謂「依乎天理」之「理」，乃出於自然生命之情感。即東坡所謂「如是而生，如是而死，……各當其處，合於天造」之「常理」。是以東坡所言之「常理」，試徵之歷代畫論，亦多言

〔註 27〕見徐復觀《中國藝術精神・宋代的文人畫論》，360 頁，引今人鄭昶《中國畫學全史》313 頁。

及：

顧愷之〈畫雲臺山記〉言畫山：「三段山，畫之雖長，當使畫甚促，不爾不稱」，畫天及水色，當「畫用空清，竟素上下」，方可傳神。

宗炳〈畫山水序〉云：「理絕於中古之上者，可意求於千載之下，旨微於言象之外者，可心求於書策之內。」又以「澄懷味象」，「應會感神」，虛靜觀「道」，爲中國山水畫創作至理，即「質而有趣靈」之「靈」。

王微《敘畫》審辨山水畫地形圖要曰：「案城域，辨方州，標鎮阜，劃浸流。」即以審美感興創作山水畫。其法在「以一管之筆，擬太虛之體，以判軀之狀，盡寸眸之明」。

梁元帝蕭繹《山水松石格》言山水畫創作中須「筆妙墨精」；且要「裒茂林之幽趣，剖雜草之芳情。」已言及「情」與「景」。

傳爲王維作之〈山水訣〉提出水墨山水畫之「遊戲三昧」之說，以水墨山水畫乃「畫道之中最上」。又〈山水論〉提出「凡畫山水，意在筆先」，「先看氣象，後辨清濁」。

謝赫《古畫品錄》以「氣韻生動」列於六品之首。如陸探微等之繪畫風格「取之象外，方厭膏腴」，故得神、韻、氣力。

張彥遠〈論畫山水樹石〉中提出「境與性會」，概括中國山水畫之審美內涵。又於《歷代名畫記》中，承謝氏「六法」而重言「氣韻」，以人物鬼神用「神韻」，器物用「氣韻」，而於言用「筆力」，則又於邏輯上將「神韻」轉成「氣韻」。故評吳道玄之畫，則用「氣韻雄壯，幾不容於縑素；筆跡磊落，遂恣意於牆壁。」則氣韻及於筆力、布局，「以氣韻求其畫，則形似在其間矣。」則張彥遠留意氣韻、用筆與形似。（而謝赫僅及氣韻、形似之二分。顧愷之重「遷想妙筆」）張氏又以繪畫象物求「形似」關鍵，「皆本於立意而歸乎用筆」。即神韻之得在「立意」（並非「構思」，乃指作家之人格胸襟）及用筆（筆意、筆調、筆格、筆勢等中國特有之線條藝術），亦即氣韻出自「神」與「質」（用筆）。蓋「骨法用筆」能落實，接通「氣韻生動」形而上法與「應物象形」之四項形而下法。因「骨氣」爲「用筆」法外，「神韻」、「氣勢」（布局）皆恃「用筆」以言。故張彥遠「六法」之重要貢獻在將「氣韻生動」落實於「骨法用筆」，此一邏輯重心轉移，使六朝重空靈虛玄之畫論，已推移至唐代尚健重實。更符合中國繪畫重線條之畫風。

王維〈山水訣〉由水墨畫視丹青彩繪更能思索「自然之性」「造化之功」。

又有遊戲三昧之義，則王維重「性」即「意」。

則顧氏所謂之「傳神」之神；宗炳所言「質有而趣靈」之靈。乃至謝赫「氣韻生動」之「氣韻」；張彥遠所謂「氣韻」，王維所謂「自然」：皆所謂之「神」也，「常理」也，皆合於東坡所言由「形似」而「神似」。

（五）意境（境界）

何謂「境」？

東坡言「境界」乃指審美主體之思想感情與物境自然契合所臻之「妙境」，常得之於「妙造自然」、「韻外之致」、「味外之旨」、「含不盡之意見於言外」。如東坡於《東坡題跋》卷二〈題淵明飲酒詩後〉：

> 「采菊東籬下，悠然見南山」，因採菊而見山，境與意會，此句最有妙處。近歲俗本皆作「望南山」，則此一篇神氣都索然。古人用意深微，而俗士率然矣妄以意改，此最可疾。近見新開韓柳集，多所刊定，失眞者多矣。

〈書諸集改字〉又云：

> ……陶潛詩「采菊東籬下，悠然見南山」，採菊之次，偶然見山，初不用意而景與意會，故可喜也，今皆作望南山……二詩改此兩字，覺一篇神氣索然也。

此詩之佳在「境」與「意」會。蓋用「望」字，僅及視覺上之境。而「見」字，則已將見南山以前之悠然之意，自外界延伸，造成物我彼此間的共鳴，是以意、境和諧，以至妙境。

又東坡於〈書黃子思詩集後〉（文五／2124）曾讚美司空圖：

> 唐末司空圖，崎嶇兵亂之間，而詩文高雅，猶有承平之遺風。其論詩曰：「梅止於酸，鹽止於鹹。」飲食不可無鹽梅，而其美常在鹹酸之外。蓋自列其詩之有得於文字之表者二十四韻，恨當時不識其妙，予三復其言而悲之。

且司空圖〈與李生論詩書〉云：

> 愚以爲辨味而後可以言詩也。江嶺之南，凡足資於適口者，若醯非不酸也，止於酸而已；若鹺非不鹹也，止於鹹而已。中華之人，所以充饑而遽輟者，知其鹹酸之外，醇美者有所乏耳。彼江嶺之人，習之而不辨也，宜哉。……噫！近而不浮，遠而不盡，然後可以言韻外之致耳。

東坡所謂「意境」乃對美之「情悟」與「妙造」。又受司空圖之影響，於「象外之象、景外之景」之虛實、情景多所關注。又東坡〈跋君謨飛白〉（文五／2181）亦謂能「通其意」自得其境：

> 物一理也，通其意，則無適而不可。分科而醫，醫之衰也。占色而畫，畫之陋也。和緩之醫，不別老少。曹吳之畫，不擇人物。謂彼長於是則可矣，曰能是不能是則不可。世之書，篆不兼隸，行不及草，殆未能通其意者也。如君謨，眞、行、草、隸，無不如意，其遺力餘意，變爲飛白，可愛而不可學，非通其意，能如是乎？

（六）「象」之虛寫為「意」

東坡重「意」，人物之素描不在「舉體皆似」而在傳神之「意思所在」。故其〈傳神記〉即言傳神在「目」、「神形寫影，都在阿堵中，其次在顴頰。」

又如東坡〈書李伯時山莊圖後〉（文五／2211）云：

> 居士之在山也，不留於一物，故其神與萬物交，其智與百工通。雖然，有道有藝。有道而不藝，則物雖形於心，不形於手。吾嘗見居士作華嚴相，皆以意造而與佛合。佛菩薩言之，居士畫之，若出一人，況自畫其所見者乎？

此言龍眠居士作〈山莊圖〉，使後之入山者，見泉石草木、漁樵隱逸皆能識之，此能神交意造，故合天機所使然。

〈墨君堂記〉（文二／355）：

> 稚壯枯老之容，披折偃仰之勢，風雪凌厲以觀其操，崖石犖确以致其節，得志，遂茂而不驕，不得志，瘁瘠而不辱，群居不倚，獨立不懼。與可之於君，可謂得其情而盡其性矣。

言物之「神」在其「情」「性」之中。又〈書林次中所得李伯時歸去來陽關二圖後〉（詩五／1598）云：「龍眠獨識殷勤處，畫出陽關意外聲」。

又〈書黄子思詩集後〉（文五／2124）論書法云：

> 予嘗論書，以謂鍾王之跡，蕭散簡遠，妙在筆畫之外。……唐末司空圖崎嶇兵亂之間，而詩文高雅，猶有承平之遺風。其論詩曰：「梅止於酸，鹽止於鹹」，飲食不可無鹽梅，而美常在鹹酸之外。蓋自列其詩之有得於文字之表者二十四韻，恨當時不識其妙。予三復其言而悲之。

今日美學重「意」之實寫，而「象外」爲「意」之虛寫，具不盡之餘味。唯能滿足耳目感官之快。如東坡於哲宗元豐三年（1080）作〈戲書李伯時畫御馬好頭赤〉（詩五／1590）云：

> 山西戰馬饑無肉，夜嚼長稭如嚼竹。蹄間三丈是徐行，不信天山有坑谷。豈如廄馬好頭赤，立仗歸來臥斜日。莫教優孟卜葬地，厚衣薪槨入銅歷。

此詩初視但爲品評馬匹優劣，而具言外之意。詩中比並山西戰馬浴血奮戰，但食粗糲。而廄中御馬偶擺儀設而飽食安逸，由二馬所得待遇不公，聯想及人亦懷才不遇。

至「意」之得，東坡以爲可由「陰察得之」，蓋「意思」多存「常理」之中。而東坡所言之「常理」，乃《莊子・養生主》所講庖丁「解牛」之「依乎天理」之「理」同，乃指出自自然天性之「理」。

顧愷之〈魏晉勝流畫贊〉言顧作畫重「實對」：

> 人有長短，今既定遠近以矚其對，則不可改易闊促，錯置高下也。凡生人亡有手揖眼視而前亡所對者。以形寫神而空其實對，荃生之用乖，傳神之趨失矣。

顧氏只言「實對」以寫人物。東坡則進言暗中觀察。如〈書陳懷立傳神〉（文五／2214）云：

> 傳神與相一道。欲得其人之天，法當於眾中陰察其舉止。今乃使具衣冠坐，注視一物，彼斂容自持，豈復見其天乎？

暗中觀察人之應對談笑，所得聲音笑貌必更生動。據《晉書・顧愷之傳》云：顧愷之「嘗圖裴楷像，頰上加三毛，觀者覺神明殊勝。」又據《世說新語・巧藝》：

> 顧長康畫裴叔則，頰上益三毛。人問其故。顧曰：「裴楷俊朗有識具，正此是其識具。」看畫者尋之，定覺益三毛如有神明，殊勝未安時。顧長康畫人，或數年不點目睛。人問其故。顧曰：「四體妍蚩，本無關於妙處，傳神寫照，正在阿堵中。」

顧氏以人之傳神在目，而裴氏特徵則在頰上三毛。故〈傳神記〉（文二／400）中東坡以「凡人意思，各有所在，或在眉目，或在鼻口。」又視顧氏所云爲長。

如梳理歷代畫論，由其成熟之文字論述，亦可概見由六朝至唐、五代，如何由「傳神」、「氣韻」內在聯繫，引出發「境」。

宗炳精於玄理，由道家以言山水之美在「以形媚道」「質而有趣靈」，言山水形象因具媚、趣、靈故可顯道。又承老子「玄鑒」、莊子「朝徹」、「見獨」、「遊心於物」之初，宗炳但主「澄懷味象」、「澄懷觀道」，言以虛靜之心，方可呈現神祕之道。

東晉顧愷之承老莊之美學，體道由「有限」而「無限」。《淮南子》「君形論」重以神制器，加之當特重人物品藻，故云：「四體妍蚩，本無關於妙處，傳神寫照，正在阿堵中。」言人物當留意人之神情關鍵處——目。（即東坡所謂「意思」所在。）

南朝梁時畫家謝赫，承《淮南子》「元氣自然論」，阮籍〈達莊論〉：「一氣盛衰，變化而不傷。」謝赫於〈古畫品錄序〉中以「氣韻生動」爲繪畫六法之首。

唐張彥遠《歷代名畫記》以形神必相輔相成，又以「神似」由「形似」來。而「象」但爲單一形象。「氣」方爲整體畫面。故言「縱得形似而氣韻不生。」

張氏又於〈論畫山水樹石〉中論述魏至唐，山水畫發展史，而於論吳道玄山水畫訣時提出「境與性會」。

五代荊浩《筆法記》由「人物畫」而「山水畫」，遂由「形神」而言「眞似」。故云：「似者得其形，遺其氣；眞者氣質具盛。」

故自六朝以降，皆重以「象」體現「道」。如宗炳即言由「澄懷」以「味象」，突破形式之「象」而入「取之象外」以觀照「道」。

顧愷之言「傳神寫照」、謝赫言「氣韻生動」，已與傳統美學接上內在聯繫。張彥遠又進言「神似」，荊浩言「眞」則由六朝言「神」、「氣」，而直接引發唐代美學言「境」以體現道「氣」。自是美學最高原則，已由「形」而「神」而「境」。

東坡承歷史形神論，而有所推進。即重動態之描摹，所得自爲「眞美」。如東坡承道家自然論，於〈傳神記〉（文二／400）中言，不必「舉體皆似」，但需「得其意思」，而以「眾中陰察之」而得人之形神。是以稱美陳直躬之畫雁曰：「野雁見人時，未起意先改。君從何處看，得此自然態？」所謂「自然態」即是「眞美」，得「眞美」，即能傳神得意也。

（七）「象外」與「境」

1、何謂「象外」？「境」？

由美學範疇言，「象外」即「意境」。

「象外」之說，遠源自老莊，然老、莊但論「象」而未及「象外」。如：《老子》四十一章云：「天下萬物生於有，有生於無。」「道」無具體形象可以把握。

又《老子》十一章云：

三十輻共一轂。當其無，有車之用。埏埴以爲器，當其無，有器之用。鑿户牖以爲室，當其無，有室之用。故有之以爲利，無之以爲用。

此言「道」爲「虛」、「實」、「有」、「無」之統一。

《莊子・天地篇》亦言「道」但能以「象罔」（由有形、無形、虛、實結合）可以到「道」，而理智、言辨、視覺則難得「道」。

黃帝游乎赤水之北，登乎昆崙之丘而南望，還歸，遺其玄珠。使知索之而不得，使離朱索之而不得，使喫詬索之而不得也。乃使象罔，象罔得之。黃帝曰：「異哉！象罔乃可以得之乎！」

莊子發揮《易・繫辭傳》中所云：「言不盡意」「立象以盡意」。蓋「意境」可以盡有形與無形。文藝之「意境」即源於此。即能由實象而聯想及於虛寫之「象外」，作無限性擴張。「象外」之說雖源自老、莊；而「象外」說之提出，則於六朝之隨佛學東漸，玄學興起。「象外」說既宗教哲學，亦屬美學。《文心雕龍・神思》篇云：「文外曲致。」范曄〈獄中與諸甥侄書〉云：「文患其事盡於形」；已有「文外」、「形外」之意。

2、就畫而言

最早於美學中用「象外」一詞，乃始自南朝謝赫《古畫品錄》中，用以評張墨、荀勖時云：「若拘以體物，則未見精粹；若取之象外，方厭膏腴，可謂微妙也。」此言畫家不可「拘以體物」，停滯於孤立有限之物象，必突破「有限之象」（不同佛家假托形象以傳達佛理。而此象屬於由《易傳》到王弼所謂「立象以盡意」之「意」），結合虛實之象，以體現神妙之道（氣）。此司空圖稱之爲「象外之象」「景外之景」，可望而不可即。故「象」爲孤立、有限之物象，而「象外之象」（境）乃指大自然元氣流動，或人生整幅圖象（即莊子所謂「象罔」，而非《易傳》所謂之「取象」），遂由謝赫「取之象外」直接引發唐代美學中之「境」。

3、就「詩」而言：境——象外之象

「境」、「境界」（象外之象）於美學上發展甚早，或當遠溯老莊而近源唐代（而非始於王國維。）

就「詩」而言：

錢鍾書《管錐編》云：

> 竊謂《三百篇》有「物色」而無景色，涉筆所及，止乎一草、一木、一水、一石，即侔色揣稱，亦無以過《九章・橘頌》之「綠葉素榮，曾枝剡棘，圓果摶兮，青黃雜糅」，《楚辭》始解以數物合布局面，類畫家所謂結構、位置者，更上一關，由狀物而寫景。〔註28〕

此言「物色」與「景色」區別，實即「象」與「境」之區別。《三百篇》寫「象」，《楚辭》始寫「境」。他如《九歌・湘夫人》：「裊裊兮秋風」。《九章》〈悲回風〉：「憑崑崙以瞰霧兮」〈涉江〉：「人漵浦余儃佪兮」之段，皆重合布之虛實，由有限而無限，斯之謂有「意境」。

清惲敬即云：

> 《三百篇》言山水，古簡無餘詞，至屈左徒而後瑰怪之觀、遠淡之境、幽奧朗潤之趣，如遇於心目之間。〔註29〕

故由「詩」言，《詩三百》時，人之審美對象爲「象」。《楚辭》後，尤其是六朝後，已由「象」而推移至「境」。

至唐人言「意象」如：

張懷瓘〈文字論〉：「探彼意象，如此規模。」王昌齡《詩格》：「久精思，未契意象。」司空圖《二十四詩品》：「意象欲出，造化已奇。」等。

由「意象」而推進至「境」，乃唐人之一大步。據宋陳應行《吟窗雜錄》、明代胡文煥《詩法統宗》、清代顧龍振《詩學指南》所錄王昌齡《詩格》、皎然《詩式》，已言及「境」。劉禹錫、司空圖亦進言之。以下分述之：

王昌齡《詩格》始分「境」「象」之不同，時而對舉，時而連用。即：

> 處身於境，視境於心，瑩然掌中，然後用思，了然境象，故得形似。
>
> 放安神思，心偶照境，率然而生。
>
> 搜求於象，心入於境，神會於物，因心而得。

又由詩歌所描繪之對象，亦分「境」爲三：

> 詩有三境：一曰物境。欲爲山水詩，則張泉石雲峰之境，極麗極秀者，神之於心，處身於境，視境於心，瑩然掌中，然後用思，了然

〔註28〕《管錐編》，第二冊，中華書局，1979年版，第613頁。

〔註29〕〈遊羅浮山記〉，《大雲山房文稿》二集卷三。

境象，故得形似。二曰情境。娛樂愁怨，皆張於意而處於身，然後用思，深得其情。三曰意境。亦張之於意而思之於心，得其眞矣。

此言自然山水之「物境」、人生經歷之「情境」、內心意識之「意境」。（此所言之「意境」爲「境」之一，皆指「審美客體」而言。而意境說之「意境」，則是特定審美意象，乃契合「意」（藝術家之情意）與「境」，包括王昌齡說之「物境」、「情境」、「意境」。）

又以詩歌意境之出有三：

「生思」——靈感常爲特定之「境」所引發。

「感思」——靈感借助前人之作以湧現。

「取思」——作者主動尋求境象以觸發靈感。

而三思乃由「心」目見「物」境，而生「思」（靈感），乃唐代之所重。

又司空圖之言「境」有二：「思與境偕」、「意境本質」。

思與境偕爲何？

司空圖於〈與王駕評詩書〉中曾云：「長於思與境偕，乃詩家之所尚者。」所謂「思與境偕」即進而概括王昌齡之言。而「思」非指「情意」，乃指「靈感」，即劉勰言「神思」與荊浩「六要」中之「思」，皆指靈感其常賴審美觀照中「心」與「境」（象外之象）契合，亦即王昌齡所言「以境照之」，「心入於境」。

由《文心雕龍・神思》言「神與物遊」至王昌齡、司空圖的「思與境偕」，已明審美意識，發生重大變化（審美對象由「象」轉爲「境」），乃古代藝術家想像之新特色。

意境本質，在以「氣韻生動」之全圖，以體現「道」。

司空圖列舉之二十四詩品是：雄渾、沖淡、纖穠、沉著、高古、典雅、洗鍊、勁健、綺麗、自然、含蓄、豪放、精神、縝密、疏野、清奇、委曲、實境、悲慨、形容、超詣、飄逸、曠達、流動。每品皆以十二句四言詩，作抽象理論論述及形象描繪。主旨在論述詩境以體現「道」。

司空圖《詩品》重「道」。試觀司空圖〈自戒〉即言「取訓老氏」。於《詩品》中一觀其出老子思想甚多。如「返虛入渾」（「雄渾」），「妙機其微」、「飲之太和」（「沖淡」）等。老子以「道」爲「有」與「無」、「虛」與「實」之統一。

自理論言，如執著孤立有限之「象」，則不能掌握道。莊子亦以「象罔」（境）可體現「道」。即以「象外之象」以表之。如《詩品》第一則「雄渾」云：「超以象外，得其環中。」超以象外，即超出孤立之物象。「環中」，出自

《莊子・齊物論》:「樞始得其環中，以應無窮。」（環乃門之上下兩横檻用以承受樞旋轉之空洞。樞入環中，即可旋轉自如，用以比對「道」之把握。）超以象外，即可以顯現「道」。又如第七則「洗鍊」云:「空潭瀉春，古鏡照神。」皆言「意境」必超以象外，虛實結合，趨向無限，以明「道」。

再由《詩品》中之形象描寫。如:「御風蓬葉，汎彼無垠。」（「飄逸」）「天風浪浪，海山蒼蒼。眞力彌滿，萬象在旁。」（「豪放」）等，描繪皆非孤立之「象」，而是「象外之象」、「景外之景」，乃莊子之「象罔」，亦即虛實結合之「境」，造化自然之生動之圖景。老子以「滌除玄鑒」主體虛靜，方能把握「道」。莊子亦重審美心胸。司空圖承而言之。如《二十四詩品》之:「虛佇神素，脫然畦封。」（「高古」）「體素儲潔，乘月返眞。」（「洗鍊」）「絕佇靈素，少回清眞。」（「形容」）皆強調詩人必須超越世俗之慾念、成見之干擾與束縛，方能保持內心虛靜之狀態。亦能以狀「境」之眞。司空圖不惟以「意境」說自老莊，亦言「意境」之美學本質——「意境」並非孤立之物象，而是表現虛實結合之「境」，亦即表現「造化自然」之「氣韻生動」之圖景，表現作爲宇宙本體和生命之「道」（氣）。故由詩、文、畫而言，乃由人之虛靜情，竭達自然之物境虛實之全圖。即東坡於〈送參寥詩〉（詩三／906）中云:「欲令詩語妙，無厭空且靜。」

七、風格多元

前言東坡美學基本理念在重「文章自一家」，其〈與鮮于子駿書〉（文四／1559）中自以詞作「自是一家」，而除詩文之作更新迭變外，詞作之語、體，皆能一新面目，「凜然自一家」。

東坡之言畫，亦重得神似之論。如〈王維吳道子畫〉（詩一／108）中即言王維畫，能「得之於象外」。〈淨因院畫記〉（文二／367）中亦以常理評畫言黄筌畫鳥〈書黄筌畫雀〉（文五／2213）及〈畫戴嵩畫牛〉（文五／2213）之畫不合理。而東坡又與文同屬湖州畫派，異於金碧輝煌之畫院之風。

又東坡重書法多姿，故於〈次韻子由論書〉（詩一／210）中云:「端莊雜流麗，剛健含婀娜。」又於〈書唐氏六家書後〉（文五／2206）中評顏魯公雄秀獨出，一變古法。皆東坡崇尙創作風格多元之意。爲免重贅，將於下節中詳細申論。

第五節　東坡美學思想實踐

東坡長於詩、文、書、畫。如文之自然，詩之寓理，詞之豪放，書、畫之神氣，無一不美。

詩——東坡詩之美在情景交融。如:〈有美堂暴雨〉寫「天外黑風吹海立，浙東飛雨過江來」,則正與東坡豪放個性相契。〈惠崇春江晚景〉「竹外桃花三兩枝，春江水暖鴨先知」，一聯已將春日江畔之美以靜、動、采色喻之。

詞——〈江城子〉:「縱使相逢應不識，塵滿面，鬢如霜」以寫己；「小軒窗。正梳妝」寫亡妻，乃東坡於憶念亡妻中，寓有身世之感。是以情意悱惻，感人肺腑。〈定風波〉:「何妨吟嘯且徐行」「回首向來蕭瑟處。歸去，也無風雨也無晴」，寫出被貶時坦蕩胸懷。

書——如〈題筆陣圖〉:「筆墨之跡，托於有形，有形則有弊。」言無形之自樂，方足以寓心忘憂，東坡以書藝之美在所蘊之神采筆意。如〈評草書〉:「書初無意於佳，乃佳爾。」

畫——米芾《畫史》言東坡畫竹不分節。東坡答曰:「竹生時何嘗逐節生？」東坡於畫求其神似,如〈書黃筌畫雀〉言黃筌畫飛雀不宜頸足兩展，則重神韻。

一語以道，則東坡承老莊以生命詮釋萬世不朽之文字美。

東坡雖由心靈深處抒寫人世之激情，卻常與政治生活坎坷相連，而至災禍連連。如：

東坡於元豐二年（1079）四十四歲之年，有烏臺詩案，禍出於詩。

元祐六年（1091）東坡五十六歲，出知潁州，亦因元豐八年（1085）於揚州竹西寺寫「此生已覺都無事，今歲仍逢大有年。山寺歸來聞好語，野花啼鳥亦欣然。」被誣得罪，故上〈辨題詩劄子〉。

紹聖四年（1097）初，東坡年六十二，有〈縱筆〉詩:「白頭蕭散漢霜風，小閣藤床寄病容，爲報先生春睡美，道人輕打五更鐘。」（詩七／2203）。此言東坡貶惠州，寓居嘉祐寺，垂老投荒，乃能陶然處逆，宰相章惇即以爲「蘇子尚久快活耶！」故東坡遂由惠再貶儋耳。〔註30〕

〔註30〕此據宋曾季狸《艇齋詩話》、《輿地廣記》之言。然〈和陶歸園田居六首・其一〉云:「門生饋薪米，救我廚無烟。」〈答周循州〉亦有類似之言，則東坡時衣食已窘，樽俎蕭然。正紀昀所謂:「此詩僅爲失意人之極牢騷語耳。」

東坡以生命繪寫之詩篇，亦因政治災難被毀。如「烏臺詩案」時，東坡赴獄，於〈黃州上文潞公書〉中謂其書十亡其七八云：

> 至宿州，御史符下，就家取文書。州郡望風，遣吏發迮，圍船搜取，老幼幾怖死。（文四／1379）

又其編述之《超然》、《黃樓》二集，則於〈答陳師仲主簿書〉云：「得罪日，皆爲家人婦女輩焚毀盡矣。」（文四／1428）亦東坡於〈答劉沔都曹書〉中云：「軾平生以文字言語見知於世，亦以此取疾於人，……而習氣宿業，未能盡去，亦謂隨手雲散鳥沒矣。」（文四／1429）。則東坡以詩文著稱，亦以詩文罹難，然「未能盡去」，則以美文抒寫已融入其生命之中。

東坡文之美，如〈書蒲永昇畫後〉東坡爲凸顯其人灑脫畫風，以孫位、黃筌等人爲舖墊，勾勒蒲氏之風爲：

> 王公富人或以勢力使之，永昇輒嘻笑舍去；遇其欲畫，不擇貴賤，頃刻而成。

至其藝術造詣，如作壽寧院水二十四幅，懸之高堂素壁，「即陰風襲人，毛髮爲立。」則可知也。

又〈記承天夜遊〉：「庭下如積水空明，水中藻荇交横，蓋竹柏影也。」已狀寫月夜下藻荇倒影之美。而「但少閑人」一句之「閑」字，尤有被貶無奈之唏噓。

東坡以超逸之思想、才情，以融入生命之詩文，抒說發人深思之美學論點。試舉其一、二最能代表東坡美在詩、畫。

一、和陶詩

東坡既兼長詩文書畫，本擬一一述之，爲篇幅計，以最能代表精鍊語言之「和陶詩」，述其蕭淡簡遠，耐人尋味之「美」。

（一）概　說

「和陶詩」乃東坡生前於儋州自我輯錄之最後一部詩集，風格成熟，足以代表東坡晚年之情志。故：

子由於《欒城後集》卷二十一〈子瞻和陶淵明詩集引〉引東坡語云：

> 吾前後和其詩凡一百有九篇，至其得意，自謂不甚愧淵明，今將集而并錄之，以遺後之君子。

所謂「不甚愧淵明」，是東坡即以此得意自豪。而「和陶詩」之寫作時間及篇次，則爲：

元祐後，東坡雖再度問政，又遭舊黨打擊。此後，東坡詩酒江湖，浪跡人間，與陶淵明情趣益近。

元祐七年於揚州，東坡首度和陶詩韻，寫〈和陶飲酒二十首〉（詩六／1881），〈其一〉：「我不如陶生，世事纏綿之。」〈其八〉：「我坐華堂上，不改麋鹿姿。」則雖不似陶之能去世俗，猶愛田園。

穎州時，歐陽叔弼讀元載詩，嘆淵明之絕識，東坡又寫詩稱美陶潛不爲五斗米折腰。

元祐九年正月十六日，蘇軾於定州與李端叔、王幾仁等論陶潛詩〈歸園田居〉中「種豆南山下，草盛豆苗稀，晨興（《東坡題跋》中作「侵晨」）理荒穢，帶月荷鋤歸」而相與嘆息。

惠州時，生活日窘，東坡益心醉於寫和陶詩，如〈和陶貧士七首〉（詩七／1236）、〈和時運四首〉、〈和陶形贈影〉（詩七／2306）、〈和陶影答形〉、〈和陶神釋〉（詩七／2307）等等。

紹聖二年二月十一日寫〈書淵明東方有一士詩後〉（詩七／2250）云：「我即淵明，淵明即我也。」則東坡視二人已融而一。

貶海南，又夢歸惠州白鶴山居，作〈和陶還舊居〉，旋又隨遇而安，而作「邦君助畚鍤，鄰里通有無。」（〈和陶和劉柴桑〉詩七／2311）

至儋州，又親檢和陶詩一○九首，使子由序之，以後猶繼續和陶。如〈和陶九日閑居〉、〈和陶停雲〉、〈和陶遊斜川〉、〈和陶郭主簿〉（詩七／2350）、〈和陶癸卯歲始春懷古田舍二首〉、〈和陶淵明王撫軍座送客詩〉（詩七／2326）、〈和陶淵明答龐參軍詩〉（詩七／2223）、〈和陶歸去來兮辭〉（詩八／2350）等。

於惠州、儋州前後七年，東坡受政治煎熬，和陶詩已爲其精神寄托，由此足見此爲其後期生活之實錄。即於揚州，東坡曾作〈和陶飲酒詩〉二十首，到惠州、儋州後，已輯集爲一○九首，以後又續作〈和陶九日閑居〉（詩七／2250）等九首，則前後東坡所作和陶詩凡一二○首。

（二）東坡寫「和陶詩」之理由

1、東坡崇尚陶潛人品

東坡〈陶驥子駿佚老堂二首〉（詩四／1230）中以陶淵明爲師曰：「淵明

吾所師，夫子乃其後。」東坡〈江城子〉詞，則直以陶潛再世自居曰：「夢中了了醉中醒。只淵明，是前生。走遍人間，依舊卻躬耕。」故東坡即於雪堂「取〈歸去來辭〉，稍加檃括，使就聲律」，和陶、懷陶、頌陶之詩遂出。是以子由《欒城後集》卷二十二〈亡兄子瞻端明墓誌銘〉言東坡原具「奮厲有當世志」，但自仕途九遷後，遂由陶詩中得其忍藉與啓迪。

又蘇轍《欒城後集》卷二十一〈子瞻和陶淵明詩集引〉：東坡於詩人，無所甚好，獨好淵明之詩。「然吾於淵明，豈獨好其詩哉，如其爲人，實有感焉。」

2、二人個性境遇相近

陶潛安於貧寒、躬耕自樂情操，東坡最爲欽佩。如陶潛〈感士不遇賦〉中云：「密網裁而魚駭，宏羅制而鳥驚；彼達人之善覺，乃逃祿而歸耕。」正反映其沖淡自足。東坡自仕途受折，即以陶氏爲楷模，如《陶淵明集》卷七〈與子儼等疏〉「少學琴書，偶愛閑靜，開卷有得，便欣然忘食」之勤奮自得，即是東坡〈初秋寄子由〉云：「藜羹對書史」，亦能安貧樂道。正同《欒城後集》卷二十一〈子瞻和陶淵明詩集引〉：東坡「葺茅竹而居之，日啖荼芋，而華屋玉食之念，不存於胸中。」同篇又引東坡曾以陶淵明臨終前〈與子儼等疏〉中自我小結爲鑑：「少而窮苦，每以家貧，東西遊走，性剛才拙，與物多忤，自量爲己，必貽俗患，黽勉辭世，使汝等幼而飢寒。」東坡即深以陶氏剛直不阿、清高爲是，故同篇又引東坡之眞率個性曰：「吾今有此病，而不早自知，半生出仕，以犯世患，此所以深服淵明，欲以晚節師範其萬一也。」

而東坡〈九日次韻王鞏〉（詩六／1905）云：「我醉欲眠君罷休」，正同陶淵明之「我醉欲眠卿可去」之眞率性格。

東坡讀陶淵明之〈飲酒詩〉（清晨聞叩門）時，感嘆共鳴，故於〈錄陶淵明詩〉（詩七／2000）中云：「予嘗有云，言發於心而動於口，吐之則逆人，茹之則逆予，以謂寧逆人也，故卒吐之。」亦與淵明詩意，不謀而合。

梁啓超〈陶淵明之文藝及作品〉：「古代作家能夠在作品中把他的個性活現出來，屈原之後，我便數陶淵明。」

則東坡、淵明二人境遇相類，才性氣質相近，東坡之作〈和陶詩〉，正順理而成章也。

3、思想信仰相類

陶氏思想揉雜儒道。於《陶淵明集》中，即可得見。如：

卷三〈飲酒〉（其十五）：「少年罕人事，游好在《六經》」，說明對儒家推崇。

卷四〈擬古〉（其七）:「路邊兩高墳，伯牙與莊周。此士難再得，吾行欲何求。」表現於道家之尊重。

卷二〈歸園田居〉（其一）之「少無適俗韻，性本受丘山」,「久在樊籠裡，復得返自然」之返樸還淳，委運任化態度，則兼尚儒、道二家。

陶氏早歲於政治生涯亦意氣風發，甚爲嚮往，然於政爭後，既於卷四〈詠貧士〉（其四）中云:「朝與仁生，夕死復何求」。又於〈桃花源記〉中寫出對理想世界之憧憬，然坎坷之途，終使其入於歸隱。東坡一生遭遇亦類，如年方壯盛時，欲効儒家入世，即飽受政治風浪。謫黃州，即以老莊思想爲主導，而入清靜無爲。至嶺南又崇信佛老。〈老人行〉中「爾來尤解安貧賤，不爲公卿強陪面。」如此則陶淵明之人品、詩作，自影響六百年後之東坡。二人因心跡相投，故陶淵明、柳子厚自爲東坡「南遷二友」,和陶詩之作，自屬當然。故黃庭堅於〈跋子瞻和陶詩〉中說:「子瞻謫嶺南，時宰欲殺之。飽食惠州飯，細和淵明詩。彭澤千載人，東坡百世士。出處雖不同，風味乃相似。」

東坡甚而舉陶潛、白居易並言:「淵明形神似我，樂天心相似我。」不同時代之詩人，能於思想上聯繫，乃詩風味相似之根本道理所在。

4、熱愛嶺南風物百姓

「和陶詩」大部分作於嶺南。東坡於〈雷州八首・其一〉（詩八／2706）中言南遷後欲:「灌園以餬口，身自雜蒼頭」渡日，甚而如〈和陶歸園田居六首〉（其一）「以彼無限景，寓我有限年」之歲月。然油然而生對嶺南百姓之關懷與對國事之責任。以下試由〈和陶勸農詩六首〉（詩七／2103）以敘與黎人雜處——

如於詩序中云:「海南多荒田，俗以貿香爲業，所產秔稌，不足於食，乃以薯芋雜米作粥糜，以取飽，余既哀之，乃和陶淵明勸農詩，以告其有知者。」且以黎漢本一家，黎人生活之貧苦，實乃「貪夫污吏，鷹鷙狼食」所致。是以勸黎民善自開墾土地:「利爾鉏耜，好爾鄰偶。斬艾蓬藋，南東其畝。」則「勸農詩」之旨足見。

又〈和陶歸園田居六首・其五〉（詩七／2106）述東坡於遊白水山佛跡岩，於水北荔枝浦，巧遇八十五歲老者曰:「及是可食，公能攜酒來遊乎？」東坡即欣然許之。

而〈和陶擬古九首・其九〉（詩七／2260）中，又寫黎山樵:「遺我吉貝布，海風今歲寒。」關懷東坡衣寒。

〈和陶癸卯歲始春懷古田舍二首・其二・其三〉（詩七／2263）：「呼我釣其池，人魚兩忘返」、「果熟多幽欣」、「結茅爲子鄰」，表其願於黎子雲兄弟關懷下爲黎人。

又於〈歸去來集字十首〉（詩七／2356）中言「情親有往還」，亦表現與黎人之相親。

至反映東坡之嶺南情思，有放浪江海，自我陶醉之情，嶺南山水，淨化東坡暮年之心。如〈和陶歸園田居六首・其一〉（詩七／2103）則欲過「我適物自閑」生活。而於〈其二〉進言「南池綠錢生，北嶺紫筍長。提壺豈解飲，好語時見廣。春江有佳句，我醉墜渺莽。」是以王文誥言蘇軾詩「及渡海而全入化境」，黃庭堅〈與歐陽元老書〉言東坡嶺外文「如清風自外來」，非無故也。

陶詩中「猛志固常在」之高昂情緒，一經「蘇化」後反而呈現逃避現實，歸化自然之色彩，如〈和陶讀山海經十三首〉、〈和陶詠二疏〉、〈和陶詠三良〉、〈和陶詠荆軻〉等詩皆是。

此外和陶詩中尚有抒寫嶺南移居之樂，少年往事之追懷，於貧困生活之自我安慰等。

（三）東坡和陶詩與其思想之相應者

1、平淡中有豪逸曠達之風

東坡〈和陶歸園田居・其三〉中，言東坡游白水山佛跡岩，於湯泉瀑布沐浴，「新浴覺身輕，新沐感髮稀。」身心舒暢，時肩輿已前行，「卻行詠而歸」「仰觀江搖山，俯見月在衣」，皆表出平淡恬靜，適物自閑。清趙克宜《蘇詩評注彙鈔》引紀昀「極平淡而有深味，神似陶公。」試觀陶淵明〈歸園田居〉（其五）中所寫的「悵恨獨策還，崎嶇歷榛曲。山澗清且淺，可以濯吾足」，情致神似。

張戒《歲寒堂詩話》云：

> 淵明「狗吠深巷中，雞鳴桑樹顛」、「採菊東籬下，悠然見南山」，此景物雖在目前，而非至閑至靜之中，則不能到，此味不可及也。

此言陶詩「至閑至靜」能白描農村之淳樸。東坡〈和陶歸園田居・其一〉：

> 我飽一飯足，薇蕨補食前。門生饋薪米，救我廚無煙。斗酒與只雞，酣歌餞華顛。禽魚豈知道，我適物自閑。悠悠未必爾，聊樂我所然。

清趙克宜《蘇詩評注彙鈔》亦評曰：「淡語似陶」乃「靜中體驗語」，其言是也。

然東坡之詩別有平淡意趣。如〈和陶歸園田居六首・其二〉（詩七／2103）

江鷗漸馴集，蜑叟已還往。南池綠錢生，北嶺紫筍長。提壺豈解飲，好語時見廣。春江有佳句，我醉墮渺莽。

清趙克宜《蘇詩評注彙鈔》引紀昀即評爲具「東坡獨造」之「淡宕」。

又〈和陶歸園田居六首・其六〉（詩七／2107）東坡更以豪邁反映現實：

矧今長閑人，一劫展過隙。江山互隱見，出沒爲我役。斜川追淵明，東皐友王績。詩成竟何爲，六博本無益。

又《陶淵明集》卷二〈歸園田居〉（其四）：「一世異朝市，此語眞不虛。人生似幻化，終當歸空無。」則已對現實表出冷淡。則王文誥所謂「公之和陶，但以陶自托耳，至於其詩，極有區別。」則蘇詩畢竟非如陶詩之平淡。是以東坡之學陶，於平淡中融入豪邁。如東坡〈和陶西田獲早稻〉（詩七／2315），東坡因受黎人之助而不安：

早韭欲爭春，晚菘先破寒。人間無正味，美好出艱難。早知農圃樂，豈有非意干。尚恨不持鋤，未免騂我顏。此心苟未降，何適不間關。

清趙克宜《蘇詩評注彙鈔》即曰：「以東坡之透快效陶之平淡，相濟而成溫厚之音。」此「溫厚之音」，正東坡習陶後而有所融入。故劉熙載《藝概》卷二云：「陶詩之醇厚，東坡和之以清勁，如宮商之奏，各自爲宮，其美正復不相掩也。」其言是也。

2、狀景自然

〈和陶遊斜川〉（詩七／2318）：「春江綠未波，人臥船自流。」人在春江中逐流，有「我本無所適，汎汎隨鳴雞」之心境。

〈和陶雜詩十一首・其二〉（詩七／2273）：

室空無可照，水滅膏自冷。披衣起視夜，海闊河漢永。西窗半明月，散亂梧楸影。

西窗月影使人具「良辰不可繫，逝水無留騁」之感。

又〈和陶雜詩十一首・其一〉（詩七／2272）：「從我來海南，幽絕無四鄰。耿耿如缺月，獨與長庚晨。」則以海外月色以寫孤寂。

〈和陶擬古九首・其三〉（詩七／2260）：「夜中聞長嘯，月露荒榛蕪。無問亦無答，吉凶兩何如。」於月色中仍有對世事關懷。

〈和陶停雲四首・其二〉（詩七／2269）：「颶作海渾，天水溟濛，雲屯九河，雪立三江」，亦有海南颶風之寫。

〈和陶歸園田居六首・其一〉（詩七／2103）「環州多白水，際海皆蒼山」之蒼海，〈其二〉：「南池綠錢生，北嶺紫筍長」之春景。

〈和陶九日閑居〉（詩七／2259）：「鮮鮮霜菊艷，溜溜糟床聲」，則寫秋聲秋色。

〈和陶王撫軍座送客〉（詩七／2326）：「悠悠含山日，炯炯留清輝」，則寫落日。

〈和陶赴假江陵夜行〉（詩七／2259）：「驚鵲再三起，樹端已微明。白露淨原野，如覺丘陵平」，則寫晨曦。

〈和陶和胡西曹示顧賊曹〉（詩七／2205）：「瘴雨吹蠻風」，寫蠻風瘴雨；「飛泉瀉萬仞，舞鶴雙低昂」，則寫南國瀑布。

3、語意質實、深遠

釋惠洪《冷齋夜話・東坡得陶淵明之遺意條》言東坡以陶詩「初看若散緩，熟視有奇句。」即以有限之外在語言或形象以體現無限內在之情意。如：

〈和陶田舍始春懷古二首〉（詩七／2280）：「城東兩黎子，室邇人自遠，呼我釣其池，人魚兩忘返。」何等忘情？

「丹荔破玉膚，黃柑溢芳津。借我三畝地，結茅爲子鄰。鴃舌倘可學，化爲黎母民。」即由平淡之語，細緻流露東坡與黎人相處之情深。

〈和陶赴假還江陵夜行〉（詩七／2259）：「缺月不早出，長林踏青冥。犬吠主人怒，愧此閭里情。怪我夜不歸，茜袂窺柴荆。」海南之閑散生活，即溢於字裡行間。而「犬吠」二句，紀昀即評曰：「十字直至」，其郊外步月之情緻，已躍然可見。

〈和陶擬古・其一〉（詩七／2260）：「有客叩我門，繫馬門前柳。庭空鳥雀散，門閉客立久。」「主人枕書臥，夢我平生友」，「庭空」言地處偏僻；「鳥雀散」言庭院冷清。主人蟄居既久，訪客鮮至，主人正高枕思友，何等悠然！

〈和陶胡西曹示顧賊曹〉（詩七／2205）「瘴雨吹蠻風，凋零豈容遲。老人不解飲，短句餘情悲。」

〈和陶雜詩〉（詩七／2272）「斜日照孤隙，始知空有塵。微風動眾竅，誰信我忘身。」皆表出東坡海南客居之情。故子由〈和陶淵明詩集引〉中云：「精深華妙，不見老人衰憊之氣」，其言是也。

又陶詩平淡中具清新之農林風味，如：

「採菊東籬下，悠然見南山」，已見心境閑逸，情眞意切。

「曖曖遠人村，依依墟里煙；狗吠深巷中，雞鳴桑樹巓。」東坡〈和陶歸園田居六首‧其三〉（詩七／2105）「仰觀江搖山，俯見月在衣。」〈其六〉：「斜川追淵明，東皋友王績。」即景眞事眞。

東坡和陶亦有仕宦失意之自遣。故明謝榛《四溟詩話》卷三曰：「和古人詩，起自蘇子瞻。遠謫南荒，風土殊惡，神交異代，而陶令可親，所以飽惠州之飯，和淵明之詩，藉以自遣爾。」是以和陶詩除見其承傳，及東坡詩風之變，亦明作家氣質及生活道路不同，藝術創造亦異。

4、行文真摯

東坡謫海南時，子由亦貶雷州，丁丑歲（1097）五月十一日，二人相遇於藤州，於是同臥起於水程山驛兩旬餘，又同行至雷州。六月十一日相別渡海，對蘇軾病痔呻吟，子由亦終夕不寐。子由則誦陶詩勸東坡止酒，東坡遂和原韻而寫〈和陶止酒〉（詩七／2145），反映二人離別之依依，詩中云：子由「勸我師淵明，力薄且爲己。微痾坐杯酌，止酒則瘳矣。」而東坡願「從今東坡室，不立杜康祀。」二人情誼，由此可見。

〈和陶停雲四首‧其二〉（詩七／2269）言東坡至海南，冬日海道斷絕，不得子由訊息而作此曰：「我不出門，寤寐北窗。念彼海康，神馳往從。」亦流露出深切懷念。於回憶生活則曰：「對奕未終，摧然斧柯。再游蘭亭，默數永和。夢幻去來，誰少誰多。」則手足之情，盡在不言。

又〈和陶答龐參軍六首〉（詩七／2326）言與友人之惜別「將行復止，眷言孜孜……奕奕千言，粲焉陳詩。」「擊鼓其鏜，船開艫鳴。顧我而言，雨泣載零。」

而〈和陶與殷晉安別〉（詩七／2321）、〈和陶王撫軍座送客（再送張中）〉（詩七／2560）、〈和陶答龐參軍（三送張中）〉等詩，則寫送別昌化軍使張中罷官赴闕之情懷。如「悠悠含山日，炯炯留清輝。懸知冬夜長，不恨晨光遲。夢中與汝別，作詩記忘遺。」。

而思鄉之情見於〈和陶歸去來兮辭〉（詩八／2560）「歸去來兮，吾方南遷安得歸。臥江海之澒洞，吊鼓角之淒悲。跡泥蟠而愈深，時電往而莫追。懷西南之歸路，夢良是而覺非。」亦幻想返鄉後之情景：「俯仰還家，下車闔門。藩垣雖缺，堂室故存。挹吾天醴，注之窪尊。」

5、反映人生哲理思辨與探索

〈和陶影答形〉（詩七／2307）以「醉醒皆夢爾，未用議優劣。」

（四）東坡和陶詩之評價

最足詮釋東坡美學特色在自然平淡，以下試分述之：

1、優　長

（1）和陶詩具平淡特色

東坡以陶詩寄綺麗於平淡之中。故曰：「質而實綺，癯而實腴。」

（2）自　然

而陶詩之平淡深粹出於自然，又非人人可得。故楊時《龜山先生語錄》即云：

> 陶淵明詩所不可及者，沖淡深粹，出於自然。若曾用力學，然後知淵明詩非著力之所能成。

（3）深　遠

李公煥於《箋注陶淵明集》中所云：

> 余嘗評陶公詩，化語平淡而寓意深遠，外著枯槁，中實敷腴，眞詩人之冠冕也。

而後人學陶，難以近之。如：

沈德潛《說詩晬語》云：

> 陶詩胸次浩然，其中有一段淵深樸茂不可到處。唐人祖述者，王右丞有其清腴、孟山人有其閑遠、儲太祝有其樸實、韋左司有其沖和、柳曹有其俊潔，皆學焉而不得其性之所近。

王、孟、儲、韋、柳等人皆只得其一，未得其「淵深樸茂」，乃是了解東坡晚年之抒情托志及心情境遇之最佳實錄。

2、疏　缺

而東坡〈和陶詩〉，前人亦有微詞。如：

陳善《捫虱新話》卷六：

> 坡詩語亦微傷巧，不合陶詩體合自然也。

施補華《峴傭說詩》云：

> 後人學陶，以韋公爲最深，蓋其衿懷澄澹，有以契之也。東坡與陶，氣質不類，故集中效陶、和陶諸作，眞率處似之，沖淡處不及也；

間用馳驟，蓋不相肖。

陶詩多微至語，東坡學陶，多超脫語，天分不也。

元好問〈跋東坡和陶淵明飲酒詩後〉：

東坡和陶，氣象只是東坡。如云「三杯洗戰國，一鬥消強秦」，淵明決不能辨此。

飽經政治風霜之東坡，既與急流勇退之陶潛體驗不同。又才情豪放飄逸之東坡多用激情應世，亦與陶淵明平淡眞率不同。由「微至」、「眞率」言，則東坡雖逐首和陶亦難近陶之「沖淡超脫」。

二、畫　作

（一）感物自然

1、東坡好畫，其源有三

（1）源自其父老泉之愛畫

據〈四菩薩閣記〉謂老泉燕居嗜畫，弟子門人多爭致其嗜。藏畫之豐可比公卿，東坡亦以錢十萬購得 180 年前唐人藏經龕之「門上吳道子畫」四板以獻諸老泉，且云：「先君之所嗜百有餘品，一旦以是四板爲甲。」則東坡自幼即受老泉薰陶，其於〈寶繪堂記〉（文二／356）云：「始吾少時嘗好此二者（書與畫），……吾薄富貴而厚於書，輕死生而重於畫，……二物者常爲吾樂。」則東坡由知畫好畫而樂畫。（而子由則不甚好書畫，東坡〈石氏畫苑記〉文二／364 謂子由視畫漠然，所謂：「所貴於畫者，爲其似也。」「似猶可貴，況其眞者。」）

（2）與其詩學修養相關

東坡頗重詩畫之相關，故於〈書摩詰藍田煙雨圖〉云：

味摩詰之詩，詩中有畫。觀摩詰之畫，畫中有詩。

則東坡重詩人能寫物，如其評詩人寫物之眞——林逋「梅花詩」、皮日休「白蓮詩」，皆具體物之一畫意在其中。

東坡兼通詩、畫，故其詩中常有畫意，如〈飲湖上初晴後雨〉云：「水光瀲灩晴方好，山色空濛雨亦奇。欲把西湖比西子，澹妝濃抹總相宜」（詩二／430），此詩不惟爲西湖寫生，亦狀西子之靈動，故欲識西子，但看西湖，要識西湖，但看此詩。

又東坡有〈詠梅〉一首，有句：「竹外一枝斜更好」，已是絕佳之「竹梅圖」（見陳善《捫虱新話》），是以東坡詩作溢而爲畫；畫作則爲詩之餘也。

（3）東坡閱歷豐

其不惟書讀萬卷、路行萬里，縱山肆水，且秉燭夜讀，故兼善詩畫。細觀東坡一生，屢遭遷謫，始而杭州，繼而密州、徐州、湖州，中而黃州，再而杭州，繼而潁州而定州，而惠州，終而儋州。由於各地山川氣候人物之不同，東坡皆能隨遇而安，樂其所樂。如其不斥久窮極，又不寄情詩畫，則所詣或未分。

至其所交遊如文與可、李龍眠、米元章、王晉卿、劉涇、薛紹彭、黃山谷、晁無咎之流，皆一代名家，研摩切磋，其進益多。

東坡畫論與其一生仕宦浮沉相涉，於無情打擊時，曾欲歸隱（如〈定風波〉之「歸去，也無風雨也無晴。」〈臨江仙·夜歸臨〉：「江海寄餘生」。）亦欲說不能，難以文字表達（復作文）。東坡表面雖於佛道中精神解脫，然濟世豪情，生活執著，則屢貶屢奮。如〈浣溪沙〉中云：「誰道人生無再少，門前流水尚能西。」〈江城子·密州出獵〉中云：「酒酣胸尚開張、鬢微霜，又何妨？」是以東坡之生活背景，適足爲其畫論作最佳之奠石。東坡「畫論」與美學思想多相涵攝，如重「寓意」、「至味」、「神似」等皆然。

2、尚自然

東坡詩作尚自然，其詩畫作之醉筆最得其肺腑鬱積與眞興。米元章自湖南從事過黃州，初見公酒酣，貼觀音紙壁上，起作兩行枯樹怪石，即是山谷曾撰〈蘇、李（東坡、龍眠）畫枯道士賦〉云：

> 恢詭譎怪，滑稽於秋毫之穎，尤以酒而能爲神。故其觴次滴瀝，醉餘嚬呻，取諸造化之爐錘，盡用文章之斧斤。

又〈題石竹詩〉云：「東坡老人翰林公，醉時吐出胸中墨。」此言東坡醉餘得造化之極。又東坡醉飲郭家，郭氏作詩爲謝，且贈其古銅劍二，正東坡常酒酣乘興而作也。即東坡自道其好詩好畫，多於酒後作之。〈自題郭祥正壁〉亦云：

> 枯腸得酒牙角出，肝肺槎芒生竹石。森然欲作不可留，寫向君家雪色壁。平生好詩仍好畫，書牆涴壁長遭罵。不嗔不罵喜有餘，世間誰復如君者。

東坡好白樂天〈畫竹歌〉云：「蕭郎下筆獨逼眞，丹青以來惟一人。人畫竹身肥臃腫，蕭畫莖瘦節節竦。」其於元豐六年七月六日王文甫家飲釀白酒大醉，乃集古句作墨竹詞，調寄〈定風波〉，而於〈自題畫墨竹詞定風波〉云：「人畫竹身肥臃腫，何用先生落筆勝蕭郎。」此言醉竹瘦勝蕭郎，與《山谷題跋》卷五，山谷所傳公醉書如柳誠懸正同。

公在日對於醉竹頗自珍貴。如〈與朱壽昌書〉云：「數日前飲醉後，作頑石亂篠一紙，私甚惜之，念公篤好，故以奉獻。」又如〈與王慶源書十三首・其九〉（文四／1815）：「示諭要畫，酒後信手，豈復能佳。寄一扇一小軸去，作笑耳。」

則東坡常乘酒酣，以發眞興，良以山川自然之妙，引發其肺腑之歎也。東坡除醉中畫竹，又多狀枯木寒林，即其〈與可畫墨竹屛風贊〉所謂有德斯有文，爲文之餘，發而爲詩，詩不能盡，溢而爲書，變而爲畫。人多好其詩、文，未知書、畫亦其人之好自然風物之反映也。

（二）立意自適

1、以詩入畫

東坡詩篇畫作難狀物情者多矣。尤將內意化爲畫作，如：

東坡〈書參寥讀杜詩〉（文五／2136）言杜詩之「楚江巫峽半雲雨，清簟疏帘看奕棋。」難入畫。

又程正揆《青溪遺稿・題畫》載程氏言於董其昌「洞庭湖西秋月輝，瀟湘江北早鴻飛」難以入畫，蓋「月」與「鴻」但能表先後，不能有尺幅千里之勢。

明末張岱《琅嬛文集・與包嚴介》亦舉李白〈靜夜思〉：「低頭思故鄉」之難入畫，王維〈香積寺〉詩「泉聲咽危石，日色法青松」之動詞「咽」、「冷」亦難以畫出。

而畫作中最難得者爲「聲」。如

明徐渭《徐文長集・附畫風竹于箑送子甘題此》：「爲君畫風竹。君聽竹梢聲，是風還是哭？」言畫「風竹」之聲甚難。

又如明董其昌《畫旨》卷下：「水作羅浮磬，山鳴于闐鐘」，即以李白詩中之「鐘磬」之聲，難入畫。

由是則詩作入靜境意象與作者內心感受，皆難以入畫，如何以得詩畫之旨，可由「意」得之。如金王若虛《滹南詩話》卷二即言「意」之得爲要。

即：「東坡〈題陽關圖〉云，『龍眼獨識殷勤處，畫出陽關意外聲。』予謂可言聲外意。」

又陳若《本堂集·代跋汪文卿梅畫詞》則以難狀之景，由「心」而得之。即：「梅之至難狀者，莫如『疏影』，而於『暗香』，來往尤難也。豈眞難而已，竟不可！逋仙得於心。」

則畫作長於展現色彩、線條之空間布列；而詩文長於描繪時間之先後。兼之者在詩畫之得在「意」、「心」。

2、得「意」之畫

東坡得「意」之作甚多。以下試一言之：

（1）畫「竹」木山水

東坡長於墨竹之畫，歷來人皆以東坡之「竹」得竹之「意」。如：「墨竹凡見十四卷，大抵寫意。」（都穆《鐵網珊瑚》蘇軾節）「東坡畫竹，多成林棘，是其所短，無一點俗氣是其所長。」（山谷〈致檀敦禮書〉）東坡爲竹寫眞則「枝掀葉舉是精神。」「東坡畫竹數本，筆墨皆挾風霜，眞神仙中人。」（山谷〈題子瞻墨竹〉）而東坡畫竹多得逸趣，不同湖州之工緻，即：「東坡居士畫竹當在法度之外，求其餘意。」（龐元濟《虛齋名畫續錄》引釋妙聲〈題蘇文忠鳳尾竹圖軸〉）東坡竹石之寫，多有無窮之「意」蘊，所謂「霜根老節，止於石畔見之。而撐霄戞雲，掀風播雨之態，付之無窮意想。」（項聖謨《醉鷗墨君題語·蘇文忠竹》）東坡墨竹畫法雖得自與可，而自以不如，故於「意」足之外，自詡長於繪石，作新變，即所謂「特作老榦磊砢，數葉蕭瑟，而其意已足。蓋其胸次不凡，故落筆便有超妙處。此幅新篁卷石，婀娜蒼潤，豈其法之變乎？」（《佩文齋書畫譜》引《震澤集》）則東坡具松柏之姿，故能君竹友石，其傲風霆，閱古今之氣，百世之下，尚可想見也。（朱熹〈題東坡畫竹石〉）

（2）人　物

中國文士，宦海失意，常寄情田園詩、山水畫，亦寫情寄特殊之人物。東坡於墨竹、寒林、枯木奇石後，或受李公麟等畫友影響，曾戲作人物畫。如東坡曾畫樂工——

據何薳《春渚紀聞》謂，東坡曾畫「樂工」一幅，作樂語以漢隸，題曰：「桃園未必無杏，銀鑛終須有鉛，荇帶豈能攔浪，藕花卻解留蓮。」

東坡又畫佛像——

據釋德洪《石門文字禪・題東坡畫應身彌勒》謂東坡曾畫「應身彌勒像」，原錄言為「東坡居士遊戲之作」，乃南遷途中寄與秦觀者。

東坡又作自畫像——

東坡南遷後，畫一背面人像，於〈自畫背面圖并贊〉（文六／2422）中謂言舉扇障面，上書「元祐罪人，寫影示邁」八字，贊下註：「作舉扇障面小像」。或為自嘲之作。此據元吳師道《吳禮部集・自畫背面圖》所云。

東坡又有工筆畫——螃蟹

據王沂《竹亭集》言蘭陵胡世將曾收藏東坡所繪之螃蟹，乃運工筆以畫，其瑣屑毛介，曲隈芒縷，無不備具，或以非慣於大筆揮灑東坡之作。此作留存不多。是以胡氏特託夏大韶持請晁補之鑒定，晁氏以東坡雖大處豪放不羈，未必無細針密縷工夫。

3、獨創之畫

而東坡畫竹之獨創，或畫月下竹，或用朱筆墨，即

惲格《南田畫跋》引云：「東坡於月下畫竹，文湖州見之大驚，蓋得其意者全乎天矣。」又公在試院時，興到，無墨，遂用朱筆畫竹。見者曰：「世豈有朱竹耶？」公曰：「世豈有墨竹耶？」意所獨造，便成物理。所繪之竹，無論寫月下，運朱筆，皆靈氣百倍。細繹東坡之善繪「竹」，或得之「愛竹」，亦善運「墨」以畫。

東坡之畫竹，由於愛竹、敬竹、友竹而畫竹。〈于潛僧綠筠軒〉詩云：「無肉令人瘦，無竹令人俗。」又〈題南谿竹〉謂居江湖乃「愛此千竿竹。」

東坡〈與可作墨君堂〉稱美與可能以竹擬人，而美其賢、德、容、勢、節操，故言與可能得「竹」之情，畫竹之性。

東坡畫竹之機緣，由觀王維畫而得啓迪——

嘉祐六年辛丑冬十一月到鳳翔府簽判任之翌月，遊開元寺，觀王維畫叢竹。後二年上元夜又遊鳳翔東院，觀王維畫壁，〈題鳳翔東院王畫壁〉（文五／2209）云：「時夜已闌，殘燈耿然，畫僧踽踽欲動，恍然久之」云。惟據王文誥之考證，當年所見王維之竹，似為雙鈎飛白。山谷云：「東坡不善雙鈎」，而公之飛白迄未之見，遂以為公獨得其神理而未見之畫作。亦或未必，蓋東坡天縱高才，後二三十年之琢磨，必老成於此。

又東坡墨竹之生動鮮活，或得之於其善運墨，以下試舉數例：

「東坡墨竹，寫葉皆肥厚，用墨最精。興酣之作，如風雨驟至，筆歌墨舞。」（吳修〈青霞館論畫絕句〉）「幹粗如兒臂，斜正共四竿，墨色濃潤沈鬱。」（裴景福《壯陶閣書畫錄東坡墨竹卷》）

則東坡之寫意，在以濃墨以寫老枝而襯出新篁，而其神韻之超卓，即「東坡懸崖竹一枝倒垂，筆酣墨飽，飛舞跌宕，如其書，如其文。」（孫承澤〈庚子消夏記〉）「爲揮濃墨寫淒迷。」（虞集〈題東坡墨竹〉）則寫出東坡與可湖州竹之共同特色。又方薰客於婁江金懷民家，曾見東坡竹石墨曰：「仰枝垂葉，筆勢雄健，墨氣深厚，如其書法，所謂沈著痛快也。」（方薰《山靜居畫論・東坡竹石》）而劉體仁又於北海先生家見東坡竹橫幅，俊逸超絕，「墨分七層。」（劉體仁〈七頌堂識小錄〉）證之孫鑛云：「濃淡間各自有天趣。」誠然。（見孫鑛《畫畫跋・跋蘇長公畫竹三絕句》引王氏跋）則東坡畫竹除重寫意亦善運墨也。

東坡承王維山水墨畫之疏淡之風與李成、王詵之枯木寒林圖法，故精於不分節之墨竹，亦有蕭疏之寒林圖，且頗自得。其〈與王定國書〉（文四／1513）曰：「兼畫得寒林墨竹，已入神矣。」東坡由墨竹寒林，推而形成古木竹石一派，重淡墨掃老木古，配以修竹奇石，且作枯木、竹石各一幀，寄與章質夫曰：「前者未有此體也。」此體除墨竹不分節，且有虬屈枯木、奇特石皴，似其胸中盤鬱。故《山谷題跋》卷五評之曰：「東坡居士作枯槎、壽木、叢篠、斷山，筆力跌宕於風煙無人之境。」

鄧椿《畫繼》卷三，即以傳爲東坡所作之「木石圖卷」蕭散空荒，故曰：「子瞻作枯木、枝幹虬屈無端倪，石皴亦奇怪，如其胸中盤鬱中。」又米芾《畫史》載，米氏於元豐年間，由湖南過黃州，見東坡酒酣之中作畫，乃作竹枝二，枯木、怪石各一，枝幹蝤屈無端，石皴硬奇，如其胸中之盤鬱。東坡自知寫竹功力雖遜與可，然自詡其長在繪石，蓋其作畫重寫意，運濃墨，使「中鋒迴腕」、「骨法用筆」，由書入畫，目的在寫出胸中怨憤之意。宋徽宗即位之初，東坡受詔復「朝奉郎」，提舉「成都府玉局觀」，故後人傳稱其畫法爲「玉局法」，即已見其繪事成就，得自生活歷鍊。

（三）運思在靜

東坡作畫，由虛靜養氣，故未作畫，已成竹在胸。如：東坡長墨竹，米元章《畫史》即言東坡所作墨竹不分節，「從地起，一直至頂。」言與文同作畫時「拈一瓣香，以墨深爲面，淡爲背，自與可始也。」又記米元章自湖南從事，過黃州，見東坡酒酣於壁上觀音紙上「作兩枝竹，一枯樹，一怪石。」

則東坡乘興運氣作畫。而東坡作畫之心法，「成竹在胸」，亦源自文同。即東坡所作〈文與可畫篔簹谷偃竹記〉云：

竹之始生，一寸之萌耳，而節葉具焉，自蜩腹蛇蚹，以至於劍拔十尋者，生而有之也。今畫者乃節節而爲之，葉葉而累之，豈復有竹乎？故畫竹必先得成竹於胸中，執筆熟視，乃見其所欲畫者，急起從之，振筆直遂，以追其所見，如兔起鶻落，少縱則逝矣。與可之教予如此。予不能然也，而心識其所以然。（文二／356）

（四）畫達於紙

1、畫意達紙

自烏臺詩案後，東坡「牢閉口，莫把筆」，所謂「得罪以來，未嘗敢作文字」（〈與滕達道書〉），「近來絕不作文」（〈與王佐才書〉）、「多難畏人，不復作文字」（〈與程彝仲書〉）。然其個性剛褊，黑白太明，故欲「藉書藝以寄其愁思，留與五百年後人跋尾也，呵呵！」（〈與孫子思七首・其四〉文四／1663）而〈戲書赫蹏紙〉（文六／2196）、〈書宗人鎔〉、〈書歸去來辭贈契順〉、〈題求書〉等皆有類似之言。正欲以筆墨之跡「自樂於一時，聊寓其心，忘憂晚歲。」（〈題筆陣圖〉文六／2170）則東坡之筆情墨趣，正表其內在之高致也。故東坡〈將往終南和子由見寄〉詩云：「人生百年寄鬢鬚，富貴何啻葭中莩。惟將翰墨留染濡，絕勝醉倒蛾眉扶。……窮年弄筆衫袖污，古人有之我願如。」

2、以詩入畫

東坡翰墨之畫亦多寓其怨憤不平之意。

東坡於惠州，某日野外散步，見一林姓老嫗，白髮青裙，獨居三十年，籬間雜花盛開，即叩門求觀。以詩筆作畫道：

縹帶緗枝出絳房，綠陰青子送春忙；涓涓泣露紫含笑，焰焰燒空佛桑。落日孤煙知客恨，短籬破屋爲誰香；主人白髮青裙袂，子美詩中黃四娘。

此詩善運眾色渲染：春至大地，已是暖色充溢，縹帶花綻出絳色花萼、綠蔭中掩映累累之青果，紫色含笑猶帶露珠，紅佛艷紅似火。於晚霞滿天中，但見青煙掠過長空，短籬村舍中，銀髮主人，著「青裙袂」，正似子美詩中之「黃四娘」。〔註31〕

〔註31〕杜甫〈江畔獨步尋花七絕句之一〉：「黃四娘家花滿蹊，千朵萬朵壓枝低；留

（五）技法新變

1、東坡好畫，常以畫互贈

如〈與朱康叔書〉（文四／1785）中言收得朱氏之「頑石亂篠」、「古木叢竹」等畫，且願爲朱氏向文與可求墨竹。又因賈耘老家貧好酒，而作「古木怪石」畫贈之，或「每遇饑時，輒一開看飽人否？」皆以詩畫爲一，可以互贈。東坡自許：「平生好詩仍好畫。」（〈郭祥正家醉畫竹石〉詩四／1234）又東坡將讀杜甫詩，與觀韓幹畫馬融而爲一，於〈韓幹馬〉（詩八／2630）中云：「少陵翰墨無形畫，韓幹丹青不語詩；此畫此詩今已矣，人間駑驥復爭馳。」

西方雖於紀元前羅馬批評家霍瑞斯（Horace）於其詩論中揭詩即是畫（Ur Picture Poesis），至文藝復興時英國作家裴特（Poter）始言「詩是有聲之畫，畫是無聲之詩。」東方東坡亦承王維發揚詩畫如一。即東坡於元豐八年〈書吳道子畫後〉將吳畫比顏字、韓文和杜詩，備極傾倒，如言畫至於吳道子而古今之變、天下之能事畢矣。蓋道子畫人物，如以燈取影，逆來順往，旁見側出，橫斜平直，各相乘除，得自然之數，又「出新意於法度之中，寄妙理於豪放之外，所謂游刃餘地，運斤成風，蓋古今一人而已。」又言王維兼長詩畫，曾頗自豪曰：「夙世謬詞客，前身應畫師。」

東坡曾於〈題鳳翔東院王畫壁〉（文五／2209）中言鳳翔東塔夜觀王維壁畫，殘燈影下，恍然見畫上僧人踽踽欲動，徘徊觀摩，久久不忍離去。

東坡又於〈書摩詰藍田煙雨圖〉（文五／2209）即曰：「味摩詰之詩，詩中有畫；觀摩詰之畫，畫中有詩。」又曰：「吳生（道子）雖妙絕，猶以畫工論。摩詰得之於象外，有如仙翮謝籠樊。吾觀二子皆神俊，又於維也歛衽無間言。」則東坡愛詩畫如一之王維，可謂深獲其心。

2、詩畫一律——自得於題畫作

東坡以詩美、畫亦美，故以詩題畫，正能怡然自得。

東坡題畫之作 61 題、109 首，乃以文字描繪同一題材所得。所謂「畫不能盡，溢而爲詩」者。如〈惠崇春江晚景二首・其一〉（詩五／1401）云：

連戲蝶時時舞，自在嬌鶯恰恰啼。」又東坡守湖州，某日遊山遇風雨，避之於其友賈耘老（收）築於苕溪上澄暉亭，畫興忽至，令官伎執燭，畫風雨竹於亭壁上，且題詩曰：「東將掀舞勢，把燭畫風篠；美人爲破顏，正似腰支嫋。」以搖曳生姿女子之嬌笑以喻風中之竹態，可謂如詩似畫。又參見東坡〈書子美黃四娘詩〉(文五／2103)。

竹外桃花三兩枝，春江水暖鴨先知；蔞蒿滿地蘆芽短，正是河豚欲上時。

陳善《捫蝨新話》便謂：「此便是東坡所作之一幅梅竹圖。」

又如〈書李世南所畫〈秋景二首・其一〉（詩五／1524）：

野水參差落漲痕，疎林攲倒出霜根；扁舟一棹歸何處？家在江南黃葉村。

以野水、疏林寫出秋色，而扁舟所往，亦與「秋」同調之「黃葉村」，全詩一如秋景圖。

東坡深愛杭州西湖，〈飲湖上初晴後雨〉（詩二／930）中以：

湖光瀲灧晴方好，山色空濛雨亦奇；欲把西湖比西子，淡妝濃抹總相宜。

則同時有陰晴濃淡兩種景色之湖色湖景，自非畫幅所能兼容，細繹之，乃因：

（1）善用彩色

東坡調配眾色以增強畫面鮮活，牽引讀者入畫得共鳴，如：

白水滿時雙鷺下，綠槐高處一蟬鳴。（〈溪陰堂〉詩五／1366）

紫李黃瓜村路香，烏紗白葛道衣涼。（〈病中遊祖師院〉詩二／475）

碧玉碗盛紅馬腦，井花水養石菖蒲。（〈常州報恩長老〉詩四／1350）

雨過潮平江海碧，電光時掣紫金蛇。（〈望湖樓醉書〉詩二／670）

白足赤髭迎我笑，拒霜黃菊爲誰開。（〈九日尋臻闍黎，遂小舟至勤師院二首〉詩二／506）

日上紅波浮翠巘，潮來白浪卷青沙。（〈次韻陳海州乘槎章〉詩二／594）

（2）畫具獨特

據王沂《竹亭集》言東坡曾試以蔗渣畫石，松煤作枯木，蓋如此易著腕力，易現筆勢——畫石或如飛白之渴筆健鋒，畫枯木則類今日之石炭畫。

又東坡字畫喜用濃墨，以表現沉著痛快。後代畫墨家皆是其言，如：

方薰〈山靜居畫論〉記所見「老坡竹石，石根大小兩竿，仰枝垂葉，筆勢雄健，墨氣深厚，如其書法。」吳修云：「東坡墨竹，寫葉皆肥厚，用墨最精。」

裴景福《壯陶閣書畫錄》亦云：「東坡墨竹，幹粗如兒臂，墨色濃潤沉鬱。」則東坡好畫而自得，悟詩畫如一也。

（六）境界超逸

1、畫　境

東坡所尚之畫境為何？

檢視東坡於〈小篆般若心經贊〉中重「心存形聲與點畫」，又〈題筆陣圖〉之言：「筆墨之迹，托於有形，有形則有弊。」必寓心守內，方為「聖賢之高致也」，則東坡尚象外畫境。

東坡求象外畫境，由何而得？東坡以得自承老莊、荀子之「虛靜」。故於〈送參寥師〉（詩一／905）中引述韓愈〈送高閑上人序〉中言張旭之草書，乃因心中積蓄「憂愁不平氣」，故騁筆以發，又以高閑之為草書名家，乃因其為「超然物外」之釋子。

而東坡則以參寥師之能「出語便清警」，即得自「空且靜」，蓋「空故納萬境」、「靜故了群動」，心能納萬物、凝神志，又能「閱世走人間，觀身臥雲嶺」，則由寂苦而得超然。

東坡尤重超然象外，故於〈答黃魯直書五首・其一〉（文四／1531）中言「超逸絕塵，獨立萬物之表，馭風騎氣以與造物者遊，非獨今世之君子所不能用，雖如軾之放浪自棄，與世闊疏者，亦莫得而友也。」東坡一生宦海浮沉，屢遭貶斥，此正以道釋之超逸為其安身立命之方，由靜象外之畫境，所反映其所受之苦難。

東坡作畫重逸，既遠承自《莊子・逍遙遊》物外之想，六朝顧愷之「傳神寫照」（《世說新語・巧藝》）、謝赫「氣韻生動」（《古畫品錄》）、張彥遠《歷代名畫記》兼重儒道，甚而朱景玄、苻載等人所重之「神似」。故東坡於〈書鄢陵王主簿所畫折枝二首・其一〉（詩五／1525）中，力斥「形式」論與兒童所見同，則東坡所重畫境在「神似」與「象外」，蓋我傳統之「院體畫」重人倫教化，故以工筆、形似見長。東坡則與表兄文同、摯友米芾共趨「神似」之寫意畫。故於〈題憩寂圖〉（詩八／2541）中言文士畫之重「超然物外」。即：

> 東坡雖然湖州派，竹石風流各一時，前世畫師今姓李，不妨題作輞川詩。

言「湖州派」長墨竹，與「前世畫師」李公麟、王維「輞川詩」同以竹石為題材以凸現超逸之人格，正鄧椿《畫繼》卷三云：「子瞻作枯木，枝幹虬屈無端倪，石皴亦奇怪，如其胸中盤鬱也。」此言以〈木石圖卷〉之枯竹怪石以狀東坡心中之盤鬱，正為其眞實畫境。

2、如何至超然之畫境？

又如東坡畫竹重「意」，即求墨竹之畫由地至頂一氣呵成。此東坡〈文與可畫篔簹谷偃竹記〉（文二／356）所謂「成竹在胸」。米元章《畫史》引東坡言「竹生時何嘗逐節生。邃思清拔，出於文同與可。」米氏由湖南過黃州，見東坡貼觀音紙壁上，酒醉作畫——「作兩枝竹，一枯樹、一怪石」則「不獨腕肘俱懸，抑且全身鵠立」，畫作自迴異他人。

柯九思題公墨竹圖云：

> 墨竹聖於文湖州（按即與可），文忠（按即東坡）親得其傳，故湖州常云：吾墨竹一派近在彭城。然文忠亦少變其法。文忠云：竹何嘗節節而生。故其墨竹下一筆而上，然後點綴而成節目，爲得造化生意。今此圖正合此論。

東坡既重「寫意」、「神似」之文人畫，故於〈又跋漢傑畫山二首・其二〉（文五／2216）中評其畫頗得謝赫六法中之「氣韻生動」，曰：

> 觀士人畫如閱天下馬，取其意氣所到。

東坡又於〈題吳道子王維畫〉（詩八／2598）中以吳氏之畫雖工，猶似「畫工」，而王維畫境界超脫，已是「畫中有詩」，其畫不惟如其人，其爲「無聲之詩」，蓋王維畫，已「得之於象外，有如仙翮謝籠樊。」

東坡進而〈傳神記〉（文二／400）中稱美顧愷之所謂「傳神寫照在阿堵中」、「凡人意思，各有所在，或在眉目，或在鼻口」之傳神得要。是以東坡所尚之畫境，正在「神似」。

（七）風格多元

又東坡論畫由「形似」而「神似」，蓋「形似」只能傳達形象之眞，未若「神似」能得事物之神韻，故東坡〈書鄢陵王主簿所畫折枝二首・其一〉云：

> 論畫以形似，見與兒童鄰；作詩必此詩，定非知詩人。

1、以「常理」評之

（1）東坡重藝術風格之多元性，而其評畫，常由理、意以評。如其〈淨因院畫記〉（文二／367）即言「常形」易得；常理難知，由「理」而評畫者。

東坡〈書黃筌畫雀〉（文五／2213）評其時名花鳥畫家黃筌畫雀，所畫飛鳥，頸足皆展，乃違背常理。因爲飛鳥縮頸則展足；縮足則展頸，鳥飛時不能兩展頸足。

（2）又〈書戴嵩畫牛〉（文五／2213）中亦謂，以畫牛獨步晚唐戴嵩之〈鬪牛圖〉，牧童笑而指之曰：「牛鬪，力在角，尾當搐入兩股間。此圖所繪之牛掉尾而鬪，非也。」皆由「常理」評之。

（3）岳珂《桯史》亦言大畫家李龍眠之〈賢己圖〉：某日，黃庭堅、秦少游諸君在館中觀畫，庭堅取出龍眠〈賢己圖〉，圖中聚博者六、七人，圍據一局，骰子在盆內旋轉，已定者五枚，皆爲六點，一子未定，一人俯首盆邊，張口大叫，餘人注視。適東坡自外來曰：「龍眠天下士，何以學閩語？」眾不解。東坡曰：四海語音，六皆爲閉口音；惟閩語張口。今一子未定，理應呼「六」，人張口呼之，非閩語而何？皖人李氏本不解閩語，人聽東坡此評，皆笑服其言。

2、重「意」在筆先

東坡元祐入朝以後，與一代畫手王詵（晉卿）、李公麟（伯時）、米黻（元章）朝夕往還，而蘇門諸子中，如黃山谷以禪論畫，鑒識超人；晁補之能詩善畫。秦觀（少游）讀王維〈輞川圖〉可以癒疾，藝術造詣甚深，東坡常與之論畫。

又米黻《畫旨》言作山水畫不必工細，「意似便已」，乃以淡濃、積、焦、破各等墨色，潑成烟雲變化圖，人稱「米家山水」。

歐陽修亦主狀景要訣在「含不盡之意，見於言外」，如易「言」字爲「畫」字，在重「意」，是以人物之「神」、花鳥之妙、器用之巧、山水之變，皆重由外在形相，能渾融傳出內在蘊涵爲上。東坡既於〈閻立本畫水官〉詩中言：「高人豈學畫，用筆乃其天；譬如善游者，一一能操船。」故以「意」評畫。細繹東坡評畫標準在：

> 人物爲神，花鳥禽魚爲妙，宮室器用爲巧，山水爲勝；而山水則以清雄奇富變態無窮爲難。

賞畫，東坡則每迴異於別人，恆譭比譽多。或謂其怪誕，實卻另有其灼見。如東坡於〈跋宋漢傑畫山二首・其二〉（文五／2216）云：

> 觀士人畫，如閱天下馬，取其意氣所到；乃若畫工，往往只取鞭策皮毛，槽櫪芻秣，無一點俊發，看數尺許便卷。漢傑眞士人畫也。

宋漢傑工書畫，有〈江皐秋色圖〉及《書法六論》，語皆精到，東坡以「意氣」評此，可謂別出。東坡又評工山水雲樹，擅人物（人面及手尤擅，繪衣褶如草符篆。）皆一揮而就之趙雲子，亦以「意」評之。即於〈跋趙雲子山水〉（文五／2214）中曰：

> 趙雲子畫筆略到，而意已具，工者不能。然託於椎陋，以戲侮來者，此柳下惠之不恭，東方朔之玩世，滑稽之雄乎？或曰：「雲子蓋度世者。」蜀人謂狂雲猶曰風雲耳。

東坡又於〈戒壇院文與可畫墨竹贊〉（文二／614）曰：

> 風梢雨籜，上傲冰雹；霜根雪節，下貫金鐵。誰爲此君，與可姓文；惟其有之，是以好之。

文與可乃東坡之表兄弟；由〈文湖州墓誌〉言其歷知陵洋、湖州，故亦稱「文湖州」，性行高潔，善詩、文、篆、隸、行草飛白，又善畫竹。東坡與文同有〈和文與可洋川園地三十首〉（詩三／667）之和詩。

文與可常苦勸東坡論時事，需稍合時宜。東坡出判杭州時，與可有〈送行詩〉云：「北客若來休問事，西湖雖好莫吟詩。」〈文與可畫篔簹偃竹記〉（文二／365）中，東坡嘗於憶念中歎悔云：「坐黃州之謫，始知與可之戒是也。」東坡言好與可畫竹瀟灑；與可嘗贈墨竹，跋尾兩句云：「待將一段鵝溪絹，掃取寒梢萬尺長。」東坡則和詩云：「爲愛鵝溪白繭光，掃殘雞距紫毫芒。世間那有千尋竹，月落庭空影許長？」（詩三／824）。與可亡故，東坡弔以詩云：「筆與子皆逝，詩今誰爲新？空餘運斤質，卻弔斷絃人。」與可嘗爲王執中畫墨竹，叮囑須留待子瞻；迨東坡會晤王執中，提及題畫事，與可已逝世八年。故東坡題詩跋畫曰：

> 斯人定何人，游戲得自在。詩鳴草聖餘，兼入竹三昧。
> 時時出木石，荒誕軼象外。舉世知津之，賞會獨余最。
> 知音古難合，奄忽不少待。誰云死生隔，相見如龔隗。

則東坡所尚畫境在超然自得，而重風格之多元。

三、書　藝

早期之「書法」即「繪畫」，故唐張彥遠《歷代名畫記・敘畫之源流》言「書畫異名同體」。孔武仲亦有類似之言。東坡既言詩畫本一，故由「詩」而「畫」而「書」，是否相涉？

東坡美學思想實踐涉及其生活、藝術之理念，因其宦海浮沉，生活閱歷多，又兼長詩文書畫，欲言其美學思想實踐，所涉亦多，除以其詩、畫爲代表分述於各節外，則以書藝之美學思想實踐，能呼應前述之美學思想：

（一）感物自然

東坡才學超卓，書藝亦高出流輩。最能概括其書藝美學思想，爲東坡〈和子由論書〉（詩一／209）：

> 吾雖不善書，曉書莫如我。苟能通其意，常謂不學可。貌妍容有矉，璧美何妨橢？端莊雜流麗，剛健含婀娜。好之每自譏，不謂子亦頗。書成輒棄去，謬被旁人裹。體勢本闊落，結束入細麼。子詩亦見推，語重未敢荷。邇來又學射，力薄愁官笴。（自注：官箭十二把，吾能十一把箭耳。）多好竟無成，不精安用夥。何當盡屛去，萬事付懶惰。吾聞古書法，守駿莫如跛。世俗筆苦驕，眾中強嵬騀。鍾（繇）張（芝）忽已遠，此語與時左。

東坡由書藝創作能重「意」，「成竹在胸」，新變專一，卒得「自然」之作。細味上引之意涵在：

意——所謂「通其意」，即重「意」。

成竹在胸——「萬事付懶惰」，如事前多琢磨體悟，奮筆自有奇趣。

新變——端莊中有流麗；剛健中又含婀娜。

辭達——大字結勢謹嚴，小字蕭散闊落、如何可以「變」？

專一——「多好」難以專情，「字駿莫如跛」，則巧中見拙，圓熟生新。

自然——俗筆刻意求美，多有容矉、璧橢之篇。

以下試擇其理論之要，言其詩文中所得之書藝實踐：

1、臨　帖

東坡書炳炳煌煌，乃人間之奇珍，故列爲宋人書法四大家之一。東坡書之超卓，乃得之於「意」。

東坡重名家字跡之神完氣足。故東坡之學書，常將古人字帖懸諸壁間，觀其起止動靜，悟其神味大意，心慕而不亦步亦趨，所得手追。故朱熹〈晦庵題跋〉云：「東坡筆力雄健不能居人後，故其臨帖，物色牝牡，不復可以形似校量。而其英風逸韻，高視古人。」

東坡各體書作，以行草最得「意」，而又「意不在書」，故能開風氣之先。逸韻之作，多高視古人。如

東坡〈柳氏二外甥求筆跡〉（詩二／542）：「一紙行書兩絕詩，遂良鬚鬢已如絲。」頗自負能尚「筆意」之行書，可突破唐代書家重凝重工整之楷書。

又〈石蒼舒醉墨堂〉（詩一／235）中云：「興來一揮百紙盡，駿馬倏忽踏

九州。」

2、運　指

又東坡之重自然，不喜懸手轉腕。故陳師道《後山談叢》云：「蘇公論書，以手抵案，使腕不動爲法。」力聚毫端，筆筆中鋒。

又東坡之把筆寬虛，乃得自歐陽修，東坡題跋〈記歐公論把筆條〉即云：

> 歐陽文忠公謂余：當使指運而腕不知，此語最妙。方其運也，左右前後卻不免欹側，及其定也，上下如引繩，此之謂筆正，柳誠懸之語良是。

東坡運筆「指使」虛寬，故不宜作徑尺以上之大字。

3、書體字法

東坡書藝，亦重自然感興，隨物賦形，試由其書體、字法析論之：

（1）大　小

東坡知大字小字之要訣，〈書硯〉（文五／2237）：「大字難結密；小字常侷促。」洵爲確論。

則東坡正重小字而不喜大字，見其「自然隨興」以作書，小字不易寫成也。

（2）書　體

東坡言書體之寫在「自得」，故東坡學書以端楷爲本。如〈書唐氏六家書後〉（文五／2206）云：「眞（楷）生行，行生草；眞如立，行如行，草如走，未有未能行立而能走者也。」〈跋陳隱居（公密之祖）書〉（文五／2184）亦云：「書法備於正書，溢而爲行草。」

〈評草書〉（文五／2183）：「吾書雖不甚佳，然自出新意，不踐古人，是一快也。」趙令時《侯鯖錄》所言東坡作草書不多，然在求「創新」、「適意」而有自得之樂，亦尚自然之意也。

（3）醉　筆

除行草外，東坡自由揮灑在「醉筆」。

東坡喜於醉中作書，如有神助。如：〈與范子功六首之六〉云：「獨取一杯，遂醉，書不成字。」（文四／1449）

〈題醉草〉云：「吾醉後能作大草，醒後自以爲不及。然醉中亦能作小楷，此乃爲奇耳。」（文五／2184）

趙令時《侯鯖錄》引東坡云：「吾醉後乘興作數十字，覺酒氣拂拂從十指間出也。」

東坡醉草，「落筆如風雨」，頗有「韻勝」，則爲山谷所稱美。黃庭堅〈題東坡字後〉云：

> 東坡居士性喜酒，然不能四五龠，已爛醉，不辭謝而就臥，鼻鼾如雷，少焉蘇醒，落筆如風雨，雖謔弄皆有意味，眞神仙中人。

東坡作書，臨帖運指，書法字體，以自然爲尚。

（二）立意自適

中國書法，有「晉人尚韻，唐人尚法，宋人尚意。」之說，謂晉人自然雅達顧盼風流；唐人拘泥古法，刻畫臨摹；宋人書風率出胸襟以意爲之。東坡亦於〈論書〉（文五／2183）中規範書藝之構成因素爲神、氣、骨、肉、血五者。而尚「意」之適。

書法既是運點、線以表形質之實用藝術，東坡於書藝首重「意」以寄思想情趣。東坡之於〈文與可飛白贊〉（文二／614）中言「飛白」之貴，在能以輕雲、長風、游絲、流水之姿以畫萬物之態，是以東坡欲首重代表神、氣之「寫意」，先於代表形質之「骨」、「肉」、「血」，開創宋一代尚筆意之書風。細繹東坡所言之「意」於詩文中之反映爲何？

1、適　意

東坡美學上重行雲流水，自然天成，故書法亦重適意、寫意。如〈石蒼舒醉墨堂〉（詩一／235）中，東坡稱美其時行草書家石才美能得神速之樂；蓋書藝之高在「適意無異逍遙游」。故石君能「一揮百紙盡，駿馬倏忽踏九州」，此即東坡〈評草書〉（文五／2183）中云：「書初無意於佳，乃佳爾。」

2、不平之意

何以書家有此不平之氣、不可犯之色？

歐陽修〈梅聖俞詩集序〉，言詩之愈窮愈工，在能鬱積之憂思「放於山顚水涯。」（《歐陽修全集》卷 42）故歐公之寫文、逸少之作書，東坡之書字，皆「石亦無所求，駕言寫我憂。」（〈記所作詩〉文五／2130）其言正類。

3、物外之意

東坡所尚之「意」，爲「超然物外」「蕭散簡遠」之意。

〈題王逸少帖〉（詩四／1342）中謂王羲之、鍾繇之能以筆墨寄超然意，而斥張旭、懷素但「追逐世好。」

4、心中自得之意

東坡所重之「意」在內得，而非假於有形物之外見。由東坡「寓意於物」、「留意於物」，又見其「不假於物」而貴內心之自得之意，如〈題筆陣圖〉（文五／2170）中，以「筆墨之跡，託於有形，有形則有弊。」書藝既爲抒發內心之寫意藝術，自不同人以書藝全在客觀事物之反映。

或曰東坡曾於〈次韻致政張朝奉，仍招晚飲〉（詩六／1830）中云：「我本三生人，疇昔一念差。前生或草聖，習氣餘驚蛇。」用此典，然並非贊成書藝能全然反映內心之「意」。〔註32〕

（三）運思適悟靜

東坡書藝盛名，乃因靜悟而得，故能縱筆揮染，隨紙付之。

如《道山清話》言東坡於翰林院，清閑無事，忽令左右取紙筆，寫陶潛〈癸卯歲始春懷古田舍〉詩：「平疇交遠風，良苗亦懷新。」兩句，大字小楷，行書草書，各體皆有，連寫七、八張，擲筆嘆道：「好，好！」旋將此字幅分贈左右給事。則見東坡善作一書數體，且以豪情逸興書贈於人。又趙令畤《侯鯖錄》亦謂東坡於翰林院日，友韓宗儒常托故換取羊肉十數斤。黃魯直則譏其所得爲「換羊書」（如逸少所寫「換鵝書」。）一日，東坡又在院，以聖節製撰紛忙，韓宗儒又連來數簡求帖，來人立庭下催索復書甚急，東坡詼諧以道：「傳語，本官今日斷屠。」

（四）書達紙墨

1、由「道」而「藝」

東坡重「道」，以「道」爲「客觀事物內在規律」（非儒家所指之「道」爲「道德倫常」），故而推尊韓、歐之重「道」（如〈潮州韓文公廟碑〉、〈六一居士集敘〉）。然東坡不重虛張之「道」，既於〈韓愈論〉（文一／113）中斥韓愈之於聖道，好名重於「好實」。又於〈中庸論〉（文一／60）中，反對儒學不實風尚。又〈日喻〉（文五／1980）一篇，承《莊子・達生篇》言「兄梁蹈小」言南方之「沒人」之得「水之道」，乃「日與水居」所使然。

東坡畫論既重實踐上可致之「道」，而其「藝」則合於「道」，即〈書李

〔註32〕草書「習氣餘驚蛇」典故，一是韋續《書訣墨藪》鍾繇弟子朱翼作書，「作一放縱，如驚蛇入草」。另一是《法書苑》載善草書釋亞棲，草書如「飛鳥出林，驚蛇入草。」

伯時山莊圖後〉（文五／2211）中所謂：「有道有藝。有道而不藝，則物雖形於心，不形於手。」故眞正美之創造必「神與萬物交，智與百工通」，即「道」、「藝」渾然合一。

2、評騭書藝之「達」

歷代書家亦多寄情於書，東坡又如何定其優劣，評其「書」達於「紙」？書法既不若詩文之有確定性，如東坡書寫〈歸去來辭〉、《楞嚴經》、〈適圓偈〉以談佛論道，皆欲潛其神采筆意，於五百年後而不朽。即〈答李方叔十七首・其十六〉（文四／1581）中云：

> 不有益於今，必有覺於後，決不碌碌與草木同腐也。

東坡既能衝口而出奇文，縱手以成妙墨。又如何評定人之書藝，而爲後世法？東坡乃「以人論書」，即由「書之形質」以定書品、由書品而及於人品，即「以字觀人」，以「人品定書品」。故於〈書唐氏六家書後〉（文五／2207）反覆致意。如歐陽率更之書「勁險刻厲」，正似其人「貌寒寢，敏悟絕人。」於褚河南，則曰：「苟非其人，雖工不貴。」論柳少師則以其出於顏眞卿，貴能「自出新意」，又其「心正則筆正」，皆以人論書。

（五）技法新變

1、師法眾家

東坡書藝亦稱能手，東坡何能臻此？乃在融貫眾家。

蘇過〈書先公字後〉亦言東坡「少年喜二王書，晚乃喜顏平原，故時有二家風氣。」東坡於《題跋》亦自言其書得自「〈蘭亭〉、〈樂毅〉、〈東方先生〉三帖。」《山谷題跋》卷五則進言東坡學書：

> 東坡道人少日學蘭亭，故其書姿媚似徐季海；至酒酣放浪，意忘工拙，字特瘦勁，迺似柳誠懸；中歲喜學顏魯公、楊風子書，其合處不減李北海；至於筆圓而韻勝，挾以文章妙天下，忠義貫日月之氣，本朝善書，自當推爲第一。

綜而言之，則東坡學書分爲三期：

黃州以前學王羲之〈蘭亭序〉、《黃庭經》爲主，書小字楷書、行書。具神逸流麗特色。

中年歷元祐一朝，身遭挫折，乃由書藝以發抑鬱，如〈寒食帖〉之筆飛墨舞，遒勁飄逸，即爲代表。黃山谷云：「此書兼有顏魯公、楊少師、李西臺筆意，試使東坡復為之，未必及此。」

元祐八年書〈李太白仙詩〉則酒酣放浪，神遊八表，純以「神」行於筆勢墨氣之間，已臻化境。

晚期——東坡貶逐於海外，習顏眞卿字，縱筆所至，精純圓熟。如元豐二年所書〈忠觀碑〉，已具顏氏氣象。

2、東坡習書尚新變

如李之儀〈姑溪題跋〉云：「東坡從少至老所作字，聚而觀之，幾不出於一人之手。」又〈跋東坡大庾嶺所寄詩〉云：「予從東坡游舊矣，其所作字，每別後所得，即與相從時小異，蓋其氣愈老力愈勁也。」

（六）境界超逸

1、東坡所重書藝之最高境界為何？

東坡於書法最高境界追求，由〈書黃子思詩集後〉（文五／2124）中見之：

> 予嘗論書，以謂鍾（繇）王（羲之）之跡，蕭散簡遠，妙在筆墨之外。至唐顏（眞卿）、柳（公權）始集古今筆法而盡發之，極書之變，天下翕然，以為宗師。而鍾王之法益微。

所謂「蕭散」，指不復與外物相關也。

東坡以書藝最高境界不在唐楷之實用、唐草之「逐世好」。故於〈題王逸少帖〉（詩四／1342）云：

> 顛張醉素兩禿翁，追逐世好稱書工。何曾夢見王與鍾，妄自粉飾欺盲聾。

此言書藝境界，貴在具體實象外。

今言東坡之墨寶，如現藏於臺北故宮博物院〈寒食帖〉二首，乃東坡眞跡中之極品，當年倖免祝融，彌足珍貴。細觀此帖不惟氣勢蒼勁，筆法流暢。筆畫肥厚，字體微斜，故令人觀賞再三。以下略述之：

〈寒食帖〉其一：

元豐3～7年，東坡經烏臺詩案後謫居黃州五年，九死一生。如元豐五年（東坡 47 歲），其視同如生母之任孺人逝世，則情傷至極，以〈寒食帖〉二首表悲苦之情。其一為：

> 自我來黃州，已過三寒食。年年欲惜春，春去不容惜。今年又苦雨，兩月秋蕭瑟，臥聞海棠花，泥汙燕支雪。闇中偷負去，夜半眞有力。

何殊病少年，病起須已白。

此詩作於臨臯亭，寫出時節改換中，失意士人之無奈。首四句言自黃州後三過寒食，好景匆匆而逝。「今年」四句，言逢連月久雨，春寒似秋瑟，愁臥中聞海棠（東坡〈寓居定惠院之東，雜花滿山，有海棠一株，土人不知貴也〉（詩四／1036），詩中即以「海棠」自喻），汙泥上落紅狼藉。「闇中」二句寫好花經雨，失去芳芬，似爲有力者於夜半負去，令人無奈（此乃化用《莊子．大宗師》「藏舟於壑，藏山於澤，謂之固矣。然夜半有力者負之而走，昧者不知也。」）既極寫大自然之無情，又於末二句寫海棠凋零之狀如患病少年，衰竭至極，並以此自喻自傷。

又此書體之表「情」，貴在能層層推進以言情眞，如「自我」句是娓娓道來，「蕭瑟」句稍見激情．「海棠」乃寄情處。（字形大）「夜半」以下情意加速。又具生動神韻，如「偷負」句以自然擬人化，生動傳神。如「燕」之「臯」可用生動橫線概括。而「泥汙」之「攏」，「海」，則以流動豎線概括，又「病」字書寫較小。已見東坡「書爲心畫」之隨意書寫特性。又由「惜」、「有」等字之弧線多於直線、方折萬變，似已道盡東坡凡遇挫折處亦能趁勢以圓融胸襟處之。

〈寒食帖〉其二：

春江欲入戶，雨勢來不已。小屋如漁舟，濛濛水雲裏。空庖煮寒菜，破灶燒溼葦。那知是寒食，但見烏銜紙。君門深九重，墳墓在萬里。也擬哭途窮，死灰吹不起。

「春江」四句言雨連綿，江水入戶，屋似舟，人有飄泊無依之蕭瑟感。

「空庖」二句，寫庖廚之困窘，生活之清苦。

「那知」二句，言見烏鴉銜紙錢，方醒悟今爲寒食，由今夕何夕可知其苦悶之情。

「君門」二句——言欲返朝而君門深鎖；欲歸故里祭掃，又遠在萬里，眞乃進退維谷，狼狽至極。即《前漢書》韓安國言「死灰獨不復燃乎？」〔註33〕

至此帖之能運虛實之法，如「起」字獨佔一行，即運隱顯之妙。又通篇之講求變化中的平衡統一，故《山谷題跋》卷五〈跋東坡書遠景樓賦後〉:「學問文章之氣，鬱鬱芊芊，發於筆墨之間」，通篇字跡行氣一任自然，中鋒、藏鋒、偃筆皆正直無飾。正爲知心之言。

〔註33〕見清王文誥、馮應榴輯注《蘇軾詩集》上冊，學海出版社，民國72年，頁1113。

此由視覺形象轉化爲內心感受。其美學思想之落實，由故宮院藏〈寒食帖〉或稍可領略東坡書藝之神采在：

層層遞進——由「雨勢來不已」而「破」、「寒」、「途窮」句，情意漸亢揚。（故起首兩行，字形略小，行筆輕緩，情感平實，第三行始字形略大，作橫勢。）「漁」、「濕」字用一橫線概括。又運虛實手法，拉大心理想像空間，「也擬」句是虛寫實喻，以求矛盾統一，而得藝術形象「味在鹹酸之外」效果。〔註34〕

〈寒食帖〉歷有題跋，如黃山谷、董其昌、張縯、王世杰、日人內藤虎、顏世清、羅振玉等，足見備受推崇，其來有自。

（七）風格多元性

東坡除詩文重風格多元，於臨習書法，不專主一人，俱納各家精華，轉益多師，自成一家。如：

《山谷題跋》卷五，即言東坡少學蘭亭、柳公權。中歲喜學顏魯公、楊風子。晚歲學顏魯公，以各得其妙，而爲「本朝善書，自當推爲第一」。子美重瘦硬之書，於《九家集注杜詩》卷14〈李潮八分小篆歌〉中云：「嶧山之碑野火焚，棗木傳刻肥失眞。苦縣光和尙骨立，書貴瘦硬方通神。」

東坡則於〈孫莘老求墨妙亭詩〉（詩二／371）中力主書法風格之多元：「杜陵評書貴瘦硬，此論未公吾不憑。短長肥瘦各有態，玉環飛燕誰敢憎。」詩中以顏眞卿書「細筋入骨如秋鷹」，因而「變法出新意」；徐嶠、徐浩父子字體秀絕，是由於「字外出力中藏棱」。是而書法肥瘦皆各具風姿。

東坡重書法多姿，又見於〈次韻子由論書〉（詩一／210）所謂：「端莊雜流麗，剛健含婀娜。」

東坡之兼長眾美，又可自其選帖中見之。東坡臨帖，則不以一家一體爲足。章惇元祐間被逐居潁，閑來無事，日臨蘭亭一本。蘇軾即笑道：「工摹臨者非自得，從門入者非寶，章七終不高耳。」則以臨摹貴通貫。

又〈與家復禮一首〉（文四／1800）云：「送行詩別寫得一本，都勝前日書者。復納去。」東坡作字，一本數書，求通變也。

東坡論「書」重「意」得神似，論畫亦然，如文與可死，東坡題詩跋畫曰：

〔註34〕見李澤厚著《美學論集》，駱駝出版社，民國76年，頁371～381。

斯人定何人，游戲得自在。詩鳴莫聖餘，兼入竹三昧。時時出木石，荒誕軼象外。舉世知珍之，賞會獨予最。知音古難合，奄忽不少待。誰云死生隔，相見如龔隗。〔註35〕

東坡書畫之超卓在能融貫各家；而推出新意。如：

杜陵評書貴瘦硬，此論未公吾不憑，短長肥瘠各有態，玉環飛燕誰敢憎。（〈孫莘老求墨妙堂〉）

吾書雖不甚佳，然自出新意，不踐古人，是一快也。（〈評草書〉）

柳少師書，本出於顏，而能自出新意，一字百金，非虛語也。（〈書唐氏六家書後〉）

顏魯公書，雄秀獨出，一變古法。（〈書唐氏六家書後〉文五／2206）

東坡爲詩文、作書畫之過人，重自然、得意，故辭、味、神兼得是也。又東坡臨習書法，不專主一人，故得眾美。評畫作亦重筆意，爲宋代「寫意」畫之代表，畫意詩意、生活體悟皆合而爲一。

第六節　東坡美學思想之影響

一、當　代

東坡長詩、文、書、畫，其美學思想，影響所及，亦至大，以下試析論之：

（一）自然感興，隨物賦形

東坡爲文，尚自然，故理發而文見。即《文心雕龍・定勢篇》云：「如機發矢直，澗曲湍回，自然之趣也。」韓愈〈送孟東野序〉謂人有「不得已而後言，其歌也有思，其哭也有懷。」而曾鞏〈答李岏書〉謂爲文欲得心充身，澤被天下，則「其所以已乎辭者，非得已也。」

〔註35〕末句之「相見如龔隗」，用晉時龔使與隗炤故事。《晉書・藝術傳》曰：隗炤，汝陰人也，善於《易》，臨終書版授其妻曰：「後五年春，當有詔使來，姓龔。此人負我金，即以此版往責之。」期日，有龔使者，止亭中。妻齎版往，使者惘然良久乃悟，取蓍筮之。歎曰：「吾不負金，汝夫自有金，知汝漸困，故藏金以待。知我善易，故書版以寄意耳。金五百斤，盛以青甕，覆以銅柈，在屋東，去壁一丈，入地九尺。」如言掘之，果得金。言其人相知。「龔使」，則名不傳。

（二）寓意於物

東坡非功利之美學「寓意觀」，實貫串中西美學。

東坡承老子申言「寓意於物」乃由「玄覽」（帛書本作「鑒」）「虛靜之心」對外物寓寄情意。宋以前各家多有類似之言。如：陸機〈文賦〉：「佇中區以玄覽」。《文心雕龍・神思》：「陶鈞文思，貴在虛靜。」

宗炳（375～443）〈畫山水序〉中區別聖、賢人之審美曰：「聖人含道應物；賢者澄懷味象」，言聖人以「道」理事、重實用；賢人由山水形象中得愉悅享受。

王徵（415～443）以超脫實用，方能與山水風月合一，而得愉悅之美。即〈敘畫〉中云：「望秋雲，神飛揚，臨春風，思浩蕩。」

與東坡同時之畫家郭熙《林泉高致・山水訓》中云：「以林泉之心臨之則價高，以驕侈之目臨之則價低」，欲得幽情美趣，則必靜居燕坐以得之。

又《林泉高致・畫意》欲「寫貌物情，攄發人思」，何能意煩體悖？必以「林泉之心」求「萬慮消沉」、「胸中寬快」、「意思悅適」。

（三）成竹於胸

如何形成審美意象，東坡言「成竹於胸」、「身與竹化」。然又何能「成竹於胸」。東坡亦承老子「滌除玄鑒」，莊子「心齋」、「坐忘」及宗炳「澄懷觀道」、郭熙「林泉之心」等皆曾論述。東坡言「了群動」「納萬境」方能「忘眾用以成一用」。其於後代之影響，試分述如下：

清鄭燮（1693～1765）承之而有發展。

鄭氏《鄭板橋集・補遺》〈題畫竹〉以「胸中之竹」並非「眼中之竹」、「手中之竹」云：

> 江館清秋，晨起看竹，煙光日影露氣，皆浮動於疏枝密葉之間。胸中勃勃，遂有畫意。其實，胸中之竹并不是眼中之竹也。因而磨墨展紙，落筆倏作變相。手中之竹，又不是胸中之竹也。

鄭氏以「胸中之竹」乃入作者意象，紙上之竹已非原貌。因有了然於心過程。

鄭氏又以「胸無成竹」，其《板橋題畫佚稿》：〈題蘭竹〉四言詩：「胸無成竹，永無成蘭。并州快剪，翦一段山。如此境地，高不可攀。」

鄭氏以如「胸有成竹」則格局固定，模式已成，難以隨物賦形。

又一詩，《伏廬書畫錄》中引鄭氏題畫詩云：

> 信手拈來都是竹，亂葉交枝戛寒玉。欲笑洋州文太守。我有胸中十萬竿，一時飛作淋漓墨。爲鳳爲龍上九天。染遍雲霞看新綠。

東坡「成竹在胸」指「意在筆先」、「神交於物」，先有意象，則臨場不致拼湊。而鄭氏則以畫前如已有刻板模式，則作畫時難以豐富細緻。鄭氏以畫前當有生動多變之意象，即「我有胸中十萬竿」「信手拈來都是竹」，則臨場可變化多端。東坡「成竹在胸」至鄭氏「胸無成竹」，乃一補充和發展。故鄭氏《鄭板橋集・補遺》:〈題畫竹〉:

> 文與可畫竹，胸有成竹；鄭板橋畫竹，胸無成竹。濃淡疏密，短長肥瘦，隨手寫去，自爾成局，其神理具足也。藐茲後學，何敢妄擬前賢。然有成竹無成竹，其實只是一個道理。

又故宮所藏鄭氏畫竹石大幅題畫中，板橋又云：

> 與可之有成竹，所謂渭川千畝在胸中也；板橋之無成竹，如雷霆霹靂，草木怒生，……。與可之有，板橋之無，是一是二，解人會之。

又上海博物館所藏的墨跡題跋中，鄭板橋又云：

> 畫竹之法，不貴拘泥成局，要在會心人得神，所以梅道人能超最上乘也。竹之體，瘦勁孤高，枝枝傲雪，節節干霄，有似乎士君子豪氣淩雲，不爲俗屈。故板橋畫竹，不特爲竹寫神，亦爲竹寫生。四十年來畫竹枝，日間揮寫夜間思。冗繁削盡留清瘦，畫到生時是熟時。

板橋以四十年經驗畫竹，紙上之竹，所透君子淩雲豪氣，自不爲胸中預設所拘限。鄭氏「胸無成竹」只反對刻板模式，並不反對「意在筆先」，且主意先之竹非「一竹」而是「萬竹」，自引申東坡之言。

細味東坡亦有「胸無成竹」之意。如：費袞《梁溪漫志》卷四〈東坡教人作文寫字〉中引：

> 世人寫字能大不能小，能小不能大；我則不然，胸中有個天來大字；世間縱有極大字，焉能過此？從吾胸中天大字流出，則或大或小，聽我所用。若能了此，便會作字也。

東坡言「胸中有個天來大字」，正是鄭板橋所云：「我有胸中十萬竿」之意；東坡「從吾胸中天大字流出」正是鄭板橋所言「胸無成竹」之意。即「有成竹無成竹」其實只是一個道理。可貴千年前之東坡已有如此進步之美學觀。

（四）尚形神——以求象外之境

東坡重「神」、「境」，乃承之顧愷之「傳神寫照」影響，故其〈傳神記〉（文二／400）云：

> 傳神之難在目。顧虎頭云：「傳形寫影，都在阿睹中。」其次在顴頰。

凡人意思，各有所在，或在眉目，或在鼻口。虎頭云：「頰上加三毛，覺精采殊勝。」則此人意思蓋在鬚頰間也。

此言人之風神，即「意思所在」，亦聚現於其處。如顧愷之畫裴楷在頰上加三毛，僧惟眞畫曾魯公，在眉後加三紋，皆是傳神「意思」所在。而此風神意思之得，除善於觀察外，尤需「遷想妙得」，方能發揮想像。

然「傳神」並非等同「意」、「趣」、「妙」、「象外」、「景外妙」、「意外妙」……，行文務必留意。而王夫之之言形神，亦承自司空圖之「超以象外，得環中」及東坡「妙在象外」論述，而力言「象外」。即：王夫之「謝靈運〈田南樹園激流植援〉評語」曰：「亦理亦情亦趣，逶迤而下，多取象外，不失環中。」（《古詩評選》卷五）又「胡翰〈擬古〉評語」曰：「空中結構，言有象外，有圜中。當其賦『涼風動萬里』四句時，何象外之非圜中，何圜中之非象外也。」（《明評評選》卷四）

此皆言虛實結合之意見。

又葉燮亦於《原詩・內篇》中謂「詩之至妙」云：

詩之至處，妙在含蓄無垠，思致微渺，其寄托在可言不可言之間，其指歸在可解不可解之會，言在此而意在彼，泯端倪而離形象，絕議論而窮思維，引人於冥漠恍忽之境，所以爲至也。

故東坡之形神論之影響後人有：

南宋陳慥《江湖長翁集》云：

使人偉衣冠，肅瞻眂，巍坐屏息，仰而視，俯而起草，毫髮不差，若鏡中寫影，未必不木偶也。著眼於顛沛造次，應對進退，顰頞適悅，舒急倨敬之頃，熟想而默識，一得佳思，亟運筆墨，兔起鶻落，則氣王而神完矣。

（五）東坡畫論之影響

東坡能書善畫，又時有精闢見解，如其〈跋蒲傳正燕公（按即燕肅）山水〉（文五／2212）云：

畫以人物爲神，花竹禽魚爲妙，宮室器用爲巧，山水爲勝，而山水以清雄奇富變態無窮爲難。

誠創見也。

東坡重文人寫意畫之具「筆墨之外」遠韻，細味其所言之意，非指「言有盡而意無窮」之涵蓄，乃指六朝人鍾、王之書，陶、柳之詩，司空圖、韋應物等人之物我兩忘之超然。

東坡晚年大量作和陶詩，以求其平淡遠韻，亦於書藝中求晉人平淡風味。即如吳德旋《初月樓論書隨筆》則以東坡書藝具「淡不可收之妙」。

東坡又力主以書入畫，影響明清書風、畫風。如重畫境則影響明李日華之「三次第」曰：

> 凡畫有三次第：一曰身之所容。凡置身處，非邃密，即曠朗，水邊林下，多景所湊處是也。二曰目之所矚。或奇勝，或渺迷，泉落雲生，帆移鳥去是也。三曰意之所遊。目力雖窮，而情脈不斷處是也。又有意所忽處，如寫一石一樹，必有草草點染取態處。寫長景必有意到筆不到，爲神氣所吞處，是非有心於忽，蓋不得不忽也。

此言作畫三次第爲身所置、目所矚、意所遊，乃由技而道之最高境。

東坡唯重承自莊子之逍遙，而於〈書黃子思詩集後〉推重韋應物、司空圖、陶、柳諸人，其主觀論斷，後人或非之。〔註36〕

又東坡重寫意畫境，後人亦或非之。王世貞《藝苑巵言》、李日華《書畫譜》皆然。東坡門人晁補之於其《雞肋集・和蘇翰林題李由畫雁》中言形意兩得，較爲全面。即：

> 畫寫物外形，要物形不改；詩傳畫外意，貴有畫中態。

然東坡重「寫意」「象外」「形理」之畫論，乃以主體精神概括轉化客觀美醜之形，於可見之未來，影響猶可預見。

（六）「詩畫一律」之影響

1、以具畫意之形象語評詩

漢代以前之言詩，多不離教化。自東晉顧愷之至東坡言詩畫合一於「傳神寫意」，則評詩者多以「入畫」與否以言詩，欲令人體悟此一抽象語中畫意。以下試言其一、二。如鍾嶸《詩品》：

> 嘆其翩翩然如翔禽之有羽毛，衣服之有綃縠。（卷上評潘岳條）。
>
> 譬猶青松之拔灌木，白玉之映塵沙。（卷上評謝靈運條）。

潘岳詩何以似羽毛？謝靈運詩又何以似青松白玉？至卷中顏延之條引「謝詩如芙蓉出水，顏如錯彩鏤金。」皆耐人尋味。

〔註36〕如張戒《歲寒堂詩話》上即云：「子瞻專稱淵明，且曰：曹、劉、鮑、謝、李、杜皆不及也。」「夫鮑、淵不及則有之，若子建、李、杜之詩，亦何愧於淵明？……至於李、杜，尤不可輕議。」

至唐司空圖《二十四詩品》雄渾、沖淡、纖穠、沈著、高古、典雅、洗煉、勁健等皆由畫境以勾繪詩境。如：

玉壺買春，賞雨茅屋，坐中佳士，左右脩竹。白雲初晴，幽鳥相逐，眠琴綠陰，上有飛瀑。落花無言，人淡如菊，書之歲華，其曰可讀。（典雅）

娟娟群松，下有漪流，晴雪滿竹，隔溪漁舟。可人如玉，步屧尋幽，載瞻載止，空碧悠悠。神出古異，淡不可收，如月之曙，如氣之秋。（清奇）

又杜牧爲李賀詩作序文，亦勾繪畫境，以言其詩能得「意」。

雲煙綿聯，不足爲其態也；水之迢迢，不足爲其情也；春之盎盎，不足爲其和也；秋之明潔，不足爲其格也；……鯨呿鰲擲、牛鬼蛇神，不足爲其虛荒誕幻也。

宋歐陽修《六一詩話》益重具畫意之詩作。歐公詮釋梅聖俞「狀難寫之景，含不盡之意」曰：

若嚴維「柳塘春水漫，花塢夕陽遲」，則天容時態，融和駘蕩，豈不如在目前乎。又若溫庭筠「雞聲茅店月，人跡板橋霜」、賈島「怪禽啼曠野，落日恐行人」，則道路辛苦，羈愁旅思，豈不見於言外乎。

此言詩家以畫意方式融景入詩，詩自具韻外之味。而此韻味，正司空圖〈與極浦書〉中所謂「象外之象，景外之景」，不用心領會，豈易得乎。

歐陽修又進言「見詩如見畫」，即〈鑒畫〉中所謂

蕭條淡泊，此難畫之意。畫者得之，覽者未必識也。（《歐陽文忠公文集》卷 130）

〈盤車圖〉詩謂：

古畫畫意不畫形，梅詩詠物無隱情。忘形得意知者寡，不若見詩如見畫。（《歐陽文忠公文集》卷六）。

此言畫中有詩境、詩中有畫意之不易。

東坡進言詩畫一律，合流於「傳神寫意」，皆與時人互動。論詩畫，蓋「書畫文章一理，皆以韻（有餘意）、神（精神）爲美。凡事既盡其美，必有其韻。」詩畫寫意，又視爲「文」過之也。

東坡以「詩畫本一律」以評詩文，除〈書鄢陵王主簿所畫折枝二首・其一〉（詩五／1525）〈書摩詰藍田煙雨圖〉（文五／2205）外，如〈書子美黃四

娘詩〉（文五／2103）中，引子美詩狀四娘之質實之美。〈書黃子思詩集後〉（文五／2124），言詩畫之美「妙在筆墨之外」。餘見本書第七章第四節〈東坡生活藝術面面觀‧嗜好品評〉。

2、詩畫與文合流於傳神寫意

至清王漁洋力倡「神韻說」，於其《帶經堂詩話》卷三中，直謂「古人詩畫，只取興會神到」，且指出王維作詩，與其所畫雪中芭蕉圖，正同重神「意」。則漁洋所言「興會神到」之「神韻論」，除受禪悟啓迪外，亦受「傳神寫意」畫論之影響。

又與漁洋同時之賀貽孫《詩筏》中言今詩人之不及畫人，在左右畫人兼重畫之「平」「遠」（神）。則詩文以多義性傳情、畫以具象性達意，此正東坡言詩畫合流互通於「傳神寫意」。惟「詩」較能以多義性達意，「畫」輒有所拘限。即《東坡詩畫》中引：

參寥子言老杜詩云：楚江巫峽半雲雨，清簟疏帘看奕棋。此句可畫，但恐畫不就耳。

又清人潘煥龍《臥園詩話》卷二中云：

昔人謂「詩中有畫，畫中有詩」，然繪畫者不能繪水之聲，繪物者不能繪物之影，繪人者不能繪人之情。詩則無不可繪，此所以繪事爲尤妙也。

雖詩、畫各有其長，詩非等同畫，畫非等同詩，然詩畫可共通合流，千百年來已爲文學、美學共遵之圭臬是也。

二、後　世

（一）感物自然

東坡爲文，尚自然感興，如其〈南行前集敘〉（文一／323）已明言爲文在歷目抒感，隨物賦寫。後世多同其言，或以此稱美之。以下試舉例以明：

元好問〈新軒樂府引〉云：「東坡聖處，非有意於文字之爲工，不得不然之爲工也。」（《遺山先生文集》卷三六）

趙秉文〈翰林學士承旨文獻黨公神道碑〉云：「文章非能爲之爲工，乃不能不爲之爲工也。」（《閑閑老人滏水文集》卷十一）

胡翰〈童中洲和陶詩後跋〉云：「抑古之比興，非以能言爲妙，以不能不

言者之爲妙也。」(《皇明文衡》卷四五)

劉基〈項伯高詩序〉亦謂初讀杜少陵詩多憂愁怨抑，而後親睹兵戈民耗，則感其詩眞情淒惋，「雖欲止之而不可。」(《誠意伯文集》卷五)

又唐順之〈答茅鹿門知縣二〉論爲文本色，言今有二人，其一具「千古只眼」，爲文但直抒胸臆，信手寫出，便是宇宙間絕文辭。另一則專學爲文，雖中繩墨布置，而多「婆子舌頭語」，其文雖工，不免爲下格。(《荊川先生文集》卷七)

是以東坡文之獨絕，正似趙翼《甌北詩話》卷五云：「妙處在乎心地空明，自然流出，一似全不著力，而自然沁人心脾，此其獨絕也。」又東坡爲文尚自然之意，亦通於畫論。

自唐張彥遠〈論畫工用搨寫〉中將畫分爲五等，而以自然爲「上品之上」，神、妙、精、謹，皆不及也。(《歷代名畫記》卷二)

北宋黃休復《益州名畫錄》中將畫分爲逸、神、妙、能四格。而以「逸格」之「筆簡形具，得之自然」爲上。

直至清人王夫之詩論，猶尙寫此言，即：

1、「詩無達志」

因人之欣賞感悟未必皆一，故由完整、瞬間所得印象亦具多義性。王夫之言詩歌審美意象具多義性、寬泛性與不確定性。其於《唐詩評選》中楊巨源〈長安春遊〉評語云：「只平敘去，可以廣通諸情。故曰：詩無達志。」蓋「詩無達志」，詩歌審美意象具多義性，由欣賞者而言，詩歌之審美意象，即具有美感之豐富性。

王夫之又於《薑齋詩話》卷一中謂人因個性思想不同，是以反映詩歌美感亦各有側重，或興觀，或群怨。「作者用一致之思，讀者各以其情而自得。」是謂「詩無達志」。

晉簡文司馬昱有首〈春江曲〉云：「客行只念路，相爭渡京口，誰知堤上人，拭淚空搖手。」此首詩意原爲實寫渡口之感，然亦可作名利場中，迷戀忘返者之「清夜鐘聲」。

而人之自視身歷所得之「現量」，又何以具多義性？蓋「現量」既是一觸即發之瞬間感興，又能保持客觀景物之完整性，不必假思量推理而得。故王夫之《古詩評選》卷五江淹〈效阮公詩〉即云：「寄意在有無之間」。如王夫之〈石崖先生傳略〉言李白〈子夜吳歌〉原寫婦女懷念征戍良人，而王夫之之兄介之石崖即借以抒發哀思先輩，故曰：「孺慕之情，同於思婦」，是以審美意象，洵具有寬泛之多義性。

2、「顯現真實」

又詩歌寓含之理，常由「直悟」而得，非由邏輯推理而來。王夫之以「審美意象」得自心目所及之直接感興（現量），故感興具有「顯現眞實」之意，而所呈現之眞實，常兼有物態與物理，又常寓含情、景、理於一而反映自然之眞實。如王夫之《薑齋詩話》中云：

> 蘇子瞻謂「桑之未落，其葉沃若」，體物之工，非「沃若」不足以言桑，非桑不足以當「沃若」，固也。然得物態，未得物理。「桃之夭夭，其葉蓁蓁」，「灼灼其華」，「有蕡其實」，乃窮物理。夭夭者，桃之稚者也。桃至拱把以上，則液流稚結，花不榮，葉不盛，實不蕃，小樹弱枝，婀娜妍茂，爲有加耳。

東坡以《詩・衛風・氓》之三章「桑之未落，其葉沃若」，雖能體物態之工，然未得物理之實。而《詩・周南・桃夭》所言「桃之夭夭」，則能窮盡物理。蓋詩歌所顯現之理，乃境會中直接感興之理，不能以邏輯分析。此寓目爲實，於理成幻。蓋直接感興之「理」與邏輯所得之「理」不同。試觀嚴羽《滄浪詩話・詩辯》：

> 詩有別材，非關書也；詩有別趣，非關理也。然非多讀書、多窮理，則不能極其至。所謂不涉理路、不落言筌者，上也。

嚴羽欲統合興趣、妙悟（感興）、理路（不涉）。又云：「唐人尚意興而理在其中」。則理、意之「一」或未必。

王夫之評論司馬彪〈雜詩〉：「百草應節生，含氣有深淺。秋蓬獨何辜，飄飄隨風轉。長飆一飛薄，吹我之四遠。搔首望故株，邈然無由返。」言「飛蓬何首可搔，而不妨云『搔首』，以理求之，詎不蹭蹬？」則感興妙悟之理，正不得以「邏輯之理」求之。是以自然感興，貴在保存客觀事物完整之原貌，不應以主觀之思想、感情、語言加以割裂。

又自然情景之呈現，乃由感興中契合而昇華。景生情、情生景，皆由感興而得，人不可以一己特定情意，觸迎扭曲。如《詩・小雅・采薇》中「昔我往矣，楊柳依依；今我來思，雨雪霏霏」，往戍之悲情，由「楊柳依依」（樂景）以烘襯。而歸來悅意。亦可由「雨雪霏霏」（哀景）以呈現。故客觀景物之完整眞實，正不可以一己偏得之情，扭曲增刪。此亦東坡之言自然感興，情景內合相得之意。

（二）寓意於物

東坡言「寓意於物」，後世人多同之：

1、元　代

元代倪雲林之「逸筆」、「逸氣」說，見諸〈答張藻仲書〉云：

> 圖寫景物，曲折能盡狀其妙趣，蓋我所不能，若草草點染，遺其驪黃牝牡之形色，則又非所以爲圖之意。僕之所謂畫者，不過逸筆草草，不求形似，聊以自娛耳。

〈跋畫竹〉云：

> （張）以中每愛余畫竹，余之竹聊以寫胸中逸氣耳，豈復較其似與非，葉之繁與疏，枝之斜與直哉。或涂抹久之，他人視爲麻爲蘆，僕亦不能強辯爲竹，眞沒奈覽者何！

「寫意」論進一步具體呈現於「逸筆」、「逸氣」。此正可代表作家氣質思想，及作品藝術形式。

2、明　代

明中葉後重「士氣」，倡作家思想獨創，以「傳神」寫心。徐渭乃代表寫意美學思潮之畫家，強調藝術本質爲表現「從人心流出」「本眞個性」而「悅性重逸」。其〈與兩畫史〉云：

> 百叢媚萼，一幹枯枝，墨則雨潤，彩則露鮮，飛鳴棲息，動靜如生，悅性弄情，工而入逸，斯爲妙品。」（《徐渭集・徐文長三集》卷一六）

徐渭重逸畫之能抒發眞情。「工而入逸」指宋以來逸品畫之特色。而其所謂「工」，非指工筆畫之工謹與精細，而指作者氣韻精神之抒發。故而不求畫之「形」似而求「生韻」，即〈畫一百卷與史甥・題曰漱老譫墨〉云：

> 世間無事無三昧，老來戲墨塗花卉。藤長刺闊臂兒枯，三合茅紫不成醉。葫蘆依樣不勝揩，能如造化絕安排。不求形似求生韻，根撥皆吾五指裁。胡爲乎區區枝剪而葉裁？君莫猜，墨色淋漓雨撥開。（同上，卷五）

戲墨塗花卉，但「求生韻」得「墨色淋漓」，皆爲重神似之逸品。董其昌，繼錢選之後繼續倡「士氣」，其〈畫訣〉（《畫禪室隨筆》卷二）云：「士人作畫，當以草棣奇字之法爲之。樹如屈鐵，山似畫沙，絶去甜俗蹊徑，乃爲士氣。」董氏因受宗炳直覺了悟影響，以「心」爲「眞如」本體，寫「意」直如「寫心」，而以「士氣」乃作品能去俗成逸者。

3、清代以降

王夫之《古詩評選》陳後主〈臨高臺〉評語云：「若俗子肉眼大不出尋丈，粗俗如牛目，所取之景亦何堪向人道出。」則與東坡所謂有「寓意於物」之審美感，自與事物相應。

王國維以人如逐欲，將痛苦不已。能超然物外，方能擺脫物欲。其《靜庵文集・紅樓夢評論》亦必以「純粹無欲之我」方能得物之美。又「藝術之美所以優於自然之美者，全存乎使人易忘物我之關係也。」

又《靜庵文集續編・古雅之在美學上的位置》上云：「可愛玩而不可利用者，一切美術品之公性也。」

魯迅於〈摩羅詩力說〉中，則以藝術不能予人實利，實可使人「興感怡悅」、「美善吾人之性情」、「崇大吾人之思理」、「涵養吾人之神思」乃至「移人性情」，又〈擬播布美術意見書〉中又謂藝術之眞諦：「固在發揚眞美，以娛人情。」

蔡元培亦否定審美之功利思想，其〈以美育代宗教說〉中謂，自審美觀念言，明月馬牛獅虎花鳥價値如一，而隨人情流轉之畫，予人之美感亦同。又〈對於教育方針之意見〉一文又舉例以言物予人之美感曰：

例如采蓬煮豆，飲食之事也，而一入詩歌，則別成興趣；火山赤舌，大風破舟，可駭可怖之景也，而一入圖畫，則轉堪展玩。

由以上言東坡非功利之「寓意於物」觀言，則幾貫串中國美學史。

又揚州畫派之金農承徐渭反抗禮法思想，又受清代重抒發個性影響，自謂其畫馬與前人不同處，在表現其「昂首空闊，伯樂罕逢」之遇與「獨行萬里」之神駿氣象。而鄭板橋〈題畫〉云：

寫意二字，誤多少事，欺人瞞自己，……必極工而後能寫意，非不工而遂能寫意也。

掀天揭地之文，震電驚雷之字，呵神罵鬼之談，無古無今之畫，原不在尋常眼孔中也。未畫以前，不立一格，既畫以後，不留一格。

鄭氏以寫意、傳神在「形似」之推延，必「極工」而後能「寫意」。鄭氏之任情而作，正類東坡之「狂」。即「乃知戒律中，妙用謝羈束，何必言《法華》，佯狂啖魚肉。」（《蘇軾詩集》卷九）

石濤以創作亦當重形神合一。如其《石濤畫語錄》〈筆墨章第五〉言「有形有勢」方能「一一盡其靈而足其神」。石氏之「一畫論」則以繪畫乃「從於心者也」,「筆墨乃性情之事」。唯有妙用筆墨,「我自發我之肺腑」,方能「形天地萬物」。而王興華編《中國美學論稿》中言現代名畫家亦重寫意畫。

如齊白石言:「作畫妙在似與不似之間。」徐悲鴻云:「妙屬於美,尙屬於藝。」又張大千云:「寫是用筆,意是造境,不是狂塗亂抹。作畫當然要有書卷氣,但最要緊的還是根基……根深葉才茂,寫意畫的根基,就是臨摹和寫生,這非下苦功夫、死功夫不行。」

則東坡美學,至後人多所開展。其言當由臨摹、寫生而至傳神寫意,自非空出理論。

細味王國維「境界」說,乃承自東坡「境與意會」之言而有所推進。

王國維借用西方美學概念對「情」與「景」作更明確解釋。景是「以描寫自然及人生之事實爲主」,其性質爲「客觀的」、「知識的」。而情是「吾人對此種事實之精神的態度」,其質是「主動的」、感情的。

又將「情」列入藝術觀照(景)之再現中。如:《人間詞話》云:「喜怒哀樂亦人心之一境界。」《靜庵文集續編‧文學小言》:「激烈之感情,亦得爲直觀之對象、文學之材料。」

王氏又將審美意象作分類——《人間詞話》附錄〈人間詞乙稿序〉云:

> 夫古今人詞之以「意」勝者,莫若歐陽公;以「境」勝者,莫若秦少游。至意境兩渾,則惟太白、後主、正中數人足以當之。

王氏且言「審美意象」既自然又能再現,即《宋元戲曲考》十二云:

> 元劇自文章上言之,猶足以當一代文學。又以其自然故,故能寫當時政治及社會之情狀,足以供史家論世之資者不少。

王國維又以「境界」(實指「意象」)乃爲最本質之美學範疇。如《人間詞話》刪稿十三云:

> 言氣質,言神韻,不如言境界。有境界,本也。氣質、神韻,末也。有境界而二者隨之矣。

故王廷相、王夫之已常論「意象」,然王國維更由美學邏輯體系中,進而申論之。此皆未出千年前東坡所及形神,境意之言,至今人猶重之。

(三)「辭達」說

焦竑〈刻蘇長公外集序〉云:

> 世有心知之而不能傳之以言，口言之而不能應之以手。心能知之，口能傳之，而手又能應之，夫是之謂辭達。唐宋以來，如韓、歐、曾之於法至矣，而中靡獨見，是非議論，或依傍前人。子厚、習之、子由乃有窺焉，於言有所鬱渤而未暢。獨長公洞覽流略，於濠上、竺乾之趣，貫穿弛騁，而得其精微，以故得心應手，筆落千言，坌然溢出，若有所相。(《澹園集》續集卷一)

此言心知、口傳、手應方能馳騁於言，而東坡獨得其精微。

又蘇伯衡〈雜說〉言東坡等人雖是「有見於中，而能使了然於口與手」之巧者，然其意皆存於爲文，終不能如聖人無意爲文而遂成「天下之至文」。(《皇明文衡》卷十二)

潘德興《養一齋詩話》卷二：

> 辭達而已矣，千古文章之大法也。東坡曾拈此示人。然以東坡詩文觀之，其所謂達，第取氣之滔滔流行，能暢其意而已。孔子之所謂達，不止如是也。蓋達者，理義心求，人事物狀，深微難見，而辭能闡之，斯謂之達。達則天地萬物之性情可見矣。此豈易易事，而徒以滔滔流行之氣當之乎？以其細者論之，「楊柳依依」，能達楊柳之性情者也；「蒹葭蒼蒼」，能達蒹葭之性情者也；任舉一境一物，皆能曲肖神理，托出豪素，百世之下，如在目前，此達之妙也。《三百篇》以後之詩，到此境者，陶乎？杜乎？坡未屬逮也。

此言要能以「辭達」通「萬物之性情」、「曲肖神理」、「如在目前」正爲東坡力主「辭達」能盡物之意、理、妙。而東坡詩文能能「取氣之滔滔流行」、「能暢其意而已」已屬不易。蓋「千萬人而不遇也」。且未能以此而否定東坡此一辭達之美學主張。

又王夫之美學乃建立以詩歌之審美意象爲中心之美學體系。

1、情景說

明王廷相言詩之本體在「意」。其於〈與郭價夫學士論詩書〉:「夫詩貴意象透瑩，不貴事實黏著。」「言徵實則寡餘味也，情直致而難動物也，故示以意象，使人思而咀之。」此言詩歌本體在「意象」而非實錄。

清王夫之承王廷相，明白區分詩、志、意。分別置評於《明詩評選》卷八高啓〈涼州詞〉評語、《古詩評選》卷十孟浩然〈鸚鸝洲送王九之江左〉、郭璞〈遊仙詩〉、卷四張協〈雜詩〉、左思〈詠史〉等。又於《薑齋詩話》卷二中曰:「無論詩歌與長行文字,俱以意爲主。」蓋詩之貴在以意象即事生情、即語繪狀,不同寫史在剪裁檃括,從實著筆。

而「意象」爲何?王夫之總結宋元以來美學家之言曰:詩歌「意象」基本結構在情景內在之合一。王夫之於《古詩評選》卷五謝靈運〈登上戍鼓山詩〉、〈評岑參詩〉言「景中生情、情中含景」,情景之相得。又於《薑齋詩話》卷二李頎〈題璇公山池〉中云:「片石孤雲窺色相,清池皓月照禪心。指揮如意天花落,坐臥閑房春意深。」四句「情景雙收」,且舉杜審言〈和晉陵陸丞早春遊望〉、王維〈奉和聖制從蓬萊向興慶閣道中留春雨中春望之作應制〉、沈佺期〈獨不見〉、杜甫〈登岳陽樓〉等詩以言「景以情合,情以景生,初不相離,唯意所適」爲律詩之憲典。

2、現量說

自然之景由人之身歷目見而得。王夫之於《薑齋詩話》卷二中云:

> 身之所歷,目之所見,是鐵門限。即極寫大景,如「陰晴眾壑殊」、「乾坤日夜浮」,亦必不逾此限。

此言詩之審美意象由身歷目見之觀照而得,是謂「現量」。溯「現量」爲古印度因明學,乃是關於推理、論證之學。因明學中,「量」指知識。「量」分「現量」和「比量」。人們通過感覺器官直接接觸客觀事物,把握事物之「自相」(個別),即是「現量」。「現量」乃純感性知識。「比量」則以事物之「共相」爲對象,乃由記憶、聯想、比較、推度等思維活動所獲得之知識。

王夫之將「現量」一詞引入美學,以明直接觀照之要,即其《古詩評選》卷一斛律金〈敕勒歌〉中所謂「寓目吟成」之意。至如何進行審美觀照?王夫之於《相宗絡索・三量》中於「現量」之詮釋,乃所謂現在(由當前直接感興)、現成(瞬間直覺,不假思量)、顯現眞實(事物實相眞知)。又《詩廣傳》中云:

> 天不靳以其風日而爲人知,物不靳以其情態而爲人賞,……相値而相取,一俯一仰之際,幾與爲通,而浡然興矣。

天地情景不靳(吝惜)供人欣賞,人心與「天化」能相値相取,自有觀照感興。王夫之於《古詩評選》中,多所例舉。如評唐張子容之詩曰:「只於心目相取處得景得句,乃爲朝氣,乃爲神筆。景盡意止,意盡言息。」又〈北宅秘園〉評語中云:「心目之所及,文情赴之,貌其本榮,如所存而顯之,即以華奕照耀動人。」言人由心目所及觀照，知自然之氣動，瞬間得其況。又於《薑齋詩話》卷二中言賈島〈題李凝幽居〉曰：「僧推月下門」與「忘想揣摩」，而王維〈使至塞上〉：「長河落日圓」、〈終南山〉：「隔水問樵夫」等句，得自「即景會心」、「因景因情」，故能自然靈妙。

（四）至味在平淡新化

東坡重平淡至味，影響後人至深。以下試析言之。如：

袁枚《隨園詩話》卷五：「詩宜樸不宜巧，然必須大巧之樸；詩宜淡不宜濃，然必須濃後之淡」，袁子才以為作詩「宜樸」、「宜淡」，且以平淡樸質在「濃後之淡」，則其意同於東坡。

吳雷發《說詩管蒯》云：「有極平淡而難及者，人或以為警煉少，不知其駕警煉而上之也。但學者未造警煉，不可先學平淡，且亦斷學不來。」所謂「濃後之淡」、「極平淡而難及者」皆尙「平淡」者也。

彭孫遹《金粟詞話》亦云：「詞以自然為宗，但自然不從追琢中來，便率易無味。如所云：『絢爛之極，乃造平淡』耳。」

祁彪佳《曲品》云：「正惟能極艷者方能極淡；今之假本色於俚俗，豈知曲哉！」

董其昌《畫旨》云：「詩文書畫，少而工，老而淡，淡勝工，不工亦何能淡。」此言「造平淡」、「本色」、「淡勝工」皆東坡重「平淡」至味之意。

方薰《山靜居畫論》卷上：「凡畫之作，功夫到處，處處是法。功成之後，但覺一片化機，是為極致。然不以絢爛而得此平淡天成者，未之有也。」

笪重光《畫荃》云：「宜濃而反淡，則神不全，宜淡而反濃，則韻不足。……慘淡經營，似有似無，本於意中融變。」

東坡美學精義在「隨物賦形」，應淡則淡，該濃則濃，皆以「似淡而實美」者也。

（五）形神與意境

東坡以詩畫最高境界在「出神入化」。故〈傳神記〉諸篇皆言「境與意會」，又言「形似」而「神似」。後人多發此意。如：

元王繹〈寫像秘訣〉亦云：「凡寫象須通曉相法，……彼方叫嘯談話之間，本眞性情發見，我則靜而求之，默識於心。」言神化於一。

清代繪畫美學著作中，以石濤《畫語錄》為要，其以宇宙觀與繪畫建成美學體系。明末李贄至清代袁枚、鄭板橋皆承此言獨創。石濤《畫語錄・山川章第八》:「搜盡奇峰打草稿。」即重「我之爲我」。《畫語錄》要旨爲:

〈一畫章〉即以「一畫貫穿全書」。〈山川章第八〉以一畫「貫山川之形神」「法於何立?立於一畫。一畫者,眾有之本,萬象之根」。言萬物形象與繪畫法則皆以「一畫」爲本。此承自老子以「道」爲「天地之始」,爲「眾有之本」,「萬象之根」。故唐張璪「外師造化,中得心源」,宋代郭熙「身即山川而取之」,明代王履「吾師心,心師目,目師華山」,皆欲於繪畫創作中得「道」之神化境界。由「一畫」而「借古開今」以去傳統之「法障」,「發其所受」,有所新創,皆承「一畫」而言。

「一畫」論承老子,以言神妙之「道」爲天地之本,繪畫創作亦須於渾化之整體中,呈萬象之多元,方爲最高境界。而言「境」者,如張彥遠於〈論畫山水樹石〉中提出「境與性會」之創作原則,同稍晚之司空圖〈與王駕評詩書〉中提出「思與境偕」,乃「詩家所尚者。」此一詩歌創作原則,足以代表中國古代美學精神中「畫」與「詩」理論之雙璧。因「境與性會」不惟概括中國山水畫特殊審美現象之審美特徵,及其文化內涵,亦貼切近中國哲學之根本精神。故由美學史言,影響自大。東坡〈題淵明飲酒詩後〉即承之而言「境與意會」。王世貞《藝苑卮言》卷一提出「神與境會」。袁宏道《袁宏道全集》卷三〈敘小修詩〉提出「情與境會」。故皆由畫論言,由景、情、象,而漸推移爲「境」。

而王國維《人間詞話》即提出「境界」一說,且推新意。

一九○八年～一九○九年,王國維《人間詞話》於上海《國粹學報》發表。一九二六年,《人間詞話》出版單行本。王國維自謂嚴羽之「興趣」,王士禎之「神韻」,猶不過道其面目,「不若鄙人拈出『境界』二字,爲探其本也。」人皆以「境界」說,始由王國維拈出。實則此始於唐,至明、清已普遍被使用。就清人言,如:

惲壽平〈南田論畫〉云:「宇宙之內,可無此種境界?」孔尚任〈桃花扇凡例〉:「排場有起伏轉折,俱獨闢境界。」

又紀昀〈瀛奎律髓刊誤〉中大量使用「意境」以評詩作。如評杜甫〈江月詩〉:「意境空闊。」評孟浩然〈歸終南山〉「意境殊爲深妙」。又《閱微草堂筆記》中引人月夜談詩「流雲吐華月」與「雲破月來花弄影」爲「意境迥殊」。又況周頤《蕙風詞話》、劉熙載《藝概》乃至張岱、金聖嘆、王夫之、葉燮、石濤、孔尚任、惲壽平、黃圖珌、布顏圖、沈德潛、鄭板橋、袁枚等人之詩論、詞論、文論、畫論中，皆有以「境界」「意境」爲同義詞而普遍使用。

王國維「境界」（或「意境」）之涵義。王氏常以此衡量作家或作品。如《人間詞話》中云：「詞以境界爲最上。有境界則自成高格，自有名句。」《宋元戲曲考》中亦以「意境」評作品；故「境界」言審美對象（多亦「人」爲主）。而王國維所說的「境界」和「意境」，具體涵義有三：

（1）指情與景、意與象、隱與秀的交融與統一：〈人間詞乙稿序〉中即以「意境」概括情與景、意與象之統一。

（2）指眞景眞情之再現，《人間詞話》云：「故能寫眞景物、眞感情者，謂之有境界；否則謂之無境界。」

又《宋元戲曲考》云：「元南戲之佳處，亦一言以蔽之，曰：『自然而已矣』。」

（3）指文學語言能充分表達鮮明形象，所謂「不隔」方有「境界」。《宋元戲曲考》以有意境之作，則「語語明白如畫」，「寫情則沁人心脾，寫景則在人耳目，述事則如其口出。」

又以東坡之詩爲不隔，如「服食求神仙，多爲藥所誤，不如飲美酒，被服紈與素」，寫情如此，方爲不隔。

陶潛詩「採菊東籬下，悠然見南山，山氣日夕佳，飛鳥相與還」，寫景如此，方爲不隔。

朱光潛：「情趣與意象恰相熨貼，使人見到意象，便感到情趣，便是不隔。」如「紅杏枝頭春意鬧」，著一「鬧」字而境界全出。「雲破月來花弄影」，著一「弄」字而境界全出矣。〔註37〕

三、西方——寓意說

東坡美學思想，其「審意」論之美學涵義亦影響西方。即：

東坡提出「不可以留意於物」，「凡物之可喜，足以悅人而不足以移人者，莫若書與畫。」言審美在於自發自由而不受利害功利影響。

在於東坡七百年後之康德（1724～1804）相應甚多。云：「不理解康德，就不可能理解近代西方美學發展。」〔註38〕亦可以說由康德非物質功利之審

〔註37〕《朱光潛美學文集》《詩論》第二卷，上海文藝出版社，1982年版，第57頁。

〔註38〕朱光潛《西方美學史》下卷，第406頁，人民文學出版社，1979年。

美觀，更可以理解東坡「寓意論」之美學思想。康德《判斷力批判》第五節及第二節中，以人有三種快感——感官欲念滿足、愛好美物、贊許善物。其中惟有美物愛好不計利害，最爲自由。而「由利益來做贊賞的原動力，就會使對於對象的判斷見不出自由。」又說：「一個審美判斷，只要是摻染了絲毫的利害計較，就會是很偏私的，而不是單純的審美判斷。」其十四節中又以繪畫、雕刻等通過造形以使人愉快之藝術，並非單純滿足感官，而「是審美趣味最基本的根源」。

近代西方美學重靜觀、移情……皆與東坡「審意論」之祛去功利態度相關。如席勒（1759～1804）有審美與游戲相通之美學觀點。《審美教育書簡》第二七封信中，席勒即謂：「歡樂和形象顯現的審美王國並無權利、法律的束縛，人可以自由游戲與審美，而不必涉及物質利害。」此言承康德而來，亦同於老、莊之自然無爲，擺脫物役（不同於儒家重人與社會倫理協同合一）

第七節　小結——東坡美學思想

由美學發展而言，宋代已漸成熟，詩文中以東坡美學爲中心；畫論則有黃休復之重神、妙、能、逸。蓋東坡美學基本理念，除相應時風，又遠承老莊之言美醜相對、因任自然，又融貫儒、釋各家，重「詩畫一律」「文章一家」，詩、畫、神、氣、眞、意、理之多元風格，且因其〈和陶詩〉、書、畫等不朽之創作成就。故於中國美學思想，自具其超卓之價值。綜以上各節論述，試歸綜其美學思想之要於次：

一、自然感興，隨物賦形

東坡兼取儒家「不得已」及道家「因任自然」與陸機、劉勰等人之言，而以爲文在「自然感興」，「隨物賦形」，正似草木不能自已而勃鬱於外。而爲文之能「有觸於中」，乃得自長期生活實踐（歐陽修以爲在「道」、老泉言要有「學」之準備），方可「隨觸而發」、「隨物賦形」；而「筆力曲折，無不盡意」。此意見於東坡和陶及書畫諸作，入元後，如元好問、趙秉文乃至清王夫之言「詩無達志」必直悟感興，方能得之，則東坡美學影響甚爲深遠。

二、寓意於物

宋代時風重「欲」尙「道」，且重「韻」「逸」，東坡遠取儒家之「超越物欲」、「濟世有爲」，尤重「意」之自得。「述意抒情」思想，又取道家「天地合一」、「虛無」思想，及釋家超脫思想，又近承歐陽修言貧士得山林之樂等，進言人當超脫物慾而精神賞樂。故由「有爲而作」、「述意抒情」以言爲文當貴己、出眞摯，方能寓言於物。此一「寓意」之想既合中國詩文畫論重「意」之美學，又貫串西方美學重直覺靜觀。

三、成竹在胸

由虛靜。東坡以爲文之「成竹在胸」「身與竹化」，源自老子「滌除玄鑒」、莊子「心齋」「坐忘」及宗炳「澄懷觀道」、郭熙「林泉之心」甚而佛釋所言「虛靜」。蓋如是亦可神乎其技。至鄭板橋以四十年經驗畫竹言「胸無成竹」亦「意在筆先」之引申。而東坡「胸無成竹」則臻化境，乃左右而逢源也。

四、辭達於口手

東坡「辭達」，遠承孔子之言與道家「妙出自然」，近源六朝以來重「神」「妙」，而言「求物之妙」，如繫風捕影。「辭達」乃指了然於口、手，達物之妙而弔出文采美感。何能辭達？必「有道有藝」，蓋「道可致不可求」，必由熟練中踐之。蓋文之能達，進能取物（情、理、景、事）之妙。後明王廷相及清代王夫之之言「情景合一」、身歷目見「現量」，皆求「辭達」之意也。

五、平淡與新化

東坡以「至味」在平淡與新化。「淡泊之中」，遠源於老莊「恬淡」而近宗歐陽修之「平淡典要」。而「味」又兼「韻」與「逸」，合於宋代風尚。而東坡之重平淡在「絢麗之極」之平淡，重「新化」在求「法度」之中。而二者則以「適意」爲度，既合儒之法度、道之自然，經其頓悟化用，求「意」之適出。明清袁枚各家之言，多不出於此。

六、技法新變

東坡作書專師一家而融貫眾家，求平淡中出新變，而其作畫與詩作同，求其新化，如題詩於畫，善運彩色，畫具新創，皆能與前人不同。東坡書畫之境在筆墨之外之「蕭散」「象外」，如其〈寒食帖〉作於謫居黃州，畫作重「意氣」所至，皆是。

七、風格多元性

東坡臨習書法，不專主一人，故得眾美，評畫作亦以合常理，有筆意爲先，如〈與可畫篔簹谷偃竹記〉即見東坡、文同不惟畫風相類，且蔚爲宋代

「寫意」畫之代表，畫意、詩意、生活體悟皆合而爲一。

總之，由美學發展言，東坡具獨特之美學理念。細味其詩、文、畫、書諸作，由創作次第言，有感興、寓意、成竹之醞釀，經辭達後，又具「至味」、「象外」之美，且重藝術價值之認定，各具其美，是以由其實作與思想言，皆合於美學思想之意蘊。